I0573522

MERITARE ALASKA

Il Rifugio, Libro 1

SUSAN STOKER

Titolo originale: *Deserving Alaska*

Traduzione dall'inglese di Patrizia Zecchin per One More Chapter Translations

Editing di Mimma Maio

Soccorrere Piper (1 Giugno)
Soccorrere Zoey (15 Luglio)
Soccorrere Avery
Soccorrere Kalee
Soccorrere Jane

Mercenari di Montagna

Difendere Allye
Difendere Chloe
Difendere Morgan
Difendere Harlow
Difendere Everly
Difendere Zara
Difendere Raven

Delta Force Heroes

Salvare Rayne
Salvare Emily
Salvare Harley
Il Matrimonio di Emily
Salvare Kassie
Salvare Bryn
Salvare Casey
Salvare Sadie
Salvare Wendy
Salvare Mary
Salvare Macie
Salvare Annie

Armi e Amori

Proteggere Caroline
Proteggere Alabama
Proteggere Fiona
Il Matrimonio di Caroline

Proteggere Summer
Proteggere Cheyenne
Proteggere Jessyka
Proteggere Julie
Proteggere Melody
Proteggere il Futuro
Proteggere Kiera
Proteggere i figli di Alabama
Proteggere Dakota

Ace Security
Il riscatto di Grace
Il riscatto di Alexis
Il riscatto di Bailey
Il riscatto di Felicity
Il riscatto di Sarah

Una raccolta di storie brevi
Un momento nel tempo

31 ANNI **prima**

«Ciao, sei nuova?»

Alaska Stein alzò lo sguardo sorpresa verso il ragazzino in piedi accanto al suo posto sullo scuolabus. «Sì.»

«Forte. Sono Drake. Come ti chiami?»

«Alaska.»

«È un nome strano.»

«Anche Drake» gli disse con un'alzata di spalle.

Si sorprese quando lui invece di arrabbiarsi le sorrise. «Probabile. Quando ti sei trasferita qui?»

«La scorsa settimana» rispose. Aveva visto quel ragazzino a scuola e sapeva che era in quarta elementare, un anno avanti a lei.

«È la prima volta che prendi l'autobus?»

Alaska scosse la testa. Le era passato accanto quattro volte quella settimana, ovviamente senza vederla... e quella era già diventata la storia della sua giovane vita. Sua madre la sminuiva sempre, diceva che era insignificante e che poteva confondersi con le pareti. Tuttavia, a lei non era mai dispiaciuto essere invisibile. Era timida e non le piaceva quando la gente la fissava.

«Oh, aspetta! Credo che tu sia quella che si è trasferita nella roulotte che si trova a un paio di spazi dalla mia. Quella marrone e bianca, giusto?» chiese Drake.

Annuì.

«Forte! Ti va di unirti a noi oggi pomeriggio? Io e i miei amici giocheremo alla guerra.»

Alaska arricciò il naso.

«È divertente» insistette. «Ci dividiamo in due gruppi e usiamo tutto il campo caravan come zona di battaglia. Cerchiamo di andare dalla roulotte del signor Markle fino a quella della signora Benedict senza farci sparare.»

«Sparare?» chiese.

Drake annuì con entusiasmo. «Non per *davvero*, facciamo finta. Puoi stare nella mia squadra. Ti insegnerò i modi migliori per nasconderti senza farti beccare. Sono davvero bravissimo a farlo.»

Si ritrovò ad annuire. Non era sicura che le sarebbe piaciuto giocare alla guerra, ma era la prima volta nella sua vita che qualcuno le chiedeva di far parte della sua squadra. Di solito veniva scelta per ultima.

«Forte!» ripeté il suo nuovo amico, poi le chiese da dove veniva, della sua insegnante, se le piaceva la sua nuova scuola e altre cento domande. Continuò a chiacchierare senza sosta anche dopo che scesero alla loro fermata. Quando si separarono per andare alle rispettive roulotte, Alaska si sentiva tutta accaldata per l'eccitazione. Non riusciva a ricordare l'ultima volta che aveva avuto un amico.

Si trasferivano di continuo e non era il tipo che faceva amicizia facilmente, ma sua madre le aveva promesso che quella volta sarebbero rimaste. Sperava solo che non stesse mentendo. Aveva un buon presentimento riguardo a quella scuola e a quella città. Non era passata nemmeno una settimana e l'avevano già invitata a giocare!

27 anni prima

Alaska era ai margini del campo da basket a guardare i suoi compagni di classe ballare e ridere tra loro. Odiava tutto della scuola media. Se prima aveva pensato di passare inosservata, non era *niente* in confronto a ora... quando i maschi stavano diventando pienamente consapevoli delle femmine. Ma non di Alaska. I suoi lunghi capelli castani non erano né ricci e folti né lisci e lucenti. Non le stava bene nessuno dei tagli che andavano di moda in quel periodo, quindi li manteneva sempre della stessa lunghezza. Non sapeva truccarsi come tutte le altre ragazze e, per completare le cose, era un po' grassottella.

Tutto ciò significava che veniva ignorata più di prima. Aveva qualche amica... più o meno. Erano compagne con cui si sedeva a pranzo e parlava tra una lezione e l'altra, ma non aveva nessuno con cui sentirsi al telefono a tarda sera, uscire nei fine settimana o condividere i suoi segreti più profondi.

Quella sera era andata al ballo semplicemente perché ci sarebbero andati tutti. Nessuno l'aveva *invitata*... cioè nessun ragazzo, ecco. Aveva incontrato alcune studentesse che conosceva e per un po' erano state ai margini del campo a spettegolare e a osservare i ragazzi. Quando dagli altoparlanti era risuonato un lento, quelli che erano venuti da soli si erano fatti coraggio e avevano chiesto alle altre ragazze single di ballare... e Alaska era rimasta lì da sola.

«Ehi, Al» disse una voce familiare alla sua sinistra.

Sussultando sorpresa, si voltò e vide Drake appoggiato al

muro accanto a lei, con un ginocchio piegato e il piede appiattito contro i mattoni.

«Perché non stai ballando?» le chiese.

La cosa bella di Drake era che nei quattro anni trascorsi da quando lo aveva conosciuto, non l'aveva mai trattata come un'emarginata. Non si mostrava mai consapevole di quanto lei fosse invisibile... anche se in realtà non l'aveva notata nel modo in cui le *sarebbe piaciuto*.

Ogni tanto passavano ancora del tempo insieme dopo la scuola, non più per giocare alla guerra, ma con i videogiochi nella sua roulotte. A volte c'erano anche alcuni dei suoi amici, ma la voleva sempre nel suo team. Era diventata brava ai giochi militari che gli piacevano tanto. Era bello essere bravi in qualcosa... ed essere voluti.

Scrollò le spalle.

«Già, è un po' palloso» concordò Drake.

«Non sei venuto con Bev?»

«Sì, ma appena siamo arrivati ha visto Miles e Courtney litigare e ha fatto la sua mossa. Le è sempre piaciuto più di me» rispose con un'alzata di spalle.

«Non ti interessa?» gli domandò, sinceramente curiosa.

«No. Voglio dire, mi diverto con le ragazze, ma quando mi diplomerò entrerò in Marina. Diventerò un SEAL. Non avrò tempo per loro.»

«Davvero? Non è super pericoloso?»

«Sì, ma non m'importa. Sarò il miglior SEAL che la Marina abbia mai avuto. Farò il culo ai terroristi.» Poi aggiunse, abbassando la voce: «Tim dice che sono troppo piccolo, che solo gli uomini grandi e forti possono diventare SEAL, ma io gli dimostrerò il contrario.»

Alaska gli mise la mano sul braccio. «Sarai straordinario. Sei l'unico che non si è mai fatto catturare quando giocavamo alla guerra. In qualche modo sei sempre riuscito a muoverti di soppiatto senza farti vedere. Inoltre, nessuno ha la minima possibilità di batterti ai videogiochi.»

Si raddrizzò, facendo un sorrisetto. «Lo so. Sono fantastico.»

Alaska rise. Il fatto che fosse così sicuro di sé era uno dei motivi per cui Drake le piaceva così tanto. Lo era su tutto. A scuola, con le ragazze, nello sport... come se per lui fosse scontato eccellere in qualsiasi cosa facesse.

«Vuoi ballare?» le chiese con nonchalance.

Il cuore di Alaska iniziò a martellarle nel petto. Non sapeva quando o perché i suoi sentimenti fossero cambiati, ma un giorno, mentre erano a casa sua e stava urlando contro la TV, cercando freneticamente di uscire da una situazione difficile sul videogioco, lo aveva guardato e si era resa conto che Drake le piaceva, che lo riteneva più di un semplice amico.

Ma non aveva mai sperato che lui potesse ricambiare i suoi sentimenti. Aveva visto come le ragazze a scuola pendevano dalle sue labbra. Lui era popolare, mentre lei era... solo lì. Non era un'emarginata, ma sicuramente nemmeno tra quelle ricercate.

«Certo» rispose, dopo una lunga pausa.

Lui sorrise e si spinse via dal muro. Lo seguì, non sapendo se avrebbe dovuto tenergli la mano o altro.

Proprio mentre si girava per stringerla e iniziare a ballare, ci furono delle grida dietro di lui.

Michael Jones stava urlando contro Miranda Brotherton, provocando una bella scenata. Quei due stavano insieme per la maggior parte dell'anno scolastico, ma Alaska non ne capiva il motivo dato che sembrava non andassero molto d'accordo.

«Ti ho vista fissare Julio!» la accusò il ragazzo con disprezzo, spingendola sulla spalla mentre lei piangeva e facendola barcollare indietro di qualche passo.

«Mi dispiace, devo...» le disse Drake, indicando la coppia.

Alaska annuì e rimase ferma in mezzo alla pista da ballo. Lo vide raggiungerli e affrontare Michael, dicendogli che spingerla era una cosa inaccettabile. Ci fu un momento in cui pensò che avrebbero litigato, ma alla fine l'altro si girò e si allontanò.

Drake andò subito da Miranda, le mise un braccio intorno alle spalle e la portò via.

Rendendosi conto di trovarsi ancora in mezzo a tutte le coppie che ballavano, si morse il labbro e si affrettò a ritornare contro la parete in cui era stata fino a un attimo prima. Un'ondata di amarezza la travolse; quella probabilmente era stata l'unica possibilità che avrebbe mai avuto di essere avvolta dalle braccia di Drake. Non era sorpresa che avesse difeso Miranda... era proprio il suo modo di essere. E uno dei cento motivi per cui sarebbe stato un ottimo SEAL.

Quella sera nessun altro le chiese di ballare. Sorrise e chiacchierò con le sue amiche, ma in fondo non poteva evitare di provare la brutta sensazione di aver perso qualcosa di prezioso. Drake l'anno successivo sarebbe andato al liceo e l'avrebbe visto solo sull'autobus. Si sentiva triste, ma era felice per lui.

23 anni prima

Il cuore di Alaska soffriva. L'indomani Drake sarebbe partito per arruolarsi in Marina. Non era solo un ragazzo intelligente, ma aveva anche concluso la sua carriera di giocatore di baseball del liceo con il maggior numero di punti in una stagione *e* in qualità di capitano. Immaginò che sarebbe stato un SEAL altrettanto di successo. L'attenzione degli insegnanti, delle ragazze e di tutti gli amici era solo aumentata; le persone gravitavano naturalmente intorno a lui.

Eppure, non si era mai dimenticato di Alaska. Non si trovavano più spesso come una volta, ma di tanto in tanto lui la invitava nella sua roulotte, dove cenavano e giocavano a un videogioco in memoria dei vecchi tempi.

Sua madre gli aveva organizzato una festa di diploma quel giorno, prima che partisse per il campo di addestramento. C'erano i palloncini e la torta, ed erano presenti tutti i suoi amici e le sue amiche, che avevano portato dei regali. Alaska non gli diede il suo davanti a tutti, perché si sentiva a disagio. Così aspettò che la festa si avvicinasse alla fine, quindi tornò di corsa alla sua roulotte per prendere ciò che aveva fatto per lui.

Trovò sua madre ubriaca, di nuovo, e dovette prendersi il tempo necessario per portarla a letto. Il suo alcolismo era fuori controllo e se non fosse stato per lei, probabilmente sarebbe morta di fame ormai. Alaska si era presa la responsabilità di assicurarsi che cenasse ogni sera, dato che di solito tornava a casa dal lavoro e iniziava subito a bere.

Quando riuscì a lasciare la roulotte era più tardi del previsto. Il suo cuore sprofondò mentre si avvicinava a quella di Drake. Fuori non c'era più nessuno, la festa era ovviamente finita. Bussò alla porta e trattenne il respiro.

Le aprì la madre del suo amico. «Ehi, tesoro. Hai dimenticato qualcosa?»

«No, sono andata a casa per prendere il regalo, ma mia mamma ha avuto bisogno di me per un po'. C'è Drake?»

«No, mi dispiace. È uscito con i suoi amici un'ultima volta prima di partire.»

Alaska fece del suo meglio per trattenere le lacrime. Non era arrivata in tempo. L'indomani mattina sarebbe partito molto presto e lei non avrebbe avuto la possibilità di vederlo prima che se ne andasse.

«Oh, tesoro, sono sicura che non starà fuori fino a tardi» la consolò, chiaramente notando la sua angoscia.

Purtroppo sapeva che non sarebbe stato così, perché aveva sentito i suoi amici dire che non lo avrebbero lasciato andare a casa fino a poco prima della partenza... sarebbe stato il loro modo di "temprarlo". Parole loro, non sue.

«Non c'è problema» disse, con una piccola scrollata di spalle.

«Vuoi che glielo dia io?» chiese la donna, indicando il pacchetto.

Guardando il regalo incartato alla meno peggio, all'improvviso si sentì ridicola. Aveva visto alcune delle cose che aveva ricevuto... cose costose. Vestiti, oggetti di elettronica, soldi. Alaska non aveva dei risparmi per comprargli qualcosa, quindi aveva fatto un lavoretto con le proprie mani. Sapeva benissimo quanto fosse terribile, e ora il pensiero di darlo a Drake la fece rabbrividire.

Scosse la testa e rispose: «No. Non importa. Per favore può dirgli che gli auguro il meglio?» Le sue parole erano patetiche come il regalo. C'erano così tante cose che avrebbe voluto dirgli, ma non tramite sua madre.

«Lo farò. Sono sicura che vorrà tenersi in contatto con te.»

Alaska sorrise e annuì. Drake aveva promesso di mandarle il suo indirizzo una volta arrivato al campo di addestramento, ma aveva la sensazione che sarebbe stato troppo occupato per scrivere delle lettere.

Era stato il suo migliore amico per anni, anche se lui non se n'era mai reso conto, e ora era come se stesse perdendo una parte vitale di se stessa. Sapeva che prima o poi sarebbe arrivato quel giorno, quello in cui se ne sarebbe andato senza voltarsi indietro.

Drake era destinato a fare grandi cose, e lei era destinata a...

Non sapeva nemmeno a cosa. Alla mediocrità? Aveva voti

discreti, un aspetto assolutamente nella media ed era senza speranza quando si trattava di sport. Non sapeva cosa avrebbe voluto fare una volta diplomata. Probabilmente sarebbe rimasta lì a prendersi cura di sua madre. Magari avrebbe fatto qualche corso al Community College, avrebbe ottenuto un noioso lavoro d'ufficio dentro a un cubicolo, svanendo lentamente nello sfondo.

Si allontanò, salutandola con la mano mentre tornava alla roulotte. Lungo il percorso, si fermò all'inizio della stradina di Drake, vicino al bidone della loro spazzatura che sarebbe stato prelevato la mattina seguente. Lanciando un'occhiata alle sue spalle per assicurarsi che la madre del suo amico non fosse più sulla soglia, Alaska lo aprì e gettò dentro il ridicolo regalo, quello su cui aveva lavorato per settimane, poi tornò alla sua roulotte.

Mentre era sdraiata a letto a fissare il soffitto, sussurrò: «Buona fortuna, Drake. Anche se non ne hai bisogno. Sarai uno dei migliori SEAL che la Marina abbia mai avuto. Ne sono certa.»

15 anni prima

Drake non era il tipo d'uomo che passava molto tempo a pensare al suo passato. Aveva bei ricordi del liceo, ma ora era completamente diverso rispetto a quando aveva diciotto anni. Da allora aveva visto e fatto molte cose. Era riuscito a superare l'addestramento per diventare un SEAL, aveva vissuto missioni angoscianti e perso compagni di squadra.

Ma quella sera, dopo aver partecipato al funerale di un altro amico che aveva perso la vita troppo presto, si sentiva nostalgico. Il SEAL che era stato ucciso durante una missione aveva una famiglia. Una moglie devastata e una bambina troppo piccola per avere dei ricordi reali di suo padre.

Era stata quella ragazzina, seduta al servizio funebre su una sedia troppo grande per lei e che dondolava le gambe senza prestare attenzione a ciò che stava succedendo, a fargli ripensare a un'amica d'infanzia del campo caravan in cui era cresciuto. Ricordava con regolarità Alaska Stein, ma non pensava così intensamente a lei da anni. Quella sera sembrava non riuscire a togliersela dalla testa.

Il senso di colpa e il dolore per quell'amicizia perduta lo laceravano inspiegabilmente. Aveva promesso di scriverle, ma dopo essere arrivato al campo di addestramento, era stato troppo impegnato a cercare di superare un giorno dopo l'altro per prendersi un momento per farlo. Era giovane, entusiasta della vita, pensava che avrebbe avuto tutto il tempo di mettersi in contatto con lei in seguito.

Lo aveva fatto quando era diventato un SEAL e gli avevano assegnato la spilla Budweiser, quella del tridente; si era seduto a scriverle una lettera, ma era tornata al mittente, chiusa.

Quando gliel'avevano riconsegnata, aveva provato un senso di perdita che non era riuscito a spiegarsi. Era sciocco. Probabilmente avrebbe potuto trovarla sui social, ma quello gli sembrava... impersonale. Non gli piaceva l'idea di essere uno delle centinaia di pseudo amici online.

La sua vita era molto impegnata con riunioni, missioni e addestramenti, ma ogni tanto, come quella sera, la sua vecchia amica tornava al centro dei suoi pensieri, portandolo a chiedersi dove fosse, cosa stesse facendo. Era sposata? Aveva avuto dei figli?

Aveva mai pensato al suo vecchio amico d'infanzia?

Forse avrebbe chiesto a sua madre se sapeva qualcosa di Alaska e come contattarla. Le era sempre piaciuta e, a differenza di Drake, era costantemente sui social. Se c'era qualcuno che poteva trovarla era lei. Si rammaricava di non averle scritto subito e sperava che stesse bene.

Sospirando, cercò di trascinarsi fuori da quel momento di crisi. Quel giorno, la Marina e il mondo intero avevano perso un brav'uomo. Doveva smettere di pensare al passato e concentrarsi sul futuro. Doveva allenarsi più duramente, per assicurarsi che lui e gli uomini della sua squadra non finissero come il suo amico.

«Ovunque sei, Alaska, spero che tu sia felice» sussurrò Drake, prima di aprire la cartellina che era davanti a lui sul tavolo. Aveva bisogno di studiare le informazioni sulla sua prossima missione, non pensare a ciò che aveva perso.

CAPITOLO UNO

Caos. Quella fu la prima cosa che rilevò Drake "Brick" Vandine quando aprì gli occhi. L'ultima cosa che ricordava era che lui e il suo team SEAL stavano per irrompere in una casa che avrebbe dovuto contenere una mezza dozzina di HVT, obiettivi di alto valore.

Ora giaceva sotto quella che sembrava mezza tonnellata di mattoni e blocchi di cemento.

Non si sentiva le gambe, ma poteva udire le urla di Vader e Monster. Il ronzio nelle orecchie non gli permetteva di capire cosa stessero dicendo.

Brick tentò di liberarsi, senza fortuna. Quando non sentì le voci degli altri suoi compagni di squadra – Bones, Rain e Mad Dog – ci provò più duramente.

Quella missione era stata spacciata fin dall'inizio. Si trovavano già nel mezzo dell'operazione quando si erano resi conto che le informazioni ricevute erano inesatte. Che l'area che stavano perlustrando *non* era amichevole verso gli americani;

qualcosa era cambiato durante la notte o chiunque le aveva raccolte era stato completamente ubriaco.

I civili che vivevano in quella parte della città non erano *assolutamente* amichevoli. A ogni secondo, il brutto presentimento di Brick era peggiorato sempre di più. Aveva richiesto via radio alla base di terminare la missione, ma glielo avevano negato perché erano praticamente già sopra alla casa in cui avrebbero dovuto trovarsi gli obiettivi.

Brick avrebbe dovuto essere l'ultimo a entrare, ma non ne aveva mai avuto l'occasione; Mad Dog era stato al comando, con Rain, Bones, Vader e Monster alle calcagna, e lui che chiudeva la fila.

Non era riuscito a fare nemmeno un passo all'interno, che l'edificio era esploso.

Guardandosi intorno, si rese conto di essere stato sbalzato lontano dalla maggior parte dei detriti, anche se non da tutti. Sbattendo le palpebre per togliere il sangue e la polvere dagli occhi, cercò di dare un senso a ciò che stava vedendo. Vader e Monster stavano provando a estrarre qualcosa dalle macerie... Mad Dog. Riconobbe il suo amico e compagno di battaglia dal disegno sull'elmetto. Sua moglie aveva dipinto sul Kevlar un pastore tedesco che ringhiava e sbavava, e lui lo portava con orgoglio. Mentre Brick osservava, Vader afferrò il braccio che spuntava dai mattoni e tirò.

Cadde subito all'indietro con il braccio ancora in mano... un braccio non attaccato a un corpo.

Chiuse gli occhi e un conato gli rimescolò le viscere. Poi un suono attirò la sua attenzione. Era inconfondibile.

Il fischio di un colpo di mortaio in arrivo.

Aprì la bocca per avvertirli, per dire a Vader e Monster di andarsene da lì, ma non uscì nulla. Non riusciva a parlare, non poteva chiamarli per far sapere loro dov'era.

Un attimo prima stava guardando i suoi amici tentare di salvare i loro compagni di battaglia, e quello successivo partì del corpo volavano dappertutto, insieme ad altri mattoni, terra e detriti. Brick aprì la bocca per urlare, ma ancora una volta non uscì alcun suono dalla sua gola chiusa e irritata.

Tutto successe in un attimo. Nel giro di pochi secondi, vide i suoi compagni di squadra saltare in aria davanti a lui.

Un grosso pezzo di cemento volò e lo colpì in faccia. Perse i sensi all'istante.

———

Gli faceva male dappertutto.

Il viso. La testa. Le gambe.

Cazzo, gli facevano male anche i capelli.

Brick aveva sperimentato la sua buona parte di ferite durante la carriera da SEAL, ma niente era mai stato così straziante come ciò che stava vivendo in quel momento.

Anche respirare gli provocava fitte di dolore che arrivavano fino alle unghie. Non aveva idea di dove si trovasse o cosa fosse successo. L'ultima cosa che ricordava era Vader che tirava fuori Mad Dog da un mucchio di...

Merda.

I ricordi tornarono brutalmente, e avrebbe voluto solo chiamare i suoi amici. Cercò di aprire gli occhi ma vide solo oscurità. Quando tentò di parlare, non ci riuscì. Il suono costante che riempiva la stanza accelerò, mentre lui andava nel panico.

«Calmati, stai bene, sei al sicuro» ordinò una voce femminile.

Brick sentì qualcuno toccarlo, ma allontanò di scatto il braccio non sapendo se quella persona fosse amichevole.

«Ha una crisi di panico» disse la donna. «Sedatelo.»

«No!» cercò di gridare, ma ancora una volta non uscì nulla. Non si era mai sentito così impotente in tutta la sua vita.

Sentì l'effetto del farmaco entrare in circolo e tentò un'ultima volta di trovare i suoi compagni di squadra, di scappare. Non era mai stato un prigioniero di guerra e non aveva intenzione di diventarlo adesso, ma il suo corpo lo tradì; gli sembrava di pesare cinquecento chili. Non riusciva ad alzare la testa. Non riusciva a muovere le braccia. Non riusciva a parlare.

Cedette alla sostanza che gli avevano somministrato e in pochi secondi fu di nuovo incosciente.

———

La volta successiva che Brick emerse dal buio della sua mente, rimase il più immobile possibile per non far sapere a nessuno di essere cosciente. Restò in ascolto con attenzione, ma tutto ciò che sentì fu un continuo segnale acustico. Dopo parecchi minuti, aprì leggermente gli occhi e non trovò altro che oscurità. Era bendato.

Quando provò a muovere le braccia, si rese conto che erano legate.

Cazzo.

Si era fatto catturare dal nemico. Bones si sarebbe incazzato da morire. Sua moglie aveva appena avuto il terzo figlio e lui parlava solo di quanto fosse impaziente di tornare a casa e vederlo. E ora era un fottuto prigioniero di guerra.

Sentì crescere la determinazione dentro di sé. Avrebbe fatto tutto il necessario per riportare Bones e il resto dei suoi compagni di squadra a casa dalle loro famiglie. Lui era l'unico single, ma sapeva che sua madre non avrebbe preso bene la cattura; dopo la morte del marito, si era concentrata completamente su Brick. Faceva del suo meglio per non annoiare le sue amiche raccontando ogni piccola cosa che lui faceva, ma le era quasi impossibile non vantarsi.

Udì una porta aprirsi e cercò di calmare il respiro e rallentare il battito cardiaco. Aveva bisogno di informazioni.

Doveva capire dov'era, chi li teneva prigionieri, e iniziare a formulare un piano per uscire da lì.

«I parametri sembrano buoni stamattina» disse un uomo in inglese.

Brick avrebbe aggrottato la fronte, ma muovere i muscoli del viso gli faceva male, e non voleva che chiunque fosse entrato sapesse che era sveglio.

«Dovrebbe svegliarsi presto. Abbiamo abbassato la dose di farmaci, per cui dovrebbe succedere da un momento all'altro.»

Era la stessa voce femminile che aveva sentito in precedenza. Non aveva alcun accento... erano americani che si erano venduti e che lavoravano per i terroristi?

«Come va il respiro?»

«Incredibilmente bene. Il chirurgo plastico ha fatto un lavoro di ricostruzione straordinario al viso, ma ci vorrà del tempo prima di poter togliere quelle bende e che il gonfiore diminuisca.»

«Hai detto che non ha parlato l'ultima volta che si è svegliato?»

«No. Ha aperto la bocca come se volesse farlo, ma è possibile che non gli abbiamo dato abbastanza tempo. Abbiamo dovuto sedarlo subito perché era in preda al panico» rispose la donna.

«C'è anche la possibilità che non sia in grado di farlo per molto tempo. Ha preso un bel colpo alla gola.»

«Certo. Spero che una volta ridotto ulteriormente il gonfiore, riesca a parlare.»

«Per quanto riguarda le altre ferite?»

Alla fine capì che le due persone nella stanza che parlavano di lui come se non fosse lì erano dei dottori. Il loro inglese era perfetto, senza accento. Però Brick era confuso. Dove si trovava? Possibile che non fosse un prigioniero? Dov'erano i suoi amici?

«Caviglia fratturata e anche alcune dita, costole incrinate e una polmonite provocata da tutte le sostanze irritanti che ha inalato mentre era sotto le macerie.»

«Infezioni?» chiese l'uomo.

«Sì» rispose l'altra senza elaborare.

«Bene. La sua famiglia è stata informata?»

«Sì, sua madre. Ma le è stato detto di aspettare a fargli visita fino a quando non fosse stato trasferito negli Stati Uniti.»

Aspetta... sua madre era stata avvisata?

Brick fu di nuovo travolto dal panico. Fece il possibile per rilassarsi, ma era troppo tardi. La macchina infernale a cui era agganciato iniziò a suonare più velocemente.

Sentì una mano sulla spalla e capì che qualcuno si stava chinando su di lui. «Riesce a sentirmi? Drake? Sono il dottor Benjamin Green. Sono uno dei tanti medici che si sono presi cura di lei. È al sicuro. Mi capisce? Si trova in un ospedale militare in Germania.»

Un'ondata di sollievo gli attraversò il corpo, ma non durò molto. Il panico minacciò di sopraffarlo di nuovo quando provò a chiedere se i suoi compagni di squadra stavano bene, ma nessuna parola uscì dalle sue labbra.

«Non provi a parlare. La sua gola è danneggiata. Anche il viso ha subito un bel colpo. Gli occhi dovrebbero essere a posto, ma è tutto gonfio a causa degli interventi che abbiamo dovuto fare. È vivo, figliolo... questo è ciò che conta.»

Quell'uomo era stupido? Ciò che contava erano i suoi *amici*. I suoi compagni di squadra. Loro avevano mogli e figli.

Nel profondo, Brick sapeva che erano morti.

Gli tornarono alla mente i ricordi di quando giaceva sotto quel mucchio di macerie. Di parti del corpo. Di caos. Di uomini che erano saltati in aria, gli stessi che in passato gli avevano coperto le spalle più volte di quante potesse contare.

Spense la mente. Non poteva pensare di non vederli mai più. Di non ascoltare più la risata ridicola di Rain. Di non vedere più il sorriso di Mad Dog quando parlava dei suoi figli. Di non sentire le battute banali di Monster o le storie esagerate di Vader. Di sperimentare la capacità di Bones di far uscire la squadra da qualsiasi tipo di situazione impossibile in cui si potessero trovare.

Tranne l'ultima.

Non riuscì a trattenere un singhiozzo. Perché lui era lì e i suoi amici invece no? Avrebbe dovuto prendere il comando ed entrare per primo in quell'edificio. Avrebbe dovuto essere *lui* quello fatto a pezzi.

«Va tutto bene, figliolo, andrà tutto bene» lo tranquillizzò l'uomo.

Ma non sarebbe andato tutto bene. Niente sarebbe mai più andato bene.

Brick iniziò a lottare, sapendo cosa sarebbe successo.

Proprio come pensava, non appena strattonò le braccia cercando di liberarsi, la donna ordinò di sedarlo.

Bene. Non voleva sentire. Non voleva pensare.

Quando percepì che il farmaco stava prendendo il sopravvento sulla sua mente, ne abbracciò la sensazione. Avrebbe voluto addormentarsi e non svegliarsi mai più.

Il tempo non aveva significato per Brick. Si svegliava confuso e dolorante, si rendeva conto di dove si trovava e cos'era successo, e faceva qualcosa per far sì che gli infermieri gli dessero abbastanza antidolorifici da metterlo fuori combattimento. Avrebbe voluto dire loro anche di non disturbarsi quando lo lavavano con la spugna o quando lo giravano sul letto.

Brick sapeva che stavano pensando a quando trasferirlo negli Stati Uniti, ma non gli importava. Voleva essere lasciato in pace. Non era riuscito a salvare i suoi compagni di squadra, e nulla avrebbe mai potuto placare il senso di colpa che lo soffocava.

Se fosse stato riportato negli Stati Uniti, avrebbe dovuto affrontare sua madre. Forse anche le mogli dei suoi amici. Non poteva farlo. Non poteva guardarle negli occhi e vedere la delusione e la possibile rabbia per il fatto che *lui* in qualche modo ne era uscito vivo, a differenza dei loro cari.

Gli avevano rimosso le bende dagli occhi ed era stato un enorme sollievo. Ora poteva guardare i dottori e gli infermieri affaccendarsi intorno a lui, ma si sentiva comunque morto dentro. Poteva sentire i dolori delle ferite, ma era come se non le avesse metabolizzate completamente, come se fossero di qualcun altro.

Un giorno era andato a parlargli uno psicologo e gli aveva raccontato tutto ciò che era successo. I terroristi avevano fatto saltare in aria la casa e lui era stato sepolto dalle macerie. A quanto pareva, era rimasto lì per oltre ventiquattro ore prima di essere trovato. Un civile locale aveva avvertito la base americana e lo avevano salvato. I suoi compagni di squadra non erano stati così fortunati. Erano morti tutti nell'esplosione o a causa del successivo colpo di mortaio.

Brick non aveva bisogno che lo psicologo gli dicesse che soffriva del senso di colpa del sopravvissuto. Avrebbe voluto voltarsi verso l'uomo e dirgli: "Sei un genio, Sherlock", ma non lo aveva fatto. Non sapeva nemmeno se poteva farlo, dato che si rifiutava di parlare. La sua voce lo aveva abbandonato quando ne aveva avuto più bisogno, e Brick adesso non aveva alcun desiderio di usarla.

Gli sembrava di essere sdraiato lì da settimane, ad affogare nel dolore, nel senso di colpa e nella tristezza, quando un pomeriggio il dottor Green entrò nella sua stanza con un enorme sorriso. Avrebbe voluto chiedergli perché cazzo fosse così felice, inveire contro di lui per aver sorriso quando cinque dei migliori uomini che avesse mai conosciuto erano morti.

Morti.

Ma come al solito non disse una parola.

«Ha una visita» lo informò, con un sorriso ancora più ampio.

Brick si accigliò. Una visita? Non voleva vedere nessuno. Se fosse andato un altro volontario per cercare di leggergli qualcosa, sarebbe esploso.

«La sua fidanzata è una donna estremamente testarda. Si è rifiutata di accettare un no come risposta. Anche se le è stato detto più volte che non le era permesso farle visita, dato che non risulta essere un membro della famiglia nella nostra documentazione, ha insistito. Senza sosta.»

Brick fissò il dottore. Fidanzata? Non era fidanzato. Non aveva una ragazza da più tempo di quanto riuscisse a ricordare. Chi diavolo avrebbe potuto mentire per andare a trovarlo?

«Abbiamo bisogno della sua approvazione per ammetterla» continuò.

Per un momento pensò di rifiutare. Non aveva idea di chi diavolo potesse insistere così tanto per vederlo, nientemeno che in Germania. Era stato molto attento a non mettere incinta nessuna delle poche donne con cui aveva avuto un'avventura nel corso degli anni, quindi non poteva essere qualcuno che cercava soldi facili dall'esercito. A prescindere da quanto si scervellasse, non riusciva a capire chi potesse essere, ma era abbastanza curioso da volerlo sapere, così annuì.

«Grande!» esclamò il dottor Green, con un altro enorme sorriso.

Sapeva cosa stava pensando: che avere un visitatore gli avrebbe sollevato il morale. Lo avrebbe aiutato a guarire più velocemente. Lo avrebbe fatto parlare.

Quell'uomo era un illuso. Niente e nessuno poteva aiutarlo a superare ciò che era successo.

«La farò ammettere e mandare su. Se ha bisogno di qualcosa, prema il pulsante. Vi daremo un po' di privacy.»

Il dottore si voltò e se ne andò, lasciandolo a chiedersi chi diavolo stesse per entrare nella sua stanza.

CAPITOLO DUE

ALASKA ERA ESASPERATA dal fatto che ci volesse così tanto tempo per essere ammessa. Dal momento in cui aveva ricevuto la mail della madre di Drake, in cui diceva che era stato ferito e portato in Germania dove sarebbe stato operato e curato, aveva fatto il possibile per raggiungerlo.

Erano passati anni da quando era andata via dagli Stati Uniti. Aveva frequentato il biennio al Community College e appena ottenuta la laurea in economia, aveva iniziato subito a cercare un lavoro oltreoceano. Magari non era tagliata per l'esercito, ma aveva voluto comunque vedere il mondo. Così aveva accettato il primo che le era stato offerto: in Francia, come segretaria per una piccola azienda. Da allora, aveva vissuto e lavorato in diversi paesi.

Si era subito resa conto che essere invisibile non era solo una cosa che le capitava negli Stati Uniti. A prescindere da dove vivesse, tendeva a rimanere sempre nello sfondo. Non era bella come una modella, i suoi capelli non erano il sogno di ogni uomo, non era alta o snella. Era solo troppo *semplice* per distinguersi, ovunque vivesse.

In Asia forse non sarebbe stata così facile da dimenticare,

ma aveva la sensazione che avrebbe trovato un modo per passare inosservata anche lì.

Nel corso degli anni era rimasta in contatto con la madre di Drake, mentre la sua non aveva nemmeno battuto ciglio quando l'aveva informata che avrebbe lasciato il Paese. Be', non era del tutto vero. In realtà si era lamentata di quanto fosse ingrata e del fatto che non avrebbe potuto pagare l'affitto della roulotte senza il suo aiuto.

Da quello che sapeva, si era trasferita in California. Alaska aveva provato a contattarla alcune volte, ma il suo vecchio numero di telefono era stato disconnesso e tutte le sue mail respinte.

Avrebbe voluto sentirsi triste per essere stata allontanata, ma non riusciva a provare alcuna emozione. Con il passare degli anni era stata sempre meno una mamma e più un peso. Quando Alaska si era laureata, sua madre era caduta ancora più pesantemente nel tunnel dell'alcol e della droga; quello era stato il motivo principale per cui aveva accettato più che volentieri quel primo lavoro all'estero. Aveva dovuto andarsene prima di venire risucchiata insieme a lei.

Al momento viveva in Germania; immaginava che fosse quello il motivo per cui la madre di Drake l'aveva contattata. Nel corso degli anni era stata una benedizione, e allo stesso tempo una maledizione, sentire i racconti di tutto ciò che faceva suo figlio. Era diventato un SEAL, cosa che Alaska aveva sempre saputo sarebbe successo. Non solo, ma a quanto pareva aveva eccelso nel suo lavoro. La donna non conosceva i dettagli delle missioni, solo che veniva costantemente inviato in tutto il mondo.

Pochi anni prima aveva avuto il coraggio di inviargli una mail. Sua madre le aveva dato l'indirizzo, convincendola che sarebbe stato elettrizzato di avere sue notizie. Non ne era stata così sicura, dato che era passato tanto tempo dall'ultima volta che avevano parlato, ma si era sentita abbastanza sola da correre il rischio.

Sorprendentemente, Drake *era* sembrato contento di riceverla, e da allora si erano scritti, anche se non più di un paio di volte all'anno, per salutarsi e tenersi aggiornati sulla loro vita. Le sue mail erano sempre entusiaste e piene di chiacchiere sui vari luoghi in cui era stato inviato in missione, sui suoi compagni di squadra e su come si teneva occupato durante i tempi morti. E le aveva fatto molte domande sulla sua vita, domande a cui lei rispondeva raramente.

Cos'avrebbe potuto dire? Che era una lavoratrice anonima in una grande azienda? Che era un'umile segretaria che guadagnava il salario più basso del Paese in cui si trovava? La sua vita era così noiosa rispetto a quella di Drake.

Avrebbe dovuto smettere del tutto di mandargli mail, ma non ci riusciva. Anche dopo tutto quel tempo, aveva ancora una cotta per quell'uomo. Supponeva che a trentacinque anni non si potesse più definirla così, ma pazienza.

Si sorprendeva sempre che sua madre non accennasse mai a un matrimonio imminente, a quanto amasse la futura nuora, a quanto fossero adorabili i suoi nipoti. Aveva sempre pensato che alla fine quelle notizie sarebbero arrivate, ma in realtà non sapeva molto della sua vita privata.

Quando tre giorni prima aveva ricevuto un'altra mail dalla donna, aveva pensato che sarebbe stata piena di chiacchiere allegre in cui si vantava di suo figlio e di aggiornamenti sugli ultimi pettegolezzi della sua città natale. Invece le sue parole avevano sconvolto il mondo di Alaska.

Drake era stato ferito. Quasi ucciso. Era in un ospedale in Germania e la Marina le aveva raccomandato di non fare quel lungo viaggio per andare a vederlo, ma di aspettare che venisse trasferito negli Stati Uniti.

Sua madre le aveva chiesto se sarebbe stato un problema

per lei andare a trovarlo e magari scriverle per farle sapere come stava.

Si era messa in movimento appena aveva finito di leggere la mail. Senza nemmeno preoccuparsi di avvisare il suo capo, aveva comprato un biglietto del treno ed era partita verso il Landstuhl Regional Medical Center, il più grande ospedale militare statunitense del Paese. Prima di arrivare si era inventata una storia per aumentare le probabilità di vederlo. Aveva persino mentito dicendo di essere la sua fidanzata.

Non era stato facile e Alaska aveva la sensazione che nessuno le avesse creduto, ma ora finalmente, per chissà quale miracolo, la stavano conducendo verso la stanza di Drake. Non dormiva da un giorno e mezzo, ma si sentiva stranamente eccitata. Erano passati anni da quando lo aveva visto, e anche se le circostanze erano devastanti, non poteva evitare di provare un senso di trepidazione. Sperava solo che lui non facesse saltare la sua versione della storia nel momento in cui l'avesse vista.

«Il suo fidanzato ha subito parecchi traumi» le stava dicendo il dottore mentre erano in ascensore. «Fratture, infezioni, è stato sottoposto a un intervento chirurgico al viso e probabilmente ne dovrà fare molti altri una volta tornato negli Stati Uniti. I detriti che lo hanno colpito in faccia hanno causato gravi danni.»

Alaska trasalì. Odiava pensare che Drake stesse soffrendo.

«Ma quello che deve davvero capire è che non parla da quando è arrivato qui. All'inizio perché aveva preso un forte colpo alla gola, ma dopo che il gonfiore è diminuito, ci aspettavamo lo facesse e invece non è stato così. Soffre di una grave forma di senso di colpa del sopravvissuto e lo psicologo crede che la sua incapacità di parlare sia il suo modo di punirsi per quello che è successo.»

Alaska non aveva idea di *cosa* fosse accaduto, tranne che tutta la sua squadra era stata uccisa. Avrebbe voluto alzare gli occhi al cielo e chiedergli come si sarebbe sentito *lui* se fosse stato ferito e tutti i suoi migliori amici fossero morti, ma si limitò ad annuire.

«Non si faccia prendere dal panico quando lo vedrà. Avrà un aspetto più bello quando i chirurghi plastici avranno finito con lui.»

Digrignò i denti a quel commento insensibile. Come se le importasse dell'aspetto di Drake! Era solo felice che fosse vivo.

«E non la prenda sul personale se non le parlerà. Dovrà continuare a vedere uno psicologo quando tornerà a casa. I SEAL sono il meglio del meglio, ma ciò non significa che non soffrano di disturbo post-traumatico da stress.»

Pensare che Drake Vandine, sempre ottimista e socievole, stesse soffrendo di quel disturbo, le provocò una fitta al cuore. Si sarebbe assicurata di dire alla madre tutto ciò che il dottore le aveva spiegato, e avrebbe insistito che una volta tornato a casa ricevesse il miglior aiuto possibile.

Annuì di nuovo all'uomo. «Capisco.»

«Non si arrabbi se non sarà entusiasta di vederla. Agli uomini come lui... non piace che i loro cari li vedano feriti.»

Ebbe un attimo di incertezza. Drake si sarebbe incazzato perché aveva fatto di tutto per vederlo? Sperava di no.

«Se ha bisogno di qualcosa, prema il pulsante di chiamata sul suo letto» le disse il dottore, mentre apriva la porta della stanza.

Alaska fece un respiro profondo ed entrò.

La prima cosa che notò fu che le tende erano tirate e la stanza buia. Si accigliò. Drake aveva sempre amato stare all'aperto. Adorava la luce del sole, e stando alle mail che si erano scambiati nel corso degli anni era sicura che non fosse cambiato.

Senza esitare, si avvicinò alla finestra e le scostò, lasciando entrare la luce del tardo pomeriggio.

Dal letto dietro di lei risuonò un basso ringhio; Alaska fece un altro respiro profondo mentre si girava per affrontare l'unico uomo al mondo che aveva sempre ammirato.

Per qualche miracolo, riuscì a fare in modo che il dolore di vederlo in quello stato non si mostrasse sulla sua espressione.

Aveva un aspetto orribile. Il viso e la testa erano bendati, tranne per i suoi bellissimi occhi azzurri come l'oceano. La stava fissando con la stessa intensità di quando erano piccoli. Aveva sempre avuto un modo particolare di guardarla, come se la vedesse veramente, cosa che non succedeva con nessun altro.

Nessuno l'aveva *mai* fatta sentire come faceva Drake semplicemente con lo sguardo.

Il suo petto era nudo e Alaska notò il tatuaggio di un leone che ruggiva sul bicipite sinistro; il suo enorme bicipite muscoloso. Percorse con lo sguardo il resto del suo corpo nascosto dal lenzuolo, e le sfuggì un piccolo gemito.

Si afferrò alla sedia accanto al letto per non cadere, poi si sedette con un piccolo sospiro. Che uomo... buon Dio. Nonostante le ferite, era l'uomo più bello che avesse mai visto in vita sua. I tatuaggi, i muscoli, persino l'evidente irritazione che gli illuminava lo sguardo, le facevano rimescolare la pancia. Non lo vedeva da quasi vent'anni, ma le sembrava che fosse passato solo un giorno. E nonostante gli eventi recenti, fu evidente che il tempo era stato clemente con lui.

Si sentì a disagio per aver avuto quei pensieri. Era andata lì perché era ferito. Perché aveva perso i suoi compagni di squadra e amici. Non avrebbe dovuto mangiarselo con gli occhi o essere ossessionata dal suo aspetto.

«Ciao» disse sommessamente, dopo un momento.

Lui non rispose.

Giusto. Il dottore aveva detto che non parlava, il che andava a suo vantaggio in quel momento.

«Sono io. Alaska. Ti ricordi di me, vero?»

Fece una smorfia per aver posto quella domanda stupida, ma trattenne il respiro mentre aspettava un accenno di risposta.

Quando il suo mento si abbassò leggermente, si rilassò.

«Bene. Mi dispiace per quella cosa della fidanzata. Non mi avrebbero permesso di vederti se non fossi stata imparentata in qualche modo. Ma non preoccuparti, non mi aspetto niente da te.» Sorrise un po' a disagio. «Va bene, ok... forse è meglio che tu non riesca a parlare, sono sicura che mi ordineresti di andarmene e di non tornare mai più.»

Lui non si mosse né fece alcun tentativo di comunicare. I suoi occhi azzurri rimasero semplicemente incollati al suo viso.

«È stata tua madre a dirmi che eri qui. Probabilmente perché sapeva che stavo lavorando in Germania. In realtà non abito molto lontano, vivo a Stoccarda. Comunque, sono salita sul treno e sono venuta direttamente qui. Scommetto che non è così che ti aspettavi di incontrarmi di nuovo, eh? Non che ti saresti *mai* aspettato di vedermi di nuovo. Voglio dire...» Sospirò. «Scusa, sono la solita imbranata. È chiaro che non sono molto cambiata dai tempi della scuola, ma... quando ho sentito che eri ferito, sono dovuta venire.»

Si chinò in avanti e gli posò una mano sull'avambraccio, un po' esitante. «Mi dispiace tanto per i tuoi amici» disse con dolcezza.

Per la prima volta da quando era arrivata, Drake ebbe una reazione. Chiuse gli occhi e voltò la testa dall'altra parte. Era ovvio che il dottore avesse ragione, odiava essere sopravvissuto, mentre i suoi compagni di squadra no.

«Non sono un medico o una psicologa, sono solo una segretaria, e nemmeno molto brava da quello che dicono i miei ex capi, ma so con certezza che i tuoi amici sarebbero contenti di sapere che sei vivo.»

Il verso che uscì dalla bocca di Drake fu uno sbuffo, una

risata o qualcosa del genere, ma non impedì ad Alaska di dirgli ciò che sentiva il bisogno di esprimere. «Parlo seriamente. Se i ruoli fossero invertiti e ci fosse uno dei tuoi amici sdraiato qui mentre tu guardi dal paradiso, saresti incazzato se pensasse anche solo per un secondo che sarebbe stato meglio morire. Il mondo è un posto migliore se ci vivi tu, Drake. Quello che è successo è stato devastante, e *niente* di ciò che dirò allevierà il dolore che provi... ma so, senza ombra di dubbio, che vorrebbero prenderti a calci in culo per aver desiderato di essere morto al loro posto.»

Alaska non aveva idea di cosa stesse dicendo, non li aveva nemmeno conosciuti i suoi amici, ma conosceva Drake. O almeno, un tempo lo conosceva. Lui non avrebbe mai voluto che qualcuno soffrisse al posto suo e immaginava che i suoi compagni di squadra fossero stati simili.

Decidendo che fosse necessario alleggerire l'atmosfera, gli strinse il braccio e disse: «Sai, ho sempre avuto la sensazione che fossi Deadpool, e questo incidente me lo ha confermato.»

Con sua sorpresa, voltò di nuovo la testa e spalancò gli occhi con un'espressione stupita.

Alaska fece un sorrisetto. «Lo so, Deadpool non è il paragone migliore, ma con la faccia tutta fasciata e il resto... sembra appropriato. Senza contare che eri sepolto sotto tutte quelle macerie, eppure eccoti qui. È come se fossi invincibile.» Forse stava peggiorando la situazione, ma continuò a parlare. «Il primo *Deadpool* mi è piaciuto più del secondo. Non è così con la maggior parte delle serie? Il primo è sempre più bello. Ok, però penso che nel caso di *Jurassic Park* mi sia piaciuto di più il terzo, ma il quinto? No, proprio no.»

Gli occhi di Drake non si spostarono dai suoi mentre parlava, quindi continuò a chiacchierare. Non aveva idea a cosa stesse pensando, ma non voltò mai la testa dall'altra parte, e Alaska lo prese come un segno positivo. La sua incapacità di parlare gli impediva di ordinarle di chiudere il becco e di uscire dalla stanza, cosa di cui era grata. Soprattutto perché non aveva un posto dove andare. Non aveva denaro sufficiente per prendere una camera d'albergo per parecchie notti; per una notte o due ce l'avrebbe fatta, ma se fossero state di più, avrebbe raschiato il fondo del suo conto.

Continuò imperterrita il monologo fino a quando due infermieri entrarono nella stanza un paio d'ore più tardi. Con suo grande stupore, Drake non si era appisolato nemmeno una volta. Aveva mantenuto per tutto il tempo il suo sguardo sorprendentemente vigile su di lei.

«È ora di cena e del bagno» disse uno degli uomini.

«Oh, giusto. Vado... vedo di trovare qualcosa da fare» replicò Alaska a disagio.

«C'è una caffetteria al piano terra se vuole prendere qualcosa da mangiare.»

Lei annuì. «Va bene... allora... poi posso tornare su, vero?»

«Certo. Vuole che le portiamo una branda?»

«Sì, grazie.» Era troppo codarda per guardare Drake e vedere cosa ne pensasse di quell'idea. Era probabile che fosse già stanco di lei e si chiedesse perché diavolo fosse ancora lì. Non che avessero qualche tipo di legame, ormai non ce l'avevano più da moltissimi anni, ma non riusciva a pensare di andarsene prima di essere certa che sarebbe andato tutto bene.

«Ok, ci dia un'oretta» disse l'altro infermiere.

Alaska annuì. Quindi, immaginando di doversi assicurare che non si insospettissero del suo inganno sul fatto di essere la fidanzata di Drake, si chinò sul letto, gli baciò delicatamente la guancia ricoperta di bende e sussurrò: «Non rimbambirli di chiacchiere. Tornerò presto.»

Gli rivolse un piccolo sorriso, poi si voltò e uscì dalla stanza.

———

Brick poteva giurare di aver sentito le labbra di Alaska sulla guancia mentre lo baciava. Era impossibile, considerando com'era fasciato, ma non poteva negare che in quel momento si sentiva più vivo di quanto non fosse mai stato da quando si era svegliato in ospedale.

Ascoltarla chiacchierare su qualsiasi cosa era stato sorprendentemente... stimolante. Era così stanco di sentire il personale dirgli che stava bene, che erano dispiaciuti per ciò che era successo, che alla fine lo avrebbe accettato e sarebbe stato grato di non essere morto.

Alaska non aveva fatto nulla di tutto ciò. Be', aveva detto che le dispiaceva, ma poi si era messa a blaterare sciocchezze a caso. Stranamente, era stato proprio ciò di cui aveva avuto bisogno.

Era sempre stata una delle poche persone che avevano creduto in lui senza riserve; era andata a fare il tifo a tutte le sue partite di baseball e gli aveva detto di continuo che sarebbe stato un SEAL straordinario.

E all'improvviso non riuscì a togliersi dalla testa il regalo di diploma che gli aveva fatto.

Tornò con la mente alla sera della festa, al ricordo di sua madre che gli diceva che Alaska era tornata per darglielo, ma dato che lui non c'era lo aveva gettato via. Per fortuna lei lo aveva ripescato dalla spazzatura. In seguito, Drake aveva appeso quel regalo in ogni appartamento in cui aveva vissuto. Ogni volta che lo guardava, pensava alla fiducia che aveva in lui.

Non era cambiata molto dai tempi del liceo. Aveva gli stessi capelli castani lunghi fino alle spalle, portati con lo stesso stile semplice, la stessa timida incertezza e lo stesso sorriso ampio e innocente. Ma non era più una ragazzina. Il suo corpo sinuoso si era riempito, era diventata ancora più formosa nei posti giusti. E c'era una cauta maturità dietro ai suoi occhi che lo portava a pensare che la sua vita non fosse stata facile.

Si rese conto che Alaska non si era mai aperta molto nelle loro sporadiche mail, era stata estremamente abile a eludere le domande, ma aveva avuto l'impressione che avesse lavorato duramente per qualsiasi cosa nella sua vita.

Niente avrebbe potuto scioccarlo di più che vederla attraversare la porta della sua stanza d'ospedale. Non riusciva nemmeno a credere che avesse avuto l'audacia di dire di essere la sua fidanzata solo per vederlo. Ma forse sì, poteva crederci. Ricordava che quando aveva qualcosa in mente, poteva essere testarda da morire. Era sempre stata così, almeno ai tempi in cui la conosceva. Si rese conto di essere felice di quel suo tratto del carattere.

Si ritrovò anche a essere estremamente contento della sua presenza. Aveva un carisma tranquillo e un'autenticità che erano stimolanti se paragonati alla rigidità della Marina e delle persone con cui era entrato in contatto durante le missioni.

Con sua sorpresa, gli sembrò di non soffrire molto mentre gli infermieri lo lavavano e gli risistemavano il letto. Quando portarono la cena, mangiò distrattamente; ogni volta che apriva la bocca gli faceva male il viso, ma se ne accorse a malapena. La sua mente era concentrata sulla sua vecchia amica che era andata a trovarlo, invece che sul dolore.

Esattamente un'ora più tardi, Alaska fece capolino dalla porta e sorrise. «Fatto?» chiese.

Dato che era l'unico nella stanza, non riuscì a trattenere un piccolo sorriso a quella domanda.

«Giusto, scusa, un'altra domanda stupida, eh?» Tornò a sedersi vicino a lui e gli posò una mano sull'avambraccio. Quel lieve peso gli diede una sensazione... bellissima. Confortante.

«Sai, questo posto mi spaventa.»

Brick si accigliò.

«Non le persone di per sé. È solo che ho costantemente paura di dire o fare qualcosa di sbagliato. L'ambiente militare è come un enorme club che non capisco e a cui sicuramente non appartengo. Ho l'impressione che da un momento all'altro qualcuno entrerà indicandomi e gridando: "Infedele!", e mi accompagnerà fuori.» Ridacchiò, poi tornò seria. «Ripeto, scusami se ho mentito per entrare qui. Sono certa che in realtà non mi abbiano creduto. Di sicuro tutti si staranno chiedendo cosa diavolo ci hai visto in una come me.» Scrollò le spalle, poi gli fece l'occhiolino. «Ma potrai tranquillizzare tutti quando ti sarai rimesso. Non vorrei che la tua reputazione ne risentisse.»

Brick aprì la bocca per chiedere di cosa diavolo stesse parlando, ma non gliene diede la possibilità. Partì con un altro lungo monologo su qualcosa che aveva visto al lavoro qualche giorno prima.

Alla fine, esauriti tutti gli argomenti, sbadigliò. «Scusa. Non dormo da...» disse guardando l'orologio. «Be', da molto tempo.»

Drake indicò il letto dietro di lei che uno degli infermieri aveva preparato.

«Giusto. Ti dispiace se resto?»

Scosse la testa. Stranamente era così. Se glielo avessero chiesto solo il giorno prima avrebbe detto che voleva stare da solo, ma ora che era lì, non riusciva a sopportare il pensiero che se ne andasse. Gli piaceva la sua compagnia.

«Va bene, ma se russo lanciami un cuscino o qualcos'altro» scherzò. Raccolse la borsa che aveva lasciato cadere sulla soglia appena era arrivata e scomparve nel piccolo bagno. Riapparve un paio di minuti dopo indossando gli stessi vestiti e si sistemò sulla branda accanto al suo letto.

«Mi dispiace davvero per quello che è successo, Drake, ma sono felicissima che tu sia ancora qui» sussurrò. «So che non abbiamo parlato molto dai tempi del liceo, ma ho pensato a te praticamente tutto il tempo... e sorridevo, perché sapevo che eri là fuori da qualche parte a fare il culo con successo ai terroristi. Sono fiera di te. Grazie per quello che fai.»

Brick sentì un groppo in gola. Nel corso degli anni lo avevano ringraziato più volte di quante ne riuscisse a contare, ma aveva sempre ignorato quelle parole gentili. In un certo senso, espresse da lei avevano un peso diverso.

Alaska si addormentò praticamente subito, e lui rimase sdraiato lì a guardarla dormire per gran parte della notte. Prima che il sole iniziasse a spuntare all'orizzonte, aveva preso una decisione.

Voleva guarire. Tornare a casa e diventare il tipo d'uomo che Vader, Monster, Bones, Rain e Mad Dog si sarebbero aspettati che fosse. Non voleva più essere un Navy SEAL, non aveva più voglia di portare l'uniforme, anche se sapeva che probabilmente, a causa delle sue ferite, non era più un'opzione.

Non aveva idea di *cosa* avrebbe fatto, ma voleva essere un uomo di cui Alaska potesse continuare a essere orgoglioso. In un modo o nell'altro, avrebbe raccolto i pezzi della sua esistenza e onorato i suoi compagni di squadra caduti... e la sua vecchia amica, che aveva fatto di tutto per essere al suo fianco quando lui stava attraversando il momento peggiore della sua vita.

———

Alaska rimase stupita dai cambiamenti che avvennero in Drake nei due giorni successivi. Non stava più semplicemente sdraiato a letto a fissarla. Mangiava tutti i pasti, rimaneva seduto per lunghi periodi e sembrava sinceramente interessato a ciò che accadeva intorno a lui. Un'enorme differenza rispetto al giorno in cui era arrivata, quando tutto ciò che aveva fatto era stato lasciarla blaterare, fissando lei o il soffitto.

I medici avevano attribuito quel miglioramento alla sua presenza, ma non pensava che fosse così. Non era il tipo di donna che ispirava un tale cambiamento in *nessuno*, ma qualunque fosse la ragione, ne era sollevata.

La terza notte, quando si sistemò sulla branda, gli disse: «Probabilmente è arrivato il momento che mi tolga dai piedi.»

Lo percepì, più che vederlo, girare la testa per fissarla. Il suo materasso era più alto e si sentiva stranamente al sicuro con lui che incombeva in quel modo. Era una cosa stupida; non le sarebbe successo niente all'interno di un ospedale militare, ma non poteva fare a meno di avere la sensazione che da un momento all'altro la polizia avrebbe fatto irruzione nella stanza, trascinandola via per aver mentito sul fidanzamento con Drake.

«Resta» mormorò lui.

Sorpresa, Alaska si raddrizzò a sedere e lo fissò. «Hai... Drake, hai parlato!»

Le sorrise e disse con voce roca: «Chiama la stampa, è un miracolo.»

Tornando alla sedia che aveva usato negli ultimi giorni, prese il pulsante di chiamata. «Dobbiamo dirlo agli infermieri!»

Ma lui si mosse velocemente e le afferrò il polso, fermandola. «Lo scopriranno domani.»

Lo fissò a lungo, prima di dire: «C'è qualcosa di molto diverso in te.»

Drake annuì.

«Ne sono felice» replicò un po' timidamente. Ora che poteva parlare, si preparò per le sue domande. Per la predica che le avrebbe fatto per aver mentito ai militari.

Invece, sussurrò: «Grazie per essere venuta. Avevo bisogno di questo. Di te.»

Memorizzò quelle parole sussurrate, sapendo che le avrebbe riascoltate nella mente ogni volta che avrebbe avuto una brutta giornata.

«Io... non meritavano di morire.»

Alaska sentì gli occhi riempirsi di lacrime. «Lo so. Ti va di parlarmi di loro?»

Per l'ora successiva, Drake la intrattenne con una storia dopo l'altra sui suoi compagni di squadra caduti. Lei rise, pianse e soffrì insieme a lui per la perdita di uomini e amici così straordinari.

«Non so cosa farò, ma troverò un modo per onorare il loro ricordo» promise.

La sua voce era molto roca. Probabilmente per il trauma che avevano subito le corde vocali e per non aver parlato per così tanto tempo, ma ogni parola era come un regalo per Alaska.

«So che lo farai.»

«Hai sempre creduto in me.»

Non poté far altro che annuire. Era vero.

La fissò per un lungo momento, poi le chiese: «Ti faranno problemi per essere stata qui con me? Per essere rimasta lontano dal lavoro per così tanto tempo?»

Scosse la testa, sapendo di mentire spudoratamente. Era *già* nei guai. Il suo capo le aveva inviato una mail minacciosa proprio quel pomeriggio, dicendole che se non si fosse seduta dietro la sua scrivania la mattina seguente, non avrebbe più avuto un lavoro a cui tornare. Ma non le importava. C'era sempre bisogno di segretarie, avrebbe trovato un altro posto. Era più importante essere lì con Drake.

«Bene. Una volta che avrò parlato con il dottore, sono sicuro che sarà questione di giorni prima che mi rimandino negli Stati Uniti.»

Alaska si sentì sprofondare lo stomaco, ma gli sorrise comunque. «È fantastico.»

«Non ho intenzione di rimanere in Marina» disse quasi con foga, come se pensasse che lei avrebbe protestato.

«Bene.»

Sorrise. «È tutto ciò che hai da dire?»

«Sì» rispose con un'alzata di spalle. «Se non sei un SEAL, sarai qualcos'altro di altrettanto straordinario, meraviglioso e sbalorditivo.»

Lui ridacchiò, poi si fece serio. «Grazie per aver creduto in me, Alaska.»

«Non devi ringraziarmi» replicò con fermezza. Prima di rischiare di mettersi a piangere, si alzò e tornò alla branda. «Hai bisogno di dormire e non di blaterare tutta la notte.» Sorrise per fargli capire che lo stava prendendo in giro.

Una volta sistemata, lo vide voltarsi a guardarla.

«Alaska?»

«Sì, Drake?»

«Ti devo un favore. Se mai avrai bisogno di qualcosa, e intendo *qualsiasi* cosa, fammelo sapere e sarò lì per te.»

Tutto il suo corpo fremette. «Grazie. Parola in codice "fidanzato", giusto?» scherzò, cercando di alleggerire l'atmosfera.

Ma Drake non sorrise. «Se qualcosa dovesse andare così male da aver bisogno di una parola in codice, certo, ma sono serio. Potresti avermi salvato la vita. Ti sono debitore.»

«Avresti risolto tutto, Drake. Lo so.»

«Forse, o forse no. Ma ciò non cambia il fatto che da adesso in poi sarò il tuo amico di penna e ci scriveremo più di un paio di mail all'anno. Voglio restare in contatto con te, Alaska. Io... ne ho bisogno.»

«D'accordo. Comunque voglio sapere tutto su qualsiasi grande impresa ti aspetti.»

«E io voglio lo stesso da te» ribatté.

Le si riempirono di nuovo gli occhi di lacrime. Non c'era niente di eccezionale nella sua vita. Lei era solo... lì. Non stava salvando il mondo o trovando una cura per il cancro, seguiva solo la corrente. Ma le andava bene. Visitava il mondo, incontrava nuove persone e sperimentava nuove culture. Forse un giorno sarebbe tornata negli Stati Uniti. Forse.

«Siamo d'accordo?» le chiese.

«Sì.»

«Dormi, Al, le cose si faranno eccitanti domattina.»

Non poté fare a meno di ridere tra le lacrime. Drake aveva sempre amato sorprendere le persone, e i dottori sarebbero rimasti estremamente scioccati scoprendo che poteva parlare... e che il suo atteggiamento era completamente cambiato.

<hr>

CAPITOLO TRE

Brick sedeva sul terrazzo del suo chalet tra le montagne del New Mexico, sorseggiando una tazza di caffè nero. Gli passò per la mente la frase preferita di Bones: *"Non vale la pena berlo se non è nero"*.

Ultimamente i ricordi dei suoi compagni caduti arrivavano un po' meno di frequente e quando succedeva, il più delle volte erano i benvenuti. Brick non voleva dimenticare gli uomini con cui aveva combattuto. Erano degni di essere ricordati.

I quattro anni successivi alla loro morte erano stati difficili. Era stato congedato con onore dalla Marina, aveva subito diversi interventi chirurgici per sistemare le ossa del volto; sistemare la testa era stato molto più difficile, il disturbo post-traumatico da stress era stato implacabile.

Ma un giorno, dopo una lunga chiacchierata con il suo psicologo in cui alla fine aveva accettato il fatto di non essere l'unico ad avere ripercussioni causate dai terribili eventi che accadevano durante la permanenza nell'esercito, gli era venuta l'idea di creare un luogo dove le persone avrebbero potuto andare per allontanarsi dai loro ricordi più brutti.

Dopo essere stato dimesso dall'ospedale, aveva trascorso alcune settimane in un campeggio, cercando di venire a patti con la sua nuova realtà, e gli era stato di grande aiuto. Così aveva pensato che se a lui era servito, forse sarebbe stato così anche per gli altri.

Quindi, con l'aiuto di Tex, aveva contattato alcuni uomini che aveva incontrato dopo essere stato dimesso. Stavano affrontando gli stessi problemi psicologici e lottavano per trovare il loro posto nel mondo, senza fare affidamento sulle forze armate.

Tex era un amico che si teneva sempre aggiornato sugli uomini e sulle donne che mettevano a rischio la propria vita per il loro Paese. Era un ex SEAL, aveva perso una gamba e da allora si era dedicato ogni giorno a vegliare sugli altri. Aveva persino trovato il lotto di terreno perfetto nel New Mexico. Brick e gli altri sei uomini si erano incontrati lì, avevano campeggiato per diversi giorni, imparando a conoscersi e parlando della loro visione di ciò che speravano di realizzare.

Quando erano tornati a casa, era nato Il Rifugio. Era un progetto venuto dal cuore... e l'avrebbero fatto funzionare.

Tiny era l'unico altro SEAL del gruppo. Era alto un metro e ottanta e tutto muscoli. Aveva un bel viso, più di un ospite aveva notato una somiglianza con l'attore protagonista del film degli anni Ottanta, *Sixteen candles - Un compleanno da ricordare*. Ogni volta che succedeva gli altri ridevano a crepapelle, con suo grande disappunto.

Tonka era stato un membro delle forze speciali della guardia costiera ed era molto a suo agio a lavorare con gli animali. Spike era stato un operatore della Delta Force e Pipe della SAS, l'equivalente britannico dei Navy SEAL. Completavano il gruppo Owl e Stone, entrambi ex Night Stalkers, i leggendari piloti di elicottero dell'esercito. I due avevano lavorato insieme, e insieme erano stati prigionieri di guerra quando i loro elicotteri erano finiti in territorio nemico. Ora stavano facendo il possibile per andare avanti con la loro vita.

Il Rifugio si trovava su alcune centinaia di ettari di terra vicino a Los Alamos. I cittadini erano stati felicissimi quando avevano comprato il terreno, perché l'altra parte interessata era un costruttore che avrebbe sicuramente realizzato un piano di lottizzazione con centinaia di abitazioni. Il Rifugio aveva iniziato la sua attività con delle case mobili e ora aveva la maggior parte dei servizi offerti da un resort di lusso, anche se i proprietari lo chiamavano spesso "campeggio", dato che la maggior parte della sua superficie montuosa era rimasta incontaminata.

Il lodge, il grande chalet principale, era il cuore della proprietà. C'erano comodi divani nell'atrio all'ingresso, per le visite informali o dove le persone potevano radunarsi. La sala da pranzo era abbastanza grande da accogliere la maggior parte degli ospiti contemporaneamente, e c'erano stanze più piccole per sessioni di terapia e incontri privati. Il Rifugio aveva uno chef, ma i pasti erano sempre semplici e a buffet. Gli ospiti erano liberi di usare l'enorme cucina in qualsiasi momento per fare degli spuntini, per prendere ciò che serviva per escursioni o picnic, e persino per cucinare, se ciò serviva a calmare il loro disturbo post-traumatico da stress.

C'erano una dozzina di chalet più piccoli sparsi intorno a quello principale. Andavano dai monolocali con una camera da letto alle suite con tre camere. Ognuno aveva un bagno con la doccia, nonché un frigorifero e un forno a microonde. Il servizio di pulizia veniva offerto ogni due giorni a chi lo desiderava.

Tre volte alla settimana, una psicologa andava a incontrare gratuitamente gli ospiti che volevano parlare. C'era una stalla con alcuni cavalli, una mucca e delle capre, e dei gatti che girovagavano per la proprietà e, naturalmente, Brick aveva Mutt. Aveva trovato quel randagio ferito non molto tempo dopo che lui e gli altri si erano trasferiti nell'area per sovrintendere alla costruzione. Era una sorta di incrocio tra un terrier e un segugio. Le sue zampe erano lunghe e secche, aveva avuto una brutta forma di rogna, ma la cosa peggiore era la zampa anteriore sinistra completamente maciullata. Il veterinario non aveva idea di cosa potesse essergli successo, ma pensava che avesse avuto uno scontro con un animale selvatico, avendo la peggio.

Brick non avrebbe voluto un cane. A quel tempo era impegnato con tutte le pratiche burocratiche e legali che servivano per far costruire e partire il Rifugio, ma non era riuscito a resistere a Mutt. Alla fine, adottarlo si era rivelata una delle cose migliori che avesse mai fatto; avere solo tre zampe non lo rallentava minimamente, e quando a tarda notte Brick non riusciva a dormire, averlo lì vicino gli impediva di cadere in una profonda depressione.

Tutto sommato, era soddisfatto della sua vita. Il Rifugio si era subito rivelato un enorme successo ed era bello aiutare gli altri. Lui e i suoi amici lo avevano aperto tre anni prima con l'intenzione di dare un aiuto ai veterani militari, ma si erano resi conto che il disturbo post-traumatico da stress si manifestava dopo traumi di ogni tipo. Ora ospitavano donne fuggite da relazioni tossiche, dipendenti sopravvissuti ai maltrattamenti subiti sul posto di lavoro, persino coloro che stavano lottando per riprendersi dalla tossicodipendenza.

Il Rifugio era un luogo in cui le persone potevano trovare la pace e la tranquillità di cui avevano bisogno per continuare il loro percorso di guarigione. Stare lì non avrebbe curato nessuno dei loro demoni, ma era un posto dove avrebbero potuto metterli da parte per un po' e respirare.

Bevve un altro sorso di caffè e si chinò per accarezzare Mutt. Era raggomitolato accanto a lui nel suo solito posto, un mucchio di coperte sul terrazzo. Gli aveva comprato una costosa cuccia morbida, ma lui preferiva sempre semplici coperte o asciugamani. Pensava che fosse un retaggio del suo passato sulla strada.

Mentre lo accarezzava pigramente, lasciò riemergere altri ricordi dei suoi compagni di battaglia. Vader e gli altri avrebbero adorato il Rifugio. Era qualcosa di completamente diverso da ciò che avevano fatto un tempo. Le famiglie dei suoi amici erano le benvenute a soggiornare ogni volta che lo desideravano, gratuitamente. Lo stesso valeva per quelle degli uomini e delle donne con cui avevano lavorato i suoi comproprietari.

Il Rifugio era un luogo pacifico, esattamente come il New Mexico, che era meno popolato rispetto alla maggior parte degli altri stati. Essere in mezzo al nulla significava che di solito non ricevevano visitatori casuali. Se qualcuno andava al Rifugio, era intenzionale. Nessuno si imbatteva accidentalmente in loro.

Era proprio così che Brick e gli altri volevano che fosse. Un luogo tranquillo e sicuro, dove le persone potevano andare per ritrovare il loro equilibrio. Per schiarire la mente. Per prendersi una pausa da tutto il frastuono del mondo. Avevano il Wi-Fi, ovviamente, e la ricezione dei cellulari era decente intorno al lodge, ma gli ospiti erano incoraggiati a rimanere disconnessi, se potevano.

Chiuse gli occhi e ammise di essere piuttosto contento. La sua vita aveva preso una svolta diametralmente opposta dopo che era rimasto ferito e aveva perso i suoi compagni di squadra, e anche se aveva dovuto lavorare duramente per arrivare a quel punto, era soddisfatto.

Una parte di lui, nel profondo, rimpiangeva di non avere nessuno con cui condividere la sua vita. Aveva sempre pensato di avere tutto il tempo per sposarsi, avere figli e sistemarsi. Era stato così impegnato con la carriera militare che tutto il resto era passato in secondo piano. E ora, nonostante fosse entusiasta di poter aiutare gli altri, doveva riconoscere di sentirsi solo.

Aveva appena compiuto quarant'anni e, sebbene sapesse che non era troppo tardi per innamorarsi, la realtà era che non aveva incontrato molte donne single, e quelle che passavano al Rifugio non erano certo pronte per avere una relazione.

Di recente ne aveva parlato a lungo con Tiny. Il suo amico aveva cinque anni in meno, ma provava gli stessi sentimenti. C'era sempre la possibilità di frequentare i bar di Los Alamos, ma la piccola città non pullulava di donne single.

Inevitabilmente, la sua mente tornò all'unica donna a cui aveva pensato spesso negli ultimi quattro anni.

Quando Alaska Stein si era presentata al suo capezzale in Germania, sostenendo di essere la sua fidanzata, era rimasto completamente scioccato. Sì, di tanto in tanto le aveva mandato una mail e sua madre non aveva mai perso i contatti con lei, aggiornandolo con quel poco che sapeva dato che era leggermente restia a condividere i dettagli. A parte quelle mail, non poteva di certo classificare il loro rapporto come un'amicizia intima. Non da quando era partito per la Marina.

Ma dopo la Germania, le cose erano cambiate. Si scrivevano di continuo e si inviavano messaggi sui social con quasi altrettanta frequenza. Aveva scoperto che lei viaggiava per l'Europa molto più spesso di quanto avesse immaginato; accettava un lavoro di segretaria, rimaneva un paio d'anni, poi ripartiva. Negli ultimi vent'anni aveva vissuto in più posti di quanti ne visitavano la maggior parte delle persone in una vita.

Brick controllava con trepidazione i suoi messaggi ogni mattina, sperando che gli avesse scritto. Lo faceva sorridere altrettanto spesso di quanto lo faceva preoccupare. Essere una donna single in un paese straniero non era pericoloso di per sé... ma non era nemmeno sicuro. Brick sapeva meglio di chiunque altro che il semplice fatto di essere americana avrebbe potuto renderla un bersaglio per chi non era contento della politica estera statunitense.

Tre giorni prima gli aveva detto che sarebbe andata a fare la turista in Russia, a San Pietroburgo, e lui non ne era stato affatto felice. Avrebbe voluto protestare, dirle che non era una buona idea, ma era stata così entusiasta di vedere l'Ermitage, la Fortezza di Pietro e Paolo, il Palazzo d'Inverno e la piazza, la Reggia di Peterhof, di fare acquisti sulla prospettiva Nevsky e visitare la Chiesa del Salvatore sul Sangue Versato.

Il suo messaggio di quella mattina era pieno di immagini delle sue avventure del giorno prima. Aveva prenotato una compagnia turistica privata e trascorso la giornata con due coppie, visitando metà delle attrazioni della sua lista dei "Da non perdere".

Vedere il volto sorridente di Alaska mentre posava davanti alle varie chiese, aveva reso migliore la sua mattinata, nonostante la diffidenza per quel viaggio. Era perfettamente consapevole che la sua vecchia amica pensava di essere invisibile, di svanire nello sfondo. Per quanto lo riguardava, si sbagliava. Brick avrebbe scelto a mani basse qualcuno con la sua lealtà e passione per la vita, piuttosto che una donna vanitosa e perfettamente acconciata.

Aveva imparato nel corso degli anni che "mediocre" – almeno secondo la definizione che ne dava lei – a lungo termine tendeva a essere molto più soddisfacente di splendida e perfetta.

Per lui, Alaska si distingueva tra la folla. Poteva solo sperare che non venisse notata dalle persone sbagliate mentre viaggiava per il mondo.

Quel giorno avrebbe dovuto percorrere una trentina di chilometri dal centro di San Pietroburgo per andare a vedere la Reggia di Peterhof. In seguito, il piano prevedeva di passare per la Fortezza di Pietro e Paolo, il luogo di sepoltura di diversi zar.

Brick le aveva detto di avvisarlo quando fosse tornata nella sua stanza d'albergo e lei aveva acconsentito, ma non prima di averlo preso in giro dicendo che era paranoico e iperprotettivo.

Non aveva torto. Era preoccupato per la sua sicurezza praticamente in ogni momento, ma non poteva dare la colpa alla sua natura protettiva se ogni mattina per prima cosa apriva la mail, impaziente di trovare un suo messaggio.

Anche se erano a un mondo di distanza, la pensava in continuazione. Sapeva che frequentava raramente gli uomini. Insisteva nel dire che il suo aspetto era "noioso" – capelli castani, occhi castani, altezza media con il suo un metro e settantadue, corporatura media tendente al formoso – ma la sua risata, la personalità, la gentilezza e la genuina curiosità per il mondo che la circondava, la rendevano più memorabile di quanto pensasse. Quando ricordava il loro passato, vedeva una ragazza a cui non importava di sporcarsi, di ridere a crepapelle e di seguirlo quando suggeriva qualcosa che non era del tutto legale... come sgonfiare le ruote dell'auto del preside a tarda notte.

Brick non riusciva davvero a ricordare com'era stata la sua infanzia prima di lei. La loro relazione era evoluta in quegli anni. Dal giocare alla guerra nel campo caravan, alle maratone di videogiochi, al tifo sugli spalti alle sue partite di baseball, all'ascoltarlo quando si lamentava delle sue ragazze. Quando in prima media aveva voluto comprare un enorme mazzo di fiori alla sua fidanzatina di allora e gli mancavano venti dollari, era stata Alaska a prestargli i soldi.

Poi erano passati anni senza avere alcun contatto. E ora, anche se si inviavano più mail e messaggi di quanto non avessero mai fatto in passato, gli mancava terribilmente.

Quei giorni in sua compagnia in ospedale in Germania

avevano cambiato le cose per Brick. Avevano cambiato il modo in cui pensava a lei. Era sua amica, sì... ma adesso era molto di più. Aveva mollato *tutto*, incluso il lavoro, per andare da lui quando ne aveva più bisogno. Aveva mentito per ottenere l'accesso alla sua stanza. Aveva fatto l'impossibile per essere al suo fianco.

Nessun altro aveva mai fatto qualcosa di così altruistico per lui... a parte i cinque uomini che erano morti nella stessa esplosione che gli aveva quasi tolto la vita.

Alaska era speciale. E anche se era difficile credere di poter sentire la mancanza di qualcuno che in un certo senso conosceva a malapena... era così.

Mutt iniziò a battere la coda sulle assi di legno e Brick alzò lo sguardo per vedere Stone andare verso di lui.

«Buongiorno» lo salutò il suo amico.

«Buongiorno» ricambiò. «Il caffè è dentro se ne vuoi una tazza.»

Ognuno dei sette proprietari del Rifugio aveva il suo piccolo chalet. Erano disposti lontano da quelli affittati, e circondavano la proprietà su tutti i lati. Sebbene avessero bisogno di privacy e spazio, erano tutti i benvenuti a casa dell'uno o dell'altro in qualsiasi momento.

«Grazie» disse Stone, facendo un cenno con il mento ed entrando. Tornò un minuto dopo con una tazza di caffè. «Oggi sarà una bella giornata. Ho sentito per caso alcuni ospiti dire che avrebbero voluto fare un'escursione. Ti va di andare con loro?»

Brick annuì. «Certo.» Si alternavano a portarli in giro se volevano una guida. Dato che il Rifugio si estendeva su diverse centinaia di ettari, l'ultima cosa che volevano era che qualcuno si perdesse. Avevano passato molto tempo a ripulire e a contrassegnare i sentieri, ma c'erano dei bellissimi posti che amavano mostrare e che non erano sui percorsi.

«Abbiamo pensato che sarebbe stato positivo farli uscire mentre il veterinario è con Melba.»

Fece una smorfia. Melba era la loro mucca. Era un amore. Amava la gente ed essere grattata sotto il muso. Se glielo avessero consentito, avrebbe seguito gli ospiti in giro per la proprietà, strofinando la testa contro di loro, comportandosi da adorabile rompiscatole. Ma se c'era una cosa che non le piaceva era la visita del veterinario. I versi che emetteva quando la sottoponevano a un esame facevano pensare che la stessero torturando. L'ultima cosa di cui i loro ospiti avevano bisogno era di sentire qualcosa che ricordasse una donna che veniva smembrata. Avrebbero fatto di tutto per prevenire dei flashback.

«Giusto, quindi faremo una lunga camminata» disse Brick con un sorriso.

Stone prese la sedia accanto a lui e rimasero lì per un po', in un confortevole silenzio.

«Siamo al completo per i prossimi mesi, vero?»

Il suo amico annuì. «Sì. Se le prenotazioni continuano a questo ritmo, in poche settimane lo saremo per tutto l'anno.»

Ne era felice, soprattutto considerando che era solo primavera.

«E prima che tu lo chieda, teniamo libero il tredicesimo chalet per le emergenze.»

Annuì soddisfatto. Avevano deciso fin dall'inizio di tenerne sempre uno libero per coloro che avevano bisogno urgente di un posto dove stare, per esempio i prigionieri di guerra liberati di recente o chiunque necessitasse subito di uno spazio per guarire.

«Anche se Becky l'ha riservato per sbaglio a settimane alterne per dopo la fine dell'estate» disse Stone con un sospiro.

Brick si limitò a scuotere la testa. Avevano fatto un sacco di fatica a trovare qualcuno competente che rispondesse al telefono, trattasse con i clienti e che se la cavasse con qualche semplice programma per computer. Aveva pensato che sarebbe stata la posizione più facile da assegnare, ma nei tre anni in cui erano stati operativi avevano cambiato quasi venti persone; ad alcune non piaceva il posto isolato, altre si sentivano nervose intorno agli ospiti, considerando alcuni dei loro precedenti, e altre ancora avevano mentito spudoratamente sulle loro capacità di fare più cose contemporaneamente e sul portare a termine i loro compiti.

Il ragazzo che c'era prima di Becky era stato il peggiore in assoluto a trattare con gli ospiti. Aveva la personalità di un sasso. Era stato un disastro.

«Suppongo abbia sistemato tutto.»

«Sì, anche se Pipe l'ha fatta piangere.»

Brick si accigliò.

«Non è stato nemmeno tanto duro» lo rassicurò. «L'ha solo guardata con un cipiglio e ha fatto qualche ringhio, e lei è crollata come un castello di carte. Ma ha chiamato tutti quelli che avevano prenotato quel cottage per scusarsi, ammettendo il suo errore.»

«Si sono incazzati?» chiese Brick.

Stone scrollò le spalle. «Alcuni sì. Ma quasi tutti hanno capito e scelto altre date. Ha aiutato concedere loro uno sconto del venti per cento.»

Ne era certo. Il Rifugio non era economico. Mentre i prigionieri di guerra venivano invitati a rimanere a titolo gratuito, altri pagavano un prezzo considerevole per il riposo e il relax che trovavano lì.

«Bene. C'è qualcos'altro di importante a parte la crisi imminente di Melba e la cazzata di Becky?»

«No.»

Annuì sollevato. Anche se erano tutti comproprietari, in un certo senso considerava il Rifugio la sua creatura. Dopotutto, l'idea era stata sua. «Tutto a posto?» chiese al suo amico.

Non parlavano molto dei loro demoni personali, ma ognuno di loro conosceva i fattori scatenanti dell'altro. Stone, come un po' tutti loro, aveva dei giorni più difficili di altri.

«Sì.»

«L'anniversario è vicino» disse Brick.

«Cinque anni. A volte sembra sia passata una vita da quando ci hanno trascinati per le strade e gettati in quella cella, altre volte sembra ieri.»

«Lo so.» Si sentiva esattamente allo stesso modo. Nei giorni peggiori, giurava di poter sentire la voce di Mad Dog, solo per correre fuori e trovare un ospite che non conosceva.

I due amici rimasero in silenzio per diversi minuti prima che Stone gettasse indietro la testa e bevesse il resto del caffè. Andò dentro per riporre la tazza e quando tornò fuori fece un cenno a Brick prima di allontanarsi; probabilmente sarebbe andato al lodge per assicurarsi che la colazione per gli ospiti fosse pronta e che tutti fossero felici.

Brick rimase seduto a fissare gli alberi dietro casa, tornando con il pensiero ad Alaska. A quell'ora doveva essere già rientrata dal suo tour, dato che c'era una differenza di fuso orario di nove ore tra il Rifugio e San Pietroburgo. Sperava di trovare un'altra mail con le foto della sua giornata una volta tornato dall'escursione.

Si alzò, si prese il tempo di accarezzare Mutt, poi entrò in casa. Doveva cambiarsi i pantaloni e mettersi le scarpe da trekking. Tenersi impegnato era il modo migliore per non pensare. Avrebbe tenuto a bada i suoi demoni.... e distolto la mente dalla preoccupazione per Alaska.

CAPITOLO QUATTRO

Alaska sorrise a Igor, la guida con cui aveva trascorso il giorno precedente, quando lui entrò nell'atrio dell'hotel.

«Pronta a partire?» le chiese.

Annuì, allontanando il senso di disagio che provava da quando aveva saputo che le due coppie che avevano fatto l'altro tour con lei quel giorno non ci sarebbero state. Ma Igor aveva promesso che non sarebbe rimasta da sola, avrebbero preso altri turisti mentre uscivano dalla città per andare a visitare la Reggia di Peterhof.

Era lì solo per due giorni e voleva vedere più cose possibili; aveva fatto la pazzia di prenotare un tour privato, dato che le avevano assicurato che era il modo migliore per farlo in un breve lasso di tempo. Il giorno prima era stato fantastico. Avevano persino saltato le lunghe file al Palazzo d'Inverno, il che era stato un enorme vantaggio.

Anche se Igor era una guida esperta, per qualche motivo la rendeva nervosa. Non era per il suo aspetto; era vestito in modo impeccabile, con una polo immacolata e dei jeans. I suoi capelli castano scuro erano perfettamente pettinati e non era diverso da qualsiasi altra persona incontrata in quel Paese.

Non era sicura se il suo disagio derivasse dalla quantità eccessiva di tempo che trascorreva al telefono o dal modo in cui ogni volta che le capitava di guardarlo, sembrava che la stesse fissando.

Nessuno la fissava. Non era il tipo di donna che la gente trovava irresistibile o intrigante. Quindi, essere il soggetto del suo intenso interesse era sconcertante.

Ma voleva davvero vedere le fontane della Reggia di Peterhof, e dato che non parlava russo, non si era sentita a suo agio a salire su un autobus o una barca per andarci da sola. Quindi, l'unica possibilità era stata il tour privato, e di conseguenza Igor. Aveva inviato a Drake una lunga mail con le foto dell'uscita del giorno precedente, insieme all'itinerario di quello odierno.

Era patetico che non avesse altri amici intimi con cui condividere i suoi piani. Cambiava lavoro troppo spesso per costruire dei rapporti stretti con i colleghi. Aveva trascorso gli ultimi due decenni in giro per l'Europa e le era piaciuto un sacco, ma negli ultimi anni aveva iniziato a desiderare ardentemente di tornare a casa.

Alaska era ben consapevole del motivo per cui aveva avuto quell'improvviso desiderio.

Drake.

Da quando era andata a trovarlo in ospedale in Germania, era stato una costante nella sua vita. Parlavano al telefono di tanto in tanto, ma soprattutto si mandavano messaggi e mail. Tutti i giorni.

Era molto orgogliosa dei progressi che lui aveva fatto negli ultimi quattro anni. Aveva ammesso di soffrire ancora per il senso di colpa, la mancanza dei suoi amici e il disturbo post-traumatico da stress, ma avere il Rifugio su cui concentrarsi era stata la cosa migliore per lui.

Alaska aveva cercato su internet la sua "piccola impresa", come la chiamava lui, e aveva trascorso ore a guardare con interesse tutto ciò che aveva realizzato in così poco tempo. Fino a quel momento, ogni singola recensione era stata positiva. Gli ospiti avevano parlato con entusiasmo delle sistemazioni, del cibo, dell'atmosfera... e di una mucca di nome Melba.

Era imbarazzante, ma Alaska aveva persino salvato sul computer la foto dei sette amici che avevano aperto quel resort. Quegli uomini erano tutti stupendi, ma per lei Drake era il più bello. Anche dopo tanti anni c'era qualcosa in lui che la attirava. I tatuaggi. Gli occhi azzurri. Anche le vene nelle braccia e nelle mani. In quella foto portava la barba e i baffi ben curati che in ospedale non aveva, e gli stavano davvero bene. Poteva vedere la forza e la determinazione nella sua postura, nel suo contegno.

Era tutto ciò che aveva sempre desiderato in un uomo... e che sapeva non avrebbe mai avuto.

Non aveva una bassa autostima, era semplicemente realista. Uomini come Drake non degnavano di uno sguardo le donne come lei. Era così. Ma lo aveva comunque sempre usato come metro di giudizio con ogni altro uomo che aveva frequentato.

Non che ne avesse frequentati molti. Era già stato difficile farlo quando li paragonava solo al ricordo di un ragazzo di diciotto anni che conosceva al liceo, ma dopo aver trascorso quel breve periodo con lui in Germania, era stato praticamente impossibile uscire con qualcuno.

Nessuno si avvicinava minimamente a Drake Vandine.

Parlargli e ricevere le sue mail, era stato eccitante e allo stesso tempo straziante.

Sapeva che tornare negli Stati Uniti avrebbe reso ancora più doloroso essere sua amica, ma era giunto il momento. Era stanca di vivere all'estero, e stare più vicina a Drake non avrebbe mai potuto essere una brutta cosa, anche se non era suo.

«È eccitata per oggi?» le chiese Igor, facendola sussultare per la sorpresa, dato che si era persa nella sua testa.

Alaska ridacchiò. «Direi di sì. Staremo via tutto il giorno? Non ero sicura di quanto tempo ci sarebbe voluto tra andata e ritorno.»

«Dipende dal traffico. È molto intenso da queste parti. Troppe macchine e poche strade, ma si fidi di Igor, la porterò lì in sicurezza. Attenta» disse, indicando una buca nel marciapiede.

Alaska lo ringraziò ed evitò quel punto mentre si dirigevano verso il suo veicolo, lo stesso minivan bianco che avevano usato il giorno prima. Salì all'interno, accomodandosi sul sedile dietro al posto di guida.

Igor fece il giro e si mise al volante. Avviò il motore e disse: «Dobbiamo fare due fermate, poi andremo al palazzo.»

Annuì distrattamente e guardò fuori dal finestrino mentre si avviavano lungo la strada. Quasi tutti quelli che aveva incontrato durante quella vacanza erano stati amichevoli, facendosi in quattro per assicurarsi di renderla soddisfatta e felice, sia nella piccola caffetteria in cui si erano fermati, sia nel ristorante dove aveva cenato la sera prima. Anche gli impiegati dell'albergo conoscevano già il suo nome e le sorridevano quando entrava e usciva.

Igor si fermò davanti a un hotel e scese. Il portello scorrevole del minivan si aprì e salirono due uomini. Alaska rivolse loro un breve sorriso, poi riportò l'attenzione al finestrino. Sperava che tra i turisti successivi ci fosse una donna. Non era sicura di sentirsi a proprio agio se fosse stata l'unica del gruppo.

Ma con suo sgomento, una volta fermati al secondo hotel salì un terzo uomo. Si accomodò accanto a lei e stranamente si sentì rizzare i peli sulla nuca. Stava quasi per dire a Igor di aver cambiato idea e di non voler più fare il tour, ma quando l'uomo si limitò a salutarla educatamente con un cenno del capo, fece un paio di respiri profondi e si disse che stava diventando ridicola.

Il furgone ripartì e si inoltrò nel traffico sempre più intenso. La temperatura calda all'interno del veicolo e le vibrazioni del motore la fecero assopire, mentre percorrevano la strada che portava fuori dalla città.

Non sapeva quanto tempo avesse dormito, ma quando si svegliò e guardò fuori dal finestrino, capì che qualcosa non andava.

«Dove siamo?» chiese.

Igor ignorò la sua domanda. Si limitò a fissare davanti a sé e continuò a guidare.

Alaska osservò di nuovo fuori e vide che si trovavano in una sorta di zona industriale o... uno scalo ferroviario? C'erano container ovunque guardasse, quelli grandi usati sulle navi mercantili, e camion e muletti che li trasportavano da un punto all'altro. Il furgone sembrava diretto verso un grande magazzino che si vedeva in lontananza.

«Igor, dove siamo?» chiese di nuovo, sporgendosi in avanti.

Con sua sorpresa, l'uomo che le sedeva accanto allungò un braccio davanti a lei premendola contro il sedile.

Il suo primo istinto fu di spingerlo via dal suo corpo, e quando ci provò, due mani le afferrarono le braccia da dietro.

I tizi sui sedili posteriori l'avevano immobilizzata.

Spaventata a morte, riuscì solo a farfugliare: «Che diavolo?»

«C'è stato un cambio d'itinerario» disse uno.

Alaska lanciò un'occhiata dietro le spalle. Lo sguardo glaciale negli occhi castani dell'uomo le fece ingoiare le parole che aveva sulla punta della lingua. Quello non era qualcuno che avrebbe accettato di buon grado le sue rispostacce. Non aveva idea di come l'avesse capito, ma sapeva fin nel profondo della sua anima che quel tipo non ci avrebbe pensato due volte a farle del male. Molto male.

«Mi piacciono quelle che stanno zitte» disse con una risatina. «Per premiare il tuo autocontrollo, ti dirò cosa succederà. Adesso appartieni a *me*. Almeno per il momento. Ti ho venduta a un amico che risiede in Cina. È una specie di collezionista ed è passato un po' di tempo dall'ultima volta che ha avuto un'americana. Sei qui da sola, senza marito e amici, quindi nessuno se ne accorgerà quando sparirai nel nulla.»

Alaska spalancò gli occhi per l'orrore. Avrebbe voluto vomitare, ma riuscì solo a fissarlo incredula.

«Non appena il denaro sarà depositato sul mio conto, ti metterò su un treno che attraverserà la Siberia, passerà per la Mongolia, per arrivare poi a Pechino. Se sopravvivrai al viaggio, ti consiglio di fare ciò che richiederà il tuo nuovo proprietario senza fare domande. Non è noto per la sua pazienza.»

L'uomo rise. Il suono era così disgustoso che la fece rabbrividire.

Non stava accadendo davvero. Venire rapite e vendute come schiave sessuali succedeva nei film, non nella vita reale. E sicuramente non a una come lei.

Igor, che il giorno prima era sembrato cordiale ma aveva dimostrato di essere lui stesso il diavolo, fermò il furgone vicino a una porta del magazzino. Il tizio accanto a lei scese, poi le avvolse la grossa mano intorno al braccio trascinandola giù dal sedile.

Alaska cadde quasi a terra, ma non appena si raddrizzò, le afferrarono l'altro braccio e la spinsero a forza oltre la porta, all'interno di uno spazio affollato. C'erano ovunque persone che lavoravano, ma nessuno si voltò a guardarla. Nessuno sembrava interessato a ciò che stava accadendo proprio sotto al loro naso.

D'altronde, perché avrebbero dovuto? Era probabile che

fossero tutti al corrente di ciò che succedeva in quel posto, sapevano che quei tizi rapivano le donne.

Fu trascinata attraverso la stanza verso quello che sembrava un ufficio.

Più a lungo rimaneva nelle mani dei due tirapiedi e dell'organizzatore di... *qualunque* cosa fosse, minori erano le sue possibilità di fuga. Igor non si era unito a loro, probabilmente era già partito per andare a ingannare qualche altra povera turista ignara.

La porta dell'ufficio sbatté dietro di lei e Alaska fu spinta verso un piccolo divano. Riuscì a non cadere di faccia contro i cuscini dall'aspetto disgustoso e si voltò subito a fissare i tre uomini. L'avrebbero violentata? Picchiata? Cominciò a tremare, terrorizzata.

L'uomo al comando si sedette dietro a una scrivania e iniziò a digitare sul computer. Passarono diversi minuti senza che nessuno dicesse una parola. Avrebbe potuto anche essere un mobile per come la ignoravano, ma lo preferiva di gran lunga all'alternativa. Il battito del suo cuore non era rallentato da quando si era svegliata nel furgone e aveva la nausea per la quantità di adrenalina che le scorreva nelle vene.

Doveva fare qualcosa. Se fosse rimasta seduta lì come una ragazzina spaventata, l'avrebbero mandata in Cina per essere il giocattolo sessuale di un uomo.

«Sono sposata» sbottò all'improvviso. La sua voce risuonò forte nella stanza silenziosa. Si sentiva il ronzio dei macchinari al di là della porta, ma aveva l'impressione che anche se avesse urlato a squarciagola, nessuno sarebbe andato a salvarla. Doveva cavarsela da sola, ed era una sensazione spaventosa.

L'uomo dietro la scrivania sorrise e si appoggiò allo schienale della sedia. «No, non è vero» disse dopo un momento.

«Sì, invece» insistette.

«Allora dov'è tuo marito? Perché avrebbe lasciato che sua

moglie vagasse per la Russia da sola? Non mi pare probabile. Non porti nemmeno la fede. Se avessi una moglie sarebbe a casa, dov'è giusto che sia. Com'è che dite voi americani? Scalza e incinta?»

Alaska odiava quell'uomo con ogni fibra del suo essere, ma sapeva che rispondergli per le rime non l'avrebbe aiutata in quel momento, data la considerazione che aveva delle donne.

«Non ho portato i miei gioielli perché non volevo che attirassero l'attenzione di nessuno o che me li rubassero. E Drake è tornato negli Stati Uniti. Ha un'attività lì. Devo raggiungerlo dopo che avrò finito un lavoro in Svizzera. Non ero mai stata in Russia e avevo sempre sentito tante cose belle di questo Paese, così ho deciso di fare un ultimo viaggio prima di tornare a casa da lui.»

«Non ti credo» disse l'uomo, fissandola con uno sguardo penetrante.

«Posso chiamarlo. Per riavermi pagherà il doppio del tizio in Cina.»

Quello attirò la sua attenzione. «Pagherebbe due milioni di dollari americani per te?» chiese.

Porca puttana. Era fregata. Il suo cuore sprofondò, ma annuì comunque.

«E come si chiama questo marito?»

«Drake. Drake Vandine. Possiede un resort nel New Mexico che fa un sacco di soldi. Pagherà per liberarmi. Ve lo garantisco.»

Non aveva idea di quanto guadagnasse. Sapeva meglio di chiunque altro che un'azienda poteva sembrare di successo all'apparenza, mentre in realtà riusciva a malapena a tirare avanti. Drake le aveva detto che se mai avesse avuto bisogno di lui, avrebbe dovuto solo chiedere.

Due milioni di dollari erano davvero tanti, ma era disposta a correre il rischio.

L'uomo al comando si puntò le dita sotto il mento e la

fissò a lungo. Alaska dovette usare tutta la sua forza di volontà per non dimenarsi agitata sotto il suo sguardo.

«Perché? Non sei bella. Non sei indimenticabile. Perché quell'uomo dovrebbe pagare per riaverti?»

Non ne ho la minima idea, fu la prima cosa che pensò, ma non poteva dirlo.

«Mi ama» sbottò.

Con sua sorpresa, l'uomo gettò indietro la testa e scoppiò a ridere. Quando riprese il controllo, tornò a guardarla. «L'amore non esiste» disse in tono piatto. «È un'emozione patetica che gli uomini usano da secoli per controllare le donne. Tutto ciò di cui abbiamo bisogno per essere felici è un buco in cui infilare il cazzo. E tu hai tre buchi perfetti che il mio cliente è desideroso di riempire tutte le volte che vuole e in qualsiasi modo. Pensi che questo Drake pagherà per riaverti? Dimostralo.»

Il cuore di Alaska batteva così forte che era sicura di essere sul punto di avere un infarto, ma annuì. «Come?» gli chiese.

«Portatela qui» ordinò l'uomo ai suoi scagnozzi.

Prima che riuscisse a dire che poteva camminare da sola, la afferrarono di nuovo per le braccia, la tirarono in piedi e la portarono alla scrivania.

«Qual è il numero di questo *Drake* che pagherà due milioni di dollari per una fica?»

«Io... non lo so. Voglio dire, è programmato nel mio cellulare, ma è nella borsa che presumo sia ancora nel furgone.» Lo sguardo scettico sul volto di quell'essere malvagio la mise quasi in ginocchio. Doveva pensare in fretta. «Ma il suo resort nel New Mexico si chiama Il Rifugio. C'è un numero. Posso chiamare quello.»

L'uomo si chinò in avanti e digitò sulla tastiera, ovviamente cercando il posto. Alaska odiava che ora sapesse dove lavorava Drake, ma non era stato possibile evitarlo. Si sarebbe presa a calci per non avere memorizzato il suo numero di cellulare. Affidarsi alla tecnologia era troppo facile, ma non aveva avuto motivo di saperlo a memoria, le bastava solo cliccare sul suo nome. Stupida. Era proprio stupida.

L'uomo premette una serie di tasti su un telefono posato sulla scrivania e si sentirono gli squilli attraverso l'altoparlante.

«Hai quattro minuti per convincere questo Drake a pagare» le disse.

Alaska annuì subito. Il conato che le si era bloccato in gola minacciava di risalire e lo inghiottì con forza. Non pensava che il tizio avrebbe apprezzato che vomitasse sulla sua squallida scrivania di legno.

Mentre il telefono squillava, cercò di pensare a cosa dire per uscire da quella situazione. Prima che riuscisse a decidere, rispose una voce femminile.

«Grazie per aver chiamato Il Rifugio. Come posso aiutarla?»

«Ho bisogno di parlare con Drake. È un'emergenza.»

«Drake? Chi è Drake? È un ospite?» chiese vivacemente la donna.

Lo sguardo compiaciuto sul viso dell'uomo di fronte a lei la fece arrossire, ma non gli diede la possibilità di interrompere la connessione.

«Brick. Drake è Brick. Per favore, dica che c'è sua moglie e che ho davvero tanto bisogno di parlargli. Subito.»

«Oh! Brick.» La donna ridacchiò. «Scusi, nessuno qui usa i veri nomi dei ragazzi. Se può aspettare, vedo di trovarlo.»

«Grazie» replicò Alaska. Poi aggiunse: «Chiamo dall'estero, quindi prima lo trova, meglio è.»

«Va bene, tesoro. Aspetti in linea.»

Poi partì "Beat It" di Michael Jackson in versione Muzak.

Per fortuna il suo rapitore sembrava disposto a vedere come sarebbe finita. Si appoggiò allo schienale ancora una volta e mise le mani dietro la testa, sorridendo. «È piuttosto divertente» le disse. «Ora aspettiamo di vedere come reagirà il tuo amato alla richiesta di due milioni di dollari.»

Alaska sarebbe già fuggita se avesse potuto farlo. Non importava che fosse nel mezzo di chissà dove in Russia, che non parlasse la lingua e fosse circondata da tre degli uomini più spaventosi che avesse mai incontrato; avrebbe tentato la fuga se non fosse stata ancora stretta nella morsa dei due scagnozzi al suo fianco.

Non aveva un posto dove scappare. Nessun luogo in cui andare. Se Drake non l'avesse aiutata, era praticamente morta.

———

Brick stava chiacchierando amabilmente con i suoi ospiti. Era stata una stupenda giornata con un gruppo altrettanto bello. Erano stati ansiosi di ascoltare storie sul territorio e si erano accontentati di camminare a un ritmo tranquillo. L'escursione era durata circa quattro ore, un tempo più che sufficiente per completare la visita di routine del veterinario.

Aveva organizzato uno spuntino leggero per tutti in una delle aree di sosta lungo il sentiero. La vista era spettacolare e tutti erano di ottimo umore. Si trovavano a circa cinque minuti dal lodge, quando il suo telefono iniziò a vibrare con la suoneria di emergenza che tutti i proprietari avevano programmato nei loro cellulari.

Si irrigidì. L'ultima volta che ne aveva ricevuta una era stato quando uno degli ospiti si era chiuso nel suo chalet perché stava avendo un flashback e pensava che dei terroristi talebani armati stessero per invadere la casa.

Guardò lo schermo e vide che il messaggio di SOS era di Pipe.

Si voltò verso gli ospiti, si scusò dicendo di dover scappare e disse loro di prendersi il tempo che volevano per tornare. Mentre correva cliccò sul suo nome.

«Dove sei?» gli chiese il suo amico quando rispose.

«A circa tre minuti da lì. Cos'è successo?»

«C'è tua moglie al telefono e vuole parlare con te.»

Brick rimase confuso per un momento. Sua moglie? Che cazzo? Non era sposato. Ma il pensiero successivo lo fece quasi inciampare.

L'unica persona che avrebbe osato affermare di essere sua moglie era Alaska. Sebbene la loro parola in codice fosse "fidanzato", era sostanzialmente la stessa cosa.

«Dov'è? Che problema c'è?» chiese.

«Sai chi è?»

«Sì.»

«Ok. Becky ha ricevuto una chiamata da qualcuno che afferma di essere tua moglie e che ha bisogno di parlarti. Ha detto che si trattava di un'emergenza, che era all'estero e che sarebbe stato meglio se ti fossi sbrigato.»

Un'ondata di adrenalina travolse il suo corpo.

«Ha chiesto di Drake, e Becky non sapeva di chi stesse parlando finché non ha chiarito.»

«Becky ha detto che non ero sposato?»

«No.»

«Grazie, cazzo!» mormorò.

«Ha spiegato che pensava fosse strano, ma dato che le abbiamo detto che il cliente ha sempre ragione – cosa che io e te sappiamo benissimo è una stronzata, ma pazienza – l'ha assecondata. Ha pensato che fosse qualcuno che stava cercando di contattarti in ogni modo possibile, visto che di solito non chiamano la linea fissa chiedendo di parlare con qualcuno di noi usando il nostro nome.»

«È Alaska» disse Brick al suo amico, mentre in lontananza vedeva il lodge.

«Come fai a saperlo se non le hai nemmeno parlato?»

«Lo so e basta. Ed è successo qualcosa di grave. Di molto grave. Da quello che so dovrebbe essere in Russia. Sarò lì tra un minuto.»

«Io sono già qua e sta arrivando anche Tiny» disse Pipe.

«Stiamo registrando la chiamata, vero?»

«Certo. Come sempre.»

«Bene. Chiedi a qualcuno di chiamare Tex. Ho la sensazione che avremo bisogno di lui.»

«Non puoi saperlo. Magari voleva farti uno scherzo o qualcosa del genere.»

«No. Non Alaska. È successo qualcosa e potrei aver bisogno che Tex mi aiuti a risolverla» ribatté senza esitazione.

«Va bene. Dirò a Owl di chiamarlo. Ti aspetto alla porta sul retro.»

«Grazie. Sto arrivando.» Brick spense il telefono e accelerò il passo. Non aveva idea di cosa stesse succedendo, ma non aveva alcun dubbio che fosse qualcosa di brutto.

Quando arrivò al lodge, oltrepassò di corsa la porta che Pipe stava tenendo aperta e non rallentò mentre andava verso un piccolo ufficio sul retro. Non veniva usato molto spesso, ma c'erano un computer e un telefono collegati a quelli usati dalla segretaria alla reception.

Fece un respiro profondo per calmarsi. «Linea uno?» chiese a Tiny, che era arrivato praticamente insieme a lui.

Quando il suo amico annuì, Brick mise il telefono in vivavoce, quindi premette sul pulsante lampeggiante di quella linea.

«Ehi tesoro! Che succede?» chiese, con il tono più calmo e rilassato che riuscì a fingere. Nel frattempo, le sue mani strinsero il bordo della scrivania talmente forte da fargli sbiancare le nocche. Pipe aveva un telefono in mano, lo teneva in alto in modo che chiunque fosse dall'altra parte potesse sentire cosa dicevano. Brick sperò che fosse Tex.

«Drake?»

La voce di Alaska era flebile e tremante.

«Sì, sono io» rispose. «Com'è andato il tour di oggi?»

«Ehm... sì, a proposito di quello... mi sono cacciata in un guaio e ho bisogno del tuo aiuto.»

«Dimmi, lo sai che puoi chiedermi qualsiasi cosa» disse, lasciando trasparire dalla sua voce tutta la rassicurazione possibile.

«Ho bisogno che tu trasferisca due milioni di dollari su un conto il prima possibile, altrimenti verrò venduta a un tizio in Cina.»

Brick si aspettava qualcosa di brutto, ma quello era... non sapeva come definirlo. Rivoltante. Scioccante. Orribile.

Non dubitò di lei nemmeno per un secondo. Non era il tipo di donna che lo chiamava di punto in bianco chiedendogli enormi somme di denaro. «Porca puttana, tesoro» sussurrò, non sapendo nemmeno cosa dire in quel momento.

«Lo so» disse con una piccola risata per niente divertita. «Assurdo, vero? Avevi ragione quando mi hai detto di non venire in Russia da sola.»

Brick si sentì malissimo. Glielo aveva detto, ma nemmeno nei suoi peggiori incubi avrebbe potuto immaginare che le sarebbe successa una cosa del genere.

«Me ne occupo non appena riattacchiamo. Cosa succederà dopo che avrò inviato i soldi?»

«Io... non lo so. Ma hanno promesso che se l'avessi fatto mi avrebbero lasciata andare.»

«Va bene, tesoro. Sii forte. Ci penso io. Capito?»

«Sì. E, Drake? Mi dispiace tanto.»

Fu travolto da un'ondata di rabbia. Non aveva bisogno di scusarsi. Lo scioccava che si sentisse responsabile perché un pezzo di merda l'aveva rapita per venderla come schiava sessuale. «È lì la persona che ti ha preso? Mi sente?»

«Sì» sussurrò.

«Per favore, non fate del male a mia moglie» disse, interpretando il suo ruolo. Quello che avrebbe voluto *davvero* dire allo stronzo era che se le avesse torto anche solo un capello se ne sarebbe pentito. Continuò con il tono più calmo possibile. «Voglio la prova che l'avete liberata prima di mandarveli.»

Sentì una profonda risata in sottofondo, poi un uomo parlò con un accento russo. «Non credo proprio. Tu prima mi mandi i soldi, poi io lascio andare tua moglie. Questo è il conto.» E snocciolò una serie di numeri.

Brick non si preoccupò di scriverli, dato che stavano registrando la chiamata.

«Capito?» chiese il bastardo.

«Sì» rispose Brick a denti stretti. «Ci vorrà un po' di tempo per mettere insieme i soldi e trasferirli. Voglio la sua promessa che nel frattempo a mia moglie non accadrà nulla.»

«Non faccio promesse a nessuno» replicò il rapitore. «Ma visto che siete stati entrambi così... accomodanti, vi do un po' di tempo. Non cercare di fregarmi. Se lo fai, puoi dirle addio.»

«Non lo farò. Al, tieni duro. Non preoccuparti, sistemerò tutto... Alaska? Ci sei?»

«La chiamata è stata interrotta» confermò Pipe.

«Cazzo!» urlò Brick, poi prese il telefono e lo scagliò con forza contro il muro. La furia gli scorreva nelle vene, impossibile da controllare. Non si sentiva così impotente da molto tempo; da quel giorno, più di quattro anni prima, in cui aveva visto i suoi compagni di squadra saltare in aria.

Si voltò verso Pipe allungando la mano per farsi dare il telefono. «È Tex?» gli chiese. Il suo amico glielo porse annuendo.

«Sto rintracciando la chiamata» disse l'altro non appena Drake si avvicinò il cellulare all'orecchio. «Dato che ci hai messo qualche minuto per arrivare in ufficio, c'è stato tempo per poterlo fare. Ho inserito nel computer il numero di conto che ti ha dato e ci sto lavorando. La riporteremo a casa.»

«Voglio esserci» dichiarò.

«Brick, sei fuori dai team da quattro anni.»

«Non è necessario che io sia nella squadra d'assalto, ma devo esserci. Avrà bisogno di me.» Non poteva spiegare come lo sapesse. Era così e basta. Qualunque cosa stesse passando Alaska, era terribile. Lo sentiva fin nell'anima. L'aveva capito dal tono della sua voce; era spaventata a morte. Ed era impossibile sapere cosa avrebbero potuto farle fino a quando il suo rapitore non avesse ricevuto i soldi. Anche se aveva detto che gli avrebbe dato tempo, Brick non si fidava assolutamente di lui.

Tex sospirò. «Va bene. Posso fare una telefonata e ottenere una squadra di recupero. Non lavorano più molto al di fuori degli Stati Uniti, ma per questo caso faranno un'eccezione. Se faccio arrivare un aereo a Los Alamos in venti minuti, ce la farai a prenderlo?»

Brick non gli chiese nemmeno come diavolo avrebbe fatto a requisire un aereo, per non parlare di mandarlo nella piccola città vicina in soli venti minuti. «Sì. E Tiny verrà con me.»

Non contestò quell'affermazione. «Ricorda, siete entrambi complementari. Capito? Solo di supporto.»

«Ricevuto» rispose Brick. Non gli importava di essere quello che avrebbe fatto fuori il rapitore, aveva solo bisogno di essere lì per *lei*.

«Quel pezzo di merda non se la caverà prendendo uno dei nostri» disse Tex. La convinzione nella sua voce contribuì notevolmente a farlo rilassare un po'. «Venti minuti. Sii pronto.» Poi chiuse la chiamata.

Brick restituì il telefono a Pipe. «Grazie» disse con un cenno del capo. Si voltò verso Tiny. «Ti va di venire con me?»

«Cazzo, sì» rispose.

Ne fu sollevato. Aveva scelto lui prima di tutto perché era lì e conosceva già il problema, e secondo perché era stato un SEAL. Non aveva niente contro gli altri uomini con cui lavorava, erano altrettanto letali e competenti, ma con lui c'era un certo grado di familiarità e sicurezza, essendo stati nelle stesse forze speciali.

Gli uomini corsero fuori dall'ufficio, ignorando Becky che chiedeva cosa stesse succedendo. Non avevano nemmeno un minuto da perdere in spiegazioni. C'era la vita di Alaska in gioco e ci sarebbe voluto del tempo per arrivare a lei. Esisteva ancora la possibilità che chi l'aveva rapita la spedisse comunque in Cina senza aspettare l'arrivo dei soldi. Se fosse successo, sarebbe stato quasi impossibile trovarla, ma Brick non si sarebbe arreso.

Tex si sarebbe occupato del trasferimento del denaro, facendo sembrare che il deposito fosse in attesa di accettazione quando in realtà non lo era.

Non era preoccupato per i soldi. Se Tex avesse dovuto inviare un riscatto per davvero, avrebbe passato volentieri il resto della vita a ripagare l'ex SEAL. Tutto ciò che contava era riportare a casa Alaska sana e salva.

CAPITOLO CINQUE

QUANDO IL SUO RAPITORE INTERRUPPE LA chiamata nel mezzo della frase, Alaska avrebbe voluto urlare. Piangere. Ma non lo fece. Doveva mantenere il controllo finché Drake non fosse riuscito a tirarla fuori da lì. Le aveva detto che non aveva nulla di cui scusarsi, ma si sbagliava. Avrebbe dovuto ascoltarlo. Aveva cercato di avvertirla, ma si era sentita davvero tranquilla riguardo alla sua sicurezza, dato che aveva viaggiato per l'Europa da sola per anni.

«E ora?» chiese, quando l'uomo non fece nulla.

«Ora?» rispose con un sorrisetto. «Ora ti prepariamo per il tuo viaggio in Cina.» Fece un cenno agli uomini che la trattenevano.

Cercò di divincolarsi e scappare, ma la stringevano troppo forte. «Che cosa? No! Drake manderà i soldi!»

«Lo spero proprio. Tre milioni sono molto meglio di uno» ribatté.

Alaska lottò con tutta se stessa mentre veniva trascinata fuori dall'ufficio e nel magazzino, ma per quanto scalciasse e si contorcesse non riusciva a sottrarsi alla loro presa.

«No! Sta mandando i soldi!» gridò allo stronzo ancora seduto dietro la scrivania.

Lui replicò semplicemente: «Non mi interessa!»

Non si trattenne più mentre attraversavano il magazzino e urlò a squarciagola, ma nessuno la guardò, era come se fosse invisibile.

Fece per urlare di nuovo, ma uno degli scagnozzi le mise una mano sulla bocca... e sul naso. Le ci volle un momento per rendersi conto di non riuscire più a respirare.

Andò nel panico. Artigliò con forza la mano dell'uomo, ma lui non la spostò.

L'ultima cosa che vide fu il sorriso malvagio sul suo volto prima di venire avvolta dall'oscurità.

Quando Alaska si svegliò, si trovava sulla spalla di qualcuno come un sacco di patate. Alzò leggermente la testa e si guardò intorno, rendendosi conto che stavano zigzagando tra un'enorme quantità di casse di legno.

Quando l'uomo che la teneva si accorse che era sveglia, abbassò la spalla e lei cadde a terra. Emise un grugnito, ma cercò di alzarsi in piedi subito.

A quanto pareva il tizio si aspettava che tentasse di fuggire e le afferrò il braccio, nello stesso punto di prima, stringendolo forte. Lottò e scalciò con tutte le sue forze mentre la trascinava verso un enorme container. Era uno di quelli che aveva visto dal finestrino del furgone.

Due uomini all'interno la tirarono dentro, trascinandola verso la parte posteriore per poi gettarla a terra. Alaska ebbe una frazione di secondo per guardarsi intorno e intravedere un secchio in un angolo, e più sopra, attaccata alla parete, una bottiglia d'acqua con un lungo tubo che usciva dal fondo, poi all'improvviso diventò tutto buio.

Sorpresa, si voltò verso il punto dove un attimo prima c'erano gli uomini. Allungò le braccia e le sue mani trovarono subito una superficie dura, forse a una trentina di centimetri davanti a lei. Sentendosi confusa, spinse su quella che sembrava... una parete? Il metallo era freddo contro i suoi palmi e rabbrividì.

Per un momento fu sollevata che ci fosse qualcosa che la separava dai suoi rapitori, ma poi fu sopraffatta dalla realtà della situazione e il suo cuore ricominciò a martellare nel petto. Poteva anche essere al sicuro da un'eventuale aggressione, ma l'avevano rinchiusa in un container.

Non era una cosa positiva... era terribile.

Si ricordò che il tizio al comando aveva detto che sarebbe stata caricata su un treno diretto in Cina, e fu allora che andò fuori di testa. Iniziò a urlare a squarciagola e a prendere a calci e pugni il metallo. «Fatemi uscire!» singhiozzò, non sentendo nient'altro che il suono della sua stessa voce riecheggiare intorno a lei.

Alaska non sapeva per quanto tempo avesse picchiato sulla parete chiedendo aiuto, ma quando alla fine si arrese e si mise a sedere avvolgendo le braccia intorno alle ginocchia, era esausta e più spaventata di prima. Le lacrime le scorrevano lungo il viso, le mani le facevano male per averle sbattute sul metallo e le orecchie le fischiavano a causa delle sue grida terrorizzate.

Ora che non stava urlando, poteva sentire i rumori provenienti dall'altro lato della parete. Le voci erano attutite e indistinguibili, ma avvertiva delle vibrazioni sotto i piedi, dei tonfi, come se degli oggetti pesanti venissero fatti cadere sul fondo. Ricordò tutte le casse di legno che aveva visto prima di essere gettata lì dentro.

Fu travolta dalla disperazione. Era ovvio che l'avevano messa in una sezione nascosta del container, e ora i magazzinieri lo stavano riempiendo con quelle casse. Non aveva idea di cosa ci fosse dentro, ma pensava nulla di illegale: chi avrebbe controllato un container pieno di merci perfettamente in regola?

Nessuno.

Pensò al secchio che aveva visto in quella prigione... era lì che si aspettavano facesse i suoi bisogni? La bile le risalì in gola. Sì, le avevano dato dell'acqua, ma quanto sarebbe durata l'aria in quel buco? L'avrebbero fatta morire di fame?

Alaska appoggiò la testa sulle ginocchia e pianse. Ormai era praticamente morta.

Il suo rapitore li aveva truffati. Avrebbe preso i soldi di Drake e quelli dell'uomo che l'aveva comprata, e lei sarebbe scomparsa nel nulla... probabilmente come tante altre donne prima di lei.

———

Brick stringeva i denti così forte da farsi male alla mascella. Stava accadendo tutto nel modo più veloce possibile, ma era comunque troppo lento. A causa di un problema di autorizzazioni, la squadra aveva lasciato il Colorado molto più tardi del previsto, compromettendo la sua sanità mentale. Non voleva nemmeno immaginare cosa stesse passando Alaska in quel momento. Ci sarebbe voluto un sacco di tempo per attraversare il mondo, tempo che pensava lei non avesse.

Gli uomini che Tex aveva arruolato per la missione stavano pianificando ogni loro passo per quando sarebbero arrivati a San Pietroburgo. L'ex SEAL aveva localizzato l'area da dove era stata effettuata la telefonata, si trattava di un impianto di produzione e uno scalo ferroviario non troppo lontano dalla città. Non appena atterrati sarebbero andati dritti in quel posto.

Alaska sarebbe stata ancora lì? Stava bene?

Brick non ne aveva idea. Dubitava che il bastardo che

l'aveva rapita intendesse davvero aspettare che i due milioni fossero depositati sul suo conto. Era probabile che contasse di ottenere sia i soldi del riscatto sia quelli del compratore.

Compratore.

Porca puttana.

Qualcuno aveva *comprato* Alaska, cazzo. Era inconcepibile.

La sua specializzazione quando era nei SEAL aveva riguardato i terroristi, non i pervertiti che compravano e vendevano esseri umani.

Tuttavia, il gruppo di uomini con cui si trovava conosceva bene quel mondo. Erano esperti nel rintracciare e recuperare donne e bambini dal traffico sessuale. Tiny aveva parlato un po' con loro e aveva appreso che il leader del gruppo aveva salvato con successo sua moglie dieci anni dopo che era stata rapita.

Anche se era felice per loro, l'unica cosa che gli importava era Alaska. Si sentì morire dentro; lei c'era stata durante il suo momento più buio, quando aveva avuto più bisogno di qualcuno. Aveva dormito al suo fianco per giorni in una scomoda branda d'ospedale, e non riusciva a sopportare il pensiero di ciò che probabilmente stava passando proprio in quell'istante.

Tex aveva fatto il miracolo di ottenere l'approvazione per atterrare sul suolo russo. Non aveva idea di come ci fosse riuscito o di quali favori avesse dovuto riscuotere, era solo contento che non dovessero lanciarsi dall'aereo con il paracadute. Non solo, ma una squadra di Spetsnaz, le forze speciali russe, si sarebbe unita a loro in quella missione. Brick sapeva che Tex aveva connessioni ovunque, ma lui stesso era rimasto sorpreso che la Russia avesse accettato di collaborare in quel modo.

Nessuno li fermò mentre scendevano dall'aereo e si dirigevano verso un furgone parcheggiato sul bordo della pista di atterraggio. L'autista fece un cenno con il capo quando si avvicinarono e salirono. Rimasero in silenzio durante il viaggio, probabilmente ripassando mentalmente il piano.

Una volta arrivati al magazzino da cui aveva avuto origine la chiamata, sarebbero entrati con rapidità e violenza, e con un enorme dispiegamento di forze. Sperava solo che lei fosse lì... viva.

Lui e Tiny sarebbero rimasti nelle retrovie a coprire le spalle degli altri uomini. Per quanto Brick volesse essere in prima linea nella squadra d'assalto, erano passati anni da quando era stato in missione. L'ultima cosa che voleva era essere l'anello debole e rischiare di far del male ad Alaska o addirittura farla uccidere. Quindi sarebbe rimasto in disparte e avrebbe lasciato che i mercenari facessero ciò che sapevano fare meglio.

Mentre si avvicinavano all'area col favore dell'oscurità, fu sollevato di vedere che non c'era quasi nessuno in giro. Non c'erano camion che spostavano container di stoccaggio dal deposito ai vagoni merci. I treni erano spenti, in attesa di essere caricati. Le poche persone che aveva visto, si erano limitate a dare un'occhiata alla fila di furgoni diretti verso l'edificio principale e saggiamente si erano nascosti nell'ombra.

Quando si fermarono vicino al magazzino, agirono alla velocità della luce; gruppi di uomini in mimetica circondarono l'edificio. Brick vide porte e finestre che venivano sfondate, e soldati russi e mercenari americani che irrompevano all'interno.

Ma riusciva solo a pensare ad Alaska, nella speranza che la trovassero e la portassero fuori di lì.

Passò un minuto, poi due e poi cinque, e il suo stomaco si contorse con ferocia.

Lei non era lì. Sapeva che avrebbe potuto esserci quella possibilità, ci era voluto troppo tempo per arrivare, ma fu comunque un brutto colpo.

Percependo i suoi pensieri, Tiny disse: «Tranquillo, Brick. Non saltare a conclusioni affrettate.»

Come poteva non farlo? Se fosse stata lì, gli operatori russi o i mercenari l'avrebbero già trovata e portata da lui. A ogni ticchettio dell'orologio, le sue speranze affondavano sempre di più.

Era troppo tardi. Non era bastato che fosse andato il prima possibile, non era arrivato in tempo.

Proprio in quel momento, all'interno del magazzino risuonarono diversi spari.

Tiny e Brick si accucciarono e sollevarono le armi, pronti loro stessi a sparare. Si sentivano urla, in inglese e in russo, e si irrigidì mentre aspettavano di sapere cosa stesse succedendo.

Dopo pochi istanti, uno dei mercenari del Colorado sporse la testa fuori dalla porta e fece loro un cenno. «La situazione è sotto controllo.»

«Alaska?» chiese Brick.

L'uomo strinse le labbra e scosse leggermente la testa prima di scomparire di nuovo dentro.

«La troveremo» disse Tiny, mettendogli una mano sulla spalla mentre si alzavano. Dovette trattenersi per non cadere in ginocchio. La sensazione di avere deluso l'unica persona che c'era stata per lui, che era *sempre* stata lì per lui, era come un macigno sulle sue spalle.

Senza rispondere al suo amico, entrò nel magazzino.

Circa una trentina di dipendenti erano stati bloccati in un angolo, sorvegliati da diversi membri dello Spetsnaz. Quattro dei mercenari erano davanti alla porta di un ufficio ad armi spianate.

Andò dritto da loro.

Non esitò minimamente, ignorando l'avvertimento nella voce di Tiny che lo chiamava. Al suo arrivo gli uomini si separarono per lasciarlo passare e fargli vedere cosa c'era all'interno della stanza.

Un uomo, vestito con un completo a tre pezzi, era sdraiato sul pavimento con le mani legate dietro alla schiena. C'era del sangue sotto di lui, che si espandeva a una velocità allarmante, ma non era spaventato, non stava implorando che lo uccidessero. In realtà, quando entrò, il bastardo gli fece un sorrisetto compiaciuto.

«Lasciami indovinare. Tu sei il marito. Il famoso... Drake?» sogghignò.

Brick annuì.

«Avrei dovuto capire che quella stronza aveva un asso nella manica. Almeno sei davvero suo marito?»

«Sì.»

«Dev'essere bravissima a letto perché è piuttosto scialba» disse.

Brick si lanciò in avanti per picchiare a sangue quello stronzo, ma gli uomini accanto a lui lo afferrarono per le braccia, fermandolo.

Nemmeno gli Spetsnaz di guardia apprezzarono le sue parole, o forse era stato il tono della sua voce. In ogni caso, si mossero contemporaneamente, prendendolo a calci sul busto da entrambi i lati.

L'uomo grugnì, poi tossì sputando sangue sul pavimento di cemento.

«Non la troverai mai» ansimò, quando riuscì di nuovo a respirare. «La scoperanno centinaia di uomini in tutta l'Asia. Il mio cliente è molto generoso, non gli dispiace condividere. Anche perché lo pagano profumatamente per sfogare su una donna le loro perversioni, come hanno sempre sognato di fare senza averne mai avuta l'opportunità. È carico di soldi e ottiene sempre ciò che vuole... e questa volta voleva un'americana per la sua scuderia.»

A Brick bruciava la gola per la rabbia trattenuta. Cazzo,

avrebbe voluto dire all'uomo di stare zitto, ma sapeva bene, come tutti gli altri nella stanza, che più lo lasciavano parlare più era probabile che si lasciasse sfuggire qualcosa che li avrebbe portati dal loro obiettivo.

No, non dal loro obiettivo, da Alaska.

«È stato così facile abbindolarla.» Rise. «È sempre così con queste stupide turiste che vengono per visitare la città. Basta solo un giorno per lavorarsele, far abbassare loro la guardia. Poi, boom, la volta successiva che salgono sul furgone sono nostre.» Rise di nuovo, il sangue che gli colava dal mento. Quel suono gli diede sui nervi.

«Sto morendo, lo sappiamo tutti, ma ho *comunque* vinto. Ho spie in tutto il cazzo di Paese. Funzionari del governo che sono facilmente corruttibili e che guardano dall'altra parte. Uomini deboli che eseguono gli ordini della mia organizzazione perché se non lo fanno, saranno le *loro* sorelle, madri o figlie a scomparire. Potete anche avere catturato me, ma non *ci* fermerete mai. Ci sono troppi soldi nel traffico di fiche.»

Brick non riuscì più a trattenersi. Si liberò dalla presa dei mercenari, si inginocchiò davanti allo stronzo e lo prese per i capelli, sollevandogli la testa. «Dov'è, brutto pezzo di merda?» gli ringhiò in faccia.

L'uomo si limitò a sorridere, un sorriso malvagio che gli fece venire i brividi lungo la schiena.

«È andata. Verrà consegnata al mio cliente, e non sarà nient'altro che un oggetto in cui migliaia di uomini potranno infilare il loro cazzo.»

Non esitò, il suo braccio si mosse senza un comando cosciente del cervello e sbatté il viso del bastardo sul pavimento con tutte le sue forze.

Poi lo fece di nuovo. E un'altra volta ancora.

Nessuno degli uomini intorno a lui lo fermò; sapevano che il mondo sarebbe stato un posto migliore senza di lui.

Fu Tiny che alla fine lo fece smettere. Gli mise una mano sulla spalla e disse: «Brick, basta. È morto.»

Lasciò andare i suoi capelli e si alzò, respirando con affanno.

Mai una volta, in tutti gli anni in cui era stato un SEAL, aveva lasciato che le sue emozioni prendessero il sopravvento, ma non si era mai trovato in una situazione del genere. La donna che considerava la sua più vecchia e cara amica era scomparsa, e il futuro che l'aspettava, quello che lo stronzo morto aveva delineato così chiaramente, era aberrante.

Sentì i russi parlare tra loro; non sapeva cosa stessero dicendo ma non gli importava.

Dov'era Alaska?

La sua frustrazione aumentava sempre di più. Era stata una bella soddisfazione uccidere il pezzo di merda che l'aveva rapita, ma non aveva risolto il problema.

Si voltò e uscì dall'ufficio diventato improvvisamente troppo piccolo. Non riusciva a respirare. Aveva bisogno d'aria. Spinse gli uomini alla porta, oltrepassandoli, e si fermò nel magazzino. Fece un respiro. Poi un altro.

Prima che se ne rendesse conto, stava ansimando.

Guardò i dipendenti rannicchiati in un angolo, che fissavano lui e le forze speciali russe. Erano terrorizzati, ovvio, ma a Brick non fregava un cazzo. Dovevano aver visto qualcosa. Dovevano *sapere* qualcosa. Non c'erano persone innocenti lì. Era chiaro che Alaska non fosse stata la prima donna a venire rapita e portata in quel posto.

Sobbalzò sorpreso quando uno degli Spetsnaz urlò dietro di lui. La sua voce risuonò nella stanza e tutti spostarono lo sguardo verso l'uomo che si stava rivolgendo al gruppo. Sperò che fossero delle minacce, ma nessuno si mosse.

Brick era disperato.

Era chiaro che quegli uomini non volessero parlare e non poteva biasimarli. Il morto che giaceva in ufficio non aveva lavorato da solo. Altre persone avrebbero rilevato la sua attività. Se qualcuno dei dipendenti avesse parlato, sarebbe morto entro la mattina seguente o i loro cari sarebbero scomparsi, proprio come avevano fatto innumerevoli donne.

Senza dire una parola si diresse verso la porta. Doveva uscire. Aveva deluso Alaska e gli ci volle tutta la sua forza di volontà per non crollare proprio lì.

Percepì che Tiny lo stava seguendo, ma non si fermò. Uscì dal magazzino e fissò i container intorno a lui. Dovevano essere centinaia... migliaia. Tutti in attesa di essere riempiti con i componenti elettronici imballati nel magazzino. Chissà dove diavolo sarebbero stati spediti.

Il pensiero che delle donne venissero chiuse nelle casse con il resto della merce e consegnate ai pervertiti che avevano pagato per avere delle schiave sessuali, fu l'ultima goccia per Brick.

Riuscì a fare un solo passo di lato prima di svuotare lo stomaco.

Vomitare non lo fece stare meglio, si sentiva contaminato solo a trovarsi lì. Alaska era stata proprio in quel punto? Sapeva cosa le sarebbe successo? Doveva averlo capito. Ebbe un conato e vomitò di nuovo, ma non uscì nient'altro che bile.

«Brick!» lo chiamò con urgenza qualcuno dalla porta. «Vieni qui!»

Era uno dei mercenari. Tornò all'interno del magazzino un po' intontito, asciugandosi la bocca con il dorso della mano.

«Uno dei dipendenti ha ceduto. Ha visto Alaska» disse l'uomo che la sua squadra chiamava Gray.

«Cosa? Siamo sicuri che non stia mentendo?»

«Sicurissimi. È terrorizzato. Ha detto di avere una figlia di sedici anni. Lo stronzo afferma che la sorvegliano, e che se avesse detto qualcosa su ciò che accade qui, sarebbe scomparsa come tante altre.»

«Pensi che possiamo fidarci di lui?»

«Abbiamo scelta?»

Brick strinse le labbra, sapendo che aveva ragione.

«Gli Spetsnaz hanno promesso protezione a lui e alla sua famiglia se avesse collaborato c se le sue informazioni avessero dato risultati.»

«Dov'è Alaska? Che tipo di informazioni aveva?»

«Come pensavamo, è stata messa in uno dei container.»

«Quale?» chiese. Era la domanda da un milione di dollari. Senza sapere su quale container o su quale treno l'avevano messa, sarebbe stato impossibile trovarla.

«Quattro-due-uno-sette. È il numero che ci ha dato. Non sapeva dove fosse diretto, ma giura di aver visto una donna americana venire trascinata all'interno, prima che fosse riempito e poi caricato su un vagone.»

Il cuore di Brick tornò in vita con furia; batteva così forte da essere fisicamente doloroso. Si guardò intorno, come se il container potesse apparire magicamente davanti a lui. «Quanto tempo fa è successo? Dov'è?»

«La notte scorsa. I russi lo stanno cercando.»

La *notte scorsa,* pensò angosciato. Almeno ventiquattro ore. Anche solo un'ora era troppo quando eri rinchiuso in una cazzo di scatola di ferro.

Aveva bisogno di muoversi. Di fare qualcosa. Se necessario, avrebbe seguito quel maledetto container per tutto il Paese.

La tempestività era essenziale. In quei cassoni di ferro non c'era molta aria. Le avevano dato qualcosa da mangiare? Dell'acqua? Era stata ferita? Prima l'avessero trovata, maggiori sarebbero state le sue possibilità di sopravvivenza.

Il tempo sembrò rallentare. I secondi sembrarono minuti. I minuti, ore. Tutto ciò che Brick poteva fare era camminare avanti e indietro, aspettare, *pregando* che gli Spetsnaz riuscissero a localizzare il container.

Tiny era entrato nell'ufficio dello stronzo, a osservare e

ascoltare i russi che cercavano tra i file nel computer. Il bastardo era ancora sul pavimento circondato dal suo stesso sangue, nessuno lo aveva spostato. Non era affatto dispiaciuto di avergli rotto la faccia, accelerando la sua morte.

Dopo un po' il suo amico uscì dalla stanza e Brick cercò di leggere la sua espressione.

«L'hanno trovato» disse.

Fu travolto da un'ondata di adrenalina che gli fece tremare le mani. «Dove?»

«Ha lasciato lo scalo ferroviario stamattina sul tardi.»

Ebbe un nuovo conato.

L'altro alzò una mano. «Ma le autorità sanno dove si trova e che la sua destinazione è Pechino, proprio come ha detto lo stronzo.»

«Cazzo!»

Tiny lo afferrò per una spalla e lo spinse verso il furgone fermo davanti alla porta del magazzino. «Dai, andiamo a prendere la tua signora.»

Non se lo fece ripetere due volte.

———

I russi impiegarono troppo tempo per organizzarsi, ma ora erano in elicottero e stavano attraversando la campagna russa. Il treno con il container in cui c'era Alaska sembrava non avesse ancora raggiunto Mosca. Il piano era di intercettarlo prima che vi arrivasse.

Brick non poteva fare a meno di sperare che il tizio non si fosse preso gioco di loro. Se Alaska non fosse stata nel container quattro-due-uno-sette, era praticamente morta. Lo sapevano tutti, i mercenari meglio di *chiunque altro*, cosa succedeva alle donne che scomparivano nel traffico delle schiave del sesso.

Mantenne lo sguardo fisso sul terreno al di sotto dell'elicottero a diverse migliaia di metri. A ogni treno che sorvolavano si irrigidiva, ma fino a quel momento il mezzo non aveva rallentato.

Ne intravide un altro in lontananza, carico di container su tutta la lunghezza. Sembrava molto più lungo di tutti quelli che avevano superato.

Sentì uno dei soldati delle forze speciali russe parlare ai suoi compagni attraverso gli auricolari. Non capiva le parole, ma il suo tono lo riempì di trepidazione.

Era giunto il momento.

Gli elicotteri rallentarono e Brick osservò quello di testa abbassarsi, fino a librarsi davanti al treno. Il pilota era straordinario, stava evitando di fare manovre pericolose anche mentre girava il mezzo di lato, consentendo a diversi membri dello Spetsnaz di puntare i fucili verso l'ampio finestrino della locomotiva.

Gli sembrava di guardare un film di James Bond. Non riuscì a sentire i freni che si innestavano, ma vide del fumo salire dai binari mentre il treno rallentava.

Sentì altre conversazioni in cuffia, probabilmente stavano cercando di capire quale dei container fosse il loro obiettivo.

Fu subito ovvio quando lo trovarono; iniziarono a calarsi dagli elicotteri in corda doppia, mirando a un vagone situato quasi nel mezzo del convoglio.

Quando fu il turno di Brick di scendere, l'area brulicava di forze speciali russe. Alcuni soldati erano andati sulla locomotiva per catturare il macchinista, altri avevano preso posizione intorno al vagone interessato. Era difficile accedere alla porta sul retro del container, dato che erano tutti troppo attaccati gli uni agli altri, ma alla fine riuscirono ad aprirla a sufficienza per vedere all'interno.

Brick e Tiny si accalcarono dietro a Gray e al resto della sua squadra per scoprire cosa contenesse. Deglutì a fatica alla vista delle casse di legno accatastate dal pavimento al soffitto.

«Gesù...» Ci sarebbe voluta una vita per svuotarlo, soprattutto perché avrebbero dovuto farlo a mano. Non c'erano carrelli elevatori ed erano letteralmente in mezzo al nulla. Per non parlare del fatto che non potevano spostare il container dal vagone per rendere più facile lo svuotamento.

Decisero di non aspettare che il treno arrivasse in un luogo più comodo per lo scarico, il che fu una cosa positiva. Brick avrebbe perso la testa se Alaska avesse dovuto aspettare un minuto in più per essere salvata.

Iniziarono tutti a lavorare e formarono una sorta di catena di montaggio, rimuovendo le casse una per volta. Per fortuna la maggior parte erano abbastanza piccole da poter essere sollevate da due persone. Stavano impiegando troppo tempo, ma si costrinse a mantenere la calma; gli uomini intorno a lui stavano facendo del loro meglio per svuotare il container il più velocemente possibile.

Quando liberarono tre quarti dello spazio, Brick iniziò di nuovo a farsi prendere dal panico. Non avevano ancora visto alcun segno di Alaska. Stava cominciando a chiedersi se magari non fosse *dentro* a una delle casse che avevano rimosso. In quel caso, per starci avrebbe dovuto essere raggomitolata.

Stava pensando se aprire quelle più grandi, ma all'interno del container ne erano rimaste poche. Ignorò gli sguardi di compassione e di frustrazione sui volti degli uomini.

Non era lì. Il tizio aveva mentito.

No. Non voleva crederci.

Aveva visto la paura sul suo volto e sentito la sincerità nella sua voce quando aveva raccontato ciò che sapeva. Alaska era lì dentro. Se lo sentiva.

«E adesso?» chiese Tiny. «Iniziamo ad aprire le casse?»

Brick annuì, studiando attentamente il container. Inclinò piano la testa e si rese conto di una cosa. «No, aspetta. Lo spazio qui dentro è sbagliato. L'esterno è composto da venti pannelli, qui ne conto solo diciotto.»

Ogni pannello di metallo era largo circa trenta centimetri. L'interno era sessanta centimetri più corto di quanto avrebbe dovuto essere.

«C'è una falsa parete» dissero Brick e Tiny all'unisono.

I russi si trovarono d'accordo e cercarono subito di capire come eliminare quel divisorio che sembrava non aver saldature intorno. Dovette fare uno sforzo per indietreggiare e lasciarli lavorare. Alaska era lì dietro. Ne era sicuro.

Uno degli uomini lanciò un'esclamazione eccitata mentre cercava di sfondare una sezione del falso muro vicino al pavimento.

Risuonò un urlo stridente che sembrò provenire da un animale ferito. Molti si allontanarono coprendosi le orecchie, ma Brick si avvicinò.

Odiò quel verso. Il terrore che sottintendeva gli fece venire voglia di piangere e anche di uccidere qualcuno. Eppure, quasi ne godette.

Quell'urlo significava che avevano trovato Alaska.

Spinse via alcuni uomini mentre si avvicinava all'apertura. Uno dei russi impugnava una torcia ad alta potenza e la stava puntando nei sessanta centimetri di spazio dietro alla falsa parete. La luce era così intensa da fargli lacrimare gli occhi, e lui non era rimasto confinato in uno spazio piccolo e buio per tanto tempo.

«Spegnila» ringhiò, allontanandogli il braccio. «La stai accecando, cazzo!»

Qualcuno tradusse le sue parole e la luce sparì.

Brick si mise in ginocchio e infilò la testa nel buco. Non riusciva a vedere un accidente. «Alaska?»

«Ti ammazzo se ti avvicini ancora di più!»

Le sue parole erano a malapena sussurrate. La sua voce era roca e strozzata, come se avesse gridato a lungo, magari per chiedere aiuto... cosa che probabilmente aveva fatto.

«Sono io, Brick. Drake. Sei al sicuro.»

Per un momento sentì solo il suo respiro affannoso. Poi: «No, non è vero. Stai cercando di farmi abbassare la guardia. Vaffanculo! Se osi portare il tuo cazzo qui vicino, te lo strappo!»

Sentì qualche risatina incredula alle sue spalle, ma lui non era divertito. Per niente. «Sono davvero io, Al. Ricordi quando a dieci anni, mentre stavamo giocando alla guerra, ho avuto la brillante idea di nascondermi sotto la roulotte della vecchia signora Harrison? Mi sono trovato faccia a faccia con quel serpente che mi ha spaventato a morte, ma tu con calma l'hai preso e allontanato da me. Penso che sia stato in quel momento che ho capito quanto sei coraggiosa e straordinaria. Ogni giorno da allora, hai continuato a impressionarmi.»

«*Drake?*» sussurrò.

«Sì, tesoro. Sono io. Adesso vengo da te, ok?» La puzza di sudore ed escrementi gli irritò le narici, ma la ignorò. La sua unica preoccupazione era Alaska. Era viva, e non poteva essere più contento. Sperava anche che fosse illesa... almeno fisicamente.

Avrebbero affrontato le conseguenze psicologiche della sua prigionia una volta tornati a casa, dove lei sarebbe stata al sicuro.

Sentì un gemito che interpretò come un consenso. Le sue spalle erano larghe quasi quanto quello spazio, e dovette dimenarsi e contorcersi mentre strisciava carponi verso di lei. Brick fu grato che chiunque avesse in mano la torcia luminosa l'avesse riaccesa, puntandola verso il pavimento e facendo abbastanza luce da permettergli di vederla rannicchiata nell'angolo.

Tuttavia, vedere Alaska fu doloroso quasi quanto non sapere dove fosse. Teneva gli occhi socchiusi, come se anche quella minima quantità di luce fosse troppa. Sembrava più piccola di come la ricordava... ma fu la sua espressione tormentata e devastata che minacciò di sopraffarlo.

«Sono qui» disse piano.

«Sei venuto» sussurrò.

«Cazzo, sì» rispose, con voce bassa e tremante. «Ti avevo detto che se mai avessi avuto bisogno di qualcosa, dovevi solo dire una parola e io sarei stato lì per te. Mi dispiace solo che mi ci sia voluto così tanto ad arrivare.»

«Mi ha gettato qui appena ha riattaccato» piagnucolò. «Ti aveva detto che avrebbe aspettato che arrivassero i soldi.»

«Non ti farà mai più del male» le promise, tendendole una mano. Avrebbe voluto prenderla tra le braccia, ma non voleva fare nulla che potesse ferirla o allarmarla. Non aveva idea se fosse stata aggredita o violentata prima di essere rinchiusa in quel maledetto container. L'ultima cosa che voleva fare era peggiorare la sua esperienza traumatica.

«Non ne sarà felice. Ha detto che il tizio a cui mi ha venduta è potente.»

«Shhh» mormorò. «Ora ti tocco. Va bene?»

«Sì, ma...Drake... sono sporca.»

«Non importa.»

«Ho dovuto fare i miei bisogni in un secchio» disse, con una voce così flebile che dovette sforzarsi per sentirla.

«Ripeto, non importa.» Le toccò la mano, ma lei si ritrasse velocemente, colpendo con il gomito la parete di metallo. «Tranquilla, Al.»

Si avvicinò il più possibile e le prese lentamente il viso tra le mani. La sua pelle era fredda contro i suoi palmi caldi, ma non poté fare a meno di rilassarsi un po' quando lei inclinò leggermente la testa, posandovi un po' del suo peso, e gli afferrò i polsi con forza, quasi dolorosamente.

«Il tuo unico compito da adesso fino a quando saliremo sull'aereo per tornare negli Stati Uniti, è concentrarti su di *me* e nessun altro. Capito?»

«La roba nel mio appartamento...» iniziò.

Il pensiero di lasciarla da sola in un appartamento in Europa, mentre affrontava le conseguenze di quella brutta esperienza, era ripugnante. Non glielo avrebbe permesso. «Faremo in modo che le tue cose vengano spedite» disse con fermezza.

Per un attimo pensò che avrebbe protestato. Sentì il suo corpo tremare, ma alla fine fece un respiro profondo e annuì impercettibilmente.

«Brava, ragazza. Ci sono molte persone là fuori, ma non devi aver paura di loro. Sono tutti qui per te. Mi hanno aiutato a trovarti. Ma ripeto, il tuo unico compito è tenere gli occhi su di me, qualunque cosa accada intorno a noi. Pensi di poterlo fare?»

«Ci proverò.»

«Bene. Ora indietreggio. Tieniti a me e lo faremo insieme.»

Strisciarono piano e un po' impacciati lungo lo spazio. Quando arrivarono al buco, Brick disse: «Devo lasciarti andare per un secondo, ma non voglio che tu lasci andare *me*. Capito?»

Lei annuì.

Arretrò rimanendo carponi e uscì dal buco. Per tutto il tempo sentì la mano di Alaska sul polso. Rimase accovacciato e le prese la mano libera. «Te la stai cavando molto bene, Al. Vieni avanti ancora un po'.»

La aiutò a strisciare fuori dalla sua prigione. Quando si ritrovò nel container chiuse gli occhi, troppo sensibili alla luce relativamente più forte.

«Ci siamo» disse, circondandole la vita con il braccio e attirandola a sé mentre si alzava. Erano praticamente appiccicati. Con il suo metro e ottantatré era solo circa dieci centimetri più alto di lei, quindi si adattavano perfettamente l'uno all'altra. Sentì il suo corpo rabbrividire.

Alaska socchiuse gli occhi e si guardò intorno.

«No, Al. Guarda *me*.»

Obbedì subito, ancora tremante.

Brick non voleva che vedesse la prigione in cui era stata rinchiusa o che avesse paura dell'esercito russo che li circondava. Non voleva che il salvataggio aggiungesse altra angoscia alla sua psiche già malconcia.

Continuò a indietreggiare fino alla porta del container e fu sollevato quando vide che Tiny e Gray erano lì per aiutarlo a uscire, così non avrebbe dovuto lasciare andare Alaska nemmeno per un secondo.

«È così bello vederti» disse Gray con tono calmo.

Brick la sentì sussultare alla voce dell'altro uomo.

«Tranquilla, Alaska. È tutto a posto. Quello è Gray, un amico. Lui e i suoi compagni di squadra sono venuti dal Colorado per trovarti.»

Annuì, mantenendo gli occhi socchiusi sul suo viso. Cazzo, era così orgoglioso di lei.

«Grazie per essere venuti» sussurrò, poi premette la fronte contro la sua spalla... e Brick sentì una strana sensazione diffondersi nel petto. La sua istintiva fiducia dopo ciò che aveva subito, significava tutto per lui.

«L'elicottero ci sta aspettando. Ci porterà direttamente all'aeroporto» disse Tiny.

La sentì irrigidirsi.

«Lui è Tiny. È uno degli altri proprietari del Rifugio» le spiegò.

«Quale? Il motociclista, quello che porta gli occhiali, il sosia di Ed Sheeran, quello di Jake Ryan o uno degli altri due?» sussurrò lei.

Tiny scoppiò a ridere. «Oh, mi piace.»

Brick non rise, ma le sue labbra ebbero un guizzo. «Jake Ryan» rispose.

Alaska annuì contro di lui.

In quel momento, uno dei soldati russi gridò qualcosa a uno del suo team e lei sussultò violentemente tra le sue braccia.

«Va tutto bene. Sei al sicuro» la rassicurò, chinandosi un po' per prenderla in braccio.

Si aggrappò a lui mentre la portava via dal caos, diretti verso un elicottero che era atterrato in un campo non molto lontano dai binari. Non aprì gli occhi, gli avvolse semplicemente le braccia intorno al collo e si tenne stretta.

«Dovrà parlare con le autorità russe prima di partire» lo avvisò Gray, materializzandosi accanto a loro.

«No» replicò Brick.

«Va bene» disse Alaska allo stesso tempo.

La guardò e vide che i suoi occhi erano di nuovo socchiusi, ma il suo sguardo rimase su di lui, come le aveva chiesto.

«Se impedirà che altre donne facciano la fine che stavo per fare io, devo farlo» implorò a bassa voce.

Lui scosse la testa. «È morto, Al. Ti assicuro che non venderà altre donne.»

«Ma sono morte anche tutte le persone che lavoravano con lui? E Igor?»

«Chi è Igor?» chiese Grey.

«L'autista. La guida. Pensavo che fosse gentile, ma ovviamente stava fingendo. E gli uomini che si è fermato a prendere il secondo giorno? Gli scagnozzi che mi hanno trattenuto e si sono assicurati che non scappassi? E che mi dici del tizio che mi ha comprato? Ci sono così tante altre persone coinvolte, Drake. Se non racconto ciò che so, potrebbero rapire altre donne.»

Aveva ragione. Lo sapeva. Ma odiava comunque l'idea che non avrebbe avuto la possibilità di rilassarsi prima di incontrare le autorità.

«Va bene» concordò con riluttanza.

«Starai con me?» gli chiese sommessamente.

«Non ho intenzione di perderti d'occhio nemmeno un minuto.» La sua risposta fu brutale. Era sorprendente quanto avesse finito per significare per lui quella donna, nonostante i chilometri di distanza tra loro. Le sue continue mail e i messaggi degli ultimi quattro anni si erano impressi nella sua anima, dandogli più forza di quanto lei avrebbe mai saputo, e solo il pensiero di non poterle più parlare, che non fosse la sua ancora giorno dopo giorno, lo scosse profondamente.

Alaska chiuse di nuovo gli occhi e appoggiò la testa sulla sua spalla. Brick la strinse di più a sé e inviò una preghiera di ringraziamento al cielo mentre proseguiva verso l'elicottero. Se in quel momento poteva tenerla tra le braccia era perché tutte le cose erano andate nel modo giusto. Sarebbe bastata una piccola informazione sbagliata e l'avrebbe persa. Si sarebbe ritrovata oltre il confine, a vivere un inferno.

Non era riuscito a salvare Vader e gli altri suoi compagni di squadra, ma ora sentiva che stavano vegliando su di lui.

Come ben sapeva, quello era solo l'inizio per lei. Forse pensava che una volta arrivata negli Stati Uniti sarebbe potuta tornare alla sua normale routine, ma lui e i suoi amici sapevano meglio di chiunque altro quanto sarebbe stata dura. Brick *sperava* che riuscisse a riprendersi senza troppe difficoltà, ma vedendo come sussultava ogni volta che qualcuno parlava, come continuava a tremare tra le sue braccia, aveva la sensazione che la sua coraggiosa amica avrebbe avuto di fronte a sé un percorso complicato.

Brick era più che felice di avere il luogo perfetto per la guarigione di Alaska. La madre non faceva più parte della sua vita e lei non aveva nessun altro posto dove andare, nessun altro a cui rivolgersi. Sperava che avrebbe trovato il Rifugio rilassante e calmante come lo era per lui. Una volta che avesse affrontato i demoni nella sua testa, sarebbe stata libera di andare dove voleva.

Odiava già pensare alla sua partenza, ma non l'avrebbe mai trattenuta. La sua Alaska era uno spirito libero, e in quel momento il suo unico obiettivo era aiutarla a tornare la donna aperta e amichevole che era stata prima che un bastardo cercasse di schiacciarla.

CAPITOLO SEI

Alaska non riusciva a smettere di tremare. Era ridicolo. Era al sicuro su un aereo e stava tornando negli Stati Uniti. L'incontro con le autorità russe era stato difficile. Molto più di quanto si fosse aspettata. L'unico motivo per cui non aveva avuto una crisi isterica era stato Drake. Non aveva lasciato il suo fianco, tenendo la mano forte e calda intrecciata alla sua, o posata in modo rassicurante sulla sua gamba o sulla schiena. Era stata l'unica cosa che non l'aveva fatta crollare.

Non aveva pensato che sarebbe stato difficile raccontare ciò che era successo, ma mentre parlava, la gravità della vicenda l'aveva completamente sconvolta. Non aveva potuto negare di essere stata sul punto di diventare una statistica, un'altra donna scomparsa senza lasciare traccia, destinata a non essere più ritrovata. Sarebbe stata costretta a fare sesso con chissà quanti uomini. Sarebbe stata violentata più e più volte... e a nessuno sarebbe importato.

Aveva tenuto duro fino a quando non erano saliti sull'aereo. Non era stato il velivolo in sé a farla cedere, ma il pensiero che sarebbe rimasta intrappolata al suo interno per ore, proprio come era accaduto in quel container.

Era riuscita a nascondere la sua reazione a Drake, e ne era immensamente sollevata. Non voleva che pensasse fosse debole. Dopotutto, non era stata stuprata né ferita. Era stata molto fortunata, davvero, e le sembrava di non avere il diritto di avere una crisi di nervi.

Ma essere consapevole di quelle cose non fece scomparire la sua ansia. Anzi, più a lungo restava lì dentro allacciata a un sedile, bloccata contro il finestrino senza possibilità di fuga, più il panico aumentava.

L'aereo privato non era affollato. C'erano i sette uomini con cui Drake era arrivato in Russia e Tiny, oltre a un'altra decina di persone che non aveva idea di chi fossero. La maggior parte parlava inglese, ma alcuni conversavano in russo tra di loro. Drake le aveva giurato che era al sicuro... ma lei aveva pensato di esserlo anche prima di venire rapita.

Stava fissando fuori dal finestrino, cercando di tenere sotto controllo la sua crescente ansia, quando all'improvviso, senza rendersene conto, si ritrovò accovacciata davanti al sedile, tremante e singhiozzante, con le mani sopra la testa.

«Merda» sentì Drake sussurrare.

E ciò la fece solo rannicchiare di più.

«Alaska, guardami» le ordinò.

Riuscì solo a scuotere la testa e a stringere di più gli occhi.

Ci vollero diversi minuti, ma alla fine si accorse che lui non si era mosso, era solo rimasto accovacciato accanto a lei. Fortunatamente, sull'aereo privato c'era più spazio tra le file di sedili rispetto a uno di linea.

Drake le stava parlando con un tono basso e calmo, rassicurandola che andava tutto bene, che era al sicuro, che non avrebbe permesso che le accadesse qualcosa di brutto. Che si trovava su un aereo pieno di implacabili mercenari ed ex Navy SEAL pronti a morire prima di lasciare che qualcuno si avvicinasse a lei.

«Non riesco a respirare» ansimò, cercando di far entrare ossigeno nei polmoni.

«Sì che puoi» ribatté lui. «È la tua mente che ti gioca brutti scherzi. Apri gli occhi. Guardami, Al. Non sei più in quel container. Sei libera. Ci sono io qui.»

Ci provò, ci provò davvero, ma non riusciva a obbligare le sue palpebre ad aprirsi.

«Va tutto bene, Al. Sarò qui quando ti sentirai pronta. Rallenta un po' il respiro. Prova ad adeguarlo al mio... così. Brava. So che è difficile essere su questo aereo. Se avessi potuto portarti a casa in barca, lo avrei fatto, ma ci sarebbe voluto troppo tempo. Tieni duro. Presto saremo al Rifugio. Aspetta di sentire l'aria di montagna, giuro che è più pulita e fresca di qualsiasi cosa tu abbia mai respirato. Abbiamo una mucca rompiscatole che si chiama Melba, ti amerà. Sappi solo che se le dai troppa attenzione, non smetterà mai di tormentarti per essere accarezzata, e non vedo l'ora che tu conosca Mutt, il mio cane a tre zampe. È fantastico. Sembra sempre sapere quando ho bisogno di lui. Mi sveglia quando ho gli incubi, non mi abbandona mai quando ho la sensazione che il mondo mi stia crollando addosso.»

Alaska sentì le parole di Drake come se arrivassero dall'estremità di un lungo tunnel. Dopo un po', la sua voce diventò la sua ancora; si concentrò sugli alti e bassi del suo tono, piuttosto che sulle parole.

Deglutendo a fatica, si costrinse ad aprire gli occhi. Non voleva mostrarsi debole vicino lui. Voleva essere forte.

Come poteva essere altrimenti? In Germania aveva visto com'era riuscito a tirarsi fuori dalla profonda depressione in cui era caduto dopo che i suoi migliori amici erano stati uccisi davanti ai suoi occhi. Lo aveva ammirato tantissimo. Voleva essere come lui. Coraggiosa. Resiliente.

«Eccola qua» le disse, quando lei fissò i suoi bellissimi

occhi azzurri. «Così, continua a guardarmi. Sono qui. Nessuno ti farà più del male. Capito?»

Alaska abbassò leggermente il mento e il sorriso che le rivolse fu quasi doloroso da guardare.

«So che è difficile. Lo *so*. Ma puoi farcela.»

«Come?» sussurrò.

«Perché sei Alaska Stein e sei la persona più forte che conosca.»

Lei sbuffò e scosse la testa.

«È così» insistette. «Mia madre mi ha raccontato tutto di te dopo che sono partito per arruolarmi. E ovviamente, negli ultimi quattro anni, mi hai sbalordito in continuazione. Viaggiare per l'Europa da sola. Fare lavori per niente facili, soprattutto quando non parli la lingua. Hai quella personalità da "al diavolo la prudenza" che è stimolante e ammirevole.»

«Non mi sento più la stessa persona» ammise. «E non mi è nemmeno successo niente! È assurdo.»

«Ah. Il senso di colpa. È un'emozione che conosco fin troppo bene. Ti senti in colpa perché stai lottando per affrontare ciò che è successo, anche se non sei stata ferita» disse. Non era una domanda.

Annuì.

«Non farlo. Hai comunque vissuto un'esperienza traumatica. Non riesco a immaginare come tu ti sia sentita in quel container.»

Alaska rabbrividì e chiuse di nuovo gli occhi. Era stato terribile. Il buio, il rumore delle casse che venivano stipate, fare i bisogni in quel secchio, bere l'acqua da quell'aggeggio sulla parete come un animale, i morsi della fame, la paura di rimanere senza aria. Era stato tutto orribile.

«Va tutto bene. Per ora non serve che ne parli, anche se prima o poi dovrai farlo. Credimi, lo so. Ma in questo momento tutto ciò che devi fare è esistere. Non pensare. Non fare niente. Ti porterò a casa e poi potrai iniziare a guarire. Ok?»

Avrebbe voluto essere d'accordo, sostenere di potercela fare, ma riuscì solo a tremare.

Quando Drake le posò la mano sul viso, fu pervasa da un calore che allontanò il gelo che si era impadronito del suo corpo. Lei la coprì con la sua, premendosi più forte il palmo sulla guancia.

«Non vado da nessuna parte, Al. Ti starò vicino.»

Si abbandonò contro di lui, e anche se erano incastrati tra i sedili, in qualche modo Drake riuscì a mettersela sulle ginocchia. Si rannicchiò di più e permise alla sua mente di svuotarsi. Non sentì più gli altri parlare, percepì a malapena quando Drake si alzò per sistemarsi su uno dei sedili. Stava aggrappata a lui come una bambina.

Però non dormì. Era impossibile. L'ultima volta che si era addormentata mentre si trovava in un veicolo, era finita all'inferno. Per quanto fosse stanca, il suo corpo non aveva intenzione di lasciarsi andare. Non completamente.

Il ritorno a casa sembrava non finire più. Avevano dovuto cambiare aereo, ed era stato uno sforzo immenso per lei salire volontariamente sul secondo. Gli uomini che erano arrivati con Drake erano stati comprensivi e rispettosi. Aveva vagamente notato che portavano tutti la fede ed era felice che ci fosse qualcuno ad aspettarli a casa.

Per fortuna il viaggio dal Colorado al New Mexico sarebbe stato breve. Aveva un'emicrania terribile e martellante, e lo stomaco in agitazione, anche se non aveva mangiato molto negli ultimi tre giorni. Drake era riuscito a farle mandar giù qualcosa, ma le sembrava di avere un macigno nella pancia.

«Sta bene?» Alaska sentì la domanda di Tiny quasi in lontananza. Era sempre rannicchiata contro Drake, come se fosse l'unica cosa che avrebbe potuto impedirle di rompersi in un milione di pezzi... e probabilmente era così.

«Non proprio» rispose lui.

Avrebbe voluto sorridere a quella risposta. Apprezzava che non avesse minimizzato le sue condizioni.

«Hai bisogno che chiami Henley?»

«Non adesso. Dovrà sicuramente parlarle, ma penso che abbia bisogno di qualche giorno per rilassarsi.»

Ascoltò la loro conversazione senza far molto caso alle parole. Inoltre, non sapeva chi fosse Henley, ma le sembrava di aver capito che Drake non le avrebbe fatto incontrare nessuno nell'immediato. Fu un sollievo.

«Siamo al completo in questo momento, ma lo chalet dei prigionieri di guerra è libero.»

«Rimarrà con me» ribatté Drake.

Tiny rimase in silenzio per un attimo, poi disse: «Va bene. Probabilmente è la cosa migliore.»

«Al?»

Lei non rispose. Si limitò a tenere gli occhi chiusi.

«Alaska» ripeté, un po' più deciso.

«Mmm?»

«Puoi aprire gli occhi per un secondo?»

Scosse la testa contro il suo petto e percepì la sua risatina sotto la guancia.

«Per favore.»

Sospirò, sapendo di non potergli rifiutare nulla, e socchiuse gli occhi inclinando indietro la testa, quel tanto che bastò per vedere il suo viso. La sua barba era un po' cresciuta nel breve lasso di tempo da quando l'aveva trovata. Ebbe l'impulso di accarezzargli la guancia, per vedere se i peli erano ruvidi o morbidi, ma scoprì di non averne l'energia.

«Ti fa ancora male la testa?» le chiese.

Annuì.

Drake fece scorrere delicatamente il pollice sulla sua

tempia. «Quando arriveremo al Rifugio farò venire Pipe a darti un'occhiata. È la cosa più vicina che abbiamo a un vero dottore, dato che era il medico del suo team.»

Alaska non rispose, troppo persa nei suoi pensieri. Stava cercando di decidere se i suoi occhi le ricordassero più le acque dei Caraibi o il cielo azzurro sopra le Alpi.

«Bene, ecco cosa accadrà tra non molto. Tonka ci verrà a prendere all'aeroporto per portarci al Rifugio. Mentre fai una doccia, vado a prendere qualcosa da mangiare. Ceneremo nel mio chalet, dopo potrai riposare. Sono sicuro che ti sentirai molto meglio domani mattina. Poi ti presenterò il resto dei ragazzi. Va bene?»

L'unica cosa a cui fece caso fu che l'avrebbe lasciata sola per andare a prendere la cena. Quel pensiero era terrificante. Avrebbero potuto rapirla e *sapeva* che se fosse successo una seconda volta, non sarebbe stata così fortunata.

Gli afferrò il polso con entrambe le mani e scosse la testa. Ogni movimento violento le faceva peggiorare l'emicrania, ma non le importava.

«Smettila, Alaska» le ordinò. «Ti stai facendo del male. Che problema c'è?»

«Non lasciarmi» sussurrò, temendo all'improvviso che il russo potesse sentirla. Una parte di lei sapeva che l'uomo era morto, glielo aveva detto Drake e poteva fidarsi di lui, ma un'altra parte era sicura che fosse una trappola, che avesse ingannato tutti e che quel mostro malvagio stesse solo aspettando che rimanesse da sola per fare la sua mossa. Non poteva dimenticare il suo sguardo determinato mentre le diceva che l'avrebbe mandata dal compratore in Cina e la sua felicità per tutto il denaro che avrebbe guadagnato.

Drake la fissò per un momento, poi annuì. «Sarai protetta al Rifugio, Al. Pensi davvero che permetterei a qualcuno di metterti di nuovo le mani addosso? Non succederà. Non solo, ma nemmeno Tonka, Spike, Pipe, Owl, Stone e Tiny lo permetteranno. Nel mio chalet sarai completamente al sicuro, che io sia presente o meno.»

Scosse di nuovo la testa. «Non è così! Mi troverà. Mi rimetterà in quel container!» insistette. I suoi ricordi minacciavano di sopraffarla, ma li combatté con forza, aveva bisogno che lui capisse.

«Posso portarvi io del cibo» disse Tiny.

Senza distogliere gli occhi da lei, Drake si limitò ad annuire. «Grazie. Va bene, Al, rimarrò mentre ti lavi.»

«Servono vestiti?» domandò il suo amico.

Alaska non prestò attenzione alla risposta, era troppo sollevata dal fatto che non l'avrebbe lasciata sola. *Voleva* farsi una doccia, ne aveva bisogno per lavare via il sudiciume. Non c'era stato il tempo tra il salvataggio, l'interrogatorio e il viaggio in aereo. Sapeva di puzzare e anche che non avrebbe dovuto preoccuparsene, visto quello che aveva passato, ma le importava perché aveva bisogno di sentirsi pulita.

Chiuse di nuovo gli occhi e dato che Drake continuò a tenerla abbracciata, fece del suo meglio per rilassarsi. L'indomani sarebbe stata più forte, si sarebbe comportata da adulta e avrebbe continuato la sua vita, ma per il momento riusciva solo a rimanere aggrappata all'unica persona che aveva ammirato per decenni.

Per il resto del viaggio, Alaska tenne gli occhi chiusi, confidando che Drake l'avrebbe portata dove doveva. Quando inciampò dopo essere scesa dall'aereo, lui la prese in braccio. Era una sensazione strana farsi trasportare così. Non era una donna minuta, ma nemmeno robusta, era semplicemente nella media. Nessuno dei pochi uomini con cui era uscita l'aveva mai presa in braccio in quel modo. Non erano stati abbastanza forti, ma ovviamente il suo Drake sì.

Nel profondo sapeva che non avrebbe dovuto pensare a lui come "suo". Alla fine sarebbe tornata a essere quella di sempre e avrebbe dovuto dedicarsi a rimettere a posto la sua vita. Farsi spedire la sua roba negli Stati Uniti, trovare un lavoro, aprire un conto in banca... tutte quelle piccole cose normali. Per il momento, era contenta di lasciare il comando a lui.

Percepì il veicolo muoversi mentre si dirigevano verso il Rifugio ma, ancora una volta, Alaska si sentiva disconnessa. Aveva la sensazione che avrebbe dovuto essere preoccupata per quell'apatia, ma non riusciva a raccogliere le energie necessarie per farlo. Era stanca, tanto stanca, eppure non riusciva a dormire. Sarebbe stata troppo vulnerabile. Il russo o il suo compratore avrebbero potuto catturarla se avesse abbassato la guardia.

L'auto si fermò e sentì delle voci intorno a loro quando Drake scese dal veicolo tenendola ancora tra le braccia.

«Sta bene?»

«No, ma guarirà.»

«Cosa possiamo fare per aiutare?»

«Pipe, puoi venire con noi nel mio chalet? Le fa male la testa e penso che sia lo stress per quello che è successo, ma voglio esserne sicuro.»

«Certo.»

«Tutto bene con gli ospiti?»

«Sì.»

«Ottimo. Dov'è Mutt?»

«È stato con me di notte, ma durante il giorno è rimasto tutto cupo sul tuo terrazzo. Sarà entusiasta che tu sia a casa.»

«Vuoi che chiami Henley?» chiese un'altra voce.

«Ci pensa Tiny. Per il resto vedrò come si sveglia domani mattina.»

«Avvisaci se hai bisogno di qualcosa, altrimenti ci incazziamo.»

«Lo farò. Promesso. In questo momento ha solo bisogno di dormire e di sentirsi al sicuro.»

«Qui lo è.»

Alaska non conosceva quegli uomini, ma percepiva quanto fosse rilassato Drake mentre parlava con loro. Non si era irrigidito e non sembrava minimamente preoccupato. Se lui si fidava di loro, poteva farlo anche lei. Inoltre, aveva guardato la foto di gruppo dei proprietari del Rifugio così tante volte, che poteva immaginarli tutti nella mente mentre parlavano. Certo, non sapeva chi fosse chi, ma era comunque un conforto avere l'impressione di conoscerli già.

«Sembra sfinita» disse l'uomo con l'accento inglese.

Pensò distrattamente che dovesse essere Pipe. Era stato nella SAS, l'equivalente britannico delle forze speciali. Aveva cercato informazioni su Internet su quell'unità ed era rimasta colpita da ciò che aveva letto.

«Lo è. Ora la porto a casa» disse Drake.

«Tra un po' arrivo con qualcosa da mangiare» si offrì Tiny.

«Grazie.»

Poi ricominciarono a muoversi.

«Sembra anche disorientata» osservò Pipe mentre camminavano. «Da quanto tempo è così?»

«Praticamente da tutto il viaggio. In aereo... non è andata bene. L'abbiamo trovata in un container, dietro a una finta parete, in uno spazio di due metri e mezzo per sessanta centimetri. Dentro c'era solo un maledetto secchio in cui pisciare e un aggeggio appeso al muro che conteneva acqua, e ha dovuto bere da un tubo come un cazzo di criceto» ringhiò Drake.

Alaska si irrigidì sentendo la rabbia nella sua voce.

«Scusa, tesoro» la tranquillizzò, con il tono calmante che aveva iniziato a bramare.

«Allora sarà affamata, disidratata e immagino che dopo tutto quel tempo passato al buio le facciano male gli occhi.»

Alaska ebbe un pensiero fugace sul fatto che Pipe dovesse essere un medico davvero bravo. L'aveva vista solo qualche minuto e aveva riassunto accuratamente le sue condizioni, dopo aver sentito solo poche cose della sua tremenda esperienza.

«Già» concordò.

I due uomini non parlarono per un po', l'unico rumore era quello dei loro passi. Poi un cane abbaiò.

«Ehi, Mutt! Lo so, amico. Sono a casa. Devo portare dentro Alaska e metterla comoda prima di poterti accarezzare. Aspetta...» Ridacchiò, e lei sentì quello che doveva essere il cane di Drake annusarle le gambe mentre la portava dentro lo chalet.

Si irrigidì di nuovo, aspettando che la mettesse a terra, che la lasciasse andare, invece si sedette tenendola in braccio. Il cuscino accanto affondò e sentì una lingua bagnata scorrere sulla sua guancia.

Dopodiché fu impossibile non aprire gli occhi, così li socchiuse, sollevata che le luci non fossero accese. Fuori era ancora abbastanza chiaro da vederci bene, ma la luce del sole non filtrava attraverso le numerose finestre tutt'intorno.

Era su un divano, seduta di lato sulle ginocchia di Drake, ed ebbe il tempo di vedere una TV, un tavolino, una poltrona reclinabile e una libreria, prima che il cane posasse di nuovo il muso sul suo viso.

Era impossibile capire di che razza fosse Mutt, ma notò le zampe lunghe, una sorta di sorriso e del pelo bianco e marrone, prima che in qualche modo riuscisse a infilarsi tra lei e Drake. Probabilmente pesava circa quindici chili; non era enorme, ma di certo nemmeno piccolo.

Stranamente, non si voltò in direzione del suo padrone per cercare di attirare la sua attenzione, ma verso di *lei,* appoggiandole la testa sulla spalla.

Alaska spostò il braccio dal collo di Drake e circondò il cane, mantenendo l'altra mano aggrappata alla sua maglia. Poteva sentire il battito cardiaco veloce di Mutt contro il petto e i suoi respiri caldi sul collo. Non si mosse, sembrava contento di stare rannicchiato contro di lei.

L'emozione le chiuse la gola, ma trattenne spietatamente le lacrime. Non poteva crollare. Non di nuovo.

«Allora è così, amico?» gli chiese Drake con una piccola risatina. «Non posso biasimarti, è una donna piuttosto straordinaria.»

Le ci volle un secondo per rendersi conto che stava parlando di lei. Non era straordinaria. Era solo una *segretaria*. Una che non si era mai tenuta un lavoro per più di un paio d'anni. Che non parlava più con sua madre; accidenti, non sapeva nemmeno dove fosse in quel momento. Ed era riuscita a farsi rapire da un pazzo che voleva venderla come schiava sessuale.

Non era per niente straordinaria. Neanche lontanamente.

Alaska scosse la testa e la abbassò, affondando il naso nella morbida pelliccia del collo di Mutt. Odorava di... vita all'aria aperta. Di terra, pino e segugio. Non avrebbe dovuto essere un odore confortante, invece lo era.

Pipe riuscì in qualche modo a farle un esame superficiale anche se era seduta sulle ginocchia di Drake con Mutt in braccio. Dichiarò che era disidratata, ma con delle buone dormite e del cibo, in pochi giorni avrebbe dovuto sentirsi meglio.

Alaska si lasciò avvolgere di nuovo dall'annebbiamento mentale. Era più facile lasciare che Drake si occupasse di tutto senza preoccuparsi di dover pensare. Sentì vagamente Pipe andarsene e loro rimasero ancora qualche minuto sul divano, senza muoversi o parlare.

Poco dopo, troppo presto per i suoi gusti, le disse: «Forza, devi fare la doccia. Mutt, via.»

Il cane girò la testa per darle una leccata all'orecchio, poi saltò giù.

«Dai, Al, ti sentirai meglio dopo che ti sarai lavata.»

Non ne era sicura, ma dato che glielo aveva chiesto Drake, lo avrebbe fatto. Le tenne un braccio intorno alla vita mentre l'accompagnava lungo un breve corridoio fino al bagno. La fece sedere sul water e aprì l'acqua nella doccia. Prese un asciugamano da un armadietto e lo mise sopra una rastrelliera sulla parete, poi aprì un cassetto e tirò fuori uno spazzolino da denti ancora chiuso nella sua confezione, lo aprì e lo posò sul ripiano. Infine, si accovacciò davanti a lei.

«Al?»

Lo fissò. Si sentiva come se si stesse osservando dall'alto.

«Sei con me?»

Annui dopo un momento.

«Ho bisogno che tu faccia la doccia. Lavati i capelli, usa pure il mio sapone, poi ti darò da indossare una delle mie tute. Va bene?»

Annuì di nuovo.

Drake non si mosse, rimase di fronte a lei e le posò il palmo sulla guancia. Era caldo e i calli sulla sua mano erano familiari e confortanti. «Sei al sicuro qui. Ok?»

Annuì una terza volta.

Lui sospirò. «Affogherai se ti lascio da sola?»

Alaska aggrottò un po' la fronte e scosse la testa.

«Bene. Sarò fuori dalla porta se hai bisogno di me, ma so che puoi farlo. Ti sentirai molto meglio dopo. Lo giuro.»

Lo guardò alzarsi e lasciare la stanza. Per una frazione di secondo andò nel panico. Non era mai rimasta da sola da quando era stata salvata da quel container. Il suo respiro accelerò e il cuore iniziò a battere all'impazzata.

Drake tornò con una pila di vestiti, li posò sul ripiano accanto allo spazzolino da denti e le tese la mano.

Alaska odiava essere così mentalmente distrutta. Mise la mano nella sua e si lasciò tirare in piedi.

«Mi uccide vederti così, tesoro. Sei più forte di quanto pensava quello stronzo. Si è messo contro la donna sbagliata.

L'hai superato in astuzia, chiamandomi e usando la nostra parola in codice. Mi dispiace di non essere arrivato prima, ma hai comunque vinto, Al. *Hai vinto*. È morto e non può rapire altre donne. Ok?»

Le sue parole penetrarono nello strato di ghiaccio che sembrava circondarla. Aveva bisogno di essere forte. Doveva essere com'era stato Drake quando aveva perso tutti i suoi amici in quella missione di tanti anni prima. Così annuì.

Provò piacere nel vedere il sollievo nei suoi occhi. Leccandosi la bocca, disse sommessamente: «Posso farcela.»

«Puoi dirlo forte» ribatté, chinandosi per baciarle la fronte. Le sue labbra erano calde contro la sua pelle e dovette trattenersi per non gettarsi di nuovo tra le sue braccia, ma poi fece un respiro profondo... e sentì il proprio odore. Fece una smorfia disgustata.

«Te lo ripeto, non ti lascio sola. Sarò qui fuori. Tiny dovrebbe arrivare tra poco con qualcosa da mangiare, poi potrai dormire un po'. Ti sentirai meglio domani mattina.»

Alaska non ne era così sicura, ma annuì comunque e un attimo dopo si ritrovò da sola in bagno.

Prese lo spazzolino e si lavò i denti; quel compito banale la calmò. Quando finì, provò un sorprendente senso di entusiasmo. Le piaceva il sapore fresco e pulito che aveva in bocca; voleva che anche il resto del suo corpo fosse altrettanto pulito.

Si spogliò lentamente, lasciando gli indumenti ammucchiati sul pavimento ed entrò nel box doccia. L'acqua calda le inondò i capelli e il corpo. Fu una bella sensazione. Davvero bellissima.

Non aveva idea di quanto tempo rimase lì ferma sotto il getto, ma alla fine si riscosse e si versò un po' di shampoo nella mano. Si insaponò i capelli castani lunghi fino alle spalle e un profumo familiare le riempì le narici. Quello di Drake.

Lo avrebbe riconosciuto ovunque.

Li risciacquò e li lavò di nuovo. Poi lo fece una terza volta. Era come se non riuscisse a togliere il fetore della paura, della prigionia e l'odore pungente del ferro. Versò del bagnoschiuma su una spugna e fu subito ricompensata da un altro profumo di Drake; legnoso, un po' agrumato e terroso. Era come se le sue braccia fossero ancora intorno a lei, anche se era sola.

Dopo essersi strofinata la pelle fin quasi a escoriarla, Alaska rimase di nuovo sotto il getto caldo, con il viso inclinato verso l'alto. Le sfuggì un singhiozzo ma, ancora una volta, si costrinse a trattenere le lacrime. Chiuse di colpo l'acqua, prese l'asciugamano che le aveva lasciato e si asciugò. La tuta era troppo grande, ma circondata dal suo profumo e da quello del cotone appena lavato, le sembrò di essere in paradiso.

Aprì con cautela la porta del bagno, consapevole della nuvola di vapore che uscì dalla stanza, e cercò di non farsi prendere dal panico quando non trovò subito Drake, ma dopo aver fatto qualche passo nel corridoio, sospirò di sollievo vedendolo in cucina. A quanto pareva, Tiny era già stato lì e se n'era andato, perché c'erano diverse borse sul bancone.

Mutt la vide per primo e le sue unghie grattarono sul legno mentre si precipitava verso di lei. Quando le arrivò a fianco si appoggiò alla sua gamba, e avrebbe potuto giurare che stava sorridendo mentre la fissava.

«Vieni qui, Al. Tiny ci ha portato un po' di tutto. Abbiamo della zuppa, del pane che il nostro chef ha preparato questo pomeriggio, fagiolini, tacchino a fette e purè di patate.»

Posò un piatto colmo di cibo sul piccolo tavolo per due persone e le porse una sedia.

Non aveva fame, ma si avvicinò comunque e si sedette. Non voleva fare nulla per irritarlo, per portarlo a chiederle di andarsene. Fissò il cibo e si sentì rimescolare la pancia.

«Non devi mangiarlo tutto. Solo un po'. Il tuo corpo ha bisogno dei nutrienti, Al. Per favore.»

Prese la forchetta e annuì; ne avrebbe mangiato un po'. Per lui.

Quando Drake spinse indietro la sedia per alzarsi, Alaska non ricordava nemmeno di aver assaggiato qualcosa, ma doveva aver avuto più fame di quanto pensava perché metà del suo cibo era sparito.

«Sono orgoglioso di te, Al. Brava» disse, prendendo il piatto per portarlo sul bancone.

Fissò il tavolo. Quella sensazione ovattata stava tornando. Era orgoglioso di lei solo perché aveva mangiato? Dio, era patetica.

Drake tornò e la tirò in piedi, la condusse oltre il divano e di nuovo nel corridoio. Oltrepassò il bagno ed entrò in una camera. Vide un letto matrimoniale con una grande testiera in legno e un copriletto blu navy prima che i suoi occhi si chiudessero di loro spontanea volontà.

«Stenditi, Alaska» la esortò.

Obbedì e presto fu di nuovo avvolta dall'aroma virile di Drake. Era molto più forte lì nel suo letto. Sulle sue lenzuola. E il materasso era meraviglioso sotto il suo corpo indolenzito. Stare seduta o sdraiata sul metallo duro del container era stato scomodo e doloroso.

Dopo averle tirato su le coperte, si voltò per lasciare la stanza e Alaska non riuscì a trattenere un gemito.

Lui si voltò, la studiò per un lungo momento, poi andò lentamente all'altro lato del letto. Si infilò sotto le coperte senza dire una parola e la attirò a sé.

Odiava sentirsi così debole. Quante volte l'aveva tranquillizzata dicendole che era al sicuro? Che il russo era morto? Lo sapeva, ma in un angolo della sua mente persisteva il pensiero che se fosse rimasta sola, l'avrebbero rapita di nuovo.

Il materasso ai suoi piedi si abbassò e si rese conto che

Mutt li aveva seguiti ed era saltato sul letto. Drake era sdraiato sulla schiena, lei su un fianco e il cane era accoccolato contro la parte posteriore delle sue ginocchia. Era circondata dal calore.

Per la prima volta da giorni, si sentì finalmente davvero protetta.

«Dormi, Al» le sussurrò. «Ci sono passato anch'io. Ti prometto che dopo aver dormito un po', ti sentirai meglio. Ma non devi essere Wonder Woman. Sei sopravvissuta a qualcosa di terrificante, ti è stata tolta la tua libertà e sei stata minacciata di cose piuttosto orribili, ma stai bene e sei al sicuro. Mi dispiace tanto per ciò che ti è successo, ma sono infinitamente felice che tu sia ancora qui. Il mondo è un posto migliore perché ci vivi tu. L'hai detto anche a me, ricordi? In ospedale in Germania. Non l'ho dimenticato. Quando vivere diventa pesante, quando mi pare di non riuscire ad andare avanti un altro giorno, quando il senso di colpa per essere sopravvissuto mi travolge, penso a quelle parole e mi fanno sentire meglio. Il solo fatto di sapere che sei là fuori da qualche parte, felice di essere viva, mi dà la forza per andare avanti.»

A quel punto le fu impossibile trattenere le lacrime, che si riversarono sul suo viso inzuppandole la maglietta.

«Dico sul serio. Se non fossi venuta in Germania... non voglio nemmeno pensare a dove potrei essere ora. Il Rifugio, i miei nuovi amici, la mia capacità di andare avanti, è stato tutto grazie a *te*. Mi dispiace che sia stata quella situazione a riportarti da me, ma allo stesso tempo sono felice che tu sia qui. Dormi, Al. Sistemeremo le cose un giorno alla volta. Va bene?»

Wow. Era... non sapeva cosa dire. Sapeva solo che non aveva mai sentito parole più belle in tutta la sua vita. E gliele aveva dette *Drake*.

Non avevano mai parlato molto di quando era andata a

trovarlo. Si erano scambiati un sacco di messaggi e mail su innumerevoli cose, ma non su quel periodo buio della sua vita. Sapere che la sua presenza lo aveva davvero aiutato, le fece sembrare che il bisogno che aveva di lui fosse meno... impari.

Chiuse gli occhi ma, ancora una volta, non riuscì a trattenere le lacrime che scesero copiose. Sembrò che per Drake non fosse un problema, le strinse semplicemente la mano sul braccio che lei gli aveva posato sulla pancia e si voltò per baciarle la fronte.

CAPITOLO SETTE

Brick odiava sentirsi impotente. Durante la maggior parte della sua carriera nei Navy SEAL si era occupato di qualsiasi situazione aveva dovuto affrontare. Tranne *quel* fatidico giorno, quando si era sentito inutile come mai in vita sua. Da allora aveva lavorato sodo per non trovarsi più in quella posizione.

Fino a quel momento.

Mentre era steso a letto e stringeva Alaska, sentendo le sue lacrime bagnargli la spalla, fu pervaso da un senso di impotenza. Non sapeva cosa dire per farla stare meglio. Piangeva *dormendo*, per l'amor di Dio. Era ovvio che fosse terrorizzata di essere lasciata sola.

Si era preoccupato per il suo sguardo vuoto, ma quello era peggio. Per quanto fosse sollevato che stesse finalmente mostrando un'emozione, gli attanagliava comunque lo stomaco.

Mutt alzò la testa e guaì fissandola.

«Va tutto bene» sussurrò. «È al sicuro.» Non era certo se lo stesse dicendo per rassicurare il cane o se stesso, ma Mutt sembrò confortato dalle sue parole e appoggiò di nuovo la testa sulle ginocchia piegate di Alaska.

Alla fine smise di piangere, ma per Brick il sonno faticò ad arrivare. Non aveva idea del perché il suo dolore gli provocasse tanta sofferenza. Sì, la conosceva da quasi tutta la vita e l'aveva sempre rispettata e apprezzata, ma sapere quanto fosse arrivato vicino a perderla, a non ricevere mai più un'altra sua mail o un messaggio, lo sconvolgeva profondamente.

Lei era stata la prima a cui aveva parlato dell'acquisto di quel terreno con i suoi nuovi amici, ed era stata così eccitata per lui. A ogni foto che le aveva inviato aveva risposto con stupore e ammirazione. Gli aveva anche dato alcuni suggerimenti su dove sistemare gli chalet degli ospiti. Anche se erano a migliaia di chilometri di distanza, c'era stata per lui, almeno con il pensiero.

Il fatto che ora fosse lì, era un miracolo. Lo sapeva. I suoi amici lo sapevano. E aveva la sensazione che lo sapesse anche lei.

Brick voleva disperatamente aiutarla a rimettersi in sesto, a riprendersi dal suo calvario e non voleva fare qualcosa che potesse rovinare tutto. Tuttavia, aveva la sensazione che più a lungo fosse rimasta lì e più tempo avrebbe trascorso con lui, più difficile sarebbe stato lasciarla andare una volta che si fosse ristabilita. Era una donna adulta e quando alla fine si sarebbe sentita bene, avrebbe potuto decidere di tornare in Europa, al suo stile di vita nomade e probabilmente più eccitante.

Per il resto della notte alternò momenti di veglia a brevi sonnellini, e l'ultima volta che si svegliò, proprio mentre il sole cominciava a fare capolino all'orizzonte, erano tutti e tre esattamente nella stessa posizione della sera prima; Alaska incollata contro il suo fianco, con la testa sulla sua spalla e le gambe piegate, e Mutt raggomitolato contro di lei nello spazio dietro le sue ginocchia.

Era confortevole. Piacevole. Intimo.

Non avrebbe voluto spostarsi e desiderava che Alaska si svegliasse da sola, ma aveva bisogno di usare il bagno. Doveva parlare con i suoi amici e assicurarsi che al Rifugio andasse tutto bene. Era stato via per alcuni giorni e anche se sapeva che potevano gestire qualsiasi cosa, quel posto era comunque la sua creatura.

«Resta qui, Mutt» disse sottovoce.

Il cane sollevò la testa, poi la abbassò di nuovo con un sospiro.

Sorridendo, Brick si spostò con cautela da sotto Alaska, sostituendo la sua spalla con un cuscino. Lei borbottò un po', si mosse, ma non aprì gli occhi. Fu un sollievo. Non aveva idea se fosse riuscita a dormire mentre era rinchiusa in quel container, ma il suo corpo aveva sicuramente bisogno di ricaricarsi dopo tutto lo stress e il terrore che aveva sperimentato.

Quattro ore più tardi, dopo aver sentito di persona che gli ospiti erano a posto, aver fatto colazione e parlato con Henley McClure, la psicologa che andava lì per offrire sedute a chi ne aveva bisogno o desiderava la sua consulenza, Brick era un po' preoccupato che Alaska non si fosse ancora svegliata. Stava dormendo da più di dodici ore e sapeva per esperienza che l'ipersonnia poteva essere un segno di depressione.

Mutt era uscito dalla camera circa due ore prima e lo aveva lasciato andare fuori a fare le sue cose. La maggior parte delle volte girovagava e trascorreva il suo tempo esplorando la terra intorno al Rifugio, ma quel giorno era tornato dentro quasi subito, e dopo aver mangiato era andato in camera da letto a rannicchiarsi di nuovo contro Alaska.

Quando Brick non riuscì più a resistere, percorse il corridoio per andare a controllarla. Aprì silenziosamente la porta e vide che era sveglia. Era seduta sul letto con gli occhi fissi sulla parete di fronte, accarezzando distrattamente un Mutt deliziato.

Seguì la direzione del suo sguardo e non poté fare a meno di sorridere.

«È stato sulla parete di ogni posto in cui ho vissuto da quando avevo diciotto anni» le disse.

Alaska sussultò e si voltò a guardarlo.

«Scusa, pensavo mi avessi sentito entrare.» Indicò con la testa il lavoretto a punto croce, della grandezza di dodici centimetri per venti, appeso alla parete. «Volevo che fosse la prima cosa che vedevo appena sveglio. In quei primi giorni mi ha spronato a finire l'addestramento SEAL. A guadagnare la spilla del tridente. A vent'anni mi ha ricordato chi ero. E ora... mi ricorda i miei amici perduti e che posso anche non essere più un SEAL, ma ciò che ho fatto, le vite che ho salvato, sono state cose importanti.»

«Io... come diavolo l'hai *avuto*?» gli chiese.

«Dopo che te ne sei andata da casa mia la sera della festa del diploma, mia madre ti ha vista gettare nella spazzatura il regalo che mi avevi portato. È andata a prenderlo e me l'ha dato la mattina seguente, prima che partissi per il campo di addestramento.»

«È orribile» mormorò. «I punti sono irregolari ed è anche difficile capire cosa sia quella macchia dorata.»

«L'ho capito nell'istante in cui l'ho aperto che era il tridente dei SEAL. Leggere quelle parole — Drake Vandine Navy SEAL — e sapere che non avevi dubbi che un giorno lo sarei *diventato* davvero, mi ha fatto venire la pelle d'oca.»

«Non posso credere che tu abbia portato quella cosa in giro per tutti questi anni.»

Brick entrò nella stanza e si sedette sul bordo del materasso. Non voleva soffocarla ma farle capire esattamente quanto significasse per lui il suo dono. «Il mio nome può anche essere un po' storto, il colore del tridente un po' spento, ma l'hai fatto con il cuore, Alaska. Hai usato tempo ed energie per realizzarlo, per me. Ha significato, e *significa,* più di quanto tu potrai mai immaginare.»

Lei chiuse gli occhi e sospirò.

«Al?» Non era nemmeno sicuro di cosa volesse chiederle con quell'unica parola.

«Mi sento strana» ammise senza aprirli.

«In che senso?» le chiese, allarmato. «Devo chiamare Pipe? Merda, avrei dovuto portarti in città e farti dare un'occhiata dal dottore.»

Scosse la testa, aprì gli occhi e lo guardò. «No, non fisicamente. Solo... strana. Come se non appartenessi alla mia pelle. Sono tesa e agitata, e il pensiero di lasciare questa casa, questa stanza, questo *letto,* mi fa venire voglia di piangere. Non mi sento in me e lo detesto.»

«Odio dirlo, tesoro, ma è normale. Dopo l'esperienza che hai avuto, voler rintanarsi e proteggersi è una reazione naturale. Quando sono uscito dall'ospedale mi sentivo allo stesso modo.»

«Quanto è durato?» chiese.

Arricciò il naso. «Più di quanto avrei voluto, ma sai cosa mi ha aiutato?»

«Che cosa?»

«Venire qui. Guardare il cielo. Sapere che c'erano persone come te là fuori a cui avrei potuto appoggiarmi se ne avessi avuto bisogno.»

Alaska lo fissò per un lungo momento. «Non sono mai stata una che ama le attività all'aria aperta» sostenne infine.

Brick rise. Non riuscì a farne a meno. «Lo dice la ragazza che ha preso tranquillamente in mano un serpente? Che era solita strisciare nella terra e nell'erba mentre giocavamo ai soldati?»

Gli rivolse un sorrisetto ironico. «L'ho fatto solo per te.»

Quell'ammissione lo colpì profondamente e gli ci volle un

lungo momento per riuscire a rispondere. «Permetti alle mie montagne di guarirti» disse infine. «Ti prometto che non dovrai strisciare nella terra e che non ho più bisogno che tu mi salvi dai serpenti. Prenderemo le cose un giorno alla volta. Vai a fare escursioni, mangia dell'ottimo cibo, divertiti con buoni amici.»

«Drake, non posso restare qui a lungo. Ho bisogno di sistemare la mia vita. Non ho più un lavoro, quindi devo trovarne uno. Devo ritirare le mie cose dall'appartamento, ottenere nuovi documenti d'identità e aprire un conto qui negli Stati Uniti e... parlando di soldi, di certo non posso permettermi di rimanere qui.»

Sì sentì un po' indignato. «Pensi che ti farò pagare per stare con me?»

Lo guardò per un momento. «Dovresti. Questo posto è favoloso e so che è sempre tutto prenotato con molto anticipo. Tu e i tuoi amici avete trasformato quest'area in uno dei posti migliori per le persone che hanno bisogno di una pausa dalla loro vita stressante. So anche dello chalet dei prigionieri di guerra. Siete tutti degli imprenditori generosi, dannatamente bravi e onesti. Non voglio approfittarne.»

Brick si sporse in avanti, felice che avesse fatto delle ricerche sul Rifugio. «*È* uno dei posti migliori per guarire, motivo per cui voglio che tu rimanga. Non me ne frega un cazzo dei soldi. È la mia opportunità di restituirti il favore che mi hai fatto quattro anni fa. Se lo vuoi, lo chalet dei prigionieri di guerra è tuo per tutto il tempo che desideri. A costo zero.»

Alzò la mano prima che lei potesse protestare, dato che sapeva cosa stava per dire.

«E prima che tu mi dica che non sei stata un prigioniero di guerra, ti sbagli. Sei stata catturata contro la tua volontà e rinchiusa in quel container. C'è una guerra in corso contro il traffico sessuale, e tu ne sei stata sicuramente una vittima, ma non permetterai a quello stronzo russo di vincere. Nel modo più assoluto. Ti conosco troppo bene, alla fine sconfiggerai la strana sensazione che provi. Lo so.»

Non gli piaceva l'espressione che le attraversò il viso mentre rifletteva sulla sua offerta.

«Che c'è? Cosa ti è passato per la testa?» le chiese.

«Io non... stare in quello chalet da sola...» Le mancarono le parole.

«Puoi restare qui con me» dichiarò senza esitazione.

«Non posso.»

«Perché?»

«Perché è casa *tua*.»

«E ti sto invitando a condividerla con me. Pensi che non mi senta solo, Al? Pensi che non stia ancora combattendo i miei demoni? Non sono forti come una volta, ma ci sono ancora. Ci saranno sempre. Mi dispiace averlo tirato fuori ora che non stai bene, ma purtroppo è così. Puoi imparare a convivere con quei demoni e non dar loro la forza di occupare molto spazio nella tua testa, ma non se ne andranno mai. Lascia che ti aiuti a contenerli. Rimani. Permetti a questa terra e a questo posto di guarirti.»

Aspettò col fiato sospeso. La verità era che averla lì nello chalet sarebbe stata una delle cose più difficili che avrebbe mai fatto. Più le stava vicino, più voleva che restasse. Quando sarebbe arrivato il momento per lei di voltare pagina, sarebbe stato doloroso. Perderla l'avrebbe fatto soffrire quasi come quando aveva perso i suoi compagni di battaglia.

Ma se non se ne fosse andata?

Se fosse riuscito a convincerla a restare?

Anni prima sua madre gli aveva detto che era ovvio che Alaska avesse una cotta per lui. Una donna non spendeva tempo ed energie per confezionare un regalo come quello che gli aveva fatto, se non avesse provato qualcosa di più di un sentimento d'amicizia nei suoi confronti. Ma allora stava rincorrendo un obiettivo: essere un Navy SEAL. Fare la differenza nel mondo.

Seduto accanto a lei in quel momento, capì con improvvisa chiarezza che c'era un altro motivo per cui aveva conservato il suo regalo per tutti quegli anni, per cui era uno dei suoi beni più preziosi, per cui si era spaventato così tanto dopo aver sentito che Alaska era in pericolo.

Era riuscita a fare ciò che nessun'altra donna aveva fatto… si era insinuata nel suo cuore.

Quando la sentiva le sue giornate erano migliori, il suo umore si alleggeriva quando riusciva a parlarle al telefono. Avrebbe dovuto essere ovvio fin dall'inizio, ma non se n'era reso conto fino a quel momento, con la sua amica seduta di fronte.

Era attratto da Alaska.

Quella rivelazione non lo preoccupò né scioccò. Invece, fu come se un macigno pesante quattro anni gli fosse stato tolto dal petto.

Era possibile far resuscitare i sentimenti che lei aveva provato un tempo nei suoi confronti? Avevano la possibilità di far funzionare una relazione?

Brick non ne era sicuro, ma ora che aveva identificato ciò che provava, voleva tentare. Pian piano. Quando Alaska sarebbe stata pronta.

«Non sarà difficile procurarti i documenti d'identità e aprire un conto bancario in cui trasferire i tuoi soldi» le disse, sapendo che il suo primo compito era farla sentire a suo agio e tranquilla. «E sono sicuro che puoi trovare un lavoro a Los Alamos. Quando sarai guarita e pronta, potrai passare a qualcosa di meglio e di più importante.»

Furono parole difficili da dire, ma non l'avrebbe mai trattenuta.

«Sei sicuro? Ho quasi l'impressione di aver fatto irruzione nella tua vita senza che tu avessi alcuna voce in capitolo.»

Ridacchiò. «Ti sbagli. Dal momento in cui mi hanno detto che al telefono c'era mia moglie, ho capito che eri tu, e sapevo che avrei fatto tutto il possibile per aiutarti. Vuoi sapere perché?»

«Sì.»

«Perché ho sempre sentito un forte legame con te. *Sempre*. Dalla prima volta che ci siamo incontrati sullo scuolabus, a quando ti ho vista in Germania, fino a quando ho sentito la tua voce al telefono. Eri spaventata a morte ma stavi agendo in modo intelligente, facendo ciò che dovevi per salvarti. Non sarebbe stato necessario che venissi in Russia, tesoro. In effetti, sono sicuro che la squadra avrebbe preferito se fossi rimasto qui e li avessi lasciati fare il loro lavoro senza avermi al seguito. Non era nemmeno necessario che ti portassi qui, ma ho voluto farlo. Non hai fatto irruzione nella mia vita, sapevo esattamente ciò che stavo facendo.»

Alaska fece un respiro profondo. «Ok» sussurrò.

«Bene» concordò Brick, più sollevato di quanto potesse esprimere a parole. «Che ne dici di fare un'altra doccia, poi ci sediamo sul terrazzo a pranzare?»

«Pranzare? È così tardi?» chiese sorpresa.

«Sì. Avevi bisogno di dormire. Sono sicuro che i ragazzi verranno a trovati ora che non sei praticamente in stato comatoso. Non allarmarti se nei prossimi giorni sentirai il bisogno di dormire tanto.»

«Fammi indovinare. È normale?» chiese con un piccolo sorriso.

Vedere il suo viso rischiararsi lo fece sospirare di sollievo. «Esatto. Ora che ne dici di alzare le chiappe e darti da fare? Ti posso dare altre tute finché non ti procuriamo dei vestiti.»

«Hai intenzione di fare il Navy SEAL con me?» gli chiese.

«Come, scusa?»

«Sai, urlare ordini, dirmi "sbrigati verme, più veloce, datti una mossa", cose del genere.»

Brick ridacchiò. «Forse. Puoi buttare fuori l'uomo dai SEAL, ma non puoi buttare fuori il SEAL dall'uomo.»

Il sorriso che gli regalò gli provocò una stretta allo stomaco.

«Presto prenderemo dei prodotti da bagno più adatti a te» disse, cercando di nascondere la reazione che quel sorriso gli provocava.

«Oh, io... non serve, i tuoi mi piacciono.»

«Ti piace avere il mio profumo?» non poté fare a meno di chiedere.

«Sì.» La sua risposta semplice e onesta gli dimostrò quanto fosse forte.

Il cazzo di Brick si contrasse, sbalordendolo così tanto che si alzò di scatto e andò verso la porta. «Vedo cosa riesco a rimediare per pranzo. Prenditi il tuo tempo» le disse, mentre lasciava la stanza.

Avrebbe voluto prendersi a calci in culo per essere andato via così bruscamente, ma il bisogno che all'improvviso gli scorreva nelle vene, quel desiderio spuntato dal nulla dopo aver sentito che le piaceva *avere il suo profumo*, gli avevano reso impossibile stare seduto accanto a lei senza fare qualcosa che avrebbe potuto spaventarla a morte.

Era stata quasi venduta come schiava sessuale, l'ultima cosa di cui aveva bisogno, o che probabilmente voleva, era la sua erezione in faccia.

Eppure, non riusciva a togliersi dalla mente l'immagine di Alaska aggrappata a lui il giorno prima e durante la notte. Non si era calmata finché non l'aveva stretta, e non gli era sfuggito che avesse sepolto il naso nell'incavo del suo collo.

Si costrinse a pensare a qualcos'altro: all'idraulico che sarebbe andato più tardi per controllare un tubo che perdeva in uno degli chalet, al menu che bisognava riesaminare per la settimana successiva. A *qualcosa* di diverso dal suo improvviso desiderio di voltarsi e tornare dalla donna che si era impadronita del suo cuore senza nemmeno provarci.

———

Yong Chen fissò con furia il messaggero davanti alla sua scrivania che continuava nervosamente a spostare lo sguardo da lui alla porta e viceversa. Le notizie che gli aveva portato non erano affatto buone. Si aspettava che lo informasse che il suo ultimo acquisto era arrivato allo scalo ferroviario e stava per essere trasportato a casa sua. Invece, aveva appreso che non c'era.

Lei era sparita.

«Vattene» sbraitò a denti stretti.

Il giovane non esitò a obbedire. Fuggì dall'ufficio come se avesse scampato un pericolo... e forse era così.

Yong non riusciva a ricordare l'ultima volta che si era arrabbiato così tanto. Era stato così eccitato e trepidante di avere il suo nuovo giocattolo, e quando si fosse stancato di lei, il suo piano, come sempre, sarebbe stato di affittarla ad altri per recuperare i soldi che aveva speso.

Aveva sborsato quasi sette milioni di yuan per la troia, e cosa aveva da mostrare? Niente.

Era inaccettabile.

Prese il telefono. Avrebbe riavuto indietro i suoi soldi da quel maledetto russo anche se fosse stata l'ultima cosa che avrebbe fatto.

Trenta minuti dopo, Yong era ancora più furioso per aver appreso che la donna che aveva ordinato era stata salvata prima ancora che lasciasse la Russia.

Il suo contatto era morto, i soldi che gli aveva dato spariti.

Infuriato, prese la pesante pinzatrice dalla scrivania e la lanciò più forte che poté dall'altra parte della stanza. Colpì il muro e andò in frantumi facendo volare tutti i pezzi, ma non aiutò comunque a frenare la sua furia. Era stato impaziente per giorni per l'arrivo dell'americana. Era facile ottenere una fica russa, indiana, cinese e persino coreana. Le americane invece erano rare. E Yong si era aspettato che la sua venisse consegnata come promesso.

Rimase lì a ribollire per un po', nessuno del suo staff osò disturbarlo. Entro breve si sarebbe diffusa la voce che la nuova "ospite" della loro famiglia non sarebbe più arrivata. Fu pervaso da un senso di umiliazione; si era vantato di quella donna, aveva promesso ad amici e clienti che avrebbero avuto il loro turno una volta che avesse finito con lei, una volta che fosse stata sufficientemente addestrata. Era stato smanioso di farlo, quella era la sua parte preferita con un nuovo acquisto.

Erano sempre così ribelli quando arrivavano, ma raramente servivano più di un paio di sessioni prima che fossero ansiose di aprire le gambe e fare tutto ciò che lui ordinava.

Il pensiero che la sua puttana americana fosse stata salvata, che pensasse di essere al sicuro, che in qualche modo lo avesse superato in astuzia, gli fece ribollire le viscere, riempiendolo di livore.

Aveva pagato un milione di dollari americani e voleva ciò che era suo di diritto.

Nulla gli avrebbe impedito di reclamare la sua proprietà. Lo avrebbe pregato di tenerla con sé dopo alcune sessioni con i suoi clienti più rudi.

Quella sarebbe stata la sua punizione. L'avrebbe data subito agli altri, e lui sarebbe stato lì a guardare.

Ma prima, doveva catturarla.

Avrebbe dovuto essere abbastanza facile trovarla, dato che conosceva già il nome dell'uomo che aveva chiamato in aiuto. Il secondo in comando del broker russo gli aveva detto tutto ciò che aveva voluto sapere, forse temendo che lui andasse a prendersi le donne da qualche altra parte.

Il nome del tizio era Drake e sosteneva di essere suo

marito. Possedeva una sorta di attività nel New Mexico chiamata Il Rifugio. Non aveva dubbi che la sua fica fosse lì, presumendo erroneamente di essere al sicuro ora che era negli Stati Uniti.

Si sbagliava di grosso.

Yong si sarebbe occupato di recuperarla personalmente.

Per la prima volta dopo ore, sorrise. Sarebbe stato divertente. Erano anni che non andava a ritirare un acquisto di persona, ma ricordava ancora l'emozionante scarica di adrenalina del momento in cui la donna scelta si rendeva conto di essere stata ingannata.

Doveva mettere a punto la logistica. Avrebbe dovuto ottenere dei documenti e un visto falsi per entrare negli Stati Uniti. Gli serviva una storia di copertura per avvicinarsi a quello stronzo di Drake. Dopo aver studiato la configurazione del terreno in cui si trovava quel Rifugio, avrebbe fatto la sua mossa. Si sarebbe portato a casa la sua fica da sette milioni di yuan e l'avrebbe spezzata.

Nessuno fregava Yong Chen. Non poteva più uccidere il russo che lo aveva truffato e che si era fatto sparare come un idiota, ma sarebbe riuscito a ottenere ciò che aveva comprato e pagato.

CAPITOLO OTTO

ALASKA NON AVEVA ANCORA TROVATO il coraggio di avventurarsi lontano dallo chalet di Drake. Si erano seduti sul terrazzo sul retro per pranzare e avevano mangiato del chili perfettamente speziato e dal sapore incredibile, ma non appena finito, si era accorta di non riuscire a tenere gli occhi aperti. Si era scusata profusamente, sapendo che Drake avrebbe voluto presentarla ai suoi amici, ma lui aveva spazzato via il suo rammarico e l'aveva accompagnata dentro.

Una volta sdraiata sul divano per fare un pisolino, le aveva lasciato la porta a zanzariera aperta. Il rumore del vento, degli uccelli tra gli alberi e l'aria fresca le avevano dato una sensazione bellissima, completamente diversa da quella vissuta dentro il container, ma a differenza della notte precedente aveva dormito a tratti, tormentata dagli incubi.

Alla fine si era costretta ad alzarsi e avevano cenato di nuovo sul terrazzo. Indossava ancora la tuta, ma non era intenzionata ad andare da nessuna parte o a incontrare nessuno.

Drake aveva accennato di aver gettato via i vestiti che portava quando era stata salvata, e lei ne era stata più che felice. Non aveva dubbi che anche solo vederli le avrebbe riportato alla mente troppi brutti ricordi. A un certo punto avrebbe dovuto comprarne di nuovi, trovare l'energia per fare qualcosa di più che mangiare, dormire e stare seduta, ma ci avrebbe pensato un altro giorno.

Mutt era il suo compagno costante, come se sapesse che in quel momento aveva bisogno di lui più di quanto ne avesse Drake. Quando non lo accarezzava, aveva comunque la sua testa posata sulla coscia se era accanto a lei. La sua presenza in qualche modo la calmava, cosa di cui era grata.

Dopo aver insistito per aiutare con i piatti della cena, si erano ritirati di nuovo sul terrazzo. Il sole stava tramontando e, per qualche ragione, Alaska non era preoccupata della vasta oscurità della foresta che si estendeva davanti a lei.

«Questo posto è fantastico. Devi esserne molto orgoglioso» disse, mentre faceva scorrere una mano sulla schiena di Mutt. Il cane le era saltato in grembo nell'istante in cui si era seduta. Drake aveva tentato di farlo scendere, ma ad Alaska piaceva sentire il suo leggero peso, inoltre la teneva al caldo dato che l'aria era un po' fresca.

«Sai, quando mi è venuta l'idea per il Rifugio, ho immaginato che sarebbe stata una piccola e tranquilla attività, una in cui avrei invitato la maggior parte delle persone incontrate durante il servizio militare a riunirsi e a farsi compagnia per un po'. È finito per essere molto di più.»

Alaska annuì. «Direi proprio di sì. Ho seguito passo dopo passo il tuo successo da quando hai aperto e posso dire che hai creato molto più di un semplice luogo per le vacanze. Le persone che l'hanno visitato non hanno detto altro che cose lusinghiere sul loro soggiorno, come il fatto che per la prima volta da secoli si sono sentiti di poter abbassare la guardia e rilassarsi davvero.»

«Penso che sia più merito della zona in cui si trova, che del Rifugio in sé» disse Drake con un'alzata di spalle.

«Ti sbagli. Tu e i tuoi amici avete creato un luogo che si rivolge a quelli che stanno lottando per venire a patti con le cose che hanno visto e fatto. È tutto incredibile, Drake. Dalla psicologa che viene a parlare con gli ospiti, al modo in cui sono organizzati i pasti, agli animali che di certo sono terapeutici, fino agli chalet stessi.»

All'improvviso sentì il suo sguardo su di lei e si voltò. «Che c'è?»

«Hai *davvero* seguito i nostri progressi.»

Scrollò le spalle, sentendosi un po' in imbarazzo. «Ero preoccupata per te» ammise. «Quando hai lasciato la Germania, *speravo* che saresti stato in grado di superare ciò che era successo, ma non riuscivo a smettere di chiedermi come stavano andando le cose, al di fuori di ciò che mi dicevi nelle mail. Così, ti ho "stalkerato" su internet.»

Drake rise. Quel suono basso e tonante le provocò un rimescolio nella pancia.

«Se qualcun altro mi avesse detto che mi aveva tenuto d'occhio così, probabilmente mi sarei preoccupato, ma mi fa sentire bene sapere che ci tenevi abbastanza a me da tenerti aggiornata su ciò che stavo facendo. E dato che stiamo condividendo i nostri segreti, spero che tu non la prenda nel modo sbagliato, ma sono felice, molto felice, di poter ricambiare il favore che mi hai fatto quattro anni fa. Odio il *motivo* per cui ho dovuto farlo, ma sono comunque contento di averti qui, Alaska. Anche se da quando mi sono diplomato abbiamo passato solo qualche giorno insieme, ti considero la mia amica più cara.»

Si sentì riempire gli occhi di lacrime e abbassò la testa per guardare le sue mani che stavano ancora accarezzando Mutt.

«Ogni giorno della mia vita, la prima cosa che vedo quando mi sveglio è il tuo regalo. Sapere che qualcuno ha creduto in me con tale convinzione quando ero solo un ragazzino, mi ha dato la sicurezza per superare i momenti difficili.

E credimi, ce ne sono stati molti nel corso degli anni. Farò tutto ciò che è in mio potere per aiutarti a superare il tuo. Non mentirò, combattere i tuoi demoni può essere estremamente difficile, ma credo in te. So che puoi farcela.»

L'aveva sconvolta. Per nascondere quanto le sue parole avessero significato per lei, Alaska disse scherzando: «Hai intenzione di regalarmi un lavoretto a punto croce?»

Drake ridacchiò. «Potrei. Possiamo aggiungerlo al nostro programma qui al Rifugio. Serata del fai-da-te. Potresti essere la nostra insegnante.»

Alzò gli occhi al cielo. «Certo. Odio dirtelo, ma quella è l'unica cosa che ho ricamato ed è terribile.»

«È la cosa più bella che abbia mai visto» ribatté lui.

Sorpresa dal suo tono, sollevò gli occhi e si bloccò di fronte al suo sguardo. La stava fissando intensamente.

Non era mai stata oggetto di un'attenzione così diretta, tantomeno da parte degli uomini.

Aveva letto in molti libri di donne che vedevano la lussuria e il desiderio negli occhi di un uomo, ma lei non l'aveva mai sperimentato. La maggior parte delle volte le lanciavano a malapena un'occhiata di sfuggita, e se si prendevano la briga di guardarla era perché volevano qualcosa; sesso o roba relativa al lavoro.

Rimasero a fissarsi per un lungo momento. Trattenne il respiro mentre aspettava che Drake dicesse qualcosa. Quando non fece altro che continuare a osservarla con quei suoi intensi occhi azzurri, abbassò lo sguardo sul cane.

Essere al centro dell'attenzione era imbarazzante. Per quanto a volte odiasse rimanere sempre in secondo piano, ci era abituata. Avere Drake che la guardava come se la *vedesse* veramente, era piuttosto spaventoso.

Come se si fosse reso conto di averla messa a disagio, si appoggiò allo schienale della sedia e chiuse gli occhi. «Allora, ho pensato che domani potremmo andare a fare colazione al lodge. Il nostro chef è bravissimo ad accontentare tutti. Dallo yogurt e la frutta fresca, ai pancake, al bacon e omelette su ordinazione, se preferisci. È un servizio a buffet, quindi non ci saranno tutti gli ospiti nello stesso momento.»

Alaska non era ancora certa di essere pronta a lasciare lo chalet e la sua bolla sicura, ma non poteva fingere di essere in vacanza. Doveva compiere dei passi per andare avanti con la sua vita.

Drake continuò. «Ho pensato che poi potremmo andare nella stalla così ti presenterò Melba; credo che sia la più famosa sui social rispetto a qualsiasi altra cosa che c'è qui. Magari abbiamo l'alba o il tramonto più spettacolari che tu abbia mai visto, o qualcuno che riesce finalmente a fare un importante progresso e se ne va sentendosi cento volte più leggero di quando è arrivato, eppure Melba è l'unica cosa di cui pubblicano le foto e parlano quando tornano a casa.»

Alaska aveva davvero visto un sacco di foto di quella mucca. Aveva enormi occhi castani, un manto marrone e bianco e sembrava amare gli umani. Aveva anche una storia traumatica alle spalle, come la maggior parte degli ospiti. Era stata salvata poco dopo che Drake aveva aperto il Rifugio, di conseguenza il legame tra la mucca e le persone era speciale.

Fu sorpresa di provare un senso di trepidazione. Non vedeva l'ora di incontrare quella creatura docile, era passato parecchio tempo dall'ultima volta che era stata così impaziente di fare qualcosa.

«Allora direi di improvvisare per il resto della giornata. Se sei stanca, torniamo qui e puoi fare un pisolino. Se ti va posso mostrarti il posto. Puoi vedere dove sono gli uffici nel lodge, possiamo fare una breve passeggiata o tornare qui e sederci sul terrazzo a non fare nulla.»

«Non devi farmi da babysitter» gli disse. Alaska amava che si fosse incluso in quel programma, ma si sentiva anche in colpa. Aveva un'attività da gestire. «Sono sicura che hai di meglio da fare.»

«Non credo» affermò, girando la testa e inchiodandola con un altro sguardo. «Uno dei motivi per cui siamo sette proprietari è che c'è sempre qualcuno che porta avanti il lavoro quando necessario. Abbiamo tutti i nostri problemi. A volte sentiamo il bisogno di sparire per un po'. Ci immergiamo nella foresta per ritrovare il nostro equilibrio. Oppure andiamo a trovare le nostre famiglie o gli amici che stanno lottando più di noi per acclimatarsi nella società. Non è un problema se abbiamo bisogno di prenderci una pausa. Il Rifugio non crollerà. Tutti noi sappiamo fare qualsiasi lavoro e comprendiamo la necessità di doversi allontanare a volte. Quindi, i miei amici sono d'accordo che mi prenda del tempo per stare con te, per assicurarmi che tu stia bene. Non c'è nient'altro che preferirei fare se non mostrarti il mio orgoglio e la mia gioia per vederla attraverso i tuoi occhi.»

«Ok.»

Sorrise. «Ok cosa, Al?»

«Domani possiamo fare ciò che hai suggerito.»

Continuò a sorridere. «Bene. Ci saranno anche i ragazzi lì in giro. Tonka non mangia mai al lodge, ma si ferma. In caso contrario, sarà sicuramente nella stalla. È il nostro esperto di animali. Non so per quale motivo Mutt abbia scelto me invece che lui perché è praticamente l'uomo che sussurra agli animali.»

«Mutt riconosce una cosa buona quando la vede» sostenne Alaska. Poi si morse il labbro e rifletté su come esprimere ciò che aveva un assoluto bisogno di dirgli. Era stata troppo fuori di testa la sera prima e non aveva ancora trovato un modo per parlargliene, ma ora il sole stava tramontando e il tempo stava per scadere. «Drake?»

«Sì, Al?»

«Ehm, a proposito di ieri sera...»

Quando non continuò, le chiese: «Cosa vuoi dirmi?»

«Non ero davvero in me, e non intendevo... non...» La sua voce si affievolì e sapeva di avere il viso in fiamme. Non avrebbe dovuto essere così imbarazzante. Aveva quasi quarant'anni, era ridicolo arrossire. «Dove dovrei dormire stanotte?» sbottò infine. «Non posso prendere il tuo letto. Non è giusto.»

«A me è sembrato maledettamente giusto» mormorò Drake. Poi si voltò a guardarla. «Hai dormito come un sasso la notte scorsa.»

Alaska annuì. Non aveva torto. Probabilmente era perché non aveva dormito affatto mentre era rinchiusa in quel container e il viaggio verso gli Stati Uniti era stato piuttosto traumatico, ma di certo non c'era bisogno di dirglielo perché lo sapeva.

«Eri a disagio?» chiese.

Non gli avrebbe mentito. «No.»

«Allora, qual è il problema?»

«Drake, non ho l'abitudine di dormire con uomini in modo così disinvolto» ammise, un po' esasperata. «Posso stare sul divano.»

«Non esiste proprio» disse, con un deciso movimento della testa. «Semmai il divano lo prendo io, ma è troppo presto, Alaska.»

Si acciglio confusa. «Troppo presto per cosa?»

«Per stare da sola. Sai, in quell'ospedale in Germania non avevo dormito più di un'ora alla volta fino al tuo arrivo, a meno che non fossi imbottito di farmaci, ma sapere che eri lì, che non ero solo, ha permesso al mio cervello di spegnersi. Prima di allora, l'unica cosa che riuscivo a vedere quando chiudevo gli occhi erano le parti del corpo dei miei amici che volavano. Poi sei arrivata tu, e ogni volta che mi svegliavo, giravo subito la testa e ti vedevo sdraiata lì tranquilla. Serena. Ha significato *tantissimo*. Dopo ciò che hai passato, penso che la cosa peggiore che tu possa fare è dormire da sola nel primo periodo.»

Avrebbe voluto protestare. Dirgli che poteva assolutamente farcela. Aveva dormito da sola per tutta la vita. Ma in fondo sapeva che aveva ragione. Anche quando prima aveva fatto un pisolino, si era girata e rigirata, senza riuscire a riposare.

Drake le prese la mano. «Puoi fidarti di me, Al. Non succederà niente. Dormiremo e basta. Veglierò su di te e tu potrai vegliare su di me. Va bene?»

«Non è normale» sospirò.

Lui si limitò a scrollare le spalle. «Cosa diavolo è "normale" di questi tempi? Siamo tutti incasinati a modo nostro, e se dormire accanto a un amico è ciò che ci vuole per permetterci di superare la notte senza perdere la testa o avere un incubo dopo l'altro, chi se ne frega? Se sei preoccupata per quello che potrebbero pensare gli altri ragazzi, non esserlo. Per loro è ovvio che per me sei importante. Farebbero qualsiasi cosa per me e ora, di conseguenza, anche per te.»

Una parte di lei avrebbe voluto continuare a protestare, ma non poteva negare che dormire accanto a Drake fosse confortevole in un modo che non riusciva a spiegare. «Va bene» sussurrò. «Ma se in qualsiasi momento ti dovessi stancare e volessi riavere i tuoi spazi, devi promettermi di dirmelo. Sono sicura che ci sono degli hotel a Los Alamos. Posso sempre andarci.»

«Neanche per sogno, Al. Sei stanca?»

Scrollò le spalle. «Un po'.»

«Che ne dici se entriamo? Ho un po' di scartoffie da controllare, roba di logistica. Tu sei vuoi puoi leggere, guardare la TV o fare qualsiasi altra cosa finché non sei pronta per andare a dormire. Mutt, via» ordinò.

Il cane guaì, ma fece come gli era stato ordinato, saltò giù dalle gambe di Alaska e si allungò. La sua unica zampa anteriore si estese mentre inarcava la schiena.

«Vai a fare i tuoi bisogni, Mutt. È ora di andare a letto.»

Il cane corse via nell'oscurità e Alaska si accigliò. «Non hai paura che scappi e non torni più?»

«All'inizio sì, non avevo mai avuto un cane prima, ma Mutt sa quanto è stato fortunato a essere salvato. Inoltre, penso che ciò che gli è successo, e che gli ha fatto perdere la zampa, lo abbia psicologicamente danneggiato. Non si allontana mai molto.»

Come per dimostrarlo, Mutt tornò di corsa verso il terrazzo e si fermò proprio accanto al suo padrone, accucciandosi e guardandolo con un'espressione così adorante che Alaska quasi non riuscì a non scoppiare a ridere.

Drake le sorrise. «Dai, andiamo.»

Entrarono in casa insieme e lo osservò mentre chiudeva a chiave la porta scorrevole in vetro, metteva un'asse di legno sulla parte bassa per una maggiore protezione, e controllava la porta d'ingresso e ogni finestra per assicurarsi che fossero tutte ben chiuse.

Non si era mai preoccupata prima di chiudersi dentro, ma quello era il passato, ora era diverso. Apprezzò che facesse così attenzione alla sicurezza.

Si avviò lungo il corridoio e le indicò il bagno. «Vai, devo prendere il portatile e altra roba.»

Non protestò ed entrò per prepararsi per andare a letto. Si sentì un po' a disagio quando uscì e andò in camera. Drake era già seduto sul materasso, le gambe stese davanti a lui, i piedi nudi, il portatile sulle cosce. Le sorrise e mise da parte il computer. «Torno subito» le disse, e uscì dalla stanza.

Alaska si infilò sotto le coperte e sospirò ancora una volta, gradendo il profumo maschile di pino che l'avvolse.

Drake tornò e si risistemò al suo posto, lei si sdraiò su un fianco e rimase a guardarlo a lungo, tanto che lui si voltò e le chiese: «Tutto ok? Vuoi che ti prenda un libro o altro? Posso accendere la TV.»

Scosse la testa. «No, sono a posto. È qui che stai quando parliamo al telefono?» gli chiese.

«Qualche volta, oppure sul divano o sul terrazzo.»

Era contenta di aver visto la sua casa di persona.

Drake tornò al computer e iniziò a digitare. Dopo un po' contrasse le labbra e la guardò di nuovo. «Hai intenzione di stare lì a fissarmi mentre lavoro?»

Annuì. «È affascinante.»

«Non credo sia *così* interessante» disse in tono ironico. «Rinnovare il contratto della lavanderia e assicurarsi che le bollette vengano pagate non è poi così entusiasmante.»

«È solo che... ho sempre pensato che fossi il tipo di persona in continuo movimento. È bello vederti fare qualcosa di incredibilmente banale come lavorare al computer.» Si pentì delle sue parole non appena le uscirono di bocca. E se avesse preso il suo commento nel modo sbagliato?

Con suo sollievo, lui ridacchiò. «Sì, essere un Navy SEAL è sempre stato molto fisico, ma dovevamo anche compilare tanti rapporti e altri documenti.»

«Lo so, ho solo...» scrollò le spalle.

Le sorrise, poi riportò l'attenzione sullo schermo.

C'era qualcosa di stranamente intimo nello stare sdraiata a letto accanto a Drake mentre era occupato con le sue scartoffie. Alaska non si accorse che stava per appisolarsi, ma non appena successe sussultò, dato che il suo inconscio le impediva di lasciarsi andare.

«Shhh. È tutto a posto. Sei al sicuro.»

Spalancò gli occhi e vide Drake ancora seduto, poi la sorprese spostandosi fino a mettersi accanto a lei, il fianco praticamente attaccato al suo viso. Le prese un braccio e se lo appoggiò sulle gambe, tra il bordo del portatile e la pancia.

Riportò le mani sulla tastiera, tenendo i polsi appoggiati sul suo avambraccio.

«Meglio?» le chiese.

Stranamente, toccarlo la faceva sentire molto meglio, così annuì.

«Bene.»

Il fatto che non avesse dato troppa importanza alla sua irrazionale paura, o almeno *pensava* fosse irrazionale, era stato d'aiuto per farla rilassare.

«Diventerà più facile. Te lo prometto, tesoro» le disse con dolcezza. «La luce dello schermo ti dà fastidio?»

Scosse la testa, sfiorando con il naso il cotone sottile dei pantaloni del suo pigiama. Aveva quasi fatto un commento su di loro quando era entrato nella stanza. Vedere un ex SEAL duro e forte come Drake andare a letto con un paio di morbidi pantaloni di maglia, sembrava contraddittorio. Non sapeva se li indossava sempre per dormire, ma le piaceva che la sua routine serale fosse così... *normale*.

Alaska era ancora con i pantaloni della tuta che aveva portato tutto il giorno. Non aveva altro da mettere e fortunatamente erano molto comodi. Drake le aveva dato una maglietta per andare a letto, in sostituzione della felpa che le aveva prestato quella mattina.

Chiuse gli occhi e si spostò di un millimetro per appoggiare la fronte contro l'anca di Drake. Inspirò profondamente, confortata ancora una volta dal suo profumo. Non c'era alcun sentore di metallo nelle sue narici adesso, nessuno scricchiolio del container duro. Nessuna conversazione soffocata in russo in sottofondo.

Si addormentò profondamente e non fece sogni, sentendosi davvero al sicuro come non succedeva da tempo.

———

Brick aveva finito di lavorare sul computer, ma non osò muoversi. Il braccio di Alaska era intrappolato sotto i suoi polsi, il viso era schiacciato contro il suo fianco. Si era persino spostata in modo che le ginocchia fossero premute contro la sua gamba.

Quand'era stata l'ultima volta che era andato a letto con una donna? Non riusciva a ricordare. Aveva scopato di tanto in tanto prima della missione che aveva ucciso i suoi amici, ma non aveva mai passato la notte con nessuna. Gli piaceva fare sesso, ma non aveva mai sentito il bisogno di qualcosa di più. Alaska aveva ragione. A quei tempi era stato in continuo movimento. Anche se Bones, Rain e gli altri gli avevano sempre detto che si stava perdendo molto, che trovare una donna con cui condividere la vita avrebbe cambiato tutto, non lo aveva veramente compreso.

Dopo quel giorno terribile, era stato troppo incasinato, troppo occupato a guarire anche solo per pensare a una relazione. Il Rifugio era diventato la sua amante, e non ne aveva voluta nessun'altra.

Ora, stare seduto accanto a lei, vedere quanto la sua presenza l'avesse influenzata, come fosse riuscita a rilassarsi dopo averlo toccato, gli fece capire ciò che Mad Dog e gli altri avevano cercato di dirgli tanti anni prima.

Il Rifugio poteva anche essere la sua amante, ma non gli aveva mai dato la felicità che gli aveva fatto provare Alaska in così poco tempo.

Muovendosi piano, chiuse il portatile e lo posò sul comodino. Poi, tenendole con delicatezza il braccio, scivolò verso il basso finché non fu sdraiato sulla schiena, e se lo posò sul busto.

Lei sospirò e si strinse a lui. Le circondò le spalle e la attirò più vicino a sé.

«Drake?» borbottò.

«Sono io» la rassicurò.

«Hai finito di lavorare?» chiese assonnata.

«Sì.»

«Bene.»

«Dormi, Al.»

«Ok.»

Non appena finì di parlare, riprese a respirare profondamente.

Non gli era sfuggito il modo in cui aveva inspirato a fondo quando si era avvicinato dopo che lei aveva sussultato. Amava che le piacesse il suo profumo. Quel fatto gli provocò qualcosa che non riuscì a spiegare. Inoltre, non poteva negare che ogni volta che usciva dalla doccia con il suo odore addosso, provava un insolito impeto di possessività.

Molte persone avrebbero potuto dire che si stava innamorando in modo repentino a causa di una sorta di complesso del salvatore, ma si sarebbero sbagliate. Alaska Stein era sempre stata lì, sullo sfondo, ma comunque lì. Ora che stava imparando a conoscere tante piccole cose di lei, ciò che le piaceva e che odiava, quanto fosse senza pretese, come cercasse di nascondergli le sue paure e le incertezze, capì che quella donna avrebbe potuto far sì che non provasse più interesse per nessun'altra.

La sentì sussultare, come se stesse sognando qualcosa che la spaventava. Brick strinse la presa e le baciò la testa.

«Shhhh, sei al sicuro, Al.»

Con sua immensa soddisfazione si rilassò subito.

Mutt sollevò la testa come per controllarli, poi la abbassò di nuovo per appoggiarsi al polpaccio di Alaska.

Brick era arrivato troppo vicino a perderla per sempre, a non sperimentare mai la sensazione di averla accanto come in quel momento. Quel pensiero ricorrente era ripugnante e inaccettabile. Se non fosse stata abbastanza intelligente da convincere il russo a chiamarlo, se fosse stata una persona più debole, una che non sarebbe riuscita a sopravvivere in quella cazzo di bara di ferro in cui l'avevano messa, se lui non avesse agito subito, se il magazziniere non avesse trovato il coraggio di dire loro il numero del container in cui si trovava...

C'erano così tante cose che sarebbero potute andare storte.

Brick non era un uomo molto religioso, ma inviò all'alto una preghiera di ringraziamento per averla risparmiata. Per avergli dato la possibilità di portarla lì sulle sue montagne per guarire. Non aveva una strada facile davanti a sé, ma ce l'avrebbe fatta. Non aveva alcun dubbio.

Si addormentò con il peso della testa di Alaska sulla spalla e la profonda consapevolezza di essere proprio dov'era destino che fosse.

CAPITOLO NOVE

ANCHE QUEL GIORNO Alaska era sola quando si svegliò, ma mentre si allungava si sentì incredibilmente riposata. Tutto sommato, era sorprendente quanto fosse riuscita a dormire bene, ma anche un sollievo e, per la prima volta, era eccitata di visitare il Rifugio. Stava ancora facendo i conti con tutto ciò che era successo, ma ora voleva esplorare un po'.

Si mise a sedere e scosse la testa quando vide sulla parete il lavoretto a punto croce sbilenco che aveva fatto per Drake. Non riusciva ancora a credere che ce l'avesse o quanto sembrava significare per lui.

Uscì dalla camera e lo vide seduto sul terrazzo con Mutt. Gli stava grattando distrattamente la testa mentre fissava il bosco, nell'altra mano teneva una tazza di caffè.

Alaska entrò in bagno e arricciò il naso guardandosi allo specchio. Aveva ancora una brutta cera. I capelli erano un disastro, le guance più pallide del normale, e non aveva bisogno di togliersi i vestiti per vedere i lividi sul suo corpo dato che li poteva ancora sentire.

Ma era stata fortunata. Molto fortunata. Ed era arrivato il momento di ricominciare a vivere... un piccolo passo alla volta. Il pensiero di trasferirsi in un appartamento da sola la spaventava da morire, ma per quel giorno avrebbe potuto esplorare il Rifugio con Drake al suo fianco.

Dopo aver fatto i suoi bisogni ed essersi lavata i denti e i capelli, uscì dal bagno, desiderando avere dei vestiti che le calzassero; fece una deviazione in cucina per versarsi una tazza di caffè prima di andare sul terrazzo.

Drake doveva averla sentita arrivare, perché si voltò e le sorrise prima ancora che aprisse la porta.

«Buongiorno» la salutò con disinvoltura.

«Buongiorno» rispose, poi si sedette in quella che ormai considerava la "sua" sedia. Non parlarono mentre Alaska osservava il paesaggio intorno a lei. L'aria era fresca e quando rabbrividì, Drake si alzò ed entrò in casa. Tornò un attimo dopo con una soffice coperta. Gliela posò sulle gambe, le rivolse un altro piccolo sorriso, poi tornò a sedersi e riprese la sua tazza.

«Grazie.»

«Prego.»

«Non hai freddo?» gli chiese.

«No.»

Un altro momento di silenzio confortevole scese tra loro. Dopo un po' Drake disse: «Tiny è passato stamattina con dei vestiti per te. Sono sul divano. Non era sicuro della taglia, quindi ha preso dei leggings con l'elastico in vita e un paio di magliette di dimensioni diverse. Dobbiamo procurarti degli scarponcini adatti, ma nel frattempo ti ha preso delle infradito.»

Alaska deglutì a fatica per l'emozione che minacciava di sopraffarla. Era stato un gesto incredibilmente premuroso. Era arrivata lì con nient'altro che i vestiti che aveva addosso e non voleva vederli mai più. Non le dispiaceva mettere le felpe di Drake, ma il pensiero di indossare qualcosa della sua taglia era allettante. Non li conosceva nemmeno, eppure i suoi amici l'avevano trattata meglio di quelli che lei si era fatta negli anni.

Finirono il caffè, poi tornò dentro per prepararsi per andare al lodge a fare colazione. I leggings le stavano perfettamente e scelse la maglietta rosa con la scritta *Los Alamos* in stampatello. Le infradito erano un po' grandi ma non le importava.

Mentre si dirigevano verso il grande edificio al centro del resort, Drake disse: «Tutti i dodici chalet sono attualmente occupati. Non tutti gli ospiti vengono a colazione, ma probabilmente sarà abbastanza affollato. Possiamo mangiare all'interno, al grande tavolo da pranzo o nel salotto, ma anche all'esterno se preferisci. Cerchiamo di offrire più possibilità di scelta per quanto riguarda la sistemazione ai tavoli. Alcuni non si sentono a proprio agio con gli estranei, altri hanno bisogno di un muro alle loro spalle e altri ancora sono un po' claustrofobici e preferiscono mangiare all'aperto. Quando fa davvero freddo, abbiamo delle stufe a propano in modo che non muoiano congelati.»

Alaska si era documentata sul Rifugio, ma non si era resa conto di tutti i piccoli dettagli su cui Drake e i suoi amici dovevano concentrarsi per andare incontro alle esigenze dei loro clienti. La maggior parte degli imprenditori non doveva pensare di fornire così tante opzioni diverse per qualcosa di così semplice come mangiare.

«Vedremo al momento» le disse.

Aggrottò la fronte. «Vedremo cosa?»

«Dove vuoi mangiare.»

Avrebbe voluto insistere sul fatto che stava bene, che dove mangiare non era un problema nonostante ciò che aveva passato. Doveva aver intuito che stava per protestare, perché continuò.

«Al, praticamente non sei stata vicina a nessuno tranne me da quando sei stata salvata. Non sappiamo cosa potrebbe innescare le tue paure. Forse non succederà niente, e sarebbe fantastico, ma se qualcosa *dovesse* turbarti, non devi vergognarti. Tutte le persone qui, e anche la maggior parte degli animali, stanno affrontando le conseguenze di una situazione che la vita ha gettato sulla loro strada. Devi solo capire come affrontare i tuoi specifici demoni e partire da lì.»

Ad Alaska non piaceva affatto quella cosa. Si era sempre vantata della sua indipendenza. Era orgogliosa di aver vissuto all'estero da sola, di aver visitato il mondo più di quanto la maggior parte delle persone avrebbe mai fatto, ma ora si chiedeva se quella libertà facesse parte del suo passato. Se avrebbe finito per diventare una vecchia signora spaventata e sola che aveva paura di uscire dal suo appartamento.

«Merda. Adesso ci stai pensando troppo» mormorò Drake. Si fermò e le posò una mano sul braccio. «Ti sto solo dicendo di seguire la corrente, se entri lì e qualcosa ti mette a disagio, ce ne occuperemo. Ok?»

«È un problema mio, non tuo» disse.

«Come, scusa?»

«È solo che... credo che tra qualche giorno starò bene, e l'*ultima* cosa che voglio è che tu ti debba preoccupare di ciò che ho nella testa, oltre a ciò che hai nella tua.»

Invece di arrabbiarsi le sorrise.

«Perché stai sorridendo?»

«Sai, in passato sono stato il destinatario delle tue prediche. Per telefono e via mail. Mi rimproveravi sempre, mi dicevi che lavoravo troppo, ti preoccupavi perché non facevo abbastanza vacanze, ma non ho mai avuto modo di vedere quella ruga tra gli occhi mentre lo facevi.» Gliela accarezzò delicatamente con il dito.

Quel semplice tocco le provocò fremiti su tutto il corpo, fino alla punta dei piedi.

«È adorabile» la informò, facendole l'occhiolino. Poi le

prese la mano, avvolse le dita attorno alle sue, e continuarono a camminare verso il lodge.

«Dico sul serio, Drake...» iniziò Alaska, ma la interruppe.

«Puoi continuare a dirmi di non preoccuparmi per te fino allo sfinimento, ma non farà alcuna differenza. Sei letteralmente la mia più vecchia amica e per niente al mondo smetterò di prendermi cura di te.»

Ahi. Le aveva appena fatto capire che la considerava *solo* una semplice amica. Che schifo. Supponeva fosse meglio che non esserlo affatto. Tra l'altro, anche se era innamorata di lui da quando aveva quattordici anni, non significava che trascorrere un paio di giorni con lei gli avrebbe, per così dire, fatto vedere la luce e sarebbe caduto ai suoi piedi giurandole amore eterno.

Non ebbe la possibilità di replicare perché arrivarono al lodge. Le aprì la porta e lei entrò, sentendo subito la mancanza della sua mano, ma si disse di non abituarsi a quel genere di cose.

Guardandosi intorno, rimase ancora una volta molto colpita da tutto ciò che Drake e i suoi amici avevano creato. Entrarono in un ampio salone. C'era un enorme camino su un lato, e divani e poltrone in pelle dall'aspetto comodo disposti intorno. Dei tappeti dai colori vivaci ricoprivano il pavimento in legno e le travi a vista facevano sembrare la stanza ancora più grande. I profumi provenienti dalla cucina le fecero brontolare la pancia.

Drake sorrise quando lo sentì e la prese per il gomito spingendola sulla sinistra, verso una sala da pranzo. C'era un grande tavolo, sufficiente per almeno sedici persone, uno più piccolo con quattro sedie e accanto ce n'era uno lungo per il buffet, pieno di cibo per la colazione.

Dalle finestre si vedeva la zona pranzo all'aperto di cui le aveva parlato. C'erano diversi tavoli da picnic con ombrelloni e alcune stufe a propano sparse per il patio. Gli ospiti potevano accedere a quello spazio da una porta della sala da pranzo.

Si avvicinarono al grande tavolo dove c'erano sei persone che facevano colazione, parlando tra di loro a bassa voce. Quando li videro li salutarono calorosamente.

Alaska ricambiò il sorriso, ma nel momento in cui Drake le avvolse un braccio intorno alla vita si rese conto di aver smesso di muoversi.

«È tutto a posto, tesoro. Respira.»

Buttò fuori con un sibilo il fiato che non sapeva di aver trattenuto. Cercò di capire cosa in quello scenario l'avesse bloccata.

«Va bene, direi di sederci a quello più piccolo. Forza» le disse, esortandola a girare intorno agli altri ospiti per arrivare al tavolo da quattro posti.

Era un po' preoccupata che la gente pensasse che era scortese, ma non riuscì a raccogliere l'energia mentale necessaria per costringersi a prendere posto e interagire con loro.

Drake tirò fuori una sedia e lei si sedette in modo automatico, poi ne accostò un'altra alla sua, così vicina che le loro cosce si toccavano. «Guardami, Al.»

Girò la testa e si rilassò un po' non appena si concentrò sui suoi familiari occhi azzurri.

«Ci sono troppe persone?» le domandò.

«No» rispose subito.

«È perché non li conosci?»

Scosse la testa.

La studiò per un attimo, poi le chiese: «Allora, cos'è che ti turba?»

Chiuse gli occhi e fece un respiro profondo. «Non lo so. Credo che... stessi rivivendo quella mattina. Le persone sedute intorno ai tavoli a chiacchierare mi hanno ricordato la colazione che avevo fatto prima... prima che mi rapissero.»

Sentì la mano di Drake posarsi sulla sua guancia.

«Il primo flashback è il più difficile. Alcune cose diventeranno più facili, altre meno, ma stai andando *davvero* alla grande, tesoro.»

Riaprì gli occhi per guardarlo, per cercare di capire se l'aveva detto solo per farla contenta o se stesse dicendo la verità.

Non appena incontrò il suo sguardo, le disse: «Dopo essere tornato a casa, la prima volta che ho sentito un tuono ho avuto un crollo. Mi sono gettato sotto un tavolo all'ospedale dei veterani e ho iniziato a urlare a tutti di mettersi al riparo.» Scrollò le spalle, come se non fosse minimamente imbarazzato di condividere quello che era di sicuro un bruttissimo ricordo. «Quindi, fidati di me quando ti dico che stai facendo un lavoro straordinario. Ok?»

«Va bene» sussurrò.

«Ehi» disse una voce profonda dietro di lei.

Si voltò e vide Pipe, quello che aveva soprannominato "il motociclista". Aveva tatuaggi che coprivano quasi ogni centimetro delle braccia e tutto quello che riusciva a vedere del petto. Aveva anche i capelli lunghi e la barba molto più lunga degli altri uomini. Se l'avesse incontrato in un bar probabilmente sarebbe stata diffidente, ma dato che era uno degli amici di Drake, si rilassò.

«Stai bene?» le chiese.

«Sì.»

«Vuoi che ti prenda qualcosa dal buffet?»

Stranamente confortata dal suo accento britannico, aprì la bocca per rifiutare, ma Drake la batté. «Grazie amico, direi un po' di tutto. Quello che non mangia lei lo mangio io.»

Pipe annuì. «Nessun problema. Torno subito.»

Nell'istante in cui si voltò, Alaska si accigliò. «Non sono un'invalida. Avrei potuto occuparmene da sola.»

«Lo so. Ma non devi dimostrare a nessuno di noi quanto sei dura. Ne siamo ben consapevoli.»

Stava per protestare, ma Drake le mise un dito sulle labbra.

«Permettimi... *permettici* di viziarti un po', Alaska. Ci saranno molte altre occasioni in cui potrai far valere la tua indipendenza, ma questo è il tuo rientro nel mondo, e a volte è meglio fare dei piccoli passi che precipitarsi nella vita.»

Ingoiò la rispostaccia che aveva avuto sulla punta della lingua. Era davvero una bella sensazione avere Drake e i suoi amici che si prendevano cura di lei. Dai vestiti, a Pipe che si era occupato della sua salute appena era arrivata e che ora si offriva di prenderle la colazione.

Annuì e fu ricompensata dal suo bellissimo sorriso. «Grazie, Al.»

Le aveva posato la mano sulla guancia mentre parlavano e quando alla fine si scostò appoggiandosi indietro sulla sedia, Alaska dovette trattenere il sospiro deluso per aver perso il suo tocco.

Non era mai stata il tipo di donna che bramava il contatto umano. Sua madre aveva praticamente smesso di mostrarle affetto molti anni prima che lei se ne andasse da casa, era sempre troppo ubriaca o fatta per ricordarsi di avere una figlia, figuriamoci per abbracciarla o dirle quanto le voleva bene. A parte qualche ragazzo che aveva avuto nel corso del tempo, nessuno l'aveva mai toccata con affetto, nemmeno per sbaglio.

Drake era incredibilmente espansivo, la toccava e sfiorava in continuazione. Era una sensazione meravigliosa.

«Ecco qua» disse Pipe.

Era così persa nei suoi pensieri che sussultò sorpresa. Drake le mise una mano sulla coscia e mormorò: «Tranquilla, Al.»

Deglutendo a fatica, alzò lo sguardo e offrì all'uomo un piccolo sorriso, che si trasformò subito in un'espressione stupita quando vide i due piatti che aveva posato davanti a loro.

«Porca vacca! Non ti aspetterai mica che mangiamo tutta questa roba!»

I due amici risero.

«Non sapevo cosa ti piacesse, quindi, come ha chiesto Brick, ho preso un po' di tutto. Non preoccuparti, quello che non finite lo daremo alle capre; sono sempre contente quando la gente prende più cibo di quanto riescano a mangiarne.»

«Ti siedi con noi?» lo invitò Alaska, titubante.

«Certo. Torno subito.» Si allontanò per andare a riempirsi un piatto.

«Non devi chiedere per educazione» la ammonì Drake. «Se hai bisogno di mangiare da sola, tutti lo capiranno.»

«Non gliel'ho chiesto per quello. Inoltre, ho già conosciuto Pipe e ti fidi di lui. So di non essere in quell'hotel a San Pietroburgo.»

«Bene. Ma se in qualsiasi momento avessi bisogno di spazio, fammelo sapere. Oppure non dirmelo nemmeno, ti alzi e vai fuori. Capirò.»

Pipe tornò con uno degli altri proprietari del Rifugio al suo fianco.

«Sono Owl. Posso unirmi a voi?» chiese il nuovo arrivato.

Gli altri due la guardarono in attesa della sua risposta.

«Certo» rispose Alaska.

Si sedette, poi affermò: «In questi casi niente è mai "certo". È impossibile sapere cosa potrebbe scatenare una reazione emotiva in qualcuno. Per esempio, il colore dei miei capelli potrebbe agitarti se dovesse ricordarti quello di qualcun altro.» Scrollò le spalle.

«Non è così» lo rassicurò, ma capiva cosa intendeva. Rimase di nuovo colpita da quanto fossero incredibilmente intuitivi quegli uomini. Non stavano solo gestendo un resort, ma facevano anche tutto il possibile per aiutare altre persone che avevano subito terribili traumi.

Mentre mangiavano, entrarono in momenti diversi anche gli altri proprietari del Rifugio, che passarono al loro tavolo per presentarsi e dirle quanto fossero felici che stesse bene e per parlare con i loro amici. Era ovvio quanto si rispettassero e andassero tutti d'accordo.

Dopo che anche gli altri furono seduti al grande tavolo con gli ospiti, Owl si rivolse ad Alaska. «Sembra che tu non abbia problemi a ricordare i nostri nomi.»

Lei scrollò le spalle. «Sono sempre stata abbastanza brava con i nomi e i volti. Diciamo che va a braccetto con l'essere un'assistente amministrativa. Sai, così da poter salutare i clienti per nome e ricordare anche chi in passato è stato un rompiscatole, in modo da essere più dolce con loro la volta successiva.»

«Non credo che questo spieghi del tutto come fai a ricordare chi è chi. Questa è la prima volta che incontri Stone, Spike e Owl. So di averti detto i loro nomi quando hai visto la foto del giorno dell'inaugurazione nel mio chalet, ma comunque...» sostenne Drake.

Perché doveva essere così attento? Alaska sapeva di essere arrossita. «Sul sito del Rifugio c'è una foto in cui ci siete tutti» replicò, nel modo più disinvolto possibile.

Sul viso degli uomini spuntò un sorrisetto.

«Quindi ci hai stalkerati» disse Pipe.

«No! Certo che no» protestò. «Ho solo una buona memoria.» Per niente al mondo avrebbe ammesso di aver salvato la foto, arrivando addirittura a stamparla e ad attaccarla sulla parete dietro al suo computer.

«Be', sono impressionato» affermò Drake.

Alaska sbuffò. «Non è che siate difficili da ricordare. Per cominciare, Pipe, non sei molto simile agli altri con quell'aria da motociclista.»

«E hai detto che Tiny ti ricordava un attore di un film degli anni Ottanta» le ricordò Drake.

«Sì, e senza contare te perché già ti conoscevo, Stone è quello con gli occhiali e Owl mi ricorda Ed Sheeran. Rimangono solo Spike e Tonka. Non so perché ma li confondo, anche se so che Tonka è venuto a prenderci all'aeroporto. Non ero molto... cosciente» terminò debolmente.

Tutti gli uomini fecero dei mormorii di rassicurazione.

«Però è soprattutto perché siete piuttosto indimenticabili. Voglio dire, non siete esattamente brutti da vedere» disse, mentre giocherellava con le uova sul piatto. «Non sarei sorpresa se le donne volessero venire qui solo per poter dare un'occhiata ai proprietari sexy.»

I tre si scambiarono uno sguardo e fu il turno di Alaska di sorridere. «Fatemi indovinare. È successo.»

Pipe scrollò le spalle. «Forse. Ma nessuno di noi sta cercando una moglie. Le donne arrivate qui con grandi speranze se ne sono andate piuttosto deluse.»

«Abbiamo fatto il patto di non avere mai una storia con un'ospite» la informò Drake.

«Potrebbe creare scompiglio e abbiamo promesso di non lasciare che la nostra vita privata interferisca con gli affari» aggiunse Owl.

Alaska annuì, ma nel profondo, la speranza di riuscire a fare in modo che lui la guardasse come qualcosa di più che una semplice "vecchia amica" fece una morte orribile.

«Per la cronaca» buttò lì Drake con nonchalance, «tu non sei un'ospite.»

Portò subito lo sguardo su di lui; la stava fissando intensamente.

«Giusto» ribatté Pipe con un sorriso. «Sei sua moglie.»

Si strozzò con il boccone delle uova che stava per ingoiare.

«Vero, Brick?» gli chiese, sempre sorridendo.

«Pipe è stato quello che mi ha avvertito quando hai chiamato» le spiegò Drake.

Ah, ecco. «È stata l'unica cosa che mi è venuta in mente per farti capire che qualcosa non andava» spiegò a bassa voce.

«È stato perfetto, una pensata davvero intelligente» la rassicurò. «Ho capito subito che eri tu e che avevi bisogno di me.»

«Esatto. Brick ci ha raccontato che quando sei andata a trovarlo in Germania, sei riuscita ad accedere all'ospedale dicendo che eri la sua fidanzata» aggiunse Owl.

Alaska deglutì. «Sono sicura che quando hanno visto questa donna insignificante si siano chiesti cosa diavolo ci fosse in Drake che non andava» mormorò, arrossendo.

«Non sei affatto insignificante» ribatté lui.

«Sono d'accordo» intervenne Pipe. «Dai capelli castani, a quella luce vivace nei tuoi grandi occhi da cerbiatta, al tuo enorme coraggio... direi che non ti avvicini minimamente alla descrizione di insignificante.»

Scosse la testa. Apprezzava che cercassero di farla sentire meglio, ma sapeva ciò che era e ciò che non era.

Proprio in quel momento, dall'altra parte della stanza risuonò un forte rumore che la fece sobbalzare. Ci fu un momento di confusione, poi si rese conto che due degli ospiti seduti al grande tavolo si erano alzati così in fretta da far cadere le sedie. Un altro era accucciato vicino al tavolo, e la donna che aveva lasciato cadere un piatto di cibo lo stava guardando con un'espressione inorridita.

«Io mi occupo della donna» disse Pipe alzandosi.

Stone e Spike stavano già parlando con le due persone che avevano rovesciato le sedie. Sembravano nervose e Alaska ebbe l'impressione che se avessero avuto delle armi avrebbero sparato. Tonka era inginocchiato accanto all'uomo ancora accovacciato.

Drake le posò una mano confortante sulla gamba. «Stai bene?» le chiese.

Lo guardò. «Perché non dovrei?»

«Rumori forti come quello possono far andare fuori di testa alcune persone, aggrava il loro disturbo post-traumatico da stress.»

Annuì, comprendendo. «Sto bene.»

«Ottimo. Ti va di andare nella stalla a incontrare gli animali e poi a fare una passeggiata?»

«Non devi restare?» chiese, indicando con la testa la scena dietro di lui.

«No, gli altri hanno tutto sotto controllo. Quando succede qualcosa del genere cerchiamo di non farne un dramma. Scommetto che gli ospiti si riprenderanno rapidamente. Purtroppo, sono abituati a questo tipo di reazione. Almeno qui la gente non li fissa e non vengono trattati come se ci fosse qualcosa che non va in loro.»

Non aveva torto. In effetti, gli ospiti che avevano avuto quella piccola crisi erano tornati a sedersi al tavolo, mentre Tiny stava raccogliendo i cocci e la roba caduta.

«Allora sì, mi piacerebbe incontrare questa Melba di cui ho letto tanto online.»

Drake annuì e prese i piatti della colazione, li portò a un tavolino vicino alla porta, gettò il cibo rimasto in un bidone e mise i piatti in un contenitore.

Si imbatterono in Tonka mentre stavano per uscire dalla porta.

«Stiamo andando alla stalla» gli disse Drake.

«Stavo proprio andando lì perché è ora di mangiare anche per loro. Vuoi darmi una mano?» chiese ad Alaska.

Lei sorrise e annuì con entusiasmo.

«Ti avviso, le capre cercheranno di mangiare qualsiasi cosa trovino a portata di bocca; cibo, le dita, la maglietta... tutto.»

«Grazie per l'avvertimento.»

I tre si diressero verso la stalla. Era grande quanto il lodge, dipinta di rosso e dotata di un'ampia area recintata sul retro. Dato che si era informata su quel posto, sapeva che offrivano giri a cavallo sui sentieri e che avevano salvato Melba quando era scoppiato un grande incendio in una fattoria vicina. Il suo proprietario non l'aveva più voluta quando era stato ovvio che fosse rimasta traumatizzata. Le capre erano arrivate quando il ranch in cui vivevano era stato venduto e le avevano lasciate lì a morire di fame. Alcuni gatti erano stati scaricati nella zona, altri li avevano presi per aiutare a tenere sotto controllo il problema dei topi nella stalla.

Drake sembrò contento di lasciarla parlare con Tonka degli animali e delle loro routine, ma non si allontanò mai più di qualche centimetro. Invece di sentirsi soffocare, Alaska provò un senso di sicurezza. Sapeva che non sarebbe stato così se fosse stata lì da sola. Anche con lui vicino, non poteva fare a meno di pensare a tutti i posti in cui qualcuno avrebbe potuto nascondersi per poi sbucare fuori e prenderla. Era stupido, non era più in Russia, nessuno era in agguato per cercare di rapirla. Tuttavia, non riusciva a scrollarsi di dosso quella sensazione.

Ma con Drake lì, riusciva a tenere a bada l'ansia.

Rifiutandosi di pensare a cosa sarebbe successo quando fosse arrivato il momento di andarsene e proseguire con la sua vita, Alaska fece il possibile per concentrarsi sulle istruzioni che le stava dando Tonka riguardo all'alimentazione dei vari animali.

CAPITOLO DIECI

Brick tenne d'occhio Alaska. Sembrava divertirsi con gli animali. L'aveva vista ridacchiare quando Melba le aveva appoggiato la grande testa contro la spalla, muggendo piano mentre la grattava sotto il muso. Poi aveva parlato con dolcezza alle capre, finché non avevano iniziato a mordicchiarle la maglietta. La maggior parte dei gatti si erano tenuti a distanza, ma i cavalli erano stati felici per le carote che aveva offerto loro con un sorriso.

Aveva anche notato che spostava sempre lo sguardo. Esaminava costantemente l'ambiente in cerca di un eventuale pericolo. Non poteva biasimarla, lo faceva anche lui, nonostante fossero passati anni dall'esplosione che aveva posto fine alla sua carriera nei SEAL e ucciso i suoi amici.

Ma non gli piaceva vedere il terrore nei suoi occhi ogni volta che si guardava intorno. Sapeva che con il tempo sarebbe svanito, ma per ora avrebbe fatto tutto il possibile per alleviare le sue paure.

Dopo aver trascorso due ore nella stalla, arrivò il momento di lasciare Tonka alle sue faccende. Era stato sorprendentemente paziente con lei, cosa che Brick apprezzò.

Il suo amico non era noto per essere molto amichevole con gli ospiti. Era fantastico con gli animali, si sentiva molto più a suo agio con loro che con le persone, ma non era sembrato irritato da tutte le domande che gli aveva posto ed era stato molto più prolisso del normale. Si era persino fatto aiutare in un paio di compiti, il che era estremamente insolito.

A quanto sembrava, Alaska ci sapeva fare sia con le persone *sia* con gli animali.

Aveva parlato di lei ai suoi amici prima che succedesse quella brutta faccenda. Sapevano che erano legati da una profonda amicizia. Aveva detto loro di quando si era precipitata in ospedale in Germania, che aveva fatto miracoli nell'aiutarlo a rimettersi in sesto mentre iniziava la sua nuova vita post Navy SEAL. Supponeva che tutte le storie che aveva raccontato su di lei nel corso degli anni, avevano fatto sì che loro avessero l'impressione di conoscerla un po'. Brick ne era felice, amava vedere gli uomini che rispettava di più al mondo andare d'accordo con la sua Alaska.

«Ti va di fare una passeggiata?» le chiese, mentre uscivano dalla stalla.

Lei annuì, poi arricciò il naso e si guardò i piedi, sollevandone uno. «Sono in infradito però.»

«Merda. L'avevo dimenticato. Pensi di essere pronta per andare in città a comprare qualcosa? Non c'è un centro commerciale, ma ci sono alcuni negozi che vendono attrezzature da escursionismo, e possiamo comprare il resto al supermercato per farti tirare avanti finché non arrivano le tue cose.»

«Finché non arrivano le mie cose?» chiese confusa.

«Sì. Non so quanto tempo ci vorrà, ma mentre parliamo ci sono persone nel tuo appartamento che stanno imballando tutto.»

«Ma che diavolo, Drake. Davvero?»

Brick amava che lo chiamasse con il suo vero nome. Praticamente lo facevano solo lei e sua madre. «Non ho avuto la possibilità di dirtelo» le disse, con un'alzata di spalle.

Alaska si mise le mani sui fianchi e si acciglò. «E se non avessi *voluto* imballare le mie cose? Se volessi tornare al mio lavoro?»

«Lo vuoi? Tornare in Europa intendo» le domandò, mostrandosi calmo. Dentro, però, il suo cuore batteva troppo forte mentre aspettava la sua risposta.

Lei sospirò e lasciò cadere le mani dai fianchi. Guardò ovunque tranne lui e disse: «No. Ma non è questo il punto.»

Le mise un dito sotto il mento e le girò delicatamente il viso in modo che non avesse altra scelta che guardarlo. «Pensavo solo che saresti stata più a tuo agio se avessi avuto intorno qualcosa di tuo. Non sto cercando di impossessarmi della tua vita. Sei una donna adulta che per molto tempo ha preso da sola le proprie decisioni, ma hai anche avuto una terribile esperienza. Permettimi di aiutarti, Al. Non voglio niente in cambio. Quando sarà il momento giusto e sarai pronta, ti aiuterò ad andare dove vorrai. Se desideri tornare in Europa, allora va bene, ma ho la sensazione che tu non abbia mai davvero rallentato. Prenditi questo periodo per riflettere, rilassarti e semplicemente respirare.»

Fissò i suoi espressivi occhi castani e trattenne il fiato. Non era mai stato il tipo d'uomo a cui piaceva prendersi cura degli altri. Amava le donne indipendenti, non appiccicose, e quelle che non si portavano dietro un pesante bagaglio emotivo, ma stava scoprendo che gli piaceva prendersi cura di Alaska. Molto. Certo, era indipendente, ma con una vulnerabilità che gli aveva trafitto il petto per impossessarsi del suo cuore.

Lei annuì piano.

Brick buttò fuori il fiato con un lungo sospiro. «Bene. Allora... shopping? E poi una breve passeggiata? Mi piacerebbe mostrarti la Table Rock. Non so quale sia il nome ufficiale, se ne ha uno, ma lungo uno dei sentieri c'è un enorme roccia che chiamiamo così. Non è troppo lontana da qui e la vista è incredibile. Possiamo pranzare mentre siamo in città o rubacchiare qualcosa dalla cucina quando torniamo e portarlo con noi.»

«D'accordo. Drake?»

«Sì, Al?»

«Grazie. Per tutto. Sul serio. Sarei in una situazione orribile se tu non fossi riuscito a trovarmi e non mi avessi tirata fuori di lì.»

«Prego» si limitò a dire. Poi, non volendo che rimuginasse su quei brutti ricordi, buttò lì: «Vuoi guidare?»

Alaska sbatté le palpebre per la sorpresa. «Dici sul serio?»

«No. Nessuno guida la mia bambina, tranne me» replicò con un sorriso.

Lei alzò gli occhi al cielo. «Sei proprio un uomo.»

«Esatto» concordò. Le prese la mano e si incamminarono verso lo chalet. In realtà non gli fregava un cazzo se avesse guidato o meno la sua Rubicon, aveva più graffi e ammaccature di quante ne poteva contare, ma era affidabile e piacevole da manovrare, soprattutto in estate quando toglieva le portiere e il tettuccio.

Le strinse un po' la mano, era bello tenerla tra la sua. Familiare. Come se negli ultimi vent'anni lo avesse fatto ogni giorno. Il che era pazzesco, dato che non riusciva a ricordare di aver mai toccato Alaska prima di quei giorni in Germania.

Nonostante le circostanze, Brick non poteva negare che amava averla lì; si stava godendo il fatto di poterla conoscere meglio, e anche se erano cresciuti insieme, voleva scoprire molto di più.

———

Il giro in città fu difficile per Alaska.

Si fermarono in un piccolo negozio a comprare un paio di scarponcini e Brick insistette affinché prendesse anche dei pantaloni e delle magliette. Poi andarono all'ipermercato per i prodotti da bagno, la biancheria intima e altri vestiti, così che fosse a posto fino all'arrivo della sua roba. E fu lì che le cose precipitarono.

Era tesa, non riusciva a smettere di guardarsi intorno nervosamente. Brick riconobbe i segni di una crisi imminente e interruppe il giro. Le prese ciò che riteneva necessario, il resto avrebbe dovuto aspettare.

Si sarebbe preso a calci. Avrebbe dovuto sapere che non era il caso di metterle fretta.

Fecero il viaggio di ritorno al Rifugio in silenzio. Arrivati allo chalet, le disse: «Vai avanti e cambiati, poi andremo al lodge a prendere qualcosa per il pranzo prima di andare a fare la passeggiata.»

Si limitò ad annuire mentre entrava in camera da letto con la roba che avevano comprato.

Fu solo quando furono finalmente sul sentiero che portava alla Table Rock che lui accennò al viaggio in città. «Mi dispiace. Ti ho messo fretta. Avrei dovuto chiederti la taglia e mandare uno dei ragazzi.»

Alaska scosse la testa. «No, è stato un bene per me. Non posso nascondermi per sempre. È solo che... giuro che continuavo a vedere gli uomini che mi hanno preso. So che è impossibile che siano qui, ma il mio cervello continuava a dirmi che erano in attesa dietro ogni scaffale o nella corsia successiva per rapirmi di nuovo.»

«Per quel che vale, non è anormale.»

«Forse. Ma lo odio.»

«Quella sensazione svanirà, te lo assicuro. Mi sentivo allo stesso modo. Ogni volta che vedevo qualcuno che trasportava una borsa, ero convinto che fosse piena di esplosivo e che stesse per far saltare in aria il posto in cui ci trovavamo. La cosa più difficile per me era entrare negli edifici. In sostanza, rivivevo ogni volta il momento in cui è esplosa quella casa. Non appena mi avvicinavo alla soglia andavo nel panico, pensando che stesse per crollarmi tutto addosso.»

Alaska lo guardò timidamente. «Davvero? Non lo dici solo per farmi sentire meglio?»

«Davvero. Ancora oggi a volte devo chiudere gli occhi mentre entro da una porta.» Brick si rese conto che, oltre al suo psicologo, lei era la prima persona con cui lo aveva ammesso, ma invece di essere stato imbarazzante, gli sembrò liberatorio.

«Il cervello è incredibile. Può aiutarci a risolvere difficili equazioni matematiche e suonare brani musicali complicati, ma può anche essere il nostro peggior nemico. Può prendere una frazione di secondo delle nostre vite e ripeterla in continuazione, e a prescindere da quanto cerchiamo di dimenticare o di rieducare la nostra mente, a volte non accade mai. Ma *tu* imparerai a farlo. Non sto dicendo che non sarai più in grado di entrare in un negozio affollato senza guardarti continuamente alle spalle, ma che forse essere un po' più consapevole di ciò che ti circonda non è una brutta cosa.

Sono riuscito a rieducare il mio cervello per far sì che mi permettesse di entrare in un edificio senza andare nel panico ma, come ho detto, a volte devo farlo a occhi chiusi.» Scrollò le spalle. «È così che va, ma potrebbe andare peggio. Odio che i miei compagni non ci siano più, che non possano entrare in qualsiasi edificio, ma accetto la mia vita così com'è adesso. Anche se a volte è maledettamente difficile.»

Alaska non disse nulla per alcuni minuti mentre camminavano. Brick non le fece pressioni, doveva fare i conti con il suo rapimento. Era estremamente grato di averla trovata prima che accadesse qualcosa di peggio. Se non fossero riusciti a localizzare il container, avrebbe esteso la sua ricerca a Pechino. Non avrebbe smesso di cercarla. Ma la donna che alla fine avrebbe trovato non sarebbe stata la stessa Alaska che conosceva da sempre.

Ci sarebbe voluto molto più di una vacanza al Rifugio per rimetterla in sesto se la persona a cui era stata venduta le avesse messo le mani addosso.

I suoi pensieri erano diventati troppo cupi e quando lei gli parlò sussultò sorpreso.

Merda. Non doveva pensare a ciò che sarebbe potuto succedere. Alaska era lì adesso e sarebbe stata bene. Prima o poi.

«Penso che sia più che altro perché credevo di essere al sicuro in Russia. Il primo giorno del tour è stato perfetto. Igor era divertente, anche se scriveva di continuo messaggi sul suo telefono. Così, quando è arrivato il secondo giorno e mi sono sentita a disagio perché gli altri ospiti non si sarebbero uniti, mi sono detta che stavo diventando paranoica. Conoscevo la guida e anche se non ero entusiasta di essere l'unica donna, non pensavo che la mia vita sarebbe stata in pericolo. Mi sono fidata troppo. Mi sono addirittura addormentata» ammise sommessamente. «Il veicolo era caldo e il viaggio così tranquillo che ho preso sonno in quel maledetto furgone. Pensavo stessimo andando fuori città per vedere un palazzo, invece quando mi sono svegliata non avevo idea di dove fossi. Quegli uomini mi hanno bloccata, così non ho potuto lottare, e Igor se n'è andato senza voltarsi indietro.»

«Non avevi motivo per non fidarti di lui.»

«Forse. Ma oggi in quel negozio continuavo a pensarci. Una parte di me diceva che ero perfettamente al sicuro, che stavo facendo ciò che facevano tutti gli altri, cioè andare in giro per negozi, ma l'altra parte continuava a sottolineare che in Russia pensavo di essere al sicuro in quel furgone, sembrava una normale gita turistica. E guarda cos'è successo. Così non riuscivo a smettere di guardarmi intorno per vedere se qualcuno mi stava seguendo. È stato sconcertante. Non riuscivo a spegnere il cervello per concentrarmi sugli acquisti.»

Odiava che le fosse successo. «Lo so» replicò. Cos'altro *avrebbe* potuto dire?

Alaska fece un respiro profondo. «La prossima volta andrà meglio» disse con fermezza.

Brick avrebbe potuto giurare che quello fu il momento in cui si innamorò di lei.

Avrebbe potuto essere amareggiata, infuriata per la sua situazione, arrabbiata con il mondo. Invece, non si era persa d'animo. Perché era forte. Coraggiosa. Resiliente.

Era esattamente il tipo di donna che desiderava al suo fianco, con cui avrebbe voluto stare per il resto della sua vita. Che non sarebbe crollata se fosse finita la benzina nell'auto o se avesse bruciato la cena. Una donna che avrebbe fatto spallucce e sarebbe andata avanti con la sua vita.

Ma lei continuò a parlare, quindi non ebbe il tempo di dire nulla sulla sua sorprendente rivelazione. Il che era altrettanto positivo, perché se gli fosse scappato che l'amava, probabilmente gli avrebbe riso in faccia.

«Questa foresta è bellissima. Quando mia madre si è trasferita in California, quando ancora mi parlava, si lamentava del fatto che il viaggio in macchina attraverso il New Mexico era stato noioso da morire e che c'erano solo paesaggi aridi.»

«Be', ci sono, ma ci sono anche bellissime catene montuose, soprattutto qui nella parte settentrionale dello Stato. Tu e tua madre continuate a non parlarvi?»

Negli ultimi quattro anni, aveva appreso informazioni qua e là sulla famiglia di Alaska. Sapeva che non aveva mai conosciuto suo padre e che dopo che lui era partito per la Marina si era praticamente assunta la responsabilità della madre. Dopo il liceo aveva frequentato il Community College, lavorando a tempo pieno e andando a prendere sua madre alle due di notte quando la chiamava da qualche buco di bar per farsi dare un passaggio fino a casa. Quando non la chiamava, Alaska aveva dovuto trascorrere intere mattinate a cercarla.

Dopo aver conseguito la laurea, aveva accettato un lavoro oltreoceano. Sua madre si era lamentata solo perché senza il suo contributo non avrebbe più potuto permettersi l'affitto della roulotte. Le aveva detto che era un'ingrata per poi informarla che si sarebbe trasferita in California con un amico.

«No» disse, rispondendo alla sua domanda. «L'ultima volta che l'ho sentita è stato circa due anni fa. Non avevo il suo numero o l'indirizzo email, ma in qualche modo lei era riuscita a trovare il mio e mi ha scritto dicendomi che le cose stavano andando alla grande. Poi mi ha chiesto dei soldi.» Sospirò disgustata. «Non è cambiata. Speravo che si fosse data una scrollata e avesse capito che stava sprecando la sua vita, ma mi sono resa conto che probabilmente non succederà mai. E comunque, non posso essere responsabile delle sue scelte.»

«Sono certo che vorrebbe sapere ciò che ti è successo e che sei al sicuro» le suggerì Brick.

Alaska si limitò a scrollare le spalle. «Ne dubito. Non so se voglio che sappia che sono tornata negli Stati Uniti. Ho la sensazione che le sue mail con la richiesta di soldi arriverebbero più di frequente, e anche se ormai è da molto tempo che non le mando più niente, mi è comunque difficile ignorarla. Quindi preferisco che pensi che sono ancora in Europa.»

«Va bene, tesoro.» Brick sospettava che la relazione che aveva con la madre l'avrebbe sempre turbata. Lo irritava che alla donna non importasse nulla di una figlia così altruista.

«E la *tua* di madre, sta bene?» gli chiese.

Come volevasi dimostrare, Alaska non mancava mai di chiedere di lei. Non la vedeva da oltre vent'anni, eppure le importava ancora del suo benessere.

«Sta bene. Le ho parlato la scorsa settimana. Si stava preparando per andare a giocare a bridge con delle amiche e poi sarebbe andata in un gay bar con un altro gruppo per ballare.»

«Tua madre è lesbica?» domandò, con gli occhi sbarrati per la sorpresa.

Brick rise. «No. Ma dice che le piace di più andare in quei locali perché la musica è migliore, tutti sono molto amichevoli e non deve avere a che fare con i "vecchiacci rugosi", parole sue non mie, che ci provano con lei.»

Alaska scoppiò a ridere. Quel suono allegro risuonò tra gli alberi intorno a loro e non ricordava di aver mai sentito una melodia più bella. «Tua madre è straordinaria» disse, quando riprese il controllo.

«È vero» concordò.

«Sono sicura che è orgogliosissima di te.»

«Sì. Per molto tempo ho pensato di averla delusa. Dopo essere stato dimesso dall'ospedale ero un po' perso, ma non mi ha assillato affinché trovassi un lavoro o perché riprendessi il controllo di me stesso. Era sempre lì a incoraggiarmi con una parola positiva. Ha pianto a dirotto il giorno in cui ho firmato i documenti con gli altri ragazzi per comprare questo posto. Allora non era altro che un pezzo di terra, ma mi ha detto che sapeva che l'avrei reso speciale. Mi ricordi lei.»

«Io?»

«Sì. Anche lei ha sempre creduto in me. In ogni caso, non aveva dubbi sul fatto che avrei realizzato qualunque cosa avessi deciso di fare.»

«Sei il tipo d'uomo in cui è facile credere. Trasudi fiducia in te stesso, Drake.»

«Grazie. Anche se non lo sono sempre stato. Avresti dovuto vedermi all'addestramento SEAL. Durante quella settimana infernale, sono stato *a tanto così* dal suonare quel campanello e rinunciare» disse, mostrando il pollice e l'indice che quasi si toccavano.

«Cosa ti ha fatto andare avanti?»

«La mia testardaggine. La mia idiozia. Il pensiero del lavoretto a punto croce sul fondo della mia borsa con scritto il mio nome e "Navy SEAL".»

Alaska inciampò e lo guardò con la fronte aggrottata.

«Non sto mentendo» continuò, interpretando la sua incredulità. «Se avessi smesso avrei dovuto guardare il tuo regalo sapendo che ti avevo deluso. Non potevo farlo. Quindi, grazie per essere sempre stata lì per darmi un calcio nel sedere e a tifare per me quando ne avevo bisogno.»

«Prego» sussurrò, senza incontrare il suo sguardo.

Brick notò le sue guance arrossate e pensò che fosse adorabile, ma dato che non voleva imbarazzarla più di quanto già non fosse, riportò la sua attenzione sul sentiero.

Nell'istante in cui superarono la curva successiva e apparve la Table Rock, Alaska ansimò meravigliata.

«Oh mio Dio, è bellissimo qui!»

Non aveva torto. La roccia si affacciava su un piccolo canyon. C'era un dislivello abbastanza ripido e alberi che si estendevano a perdita d'occhio. Era la natura nella sua massima espressione.

Brick la fece sistemare sulla massiccia roccia piatta e tirò fuori il pranzo che aveva messo insieme. Non era niente di speciale: panini al tacchino, patatine, bottiglie d'acqua e delle mele, ma il fatto di gustarlo lì con Alaska, lo rese il pasto migliore che avesse mai mangiato.

Dopo qualche minuto, mentre si godevano i panini, le chiese: «Allora, ti sei laureata. Hai fatto una festa? Mia madre ha detto che quella per il diploma non l'hai fatta.»

Lo fissò con uno sguardo che non riuscì a interpretare.

«Non sono nemmeno andata alla cerimonia di laurea» rispose dopo un momento. «Avevo programmato di farlo, ma mi ha chiamato un vicino dicendo che mia madre era svenuta sul prato davanti alla nostra roulotte. Sono dovuta andare a casa e portarla dentro, e lei è stata... difficile. Mi sono persa la cerimonia.»

«Oh, merda. Mi dispiace.»

Alaska scrollò le spalle. «Non importa, non è un problema.»

Era un grosso problema e lo sapevano entrambi, ma non voleva continuare a parlare di un ricordo così doloroso.

«Ho accettato il mio primo lavoro all'estero non molto tempo dopo.»

«A quanto pare ti è piaciuto vivere in Europa.»

Sorrise. «In buona parte, sì.»

Trascorsero il resto del pomeriggio a parlare di alcuni dei luoghi in cui aveva vissuto e delle persone interessanti che aveva incontrato nel corso degli anni.

Quando tornarono al Rifugio era quasi ora di cena. «Vuoi mangiare al lodge o preparare qualcosa allo chalet?» le chiese.

«Ti dispiacerebbe se ci preparassimo qualcosa da soli? Non ho molta fame e non sono sicura di essere ancora pronta per stare in mezzo ad altre persone.»

Era orgoglioso di lei, non solo per aver capito una cosa importante di se stessa, ma anche per essere riuscita a esprimerla. «Certo che no» rispose. «Hai voglia di qualcosa in particolare?»

«No. A essere sincera mi va benissimo anche solo una ciotola di cereali. Potrei dire che è il mio pasto preferito.»

Sorrise. «Penso di poter fare di meglio.»

«Va bene, ma spero che tu sappia che non devi cucinare per me.»

«È una cosa che mi diverte. Tendo a mangiare più a casa che al lodge, e mi piace l'idea di cucinare per due invece che per uno solo.» Non aggiunse che amava prendersi cura di lei, assicurandosi che introducesse nel suo corpo qualcosa di sano, mentre guariva mentalmente e fisicamente. Non gli era sfuggito quanto fosse tesa dopo la breve passeggiata e come si muovesse con cautela. Gli faceva venire voglia di tornare indietro nel tempo e far soffrire di più il russo mentre lo uccideva, ma dato che non poteva, avrebbe incanalato i suoi sforzi per assicurarsi che lei guarisse il più velocemente possibile.

«In tal caso, ti lascio fare. Io non sono una brava cuoca» gli disse con un sorriso.

Sorrise a sua volta. Stare con lei era piacevole e rilassante. Brick non sentiva il bisogno di tenere viva la conversazione, e comunque Alaska lo conosceva più di chiunque altro, oltre a sua madre. Averla vicino sembrava... giusto.

Pensare che potesse tornare alla sua vita senza di lui era doloroso, ma se alla fine era quello di cui aveva bisogno, l'avrebbe lasciata andare con un sorriso e senza trattenerla, facendole così capire quanto stava iniziando a significare per lui.

CAPITOLO UNDICI

ALASKA SORRISE SERENA contro la tazza di caffè mentre sedeva sul terrazzo di Drake. Era al Rifugio da appena due settimane e si sentiva già meglio. Più forte. Era persino tornata a Los Alamos, e non aveva provato il bisogno di controllare ogni due secondi che qualcuno fosse pronto ad afferrarla da dietro mentre era in un negozio.

Era migliorata anche nello stare da sola. Non si sentiva ancora completamente a suo agio, ma Mutt aveva aiutato molto. Ogni volta che Drake aveva qualche impegno relativo alla gestione del Rifugio, si assicurava che il cane rimanesse con lei.

Ogni giorno che passava si sentiva un po' più normale. Per quanto la riguardava, quel posto era miracoloso. Era davvero un rifugio dove poter ritrovare l'equilibrio e la fiducia per affrontare di nuovo il mondo.

Ma non era ancora il momento per lei. Era felice di stare lì e semplicemente esistere.

Più conosceva gli amici di Drake, più le piacevano. Avevano personalità molto diverse, ma comunque simili: erano protettivi, un po' autoritari e gentili. Non credeva di aver mai incontrato un gruppo di uomini più cupi e sensibili, o così perfezionisti. Tutti si erano dedicati a rendere il Rifugio il miglior posto possibile, desiderando che ogni ospite se ne andasse sentendosi meglio di quando era arrivato.

E a proposito di migliorare le cose, Drake in quel momento era al lodge, in riunione con il resto dei suoi amici riguardo a un investitore estero. Sembrava che l'uomo avesse sentito parlare del Rifugio da conoscenti che vivevano a Los Alamos e che lavoravano presso una struttura di ricerca top secret del governo nelle vicinanze. Si era messo in contatto con Drake tramite il form sul sito e dopo una settimana di scambi di mail, avevano accettato di incontrarlo in videoconferenza.

Non le aveva detto molto, ma per Alaska era evidente che fosse curioso di sapere cos'aveva da offrire il potenziale investitore. Doveva essere stato molto convincente, perché lui e i suoi amici erano già degli abili imprenditori.

Mutt le era salito sulle gambe ed era contento di stare sdraiato lì a farsi accarezzare, mentre lei si godeva una tazza di caffè e l'ambiente circostante. Amava quel cane dolcissimo, anche se, a essere sincera, le piaceva tutto del Rifugio. Gli chalet, il lodge. I dipendenti erano tutti molto accoglienti e gentili. Anche gli ospiti erano stati discreti e rispettosi. Lei e Drake avevano fatto altre escursioni, e anche stare nella foresta l'aveva calmata.

Non era mai stata una che amava la vita all'aria aperta. Aveva trascorso gli ultimi vent'anni in varie città. Non aveva mai avuto nemmeno degli scarponi da trekking fino a un paio di settimane prima quando Drake glieli aveva comprati.

Ora sapeva identificare diversi tipi di funghi e persino l'edera velenosa. Ok, non era una cosa particolarmente impressionante, ma per una che non era mai stata a meno di tre metri da un rampicante, pensava fosse un buon primo passo.

Tutti i suoi averi erano arrivati di recente e Drake le aveva affittato un magazzino. Era strano vedere tutta la sua vita, le cose che aveva visto prima di partire per le vacanze, ben imballate in un numero relativamente limitato di scatole. Non voleva nemmeno *pensare* che qualcuno aveva toccato la sua biancheria intima mentre la metteva via. Il che era stupido, dato che probabilmente non avevano battuto ciglio. Si sarebbe comunque assicurata di lavare tutto prima di indossarlo.

Lo chalet di Drake adesso era un po' più pieno rispetto a quando era arrivata, ma non si era lamentato nemmeno una volta. Aveva insistito affinché appendesse nella zona giorno alcuni dei quadri che in precedenza erano stati sulle pareti di casa sua. Un pomeriggio, quando erano tornati alla Table Rock, aveva voluto che si facessero un selfie, che aveva incorniciato e aggiunto alla collezione di soprammobili sugli scaffali.

Ovunque guardasse, Alaska vedeva cose della sua vita insieme a quelle di Drake e ciò le provocava una sensazione di calore. Tuttavia, anche se non le aveva mai detto di trovarsi un lavoro e voltare pagina, non poteva fare a meno di avere sempre quel pensiero in un angolo della mente. Vivere con lui era un sogno diventato realtà, e nonostante amasse ogni minuto che riuscivano a trascorrere insieme, non significava che sarebbe stata una cosa permanente.

Il problema era che più tempo passava con lui immersa nel suo mondo, più voleva rimanere.

Sapeva di non poterlo fare. Alla fine avrebbe dovuto andare avanti con la sua vita. Non aveva idea di cosa avrebbe fatto, ma *aveva* deciso di non tornare all'estero. Anche se stava migliorando sempre di più, non pensava che sarebbe riuscita a lasciare gli Stati Uniti.

Sapeva che succedevano cose brutte anche lì, non era al sicuro solo perché si trovava nel suo Paese d'origine, ma ora, a differenza di prima, la preoccupava il pensiero di vivere in un posto in cui non parlava la lingua. Forse perché non riusciva a smettere di pensare a cosa sarebbe successo se non l'avessero trovata e fossero riusciti a portarla in Cina. Non sarebbe stata in grado di comunicare o di chiedere aiuto, se qualcuno con cui fosse entrata in contatto avesse voluto aiutarla.

L'idea di essere di nuovo così vulnerabile la spaventava a morte.

Quindi, sarebbe rimasta lì. Forse si sarebbe diretta a nord-est. Il Maine era un bel posto, e si trovava il più lontano possibile da Drake nonostante fosse negli Stati Uniti.

Stargli vicino e non poterlo avere era doloroso. Ogni giorno di più. Quindi, la cosa migliore per lei era mettere una certa distanza tra loro, così non avrebbe nemmeno avuto la tentazione di pensare che avrebbero potuto essere più che amici.

Aveva adorato ogni secondo trascorso con lui nelle ultime due settimane. Aveva pianto, avevano riso e parlato, ed erano rimasti seduti in totale silenzio. Drake aveva cucinato per lei e Alaska aveva ricambiato il favore. Era incredibilmente facile stargli vicino e conviverci, e ogni giorno che passava si innamorava sempre più di lui.

C'erano anche dei momenti in cui era sicura che Drake provasse per lei qualcosa di più della semplice amicizia, ma l'ultima cosa che voleva era dire o fare qualcosa che avrebbe potuto dimostrare che si era sbagliata. Quindi si sarebbe lasciata avvolgere dal suo affetto, facendo del suo meglio per godersi il tempo che aveva con lui, così quando sarebbe finito avrebbe avuto dei ricordi che sarebbero durati tutta la vita.

Un rumore metallico proveniente dall'interno della casa attirò la sua attenzione. Poi si ricordò che Drake le aveva detto che ogni chalet aveva degli interfoni che venivano attivati in caso di emergenza. Non aveva chiesto che tipo di situazione avrebbe potuto giustificare un sistema del genere, ma sentire qualcuno parlare attraverso quell'apparecchio le fece battere forte il cuore.

Si alzò in fretta, scusandosi con Mutt per averlo disturbato, ed entrò in casa. Colse la parte finale di ciò che veniva detto.

«... Sei lì?»

Si avvicinò al muro e premette il pulsante per rispondere. «Sì?»

«Alaska?»

Riconobbe la voce e si accigliò. Era Robert, lo chef del lodge. «Sì sono io. Ci sono problemi? Drake sta bene?»

«Sì, lui e il resto dei ragazzi sono ancora in riunione. Qui c'è un casino e ho bisogno di aiuto.»

«Cos'è successo?»

«Oggi abbiamo aperto le prenotazioni per il prossimo luglio, il che significa che il telefono ha squillato incessantemente. Siamo sempre al completo nelle settimane intorno alla festività del quattro. Sai, la gente cerca di allontanarsi dalle esplosioni di fuochi d'artificio nei loro quartieri perché sono un forte fattore scatenante. A ogni modo, qui ci sono persone che devono fare il check-out e altre il check-in, e Becky si è licenziata.»

Alaska sbatté le palpebre. «Come, scusa?»

«Sì. Ha detto che non riusciva più a gestire lo stress e se n'è andata. Ho la hall piena di gente, il telefono non smette di squillare e sto preparando il pranzo.»

«Arrivo subito» gli disse.

«Ho solo bisogno di qualcuno che tenga tutti calmi fino a quando i ragazzi non avranno finito la riunione» spiegò Robert.

«Va bene. Ci penso io. Sarò lì tra un attimo.»

«Grazie, davvero! Non te l'avrei chiesto se non fossi disperato.»

«Hai la possibilità di preparare un'infornata dei tuoi fantastici biscotti con le gocce di cioccolato?» gli chiese.

«Pensi che potrebbe aiutare?»

«Male non farà di sicuro» rispose.

«Hai ragione. E sì, mi ci metto subito.»

«A tra poco.»

Alaska andò in camera da letto, dove lei e Drake dormivano ancora insieme ogni notte. Come amici. Nient'altro.

Rifiutandosi di guardare le coperte in disordine e ricadere in quella spirale emotiva, andò all'armadio dove aveva riposto alcuni dei suoi vestiti arrivati dall'Europa. La maggior parte dei suoi "abiti da lavoro", come li chiamava lei, erano nel magazzino, ma nelle scatole degli indumenti casual aveva trovato anche alcuni pantaloni e delle camicette più eleganti. Dato che sarebbe stata una seccatura riportarli a Los Alamos, li aveva appesi accanto ai vestiti di Drake.

Contenta di avere qualcosa di più professionale da indossare, si tolse rapidamente i leggings e si mise un paio di pantaloni neri di sartoria e vi abbinò una camicetta bianca, ma si infilò gli scarponcini perché erano più comodi e pratici per quel tipo di terreno.

Camminò velocemente verso il lodge con Mutt che saltellava al suo fianco e non poté fare a meno di sorridere.

Quando arrivò alla porta sul retro, il cane si diresse verso la stalla e Alaska fece un respiro profondo prima di entrare. Riusciva a sentire le persone aggirarsi nella grande sala, ma si prese il tempo di infilare la testa in cucina.

«Sono qui» disse allo chef. Quando si era presentato, le aveva detto senza mezzi termini che il suo nome era Robert e gli piaceva essere chiamato così. Non Bobby. Non Rob. *Robert.* Era sulla sessantina, con lunghi capelli grigi che teneva raccolti in una coda di cavallo bassa. Era un nativo americano ed era molto orgoglioso delle sue origini. La sua pelle era scura e rugosa, e indossava spesso grossi gioielli turchesi. Era un po' eccentrico, ma preparava il cibo più buono che avesse mai mangiato.

Le lanciò un'occhiata e Alaska vide il sollievo sul suo viso. «So che avrei dovuto avvisare i ragazzi, ma erano tutti eccitati per quella riunione. Non volevo fare nulla che potesse indurre l'investitore a cambiare idea. Avrebbe potuto decidere di non voler buttare via dei soldi nel Rifugio se avesse saputo del caos che c'è in questo momento.»

«Va bene. Risolveremo la situazione» lo blandì Alaska. La verità era che non *sapeva* se ci sarebbe riuscita, ma avrebbe fatto il possibile per calmare i clienti.

Si precipitò nell'atrio e fu subito bombardata dalle vibrazioni negative emanate dagli ospiti insoddisfatti e dal suono del telefono che squillava ininterrottamente, così andò dietro al bancone dove aveva visto Becky seduta innumerevoli volte nelle ultime due settimane. Quando osservò il centralino, tirò un piccolo sospiro di sollievo; lo conosceva, lo aveva usato in uno dei suoi precedenti lavori.

Per prima cosa premette il pulsante per silenziare la suoneria, poi fece un respiro profondo e si voltò per affrontare la dozzina di persone presenti nell'atrio.

«Mi dispiace tanto per la confusione. La responsabile della reception ha avuto un'emergenza personale ed è dovuta andarsene, ma ora ci sono qui io. Se per favore riuscite ad avere ancora un po' di pazienza, farò del mio meglio per sistemarvi tutti il prima possibile. Per chi deve fare il check-out... qualcuno di voi deve prendere un volo?»

Con suo sollievo, tutti scossero la testa.

«Ok, fantastico. Come sapete, il pranzo non è incluso il giorno della partenza, ma penso che possiamo fare un'eccezione per questo pomeriggio. Per favore, servitevi pure al buffet mentre aspettate. Robert sta lavorando sodo in cucina per assicurarsi che ci sia cibo in abbondanza per tutti. E sono sicura che potete sentire il profumo dei suoi deliziosi biscotti con gocce di cioccolato. Caldi sono buonissimi.»

Prese fiato prima di continuare. «Ho bisogno di circa quindici minuti per ambientarmi con il sistema informatico e assicurarmi che tutto sia a posto. Per quelli che sono in attesa di fare il check-in, sentitevi liberi anche voi di pranzare. O se preferite, potete passeggiare fino alla stalla. Vi assicuro che Melba, la nostra mucca, vi accoglierà con entusiasmo. Adora essere grattata sotto il muso. Ma fate attenzione alle capre, cercheranno di farvi credere di essere affamate mangiandovi la maglietta, i pantaloni e qualsiasi altra cosa su cui riusciranno a mettere i denti.»

Alaska sorrise al gruppo. Con suo sollievo, sembrava che quasi tutti si fossero calmati. Sapeva per esperienza che la maggior parte delle volte, le persone avevano solo bisogno che qualcuno prendesse il comando e riorganizzasse il caos.

«Questo non è stato un buon inizio per il mio viaggio» borbottò un uomo. «Supponevo che il posto fosse rilassante, ma non mi sento molto rilassato.»

Senza perdersi d'animo, e sperando che Drake non si arrabbiasse con lei per ciò che stava per fare, Alaska annuì con un'espressione comprensiva. «Capisco la sua frustrazione. Al suo posto mi sentirei allo stesso modo.» Aveva imparato da anni che l'opzione migliore di fronte a un cliente insoddisfatto era entrare in empatia con lui, fargli sentire che la sua opinione era importante... e fare uno sconto quando possibile. «Per scusarci il Rifugio farà uno sconto di cinquanta dollari sul costo del soggiorno a tutti i presenti.»

Dopo quella notizia, la maggior parte degli ospiti sorrise, anche l'uomo che aveva espresso il suo disappunto.

Quando tutti lasciarono l'area intorno al bancone, Alaska si sedette e trattenne il respiro, mentre muoveva il mouse per riattivare il computer. Con suo sollievo, Becky se n'era andata così in fretta che non si era presa la briga di bloccarne l'accesso. Non era stata una cosa intelligente da fare, ma dato che andava a suo beneficio non poté esserne troppo sconvolta.

Nel corso degli anni aveva dovuto imparare più di una decina di programmi amministrativi. Una delle sue migliori competenze era la capacità di capire rapidamente i sistemi informatici. Studiò il software per dieci minuti, finché non fu abbastanza certa che sarebbe stata in grado di fare il check-in e il check-out degli ospiti, nonché di stampare le ricevute e inserire le carte di credito. Fu sollevata quando vide che era piuttosto facile anche applicare gli sconti.

Fece un bel respiro e andò nella sala da pranzo per trovare il primo cliente di cui occuparsi.

———

Brick spense il computer e si voltò verso i suoi amici. «Allora? Cosa ne pensiamo?»

«Se fa sul serio, promette bene. Molto bene» disse Spike.

«Sono d'accordo» replicò Pipe.

«Non so, è un po' strano che qualcuno dalla Cina voglia investire, no?» chiese Tonka. Era lo scettico del gruppo, il che non era un male. Era utile avere qualcuno che riteneva un suo dovere presentare opinioni alternative.

«Forse. Ma sta cercando di investire negli Stati Uniti e non è una cosa che succede raramente. Inoltre, ha accennato al suo amico che vive da queste parti e che gli ha parlato del Rifugio e del fatto che pensa abbia il potenziale di offrire molto di più» aggiunse Owl.

«Ma vogliamo offrire di più?» chiese Tiny con un'alzata di spalle.

Il suo amico aveva ragione. In quel momento avevano una dozzina di chalet, uno chef e diversi uomini e donne che si occupavano della pulizia, della cura del verde intorno alle strutture, della manutenzione delle camere degli ospiti e del lodge... era già un'attività abbastanza grande così com'era.

Il potenziale investitore, un certo Mr. Choo, proponeva di raddoppiare gli chalet, costruire un edificio principale più grande che avrebbe potuto contenere una trentina di camere simili a quelle di un hotel, creare altri sentieri per le escursioni e alcune aree per campeggiare.

«L'idea di poter aiutare molte più persone che soffrono di disturbo post-traumatico da stress è allettante» disse Brick. «Ma a quale prezzo? Una delle cose migliori del Rifugio è la sua esclusività. La tranquillità del luogo.»

«Però non dovremmo implementare tutto, giusto? Potremmo aggiungere altri chalet e piazzole per le tende, ma non l'edificio a uso hotel. Ciò ci consentirebbe di lavorare con un investitore senza cambiare l'atmosfera del posto» suggerì Stone.

«Ma raddoppiare il numero degli ospiti alla fine significherebbe molto più lavoro» disse Spike.

Brick sollevò la mano. «Suggerisco di prenderci un po' di tempo per pensarci. Non dobbiamo decidere nulla in questo momento. Anche se dovesse venire qui per controllare la proprietà, potrebbe cambiare idea dopo averla vista. E comunque, possiamo sempre decidere di non portare avanti il progetto. Sì, i soldi sarebbero utili, ma quando abbiamo siglato l'acquisto di questo posto, eravamo tutti d'accordo sul fatto che non lo facevamo per diventare ricchi, no?»

Tutti annuirono.

«Ok, quindi metabolizziamo la sua proposta. Penso che saremmo stupidi a rifiutare l'importo che ha menzionato senza almeno considerarlo. Tutti noi abbiamo in mente delle cose per migliorare il Rifugio, e avere quella bella somma in banca renderebbe sicuramente più facile attuarle. Per ora pensiamoci e torneremo a discutere i pro e i contro tra qualche giorno. D'accordo?»

Ancora una volta, annuirono tutti.

Mentre i suoi amici cominciavano a uscire dalla stanza, Brick guardò l'orologio. Accidenti, erano stati in videoconferenza per tre ore. Non intendeva stare via così a lungo. Anche se Alaska stava facendo grandi progressi nel suo recupero, era ovvio che la rendesse ansiosa rimanere sola per lunghi periodi di tempo.

Brick si infuriava ancora quando pensava a ciò che aveva passato. Nessuno meritava di essere trattato come un oggetto. O una proprietà. Chiunque avesse qualcosa a che fare con il traffico sessuale avrebbe dovuto marcire all'inferno, soprattutto quelli che si occupavano dei rapimenti.

Stava raccogliendo gli appunti e i grafici che aveva usato per fornire al signor Choo i dettagli del loro progetto, quando Spike infilò la testa nella stanza.

«Ehm... penso che dovresti venire qua fuori, Brick.»

Il tono strano del suo amico lo fece irrigidire. «Perché? Cosa sta succedendo?»

«Lo vedrai. Dai, vieni.»

Lasciò le carte sul tavolo e si avviò verso la porta. Nell'istante in cui uscì, sentì il profumo inconfondibile dei biscotti. Era strano, Robert di solito li preparava solo alla sera. Quel piccolo cambiamento nella routine dello chef lo innervosì di più, ed entrò nella grande sala.

All'inizio non vide niente fuori posto. C'erano alcune persone che gironzolavano, ma tutti sembravano a proprio agio e fu un sollievo. A volte gli ospiti appena arrivati erano tesi perché non sapevano cosa aspettarsi da quel cambio di ambiente. Il loro disturbo post-traumatico da stress poteva avere la meglio su di loro.

«Guarda dietro il bancone» disse infine Spike, con una piccola risatina.

Gli ci volle un momento per capire ciò che stava vedendo.

Alaska era dietro il computer al posto di Becky e stava consegnando una chiave a un uomo sulla ventina.

Senza esitare, Brick si precipitò verso il bancone giusto in tempo per sentirla dire: «Si goda il soggiorno. Se le serve qualcosa deve solo chiedere. Henley, la psicologa, sarà qui domani se dovesse sentire il bisogno di parlarle. I pasti sono a buffet e la colazione è dalle otto alle nove e mezza. Gli altri orari sono nel programma che le ho dato. Il Rifugio è felice di accoglierla e penso che troverà la sua permanenza rigenerante e rilassante. Posso dirlo per esperienza.»

Rivolse al giovane un enorme sorriso mentre lui lo ricambiava annuendo per poi voltarsi per andare al suo chalet.

«Che diavolo sta succedendo?» chiese Brick.

Alaska si voltò. «Oh... ciao, Drake. La riunione è finita?»

«Sì. Cosa stai facendo? Dov'è Becky?»

«A quanto pare si è licenziata.»

«Cosa? Sul serio?»

«Mm-mm. Robert ha usato l'interfono per contattarmi così sono venuta ad aiutare. Le cose sono state piuttosto frenetiche per un po', ma penso che ora siamo a posto. E prima che tu lo scopra da solo più tardi, devo dirti che ho fatto uno sconto di cinquanta dollari a una decina di persone. Posso ripagarvi io, però.»

Brick rifiutò la sua offerta assurda. «Tu non ripagherai nulla. Ma perché l'hai fatto?»

«Be', metà degli ospiti erano incazzati perché non potevano fare il check-out, e l'altra metà per il check-in. Erano tutti nervosi perché dovevano affrontare il viaggio verso casa o perché la loro vacanza non era iniziata bene. Dopo essermi occupata per anni di amministrazione, ho imparato che gli sconti sono il modo più veloce per rendere felici le persone.»

Non aveva torto.

«Oh, ho anche lasciato che gli ospiti in partenza pranzassero, e ho chiesto a Robert di preparare i suoi deliziosi biscotti. Non c'è niente di meglio di uno sconto e di delizio-sissimi prodotti da forno per avere clienti soddisfatti. Così ho sistemato tutti ma non mi sono ancora occupata delle telefonate.»

Alaska aggrottò la fronte guardando il centralino, e Brick vide che le spie di entrambe le linee lampeggiavano con chiamate in arrivo e messaggi.

«Merda. Oggi abbiamo aperto le prenotazioni per il quattro luglio» si ricordò con un gemito.

«Già. Ora che ho liberato la hall, posso iniziare a controllare la segreteria telefonica e richiamare le persone nell'ordine in cui hanno lasciato un messaggio» disse, sedendosi di nuovo al computer.

Brick la fissò con aria assente. «Perché dovresti?»

«Perché bisogna farlo?» rispose, con un'espressione confusa.

«Sei un'ospite qui» protestò.

«No, non è vero. Cioè, sì, lo *sono*, ma non sto pagando. Ho approfittato fin troppo della tua generosità. Voglio aiutare. E per la cronaca, credo che non facciate pagare abbastanza. Sì, questo posto è in mezzo al nulla, ma è comunque un resort con servizio completo. Offrite cibo, intrattenimento e persino sessioni di terapia gratuite. Penso che potreste tranquillamente aggiungere cento dollari a notte per le stanze e la gente pagherebbe comunque volentieri. Ciò aiuterebbe a coprire le spese per lo chalet dei prigionieri di guerra. Oh! Potreste anche inserire sul sito un pulsante per le donazioni e consentire alle persone di inviare denaro per quel particolare chalet, oltre a raccogliere fondi per quelle persone che non possono permettersi di venire ma che avrebbero davvero bisogno di ciò che offrite qui al Rifugio!»

Brick non poté far altro che continuare a fissarla.

Lo guardò di nuovo confusa. «Che c'è? Oh, cavoli, ho

esagerato, vero? Volevo solo aiutare. Mi dispiace tanto, Drake. Mi limiterò a...»

«Porca puttana, Brick, ho appena parlato con quel tizio che aveva affittato lo chalet dieci, sai, il vecchio scontroso che non era mai contento di niente» disse Owl. «Mi ha rimbambito di chiacchiere per cinque minuti interi, complimentandosi con noi per come il Rifugio ha gestito il caos di oggi. È stato particolarmente felice di pranzare prima di partire, dato che aveva un lungo viaggio da affrontare e non voleva fermarsi lungo la strada. Pensavo quasi che gli avessimo rimborsato tutto il costo del soggiorno, invece che soli cinquanta dollari.» Si rivolse ad Alaska con un enorme sorriso. «Sei incredibile!»

Lei arrossì. «Grazie. Ora che l'hai accennato, penso che non sarebbe una brutta cosa offrire regolarmente il pranzo a quelli che se ne vanno, a chi potrebbe volerlo. Non dovrebbe essere un grosso costo, vero? Ciò lascerebbe gli ospiti in partenza con una bella sensazione e la pancia piena.»

«Sono d'accordo» affermò Owl. «Anche se dovremmo parlarne con Robert.»

Brick andò dietro il bancone e prese Alaska per un braccio. «Puoi prendere il suo posto per un minuto?» chiese al suo amico.

L'altro sorrise. «Certo. Ma per favore non farmi rispondere al telefono.»

«Lo farò io quando Drake avrà finito con me» lo rassicurò Alaska.

«Se ti urla contro, ignoralo.»

«Non ho intenzione di urlarle contro» ringhiò Brick, guidandola verso la porta sul retro. Non parlò mentre la conduceva fuori e nemmeno durante tutto il percorso fino allo chalet.

La fece entrare e non appena chiuse la porta, lei gli disse: «Drake...»

Non le diede la possibilità di dire altro. La appoggiò al

muro e fece ciò a cui aveva pensato nelle ultime due settimane: la baciò.

Alaska si bloccò per un istante mentre le stuzzicava le labbra con la lingua, poi fece un sospiro e si sciolse tra le sue braccia.

Brick non aveva pianificato di farlo, ma quando l'aveva vista al bancone e aveva sentito come avesse preso il controllo della situazione senza pensarci due volte, nel momento in cui avevano avuto bisogno di lei, era stato sopraffatto dalla riconoscenza e dall'amore.

Quella donna era...

Era tutto. Non aveva mai incontrato nessuno di così altruista. Inoltre, era riuscita ad apprendere all'istante il funzionamento di un software che Becky aveva impiegato settimane per comprendere. Era riuscita a ribaltare una situazione che avrebbe potuto portare recensioni molto negative per il Rifugio. Invece, le persone che avevano patito quell'inconveniente, in realtà se n'erano andate con il sorriso sulle labbra.

Non era obbligata ad aiutare. In effetti, non era una cosa che lui si *aspettava* facesse, ma Alaska si era data da fare comunque.

Le ultime due settimane erano state le più belle della sua vita, ma anche le più frustranti. Più tempo passavano insieme, più gli era difficile trattenersi dal mostrarle quanto significasse per lui. Gli era piaciuto vederla pian piano rilassarsi. Quando rideva si sentiva rimescolare la pancia, e andava d'accordo con i suoi amici come se li conoscesse da anni.

E le notti... Dio. Stringerla era un sogno diventato realtà. Non si era mai reso conto di quanto potesse essere intimo dormire con qualcuno. Non facevano sesso, ma la loro intimità emotiva era molto più potente di qualsiasi cosa avesse mai provato. Sapere che aveva fiducia in lui sul fatto che non l'avrebbe mai ferita o che non avrebbe mai preso qualcosa che non era disposta a dare, era una sensazione inebriante. Vederla guarire giorno dopo giorno, valeva tutto il desiderio represso e la frustrazione causata dallo starle vicino senza poterle dire quanto significasse per lui.

Aveva trattenuto i suoi sentimenti per due settimane e non gli era più possibile farlo. Soprattutto dopo aver scoperto cosa aveva fatto per il Rifugio... e per lui.

Si sentì sollevato ed emozionato quando Alaska ricambiò il bacio con altrettanto entusiasmo, accarezzandogli la lingua con la sua ripetutamente. Le mise una mano dietro alla testa per tenerla ferma mentre la divorava, e il piccolo gemito che emise servì solo a eccitarlo di più.

Fu solo quando lei affondò le unghie nei suoi fianchi e strofinò la gamba contro la sua che si rese conto di ciò che stava facendo.

Alaska meritava più di una veloce scopata contro il muro. Sebbene l'idea di farlo gli piacesse, quello non era il momento né il luogo.

Si costrinse a staccare le labbra dalle sue, ma non la lasciò andare. Fece scivolare la mano fino alla nuca e appoggiò la fronte contro la sua. Ansimavano entrambi e a ogni respiro i suoi seni gli sfioravano il petto. Il cazzo di Brick era duro contro la sua pancia, ma non sembrava preoccupata, e comunque non avrebbe potuto staccarsi da lei nemmeno se la sua vita fosse dipesa da quello.

«Drake?» sussurrò.

Lui fece un respiro profondo. «Io... non ho parole per esprimere tutto ciò che provo in questo momento» ammise.

«Sei arrabbiato?»

«*Arrabbiato*? Assolutamente no. Sono sopraffatto. Sono orgoglioso di te. Sono incazzato con Becky per essersene andata in quel modo. E sono eccitato da morire.»

«Me ne sono accorta» mormorò.

Brick ridacchiò, poi si scostò quel tanto che bastò per

fissarla negli occhi. «Tanto per chiarire, lo sconto, il pranzo e i biscotti sono stati un'idea brillante. Non so perché Robert abbia contattato te invece di interrompere la nostra riunione, ma ha fatto la cosa giusta.»

«Sapeva quanto fosse importante quell'incontro e non voleva fare nulla che potesse mettere a rischio un possibile investimento. Se quel tizio si fosse reso conto che nella hall era scoppiato il caos, avrebbe potuto scoraggiarsi.»

«Forse, o forse no. Ma sei stata meravigliosa con tutti. E anche Robert, che solitamente tende a essere lunatico.»

Alaska scrollò le spalle. «Non è così male. Inoltre, penso che gli sia permesso essere lunatico dato che è un cuoco così straordinario.»

«Sono d'accordo. Ora... torniamo a noi.»

Si irrigidì contro di lui.

«Ti desidero» le disse senza mezzi termini. «Non voglio metterti pressione o fare qualcosa che ti possa spaventare, ma ti desidero davvero tanto, Alaska. Mi piace tutto di te. Più tempo passiamo insieme, più ne *vorrei* passare, ma apprezzo troppo la nostra amicizia per mandarla a puttane. Se non vuoi qualcosa di più, se non *mi* vuoi, va bene. Non cambierà nulla tra noi. Puoi comunque rimanere qui per tutto il tempo che vorrai e che ti servirà.»

Brick non riuscì a interpretare l'espressione nei suoi occhi, ma trattenne il respiro mentre aspettava la sua risposta.

«Drake, io... sei sicuro?»

«Sì.»

«Ma puoi avere chi vuoi. Non sono... non sono niente di speciale.»

«Non voglio nessun'altra, e col cazzo che non lo sei.»

«Sono ordinaria» ribatté con fermezza, quasi in tono accusatorio. «Insignificante. *Noiosa.* Meriti molto di più di una come me.»

«Ti sbagli. Mi merito *esattamente* una come te; generosa,

divertente e con cui è facile stare. Qualcuno che conosce le mie paure e i miei rimpianti più profondi e non ne è spaventata. Non ho bisogno di avere a fianco una top model, Al, ma qualcuno a cui piaccio per ciò che sono, che crede in me, e non riesco a pensare a nessuno al mondo che lo faccia più di te. Ho un lavoretto a punto croce sul muro a dimostrarlo.»

Alaska chiuse gli occhi e Brick si irrigidì.

«Non c'è problema se non vuoi Al. Come ho detto, non cambierà nulla.»

Li riaprì e incontrò il suo sguardo. «Tu sei tutto ciò che ho sempre desiderato» ammise con dolcezza. «Ho paragonato a te ogni uomo che ho frequentato e ognuno è stato deludente in una cosa o in un'altra. Voglio qualcosa di più. Se posso averti solo per un mese, una settimana, una sola notte... mi sta bene. Ti chiedo solo, per favore, che tu ci vada piano con me quando ti stancherai e sarai pronto a voltare pagina.»

«E se non succedesse mai?» le chiese.

I suoi occhi si riempirono di lacrime e scosse la testa. «Non dirlo. Non ho problemi ad avere un'avventura con te, perché per tutta la vita ho sognato che mi guardassi come stai facendo adesso, ma non illudermi, non farmi pensare che questo possa essere qualcosa di duraturo.»

Brick si accigliò. Era incomprensibile che non conoscesse il proprio valore, ma aveva tutto il tempo per dimostrarglielo. «Va bene» accettò con tranquillità.

Ora che era sua, non l'avrebbe mai lasciata andare, ma se aveva bisogno della rassicurazione che sarebbe stata informata se avesse voluto chiudere la relazione, gliel'avrebbe data. Non aveva intenzione di porre fine a nulla, e alla fine se ne sarebbe resa conto.

«Che ne dici di suggellare l'accordo con un bacio?» disse, abbassando la testa. Non le diede la possibilità di rispondere.

Era chiaro che non avrebbe rifiutato. In effetti, si alzò in punta di piedi e ricambiò con altrettanta passione.

Brick non si sentiva così carico di energia da anni. Quando avevano aperto il Rifugio era stato elettrizzato, ma che Alaska avesse accettato di essere sua, spianava la strada a cose che non si era mai permesso di sognare.

Quando si tirò indietro stavano di nuovo ansimando. «Ora, possiamo parlare di come mai sai usare il nostro sistema informatico?» chiese, facendo il possibile per ignorare il modo in cui i suoi seni le riempivano la camicetta e quanto volesse trascinarla lungo il corridoio fino al letto che condividevano ogni notte.

«Non è così difficile» rispose con un'alzata di spalle.

«Ci sono volute due settimane a Becky solo per imparare a fare il check-in e il check-out.»

Aggrottò la fronte. «Davvero?»

«Sì.»

«Oh. Be', il sistema è molto simile a quello che usavo quando lavoravo in Francia, e il centralino è *esattamente* come quello che ho usato in Finlandia. Ovvio, ci sono delle piccole differenze, ma ho impiegato dieci minuti a studiarlo per capire come fare le cose più semplici. I programmi dei bilanci sono quelli che di solito ci metto un po' più di tempo a imparare.»

«Quindi, Becky si è licenziata. Ci vorrà un po' per trovare qualcuno che la sostituisca. Vuoi...»

«Sì» rispose, senza lasciarlo finire.

«Non sai nemmeno cosa stavo per dire» replicò con un sorriso.

«Se stavi per chiedermi se volevo dare una mano, la risposta è sì» ribatté.

«Grazie a Dio. Non so dirti quanto tutti noi odiamo lavorare alla reception, e non siamo nemmeno molto bravi.»

«Ne dubito. Gli ospiti che ho incontrato vi adorano.»

«Questo perché non cerchiamo di lavorare al computer» disse con un sorriso. «Parlerò con gli altri dei prezzi delle stanze, e il pulsante per le donazioni è un'ottima idea. Ovviamente sarai pagata.»

Alaska stava già scuotendo la testa. «Vivo qui gratis da due settimane. Non ho bisogno di soldi.»

«Sì, sei stata qui come mia *ospite* e continuerai a rimanerci» aggiunse con fermezza. «Questo non è negoziabile. Se lavori alla reception, verrai pagata.»

«Va bene» accettò di buon grado.

«E lo farai solo quattro ore al giorno.»

«Ma, Drake...»

«Dico sul serio. Sei qui per guarire, non per lavorare come un mulo» disse serio. «Sono convinto che sei molto più efficiente di Becky, quindi penso che in quel lasso di tempo tu possa riuscire a fare quel che serve.»

«E gli ospiti che hanno bisogno di fare il check-in in ritardo?» gli chiese.

«Farò in modo che se ne occupi Tiny. È il nostro punto di riferimento quando si tratta di arrivi ritardati.»

«Ok.»

«Ok» concordò Brick, studiandole il viso.

«Che c'è?» domandò, mentre un rossore le colorava le guance.

«Non riesco ancora a credere che tu sia davvero qui. Da quando ci siamo ricongiunti in Germania ho pensato a te costantemente. Mi sentivo come se mi mancasse qualcosa. Eri *tu*, Alaska. Mi mancavi tu.»

Lei serrò le labbra e i suoi occhi si riempirono di lacrime.

«Non piangere» le ordinò. «Non riesco a sopportarlo.»

«Sono lacrime di felicità.»

«È lo stesso. Non ho intenzione di rovinare tutto» disse, più a se stesso che a lei.

«Farò del mio meglio per non farlo nemmeno io.»

«Bene. Allora... pensi che sia rimasto qualche biscotto?»

Alaska sorrise. «Be', mi sono assicurata di metterne un po'

da parte. Dovrebbero essere ancora sotto al bancone, a meno che Owl non li abbia trovati e mangiati tutti, ma immagino che a Robert non dispiacerebbe farne un'altra infornata se glielo chiedessi.»

«Non mi sorprende affatto che tu lo abbia in pugno.» Brick le diede un bacio breve e deciso, poi intrecciò le dita con le sue e si voltò verso la porta.

Erano a metà strada verso il lodge quando gli chiese esitante: «Non è strano, Drake?»

«No» rispose, senza nemmeno doverci pensare. «Mi piaci e io piaccio a te, dormiamo già insieme... cosa c'è di strano?»

Con suo sollievo, rise. «Giusto. Cosa potrebbe esserci di strano in questo?» chiese ironicamente.

Quando rientrarono al lodge, fu ovvio che Owl avesse informato gli altri su ciò che era successo perché tutti la ringraziarono profusamente per il suo aiuto.

Spike guardò le loro mani unite inarcando un sopracciglio e Brick pensò che fosse meglio affrontare subito la questione.

«Io e Alaska ci frequentiamo» disse schietto. «È anche disposta a farsi carico della reception fino a quando non assumiamo qualcuno, ma solo per quattro ore al giorno. Tiny, se riesci a gestire i check-in posticipati, penso che siamo a posto.»

«E le prenotazioni per il 4 luglio?» chiese Stone.

«Se Owl può gestire la reception, controllerò i messaggi e inizierò a contattare chi ha chiamato» disse Alaska.

«D'accordo» replicarono tutti insieme.

«Odiamo il telefono» aggiunse Pipe con una smorfia.

«Alaska ha dato alcuni suggerimenti che dovremmo prendere in considerazione» dichiarò Brick, informando i suoi amici.

«Niente che debba essere fatto subito» protestò lei.

«Ora sono curioso» disse Spike.

«Anch'io» concordò Owl.

«Potremo discuterne quando ci riuniremo per parlare dell'incontro che abbiamo avuto questa mattina» suggerì Pipe.

Tutti annuirono e cominciarono ad allontanarsi. A quanto pareva Tonka era già scappato nella stalla.

«Sei sicura che vada tutto bene?» le chiese Brick.

«Sì. Se ho qualche domanda, chiedo a Owl» lo rassicurò.

«È strano essere incazzato e allo stesso tempo grato per quel giorno di tanto tempo fa» rifletté, riferendosi a quando era stato ferito e i suoi compagni di squadra erano morti.

«Drake» protestò Alaska.

«Vado a parlare con Robert per assicurarmi che sia tutto a posto» disse, per non lasciarla rimuginare sulle sue parole. «Ti porterò dei biscotti.»

«Grazie.»

Brick era altrettanto felice, ma non sorpreso, che i suoi amici non avessero detto una parola riguardo alla loro relazione. Nelle ultime due settimane aveva colto i loro sguardi interrogativi e indagatori, ma non aveva spiegato la decisione di farla stare nel suo chalet, a parte ribadire che erano amici. Il fatto che non avessero reagito alla sua dichiarazione valeva quanto un'approvazione.

Si chinò e la baciò sulle labbra prima di stringerle la mano e avviarsi verso la cucina. Era incredibile poterla baciare come ormai desiderava da giorni. Sarebbe stato un idiota a lasciarsi sfuggire Alaska... e lui non lo era affatto.

Sorridendo e sentendosi più leggero che mai, andò alla ricerca di altri biscotti.

———

Yong Chen sorrise mentre fissava lo schermo spento del computer. Aveva passato le ultime ore a mentire spudoratamente ed era davvero contento dei progressi. Era vicino a ottenere ciò che voleva.

Il nuovo piano era ancora più eccitante di quello originale. Sì, sarebbe stato preferibile avere il suo giocattolo con lui in Cina per poterla domare e vendere ai suoi clienti fedeli, ma rapirla da sotto il naso dell'uomo che l'aveva salvata sarebbe stato ancora meglio. Grazie alle sue vaste connessioni nel dark web, aveva già più di una dozzina di uomini negli Stati Uniti interessati a fare un "giro" con il suo acquisto... dopo che lui avrebbe avuto il *proprio* turno, ovviamente.

Avrebbe portato la troia in California e trascorso lì con lei alcune settimane. Un amico incontrato anni prima e che aveva interessi sessuali simili ai suoi, gli aveva offerto la sua stanza dei giochi nel seminterrato. Era insonorizzata e dotata di vari strumenti di contenzione e di ogni dispositivo immaginabile di cui Yong avrebbe potuto aver bisogno per "giocare".

Una volta finito con lei, quando avrebbe capito perfettamente che dopotutto non era sfuggita al suo destino, lui avrebbe recuperato i soldi affittandola – molti più di quanti ne aveva pagati per averla – e se ne sarebbe tornato in Cina.

Aveva già ordinato una nuova ragazza. Sarebbe tornato a casa giusto in tempo per riceverla.

I suoi clienti a Pechino sarebbero rimasti delusi di non essere riusciti a giocare con l'americana che era stata promessa loro, ma aveva la sensazione che avrebbero apprezzato ancora di più la successiva... era più giovane, più snella e aveva i capelli biondi naturali. Una stranezza per la Cina.

Sorridendo, Yong si alzò e si sistemò il cazzo. Presto. Presto si sarebbe preso la sua rivincita.

CAPITOLO DODICI

I GIORNI PASSAVANO, ma Alaska faceva ancora fatica a credere che non fosse tutto un sogno. Come al solito, trascorreva le mattinate con Drake sul terrazzo sul retro, bevevano il caffè e parlavano della giornata che stava per cominciare. Poi stava qualche ora al lodge a sistemare gli ospiti in entrata e in uscita e a rispondere al telefono. Nel pomeriggio, lei, Drake e Mutt facevano una passeggiata intorno alla proprietà. Ogni volta non vedeva l'ora di farla per poter esplorare il territorio, ed era felice come non le succedeva da tempo.

Ogni giorno imparava qualcosa di più sul Rifugio. Sapeva da sempre che non accoglievano solo militari che soffrivano di disturbo post-traumatico da stress, ma chiunque avesse subito un trauma. Una delle scoperte più interessanti era stata che se era in programma l'arrivo di una persona che avrebbe potuto essere in pericolo perché seguita da qualcuno, per esempio uno stalker o un ex che portava rancore, tutti al Rifugio, dal personale agli ospiti, venivano avvisati. Dato che non era consentito portare armi nella proprietà, Drake le aveva spiegato che chiunque poteva essere fondamentale per tenere un ospite al sicuro e che, ovviamente, doveva essere allertato anche per la propria sicurezza.

Se qualcuno non voleva essere coinvolto, se il suo disturbo post-traumatico da stress rendeva impossibile per loro sentirsi a proprio agio in quel tipo di situazione, ricevevano un rimborso, oltre a un soggiorno gratuito pari a quello che avevano originariamente prenotato. Era rimasta sorpresa di sapere che in tre anni solo uno aveva accettato l'offerta, tutti gli altri erano stati disposti e desiderosi di vegliare sulle persone più vulnerabili.

Quello aveva riconfermato la sua fiducia nell'umanità.

C'era anche una procedura di lockdown. Se accadeva qualcosa che metteva in pericolo gli ospiti, tutti venivano avvisati tramite l'interfono e ci si aspettava che si chiudessero dentro il loro chalet o nel lodge. Le procedure di sicurezza che avevano predisposto erano impressionanti e Alaska pensava che fossero un'ottima rassicurazione per tutti.

Drake all'inizio aveva temuto che lei avrebbe potuto spaventarsi per alcune delle cose che stava scoprendo sul dietro le quinte del Rifugio, ma in realtà quella consapevolezza la faceva sentire ancora più orgogliosa e più al sicuro.

Sebbene fosse entusiasta di saperne di più sull'attività, tutto ciò veniva eclissato dal tempo trascorso con Drake. Da quando avevano dichiarato di essere una coppia, avevano passato le serate più o meno come prima, leggendo e guardando la TV, ma con l'ulteriore vantaggio di baciarsi... molto.

Ogni sera, quando si infilavano a letto, Alaska tratteneva il respiro sperando che *quella* sarebbe stata la notte in cui avrebbe fatto di più che tenerla semplicemente stretta.

Non poteva negare di essere nervosa all'idea di fare sesso con l'uomo che desiderava da anni, ma la sua eccitazione superava l'ansia. Voleva essere brava per lui, a letto e fuori, anche se continuava a pensare che non sarebbe mai stata all'altezza di Drake Vandine. Ma non aveva mentito, si sarebbe presa tutto il tempo che le avrebbe regalato.

Lui e i suoi amici avevano avuto un'altra riunione e deciso di invitare al Rifugio il potenziale investitore, per vedere se una volta visitato il posto sarebbe stato ancora interessato. Drake si era preoccupato di come lei avrebbe reagito apprendendo che era cinese, ma gli aveva assicurato di non esserne turbata. Sì, qualcuno da Pechino l'aveva comprata da un trafficante di donne, ma non era arrivata nemmeno a metà strada verso l'Asia. Non avrebbe ritenuto la popolazione maschile di un intero Paese responsabile della sua disavventura.

Pensava che quel compratore ora stesse mantenendo un profilo basso per non essere coinvolto nella ripercussione del salvataggio. Inoltre, era improbabile che sapesse chi era o dove fosse andata dopo essere stata salvata, dato che l'uomo che aveva telefonato al Rifugio quel fatidico giorno era morto.

Quella mattina, mentre bevevano pigramente il caffè in terrazzo, Drake era stato chiamato perché c'era bisogno di tagliare un albero che era caduto su uno dei sentieri escursionistici più popolari della proprietà. Così Alaska si era ritrovata con un'ora da dedicare a se stessa prima di dover andare a lavorare. Aveva programmato di trascorrerla in relax, ma poi si era ricordata che Henley McClure sarebbe stata al Rifugio proprio quel giorno.

La psicologa andava a visitare gli ospiti tre volte alla settimana, ma lei aveva evitato di partecipare alle sessioni. Non sapeva il motivo, forse perché non era pronta a parlare di ciò che era successo o perché era imbarazzata per la facilità con cui si era lasciata ingannare.

Per qualche ragione, ora si sentiva pronta per partecipare a una seduta di gruppo e vedere come andavano le cose.

Stare da sola era diventato più facile, non sussultava più a ogni rumore e gli incubi erano svaniti quasi completamente.

Certo, aveva la sensazione che per quanto riguardava i brutti sogni, il merito era da attribuire al fatto che passava ogni notte accoccolata a Drake, ma comunque...

Ora che lavorava al Rifugio, Alaska si sentiva in dovere di capire meglio ciò che faceva la psicologa, per poter dare informazioni più accurate ai futuri ospiti.

Così, dopo aver finito la seconda tazza di caffè e aver dato ulteriori carezze a Mutt, uscì dallo chalet e si incamminò verso il lodge. C'era una stanza accanto alla sala da pranzo che Henley di solito usava per le sedute. Se qualcuno avesse accennato di volere una conversazione privata, si sarebbe fatto in modo di organizzarla.

Dall'ultima visita di Henley gli ospiti erano per la maggior parte nuovi, ciò significava che la sessione avrebbe potuto essere più affollata del normale. Quando arrivò, Robert stava ripulendo il tavolo del buffet. Lo chef la accolse con un sorriso mentre lei si dirigeva verso la stanza dove si sarebbe svolta la terapia.

Alaska aveva *pensato* di essere pronta, ma nell'istante in cui entrò si sentì travolgere dall'ansia che la costrinse quasi a voltarsi e ad andarsene.

Stava *bene*. Non aveva bisogno di farlo. In realtà non le era successo niente. Non era stata violentata e nemmeno troppo ferita, non come la maggior parte delle persone che aveva incontrato lì e che andavano in quel posto per guarire.

Aveva a malapena fatto un passo indietro quando una voce profonda risuonò dietro di lei.

«Tutto bene?»

Sussultò e si spostò di lato guardandosi alle spalle.

Era Tonka, che la osservò confuso per quella reazione.

«Scusa» gli disse, abbassando gli occhi. Era un uomo gentile, in realtà lo erano tutti i proprietari del Rifugio. Aveva passato meno tempo con lui, perché era sempre nella stalla a occuparsi degli animali. Di solito non stava al lodge con gli altri, e lo vedeva raramente mangiare lì. Gli animali sembravano calmarlo come nessun'altra cosa riusciva a fare.

«No, scusami tu. Non avrei dovuto arrivare di soppiatto. Sai, non è troppo tardi per andartene, e comunque puoi farlo anche dopo che Henley ha iniziato.»

Le sue parole furono sufficienti per rafforzare la sua determinazione. «No. Ho bisogno di sapere cosa succede qui in modo da poter spiegare meglio agli ospiti cosa devono aspettarsi.»

Tonka la fissò per un momento. Era alto qualche centimetro più di Drake, quindi dovette inclinare la testa all'indietro per guardarlo negli occhi. I suoi capelli scuri e la barba erano ben curati. Tra tutti i proprietari del Rifugio, lui sembrava essere il più... traumatizzato. Era teso e non socializzava con gli ospiti, preferendo trascorrere il tempo nella stalla con la miriade di animali che ora si sentivano a casa nella tenuta.

Fu l'emozione che vide nei suoi occhi a catturare la sua attenzione; l'angoscia che nascondevano le fece male al cuore. Come gli altri, quell'uomo aveva passato un inferno. Non conosceva la sua storia, e nemmeno Drake, ma era ovvio che qualunque cosa gli fosse successa, aveva avuto gravi ripercussioni.

«Mi ricordi lo scoiattolo che vive dietro alla stalla» le disse.

«Ehm... grazie?»

Tonka contrasse le labbra. «La prima volta che l'ho visto, gli erano rimasti praticamente pochi giorni di vita. Era magrissimo, gli mancavano due zampe e la coda era senza pelliccia. Era davvero brutto... e patetico, sarebbe stato meglio per lui se avessi messo fine alla sua sofferenza.»

Alaska inspirò bruscamente. «Ehm...» mormorò, arricciando il naso.

«Scusa, non è che mi ricordi quello scoiattolo per via del tuo aspetto. Stavo solo cercando di descrivere la scena.»

Le sue parole la fecero sentire un po' meglio.

«Sono tornato dentro e ho preso una manciata di mandorle che avevo pensato di mangiare a pranzo. Mi sono seduto contro il muro della stalla e gli ho parlato. Gliene ho lanciate alcune e alla fine il piccoletto ha avuto il coraggio di avvicinarsi. Immagino sia stato per la fame e non grazie alla mia conversazione spiritosa» disse, con un sorrisetto ironico.

Alaska era affascinata. Da quando era arrivata quello era stato il discorso più lungo che gli aveva sentito fare.

«Comunque, il piccoletto era chiaramente terrorizzato, ma allo stesso tempo determinato. Non so cosa gli sia successo e perché fosse in quelle condizioni, ma anche se era spaventato a morte da me, dalla nuova esperienza che stava vivendo, non è scappato. Ecco perché me lo ricordi.»

Lo fissò, rilassandosi un po'. *Era* spaventata. Sì, era davvero ridicolo. Non c'era niente di cui aver paura. Durante la seduta non serviva nemmeno che parlasse se non avesse voluto. Aveva letto qualcosa su ciò che succedeva durante la terapia di gruppo; Henley avrebbe guidato la conversazione e chiunque avesse voluto contribuire poteva farlo.

«È ancora qui in giro?» gli chiese dopo un momento.

Tonka sorrise di nuovo e ciò trasformò i lineamenti del suo viso. «Sì. Gli ho costruito una casetta, si trova alla base di un albero dietro alla stalla. Ora ha una compagna e quest'anno hanno avuto dei cuccioli. I peli sulla coda sono ricresciuti, è grasso e felice, e sembra che non gli importi di non potersi arrampicare sugli alberi.»

Gli sorrise. «Mi fa piacere.»

«Anche a me. Quindi... rimani o te ne vai?» le chiese.

Alaska raddrizzò le spalle e domandò a sua volta: «Resto. E tu?»

Tonka scrollò le sue, cercando di mostrarsi indifferente, ma lei percepì la sua tensione. «Anch'io.»

Entrarono nella stanza insieme e si accomodarono fianco

a fianco. Le sedie erano sorprendentemente comode, non i classici e semplici sedili pieghevoli. Drake e gli altri dovevano aver speso una fortuna, desiderando che gli uomini e le donne che partecipavano a quelle sessioni fossero il più rilassati possibile, e ciò significava non farli sedere su sedie scadenti di metallo duro.

Si unirono a loro altre sei persone, oltre a Henley. La psicologa era minuta, intorno al metro e sessanta, e doveva avere circa trentacinque anni. Sembrava discendere dai nativi americani. I suoi folti capelli castani erano trattenuti in una lunga treccia che scendeva sulla schiena. Indossava un'ampia gonna viola lunga fino al pavimento e una morbida camicetta bianca. La sua collana turchese risaltava sul tessuto chiaro.

Era bellissima, e Alaska in confronto si sentì sciatta. Certo, non era una sensazione nuova dato che si sentiva in quel modo rispetto alla maggior parte delle donne.

Non appena Henley iniziò a parlare, si rilassò. Aveva una voce bassa e rassicurante, e accolse il gruppo come se fosse sinceramente felice di essere lì. Dopo che tutti si presentarono, iniziò a parlare dei traumi, di come influenzavano le persone in modi diversi.

Dopo alcuni minuti, un uomo sulla cinquantina disse: «Senza offesa, ma come può una come lei sapere cos'ho passato? È mai stata nell'esercito? Ha dovuto uccidere o ha rischiato di essere uccisa? Ha mai dovuto guardare negli occhi un altro essere umano prima di fargli saltare la testa?»

Le sue parole erano state dure, anche se il suo tono era tranquillo, e Alaska comprese il suo punto. Come poteva quella donna entrare in empatia con gli ospiti del Rifugio? Sembrava molto calma e sicura di sé. D'altronde, passando del tempo in quel posto, aveva imparato che il modo di porsi delle persone non faceva necessariamente capire che tipo di traumi avessero subito.

Sentì Tonka irrigidirsi accanto a lei e si voltò a guardarlo.

Stava stringendo i braccioli della sedia con forza. Le sue labbra erano serrate e la mascella contratta. Alaska non riusciva a capire se stesse per picchiare l'ospite o se fosse d'accordo con lui.

«Penso che siate tutti d'accordo sul fatto che è impossibile capire quali traumi abbia subito una persona solo guardandola. Gli esseri umani sono diventati molto bravi a nascondere al mondo ciò che percepiscono come un'imperfezione. È un meccanismo di sopravvivenza. Pensiamo che se gli altri sapessero quanto ci sentiamo distrutti dentro, probabilmente scapperebbero urlando. La realtà è che anche la persona che sembra più equilibrata può avere i suoi demoni.»

L'uomo sbuffò. «Sta cercando di dirci che *lei* ha dei demoni?»

Henley si sporse in avanti sulla sedia e inchiodò l'uomo con uno sguardo tranquillo.

Per qualche ragione, Alaska si preparò per affrontare la sua risposta.

«Sì. Quando avevo dieci anni, ero a casa con mia madre nella riserva. Mio padre lavorava al casinò. Era tardi, più o meno verso mezzanotte. Mi sono svegliata alle urla di mia madre. Sono balzata fuori dal letto e corsa alla porta. Per qualche motivo non l'ho aperta, ho solo sbirciato attraverso la fessura. L'ho vista litigare con due uomini in soggiorno. L'avevano bloccata a terra e uno di loro le stava tagliando i vestiti, senza preoccuparsi se nel frattempo l'avrebbe ferita. Per un secondo, i nostri occhi si sono incontrati – i miei e quelli di mia mamma, intendo – e non ha smesso di combattere, ma mi ha mimato con la bocca *nasconditi*.

Ero intrappolata nella mia stanza, l'unica via d'uscita era attraverso il soggiorno, dove quegli uomini le stavano facendo del male. La finestra era bloccata con delle assi per tenere fuori il freddo e la polvere. Mi sono infilata sotto il letto, in mezzo alle scatole che vi erano stipate, e mi sono raggomitolata. Un secondo dopo la porta si è spalancata e ho sentito uno degli uomini dire all'altro che la stanza era vuota.

L'hanno trascinata dentro, gettata sul letto e violentata. Ripetutamente. Proprio sopra la mia testa. Ho sentito per ore ogni urlo, ogni pianto, ogni schiaffo della loro pelle contro la sua mentre la violavano. Quando finalmente hanno finito, li ho sentiti accoltellarla. Una volta. Due... cinquantasette volte. Ridevano mentre la uccidevano, dicendo che non era altro che spazzatura indiana che non meritava di esistere. Si sono lamentati anche del fatto che sua figlia non fosse a casa, perché avrebbero potuto divertirsi anche con lei.

Dopo che se ne sono andati, sono rimasta lì, paralizzata dal terrore. Non ho più sentito un suono da parte di mia madre, ma il suo sangue ha cominciato a filtrare attraverso il materasso. Ho visto la macchia sopra la mia testa allargarsi lentamente.»

«Porca puttana» esclamò piano uno degli ospiti.

Alaska era d'accordo con tutto il cuore con quell'affermazione.

Henley aveva raccontato la sua storia quasi senza emozione e pensò che non fosse la prima volta che lo faceva. Lavorava al Rifugio da almeno due anni, probabilmente si era trovata spesso in situazioni in cui aveva dovuto raccontare il suo trauma personale a persone convinte che lei non avrebbe mai potuto capire ciò che avevano passato. Fu straziante, e la sua disponibilità a condividere quel dolore impressionante.

«Mio padre è tornato verso l'alba. Ha trovato sua moglie morta sul mio letto e mi ha cercata freneticamente in tutta la casa. Non sono uscita finché non è arrivata la polizia. Solo allora ho spostato le scatole e sono strisciata da sotto quel letto. Non ho parlato per cinque anni. Quindi... sì, ho dei demoni» concluse Henley. «Immagino che i miei potrebbero persino far sembrare superficiali alcuni dei vostri, ma queste sedute non servono a confrontare chi ha la storia peggiore.

Servono per aiutarvi a capire che non siete soli. Non siete gli unici a essere traumatizzati. Ad avere la sensazione che la vostra pelle a volte sia troppo tesa. Non siete gli unici a sentirvi in colpa.»

«Colpa? Non può sentirsi in colpa per ciò che è successo!» esclamò una donna, il suo tono colmo di empatia.

«Davvero? Non ho fatto nulla» disse Henley. «Non ho nemmeno provato a chiedere aiuto. Forse, se fossi uscita da sotto quel letto, avrebbero rivolto la loro attenzione a me e mia madre avrebbe potuto prendere il coltello e reagire.»

«Era una bambina» sostenne un uomo.

Lei scrollò le spalle. «Al senso di colpa non importa quanti anni hai. È così. Il cervello umano ci presenterà un centinaio di scenari ipotetici. E se questo lo avessimo fatto in modo diverso? E se *quello* lo avessimo fatto in modo diverso? E se non ci fossimo fermati per bere quella tazza di caffè? E se avessimo ascoltato il nostro istinto? La realtà è che ciò che ci è successo, è *successo*. Non possiamo tornare indietro e cambiarlo. Forse se avessimo fatto una scelta diversa, il risultato sarebbe stato differente, ma non l'abbiamo fatto. Ed eccoci qui. L'unica cosa che possiamo fare è andare avanti. Venire a patti con la nostra realtà e mettere un piede davanti all'altro.»

Nella stanza calò il silenzio e Alaska chiuse gli occhi mentre rifletteva sulle sue parole. Aveva ragione. C'erano così tante cose che avrebbe voluto fare diversamente quel giorno, ma nessuna di quelle avrebbe cambiato dov'era adesso perché alla fine avrebbe comunque chiesto aiuto a Drake.

«Per ogni ipotetico pensiero ci sono altrettante cose che avete fatto nel modo giusto» continuò Henley. «Potrebbe essere difficile ammetterlo con se stessi, perché è molto più facile pensare a tutto ciò che si crede di aver sbagliato. Nel mio caso, la cosa giusta da fare era nascondersi. Stare zitta. Se fossi uscita da sotto quel letto, è probabile che sarei morta insieme a mia madre, e sarei stata violentata. A dieci anni. E se fossi sopravvissuta, non sono sicura se sarei stata in grado di venire a patti con quel trauma.

Non importa quale sia la vostra situazione, cos'avete fatto, cos'è successo. Non importa quante volte avreste voluto fare le cose diversamente, la verità è che ne avete fatte molte nel modo corretto. E comunque, sarebbe potuta andare peggio. Ci credo davvero.»

Ancora una volta, Alaska si trovò d'accordo. Aveva avuto la presenza di spirito di convincere il suo rapitore a chiamare Drake. Se non l'avesse fatto, molto probabilmente sarebbe morta... o avrebbe desiderato esserlo.

«Qualcun altro vuole condividere la sua storia? Se non riuscite a pensare a qualcosa di positivo che avete fatto, sono sicura che come gruppo ci possiamo aiutare a vicenda. È molto più facile guardare una situazione dall'esterno» disse Henley.

Pian piano, le persone iniziarono a condividere le loro storie, le ragioni della loro visita al Rifugio. Alaska ascoltò attentamente. Le vicende che gli ospiti avevano affrontato erano tutte strazianti, ma Henley aveva ragione, come gruppo erano stati in grado di sottolineare ciò che ogni persona aveva fatto nel modo giusto.

Lei rimase in silenzio. Il suo problema non era che non riusciva a capire se aveva agito bene o male quel giorno, più che altro non le sembrava di avere il diritto di sentirsi sconvolta come a volte succedeva, di sentirsi in colpa per non aver sofferto quanto le persone intorno a lei.

Nemmeno Tonka parlò. La sua stretta sui braccioli non era diminuita, era ancora teso come quando Henley aveva iniziato a raccontare la sua storia. Non sapeva se fosse arrabbiato perché stava pensando a ciò che era successo a lui o furioso per ciò che aveva vissuto *lei*.

Dubitava che quella fosse stata la prima volta che sentiva

quella storia, ma se ascoltarla lo turbava così tanto, perché partecipava alle sedute di gruppo?

Stava ancora cercando di capire quando lui si alzò bruscamente e si diresse in silenzio verso la porta.

Per un momento Alaska colse uno sguardo di dolore – e di intenso desiderio – negli occhi di Henley, prima che sbattesse le palpebre e riportasse l'attenzione sulla donna che stava parlando.

Aveva la sensazione che la reazione di Tonka fosse personale. Era andato alla seduta, ma non aveva parlato. Non aveva condiviso la propria storia. Era lì per supportare Henley? Per torturarsi? Non ne aveva idea, ma non poté fare a meno di notare che, una volta uscito, le spalle della psicologa si abbassarono un po'.

Alaska sospettava anche di aver visto qualcosa che né Henley né Tonka volevano far sapere. Avevano una sorta di legame… ma per qualche motivo non erano pronti o disposti ad agire di conseguenza.

Un attimo dopo si alzò anche lei e si scusò. Nonostante non avesse partecipato alla conversazione, si sentiva stranamente più leggera. Si era comportata da stupida in Russia, ma aveva fatto ciò che migliaia di altri turisti facevano ogni giorno. Avrebbe dovuto potersi fidare di Igor, una guida che le era stata consigliata, e quando la situazione era diventata pericolosa, era riuscita a mettersi in contatto con l'unica persona che avrebbe potuto aiutarla. E lo aveva fatto.

Continuò a pensare a Drake mentre tornava allo chalet per prepararsi per il lavoro. Le cose erano ancora molto frenetiche. Il Rifugio era prenotato anche per tutto il mese di agosto dell'anno successivo e non c'erano molti spazi aperti nemmeno nei restanti mesi. Non solo, ma dopo averne discusso con gli altri, Drake aveva aumentato il prezzo per notte degli chalet e Alaska aveva contribuito ad aggiungere sul sito web il pulsante per le donazioni, condividendo alcune storie dei prigionieri di guerra che avevano beneficiato della possibilità di soggiornare gratuitamente.

Solo nell'ultima settimana avevano già raccolto diecimila dollari.

Persa nei suoi pensieri, urlò di sorpresa quando Mutt apparve al suo fianco dal nulla e strofinò il naso contro la sua mano.

«Qui, Mutt» disse Drake con fermezza da dietro le sue spalle.

Voltandosi, lo vide camminare verso di lei dal limite degli alberi.

Senza pensarci, annullò la distanza e lo abbracciò. Con suo sollievo la strinse subito.

«Che succede? Stai bene?»

Era sempre così preoccupato per lei. Per una che aveva passato anni e anni senza avere qualcuno a cui stesse a cuore il suo benessere, era bellissimo.

«Sono così felice di essere qui e grata che tu sia venuto a salvarmi» disse sommessamente.

Drake la strinse più forte. «Non devi essere grata perché sono venuto in aiuto quando avevi bisogno di me.»

«Sì invece» insistette. «Se non mi avessi creduto, se avessi esitato o se non avessi le connessioni che hai, non sarei qui in questo momento.»

«Che cos'ha causato questi pensieri?»

«Ho assistito alla seduta di Henley stamattina» gli rispose.

Sentì i suoi muscoli tendersi. Si scostò, le mise un dito sotto il mento e le sollevò la testa per guardarla negli occhi. «E?»

«E niente. È stata una bella esperienza. Mi ha solo fatto riflettere. La decisione migliore che ho preso quel giorno è stata convincere quel tizio che ero sposata e che per riavermi avresti pagato il doppio rispetto al suo cliente. Certo, era un bastardo che aveva pianificato di prendere i soldi di entrambi, ma comunque... è stata una buona decisione da parte mia.»

«Sì, ottima. Non riesco a pensare a cosa sarebbe successo se non l'avessi fatto» ammise.

Alaska rabbrividì, poi scosse la testa. «Ma ora sono qui e sto bene. Potrei avere per sempre un problema con gli spazi piccoli e bui, ma posso gestirlo, perché l'alternativa sarebbe stata molto peggio.»

«Allora hai sentito la storia di Henley?» le chiese.

Annuì. «Immagino che la conosca anche tu.»

«Sì. La conosciamo tutti. È una donna straordinaria.»

«Penso che tra lei e Tonka ci sia qualcosa» si lasciò sfuggire.

Drake inarcò le sopracciglia «Tonka e Henley? Non credo.»

Scrollò le spalle. «Ho avuto l'impressione che si piacciano più di quanto entrambi siano disposti ad ammettere.»

«Merda. Tonka è... in questo momento non è nelle condizioni di avere una relazione. Non sono sicuro se lo sarà mai.»

«Credo che lei lo sappia, ma il cuore vuole ciò che desidera e non smette mai di sperare, anche se il cervello sa che non accadrà mai.»

L'espressione di Drake si addolcì. «Ho la sensazione di essermi perso così tante cose» sussurrò. «Di aver perso troppo tempo.»

Alaska scosse la testa. «Nessuno di noi due sarebbe la persona che è oggi senza le nostre esperienze.»

Lui sospiro. «So che hai ragione, ma se potessi tornare indietro nel tempo e prevenire ciò che ti è successo, lo farei.»

«Lo so. E io farei lo stesso per te.»

Sapevano entrambi quanto fosse ridicolo. Lei non era stata un SEAL, e di certo non si sarebbe mai trovata in quella piccola città nello stesso momento in cui era esplosa la bomba.

«Grazie» le disse con dolcezza.

«Prego.»

«No, *grazie*... per essere stata forte. Intelligente. Per essere qui. Per aver aiutato alla reception. Per essere incredibile.»

Alaska arrossì. «Prego» ripeté. «Anche se dovrei essere io a ringraziarti.»

«Allora ci ringrazieremo a vicenda» decise, mentre la stringeva contro il suo fianco e la guidava verso lo chalet a passo svelto.

«Che fretta c'è?» gli chiese.

«È che voglio baciarti. E voglio privacy perché mi prenderò il mio tempo. Ti mostrerò esattamente quanto sono felice che tu sia qui, e grato che non ti spaventi a causa dei miei sbalzi d'umore e per il tempo che dedico al lavoro, decidendo così di scappare. Voglio assicurarmi che tu ti renda conto di quanto sei importante, non solo per me, ma anche per tutti i miei amici. Sei diventata parte del Rifugio così velocemente che non riesco a immaginare di non averti qui.»

Le sue parole la fecero sciogliere e la eccitarono così tanto che pensava sarebbe morta se lui non avesse posato le labbra sulle sue nei successivi dieci secondi. Stavano prendendo le cose con calma. Si baciavano molto, sì, ma niente di più. Se le avesse chiesto di fare sesso, avrebbe acconsentito senza esitazione, ma in quel modo le sembrava proprio come se si stessero frequentando. Anche se vivevano insieme, l'eccitazione che provava quando iniziava a passare del tempo con un uomo che le interessava, la voglia di conoscere ciò che gli piaceva o che odiava e quella sensazione di farfalle nella pancia... erano presenti.

Non voleva che fosse un'avventura o una breve relazione. Desiderava appartenere a Drake da tutta la vita, ed era spaventata a morte di poter fare qualcosa che avrebbe rovinato tutto. Quindi, per quanto volesse andare a letto con lui, gli avrebbe permesso di stabilire il ritmo, e se voleva portarla dentro per baciarla, era totalmente d'accordo. La verità era che amava ogni secondo del tempo che trascorreva con lui, anche quando era lunatico. Rendeva tutto più reale. Inoltre, lei stessa aveva molti sbalzi d'umore; un attimo prima era felice e quello dopo si ritrovava *lì*, in quel container buio.

Non appena entrarono nello chalet la appoggiò al muro vicino alla porta e la baciò a lungo e con forza. Quel bacio sembrò diverso. Era appassionato come sempre, ma anche più... emotivo. Forse per via delle storie che Alaska aveva sentito poco prima. Forse perché aveva ripensato alla sua. Non ne era sicura, ma sapeva che le piaceva molto.

Proprio quando le cose stavano diventando più intense, lui si allontanò.

Gli aveva circondato la vita infilando una mano dentro ai jeans e l'altra sotto la maglietta, sul suo petto. Il capezzolo di Drake era duro contro le sue dita e non riuscì a trattenere un gemito quando si fermò.

Lui le aveva messo una mano sulla nuca e l'altra sulla schiena sotto la camicetta, tenendola incollata a sé. Ansimavano forte entrambi e sentì la sua erezione contro la pancia.

«Ti voglio» gli disse.

«Maledizione» gemette Drake. «Ti voglio anch'io.»

Aspettò, ma lui non si mosse. «Drake?»

«Posso fare solo una breve pausa. Devo portare un gruppo a fare un'escursione alla Table Rock, e forse oltre, se sono disposti a farlo.»

Alaska sospirò. «E io devo andare al lodge per occuparmi di due ospiti in partenza e accogliere i nuovi in arrivo.»

«Succederà» mormorò.

Lei aggrottò la fronte. «Cosa?»

«Noi. Mi ci sono voluti ventidue anni per vedere ciò che ho sempre avuto davanti, ma ora ti vedo, Al. Sarò anche lento, ma non sono stupido. Recupererò il tempo perso.»

«Ok» sussurrò, amando quelle parole.

«Ok.»

Ma nessuno dei due si mosse.

Drake sorrise. «Devi lasciarmi andare, tesoro.»

«E tu devi lasciare andare me» ribatté.

Il suo sorriso si allargò. «Non avevo idea che potesse essere così.»

«Cosa?»

«Stare con qualcuno. Avere una ragazza. Amare qualcuno.» Si chinò, le baciò il naso e fece scivolare le dita sui suoi capelli, allontanandosi.

Alaska non era sicura di riuscire a respirare. Aveva davvero detto così? No, non poteva essere serio. Solo perché lei lo amava da sempre non significava che lui si sentisse allo stesso modo dopo... quanto?... qualche settimana? No, sicuramente parlava in generale.

«Ti raggiungo dopo pranzo» le disse.

«Non avete un'altra videoconferenza con il signor Choo questo pomeriggio?»

Drake si accigliò. «Maledizione. Lo avevo dimenticato. Sì, stiamo finalizzando la sua visita al Rifugio.»

«Potrei preparare la cena qui, se vuoi» suggerì.

«Ok. Se non ti dispiace.»

«Certo che no.»

«Mi pare una buona idea. Al?»

«Che c'è?»

«Stasera, quando andremo a letto...»

Alaska sentì i brividi sulle braccia. «Sì?»

«Faremo di più che dormire. Sei pronta?»

Non riuscì a trattenere un sorriso. «Prontissima.»

«Bene.» Tornò da lei come se non potesse starle lontano. La attirò a sé con forza e la baciò di nuovo; un bacio lungo, lento e appassionato che la fece sciogliere.

Si tirò indietro, fissandola un momento prima di aprire la porta. Si voltò di nuovo a guardarla, si leccò le labbra e poi sparì.

Le ci volle un po' prima di sentirsi abbastanza sicura da muoversi. Si staccò dal muro e andò in camera da letto per cambiarsi con gli abiti professionali che indossava per lavorare.

———

Yong Chen sentì l'adrenalina scorrere nelle vene. Stava finalmente per succedere. I proprietari del Rifugio erano stati dei negoziatori più duri di quanto avesse previsto. Aveva pensato che avrebbero colto al volo l'opportunità di avere dei soldi extra per il loro resort rustico. Invece si erano opposti all'espansione che aveva proposto. Certo, non aveva intenzione di pagare un centesimo, ma loro non lo sapevano. L'idea che volessero mantenere in piccolo la loro attività era ridicola. Pensava anche che fosse assurdo che si prendessero la briga di aiutare tutti i pazzi del mondo.

Il disturbo post-traumatico da stress non era altro che una debolezza della mente per quanto lo riguardava. Aveva visto parecchie persone soccombere una volta dentro la sua tana. Era divertente scommettere sul tempo che avrebbero impiegato le donne che aveva comprato a supplicare per la loro vita. All'inizio erano quasi sempre ribelli, ma dopo essere state usate da alcuni clienti, cambiavano registro.

Una volta distrutte completamente, le eliminava. Quando non c'era più la sfida, non erano più divertenti. Yong amava quelle che combattevano... ma alla fine tutte perdevano.

Gli uomini che stava ingannando erano dei degni avversari. Avevano fatto e detto molte cose intelligenti per quanto riguardava quell'affare. Se fosse stato diverso da ciò che era, se fosse stato veramente interessato a investire nel loro remoto resort, sarebbe rimasto impressionato, ma dato che li aveva contattati solo per riappropriarsi di ciò che gli apparteneva, non gli importava cosa facessero nei boschi del New Mexico.

Più si avvicinava la partenza per gli Stati Uniti, più si eccitava. Aveva fatto in modo che altri dieci clienti trascorressero del tempo con il suo acquisto. Ciò avrebbe portato il suo profitto a ben due milioni di dollari americani. Quell'operazione era così soddisfacente che Yong stava considerando di ampliare la propria attività.

I suoi clienti cinesi erano fedeli. Non c'era altro posto in cui avrebbero potuto inscenare le loro fantasie sessuali deviate se non con le donne che comprava per loro, ma era più che ovvio che c'erano uomini come lui ovunque. Dato che non aveva mai tenuto una donna per più di qualche settimana, due mesi al massimo – a quel punto erano del tutto inutili – il rischio era minimo. Aveva persone che si sbarazzavano dei corpi per suo conto, ma aveva imparato un paio di cose nel corso degli anni; Yong non aveva dubbi che sarebbe stato in grado di far sparire un corpo, senza essere scoperto, anche negli Stati Uniti... o in qualsiasi altro paese del mondo.

Il cazzo gli diventò duro al pensiero di viaggiare in India, in Inghilterra, in Messico e in altri paesi per ottenere un "giocattolo". Avrebbe riscosso i suoi compensi dagli uomini che contattava tramite il dark web ed eliminato le prove, tornandosene a casa più ricco di quando era arrivato.

Più ci pensava, più quell'idea gli piaceva. Il New Mexico e la donna che era scappata sarebbero stati un test. Se ci fosse riuscito lì, avrebbe potuto farlo ovunque.

Un senso di trepidazione gli scorse nelle vene. Avrebbe voluto iniziare subito, ma doveva avere pazienza. La notizia migliore che aveva appreso quel giorno durante la videochiamata con i proprietari del Rifugio era che il suo obiettivo, Alaska Stein, si trovava lì, proprio dove pensava sarebbe stata.

L'aveva trovata grazie all'uomo che lei stessa aveva chiamato dalla Russia.

Drake Vandine aveva detto che la sua assistente amministrativa gli avrebbe inviato via mail un itinerario per la sua visita al Rifugio. Inoltre, avevano parlato di ciò che avrebbe visto e di chi avrebbe incontrato durante la sua permanenza, ma in realtà Yong non aveva ascoltato. A lui interessava solo non dover viaggiare per tutto il Paese per riprendersi qualcosa di sua proprietà. Lei era lì. Stava solo aspettando che andasse a prenderla.

E lui l'avrebbe fatto. Si sarebbe assicurato che capisse che la punizione che avrebbe ricevuto sarebbe stata dieci volte peggiore di quella che avrebbe subito se non avesse rovinato i suoi piani.

Ora si sentiva al sicuro, nascosta nel mezzo del nulla, ma presto lui si sarebbe nutrito del suo terrore e orrore. E del suo dolore. Non vedeva l'ora di vederla sanguinare.

Yong si alzò. Doveva fare le valigie e mettersi in viaggio.

CAPITOLO TREDICI

BRICK FACEVA FATICA A CONCENTRARSI. Tutto ciò a cui riusciva a pensare era di tornare allo chalet... e da Alaska. Si sarebbe preso a calci per non aver visto per anni ciò che aveva davanti agli occhi, dando la colpa alla distanza tra loro e allo stile di vita molto diverso, ma quelle erano state solo scuse.

Sapeva già da tempo che lei era speciale, altrimenti perché il lavoretto a punto croce che gli aveva regalato era ancora appeso al muro? Perché aveva provato un senso di trepidazione quando il telefono squillava o quando arrivava la notifica di una mail o di un messaggio? Perché provava un'emozione intensa quando lo guardava?

Nel profondo, il suo subconscio doveva aver capito che Alaska era destinata a lui. Era spiacevole che ci fosse voluta un'esperienza così orribile per ricongiungerli, ma ora, dopo le ultime settimane trascorse insieme, non voleva perderla.

L'altra mattina Brick aveva parlato a lungo con la madre, raccontandole anche brevemente le circostanze dell'arrivo di Alaska al Rifugio. Non era ancora riuscito ad accennarle a quanto la sua vecchia amica avesse iniziato a significare per lui, che lei aveva fatto un lungo sospiro di sollievo, dicendo: «Era ora.»

Sorpreso, le aveva chiesto spiegazioni.

Lo aveva informato che sapeva che Alaska aveva una cotta per lui fin da quando erano degli adolescenti. Era uno dei motivi per cui era andata a tirare fuori dalla spazzatura il suo regalo.

Brick, un po' titubante, le aveva chiesto cosa ne pensasse di lei, ed era stato enormemente sollevato quando aveva dichiarato senza mezzi termini che sarebbe stato un idiota a farsela sfuggire, e non l'uomo intelligente che aveva cresciuto.

Poteva dire con certezza che sua madre era una grande fan di Alaska Stein.

«Brick, stai ascoltando?» gli chiese Spike.

Non lo stava facendo, ma annuì comunque.

Il suo amico aveva chiesto di fare una breve riunione prima che tutti prendessero strade separate per la giornata.

«Non posso biasimarlo» disse Owl con un sorrisetto. «Se avessi una donna come Alaska nel mio chalet, anch'io sarei distratto.»

«Zitto» disse Brick lanciandogli una penna, mentre tutti ridacchiavano.

«Ma sul serio, amico. Penso che sia fantastico» continuò. «Vedere uno di noi coinvolto in una relazione normale mi dà speranza.»

Gli altri annuirono.

«Non so se chiamerei normale ciò che abbiamo» ribatté con sincerità. «Stiamo cercando di non rovinare i vent'anni di amicizia che abbiamo alle spalle, affrontando allo stesso tempo il nostro disturbo post-traumatico da stress.»

Tiny scrollò le spalle. «Non lo so. Direi che voi due avete la cosa più importante per quel che riguarda una relazione.»

«Che sarebbe?» chiese Brick, sinceramente curioso di sentire cos'aveva da dire.

«Delle buone basi. Quando l'abbiamo trovata in Russia, sei stato l'unico in grado di penetrare nella sua paura e calmarla. Sei stato la prima persona che ha pensato di chiamare quando aveva bisogno di aiuto, e quando ha saputo che eri in quell'ospedale in Germania, ha fatto tutto il possibile per venire da te. Siete perfetti insieme. È evidente.»

Tiny non aveva torto. Le sue parole gli diedero una bella sensazione. «Lei è... una brava persona fin nell'anima» disse dopo un momento. «Ed è una cosa che non posso dire della maggior parte della gente che incontro. Non ha un briciolo di cattiveria, e ciò rende ancora più orribile quello che le è quasi successo.»

«La terrai con te?» chiese Stone.

Brick non poté fare a meno di ridere. «Non è un randagio come Mutt.»

«Sai cosa intendo» ribatté con un'alzata di spalle.

«Se mi vuole, sì.»

«Bene. Il Rifugio ha bisogno di lei. È un'impiegata eccezionale» sostenne Pipe.

Il suo buon umore vacillò un attimo. «Non la voglio perché è brava con gli ospiti e le scartoffie» ringhiò.

Il suo amico alzò una mano. «Ehi! Non volevo assolutamente sottintenderlo. Ma sul serio, non puoi fare a meno di sentirti un po' sollevato dal fatto che sembri affezionata a questo posto come lo siamo noi. Sarebbe orribile se lo odiasse.»

Fece del suo meglio per tenere a freno il suo temperamento perché Pipe aveva ragione.

«Giusto, quindi ora che sappiamo tutti che Brick è serio riguardo ad Alaska e gli abbiamo dato il nostro supporto, speriamo che non rovini tutto. Nel frattempo, volevo parlare brevemente della visita di Choo. Siamo pronti?» chiese Spike.

Nessuno disse una parola per un lungo momento.

Spike sospirò. «È quello che sospettavo. Stavo pensando

che forse ci siamo eccitati un po' troppo per il fatto che qualcuno volesse investire in questo posto, che avremmo potuto espanderci e aiutare più persone, ma ora che questo tizio arriverà davvero la settimana prossima, devo ammettere che ci sto ripensando.»

Brick guardò i suoi amici e li vide annuire. «Non credo che a questo punto possiamo impedirgli di venire. Choo ha pagato un sacco di soldi per organizzare tutto» disse.

«Ma non verrà solo per noi, giusto?» chiese Stone. «Pensavo avesse in programma delle riunioni e altre cose. Ha detto che sarà negli Stati Uniti per un mese e mezzo circa.»

«È quello che ho capito anch'io» concordò Spike.

«Quindi, lo incontriamo lo stesso, ma dobbiamo dirgli che non abbiamo preso una decisione definitiva» disse Tonka, parlando per la prima volta.

«Sono d'accordo» replicò Spike. «Volevo solo assicurarmi che la pensassimo tutti allo stesso modo. Voglio dire, mi piacerebbe avere più fondi per migliorare questo posto, ma non sono sicuro che raddoppiare il numero di chalet lo renderebbe *davvero* migliore. Non so voi ragazzi, ma finché non perdiamo soldi, sono soddisfatto di ciò che abbiamo costruito.»

Annuirono tutti.

«Quindi? Ci limitiamo a intrattenere Choo e poi gli diciamo: "Scusa, abbiamo cambiato idea"?» domandò Tiny. «Ci farebbe sembrare degli stronzi, per non parlare che ciò potrebbe rovinare l'eventuale possibilità di avere un investitore in futuro, se lo volessimo.»

Rimasero in silenzio un momento, poi Brick disse: «Avevamo detto che avremmo chiesto a Tex di controllare questo tizio se avessimo deciso di portare avanti questo progetto, giusto?»

«Sì. Perché?» chiese Spike.

«Potrebbe essere una mossa da stronzi, ma se gli chiedessimo di indagare su di lui ora? Prima che arrivi qui? Così se trova qualcosa di strano sapremo che rifiutando la partnership stiamo facendo la cosa giusta.»

«Non so se ciò renderà più facile dirgli di no» sostenne Pipe con un'alzata di spalle. «Voglio dire, non è che possiamo raccontargli che abbiamo fatto un controllo su di lui e non ci è piaciuto ciò che abbiamo trovato.»

«Perché no?» chiese Brick. «Saremmo degli stupidi a non far controllare un investitore straniero, qualcuno che non conosciamo.»

«È vero. Oppure possiamo semplicemente dire che dopo averne discusso abbiamo deciso di andare in una direzione diversa» replicò Tonka. «È sempre meglio mantenere le cose semplici.»

«Ha ragione» disse Spike. «Ma non farà comunque male vedere cosa riesce a trovare Tex. Dopo lo chiamo.»

«Da quello che so, lui e sua moglie stavano andando nel Maine a fare una vacanza di due settimane» li informò Tiny.

«Merda, me ne ero dimenticato. E la donna con cui lavora sempre?» chiese Spike.

«Elizabeth» disse Owl.

«Sì. Magari chiamo lei.»

«Ho sentito che è terribilmente brava» ribatté Brick. «È specializzata nel dark web. Se c'è qualcosa da scoprire su qualcuno in quell'ambito, lo trova.»

«Be', spero che non trovi nulla sul nostro signor Choo» borbottò Spike.

«Sono d'accordo» disse Stone. «L'ultima cosa di cui abbiamo bisogno, nel caso in cui sia coinvolto in qualcosa di losco, è che il Partito Comunista Cinese ci stia con il fiato sul collo.»

Brick si accigliò. Più ne parlavano, più si sentiva a disagio per la visita dell'investitore. A essere sincero, era stato titubante fin dall'inizio, ma aveva sperato che fosse solo paranoia.

Non voleva mettere a repentaglio involontariamente il futuro del resort e comunque non poteva fidarsi solo di una fastidiosa sensazione. Detto ciò, era un grande sostenitore del pensiero che nulla succedeva per pura coincidenza.

Non riusciva davvero a ignorare il fatto che appena pochi giorni dopo il salvataggio di Alaska, un cinese li avesse contattati all'improvviso per investire nel Rifugio.

Non era la prima volta che ci rifletteva, ma pensava che fosse una reazione esagerata per via dei sentimenti sempre più profondi che provava per lei.

Si riscosse da quei pensieri inquietanti quando Tonka si alzò per tornare alla stalla, come al solito, e gli altri seguirono l'esempio, facendogli capire che l'incontro era finito.

«Tutto bene?» gli chiese Tiny, mentre uscivano dalla stanza per iniziare la giornata.

«Sì, credo» rispose con un'alzata di spalle.

«Sono contento che Spike abbia espresso i suoi dubbi, ci ho pensato molto ultimamente.»

«Anch'io.»

Il suo amico gli diede una pacca sulla spalla e disse: «Per la cronaca, sono davvero felice per te e Alaska. Lei mi piace molto. È... rilassante. Non si agita quando succedono casini con gli ospiti, è in grado di mantenere tutti calmi e la sua capacità di risolvere i problemi è fenomenale.»

Era d'accordo al cento per cento. «Ha detto che ha imparato nei vari posti in cui ha lavorato oltreoceano. Penso che essere esposta a così tante culture e nazionalità differenti l'abbia aiutata a guardare le situazioni da prospettive diverse, e l'abbia resa più tollerante.»

«È vero. Ed è perfetta per te.»

«Cosa te lo fa pensare?» gli chiese.

«Non sei più molto nervoso. Sembri più rilassato con gli ospiti.»

Rifletté su quell'osservazione e dovette trovarsi d'accordo.

«Non so se è così perché sono cambiato o perché ora sono felice di tornare nel mio chalet e rivedere Alaska» ammise.

«Non è una brutta cosa, amico mio» replicò Tiny, dandogli un'altra pacca sulla spalla. «Devo dire che sono un po' geloso. Non perché voglio Alaska, è chiaro che ha occhi solo per te, ma perché hai trovato qualcuno che ti rende felice. Che ti calma. Cos'altro potrebbero volere vecchi soldati finiti e brontoloni come noi? A ogni modo, hai bisogno di una mano con l'escursione di oggi? A quanto pare due degli ospiti stanno lottando di brutto con i loro demoni.»

«Se non ti dispiace, mi piacerebbe molto avere compagnia.»

Quando incontrarono il gruppo che si stava radunando per l'escursione, Brick non poté fare a meno di pensare ai commenti di Tiny e degli altri suoi amici. Non era stato alla ricerca di una compagna, ma gli era davvero impossibile pensare di *non* avere Alaska nella sua vita. Anche se era stata fisicamente con lui solo per un breve periodo di tempo, si era insinuata nel suo cuore.

E a proposito... non vedeva l'ora di tornare a casa quella sera e mostrarle quanto era felice che fosse lì con lui.

———

Come succedeva sempre quando desiderava essere in un determinato posto, il mondo sembrava cospirare per impedirglielo. L'escursione era iniziata piuttosto bene, ma alcune persone che non erano molto in forma avevano iniziato a rimanere indietro, facendo irritare due degli ospiti più giovani e più allenati.

Tiny aveva portato avanti quei due, mentre Brick era rimasto con gli altri quattro. Erano arrivati alla Table Rock e avevano pranzato tranquillamente, poi una delle donne aveva avuto un flashback e si era rifiutata di muoversi, certa che ci fosse un nemico in agguato tra gli alberi, pronto a tendere loro un'imboscata.

In tutta coscienza, Brick non poteva rimandare gli altri tre ospiti al lodge da soli, quindi usò la radio che portava sempre con sé per mettersi in contatto con Pipe e chiedergli di andare in aiuto. Per fortuna Henley era al Rifugio per una seduta individuale e aveva accettato di unirsi a lui.

Alla fine, era tornato al lodge quattro ore più tardi del previsto. Aveva dovuto rassicurare tutti gli ospiti che avevano sentito ciò che era successo, informandoli che la donna che aveva avuto quel brutto episodio stava molto meglio, che non se ne sarebbe andata e che era determinata a continuare il soggiorno. Ciò aveva portato a una sorta di seduta di gruppo improvvisata durante la cena, in cui tutti avevano condiviso alcune delle loro peggiori difficoltà.

Quando Brick riuscì ad andarsene, era sporco, esausto e irritato che i suoi piani fossero stati rovinati.

Arrivato allo chalet si fermò fuori dalla porta. Il profumo di dolci che proveniva dall'interno gli fece brontolare la pancia. Aveva mandato un messaggio ad Alaska dicendole che non sarebbe riuscito a essere a casa per cena, spiegandole il motivo. L'aveva invitata a unirsi a loro al lodge, ma aveva rifiutato.

Si era preoccupato per lei tutta la sera. Avrebbe voluto andare a casa per assicurarsi che il cambio dei piani non l'avesse turbata, ma non era riuscito a liberarsi prima. Gli ospiti erano sembrati sempre più bisognosi di attenzioni, come succedeva di tanto in tanto, e l'ultima cosa che voleva era farli sentire abbandonati.

Dal delizioso profumo che proveniva dallo chalet, Alaska non era rimasta inattiva.

Aprì la porta facendo molto rumore per farle capire che era arrivato. Sapeva per esperienza che sorprendere qualcuno che soffriva di disturbo post-traumatico da stress non era una cosa positiva.

Le unghie di Mutt graffiarono sul pavimento mentre correva verso di lui. Sorridendo, Brick si chinò per accarezzarlo. «Ehi ragazzo. Hai passato una buona giornata? Deve piacerti davvero Al, eh? Era da tempo che non saltavi un pasto al lodge.» Mentre gli parlava il cane scodinzolava, dimostrandogli quanto fosse felice che il suo padrone fosse a casa.

Brick si raddrizzò guardando verso la cucina, e vide Alaska accanto al tavolo che gli sorrideva.

«Ehi» lo salutò con dolcezza.

«Ciao.» Muovendosi rapidamente le si avvicinò a grandi passi e lei indietreggiò fino ad arrivare contro il bancone. La imprigionò appoggiando le mani sul granito e lei gli posò la mano sul petto, inclinando la testa all'indietro per guardarlo.

«C'è un buon profumo qui dentro» le disse.

Alaska scrollò le spalle. «Ho mangiato un'insalata per cena, ma poi ho pensato che magari avresti apprezzato dei cupcake al doppio cioccolato come dessert. Sono sicura che non sono all'altezza dello standard di Robert, ma credo siano buoni comunque.»

«Se hanno un sapore buono la metà del loro odore, saranno i migliori cupcake che abbia mai assaggiato» replicò con un piccolo sorriso.

Lei sorrise a sua volta, poi aggrottò le sopracciglia. «Tutto a posto? Voglio dire, quella donna... sta bene?»

«Sì. Sono stati momenti difficili, ma Henley è stata fantastica con lei. Anche gli altri ospiti. Nessuno le ha detto che era irrazionale o di stringere i denti, e siamo riusciti a tornare al lodge senza troppi problemi.»

«Davvero la gente dice quelle cose? Ma che diavolo!»

«Oh, sì, lo fanno. Dicono anche di peggio. Per chi non ha mai vissuto un flashback o sperimentato la paura che deriva dall'udire un certo rumore o dal vedere qualcosa che ricorda il trauma subito, è impossibile capire quanto possa essere difficile uscire da quella spirale.»

Alaska gli posò una mano sulla guancia. «Mi dispiace» disse con dolcezza, l'empatia brillava nei suoi splendidi occhi.

Brick le prese la mano e la voltò per baciarne il palmo.

«Sembri stanco» osservò.

Si strinse nelle spalle. «Sto bene.»

«Perché non vai a farti una bella doccia calda? Nel frattempo decoro i cupcake che dovrebbero essersi raffreddati a sufficienza. Quando hai finito possiamo rilassarci e guardare alcuni episodi di *Scrubs*.»

Brick la guardò per un momento, poi sospirò. «Non è così che volevo andasse la serata.»

«Lo so, ma nella vita possono succedere degli imprevisti.»

«Ti desidero così tanto» disse con sincerità. «Voglio seppellire la testa tra le tue gambe e divorarti. Voglio vederti succhiarmelo. Voglio sentirti venire sul mio cazzo mentre ti perdi nel piacere. Voglio essere dentro di te più di quanto abbia mai desiderato qualcosa da molto, molto tempo.»

Il viso di Alaska diventò rosso vivo, ma non distolse lo sguardo da lui.

«Ma in questo momento non credo di poterti dare l'attenzione che meriti» concluse, un po' riluttante.

«Lascia che sia io a prendermi cura di *te* per una volta. E per la cronaca, anch'io desidero tutto ciò che hai detto, ma non quando so che hai avuto una giornata difficile e sei esausto.»

Brick chiuse gli occhi e appoggiò la fronte contro la sua. Rimase lì, respirandola, lasciando che la calma che trasmetteva si insinuasse nella sua anima. Non sapeva perché il semplice fatto di stare accanto a lei lo facesse sentire più equilibrato.

«Doccia» gli disse dopo un po'. «Calda. Quando avrai finito ci saranno i cupcake, la coperta e il telefilm che ti aspettano.»

«Va bene.» Brick sollevò la testa e contemporaneamente le alzò il mento con un dito. Fissò i suoi profondi occhi castani prima di annullare la distanza tra i loro visi.

Lo incontrò a metà strada e il bacio fu lungo, rilassato e tenero. Fu Alaska a tirarsi indietro per prima. Brick vide passione e desiderio nel suo sguardo, ma lei si limitò a leccarsi le labbra e gli mise le mani sui fianchi per girarlo verso l'ingresso. «Vai, Drake. Devo decorare i cupcake.»

Si avviò verso il corridoio, ma prima di allontanarsi troppo si voltò di nuovo. Alaska si stava già occupando dei dolci che aveva messo su una griglia sul bancone. Rimase a osservarla per un attimo, rendendosi conto di quanto lei era a suo agio nel suo chalet, di come sembrava appartenere a quel posto. Quando aveva scelto la planimetria per la casa, non aveva pensato a un'eventuale moglie o a dei figli. Aveva voluto la semplicità. Un'ampia zona giorno, una cucina funzionale, due camere da letto, un bagno. Non aveva avuto bisogno di nient'altro.

Ma si era sbagliato.

Aveva bisogno di questo.

Di lei.

Di Alaska.

Che gironzolava per casa come se fosse nata per stare lì.

Era vero che non era la donna più appariscente del mondo, che preferiva di gran lunga rimanere sullo sfondo e non le piaceva essere al centro dell'attenzione, ma per Brick spiccava semplicemente per la sua personalità. Era andato così vicino a perderla, a non capire che amare qualcuno avrebbe cambiato completamente la sua vita.

Con quel pensiero in testa andò in bagno. Aprì l'acqua, si spogliò, si lavò i denti e poi entrò nella doccia. Mentre il getto caldo gli martellava le spalle, pensò ai suoi compagni di battaglia perduti da tempo. Vader, Monster, Bones, Rain e

Mad Dog avrebbero adorato il Rifugio, ma se non fossero morti quel posto non sarebbe esistito.

Compromessi.

Il mondo funzionava così.

Negli ultimi quattro anni le loro mogli si erano risposate, avevano avuto altri figli... erano andate avanti con la loro vita. All'inizio Brick non l'aveva compreso. Non riusciva a capire come avessero potuto tradire i loro mariti in quel modo. Ma ora capiva. La vita cambiava. Le persone cambiavano. E nel momento in cui trovavi qualcuno che sentivi essere l'altra metà della tua anima, facevi qualsiasi cosa, *qualsiasi cosa*, per tenerti stretta quella persona.

Amare Alaska gli aveva cambiato la vita. Gliel'aveva cambiata ventidue anni prima, quando aveva confezionato quel lavoretto a punto croce. Gliel'aveva cambiata quattro anni prima, quando aveva avuto il coraggio di mentire alla Marina e di presentarsi al suo capezzale. E gliel'aveva cambiata quando era riuscita a convincere il suo rapitore a chiamarlo.

La vita era una cazzo di partita a dadi. A volte eri fortunato e facevi un doppio, altre volte non ottenevi nulla. Ciò che contava era come giocavi, cosa facevi quando eri vicino a perdere. Quanto apprezzavi ciò che ricevevi quando eri fortunato.

Brick sapeva di essere stato dannatamente fortunato. Altri uomini nella vita di Alaska potevano non aver visto che gemma preziosa fosse, ma lui sì, e non era così idiota da lasciarsela sfuggire. Lo aveva reso un uomo migliore, ne era certo. Lei pensava di non essere niente di speciale ed era una cosa un po' frustrante, ma faceva anche parte del suo fascino. Le avrebbe mostrato tutti i giorni quanto fosse apprezzata e amata, finché gli avesse concesso il privilegio di stare al suo fianco.

Alaska non avrebbe passato un altro giorno senza sapere cosa provava per lei.

A quel punto gli venne un'idea. Avrebbe realizzato qualcosa che non era riuscita a fare, che non aveva mai pensato di fare.

Era esausto, ma ora anche pervaso da un senso di trepidazione. Doveva pianificare molte cose, ma non aveva dubbi che i suoi amici lo avrebbero aiutato.

———

Alaska era seduta sul divano accanto a Drake e gli accarezzava i capelli. Si era addormentato contro di lei, i suoi respiri profondi le fecero capire quanto fosse stanco. Non dormiva mai bene, se n'era accorta in ospedale e l'aveva accennato un paio di volte, ma in quel momento, con la testa appoggiata sulla sua gamba, un braccio piegato intorno alle sue cosce e Mutt che russava accoccolato dietro di lui, era *profondamente* addormentato.

Era felice di essere riuscita a farlo rilassare così.

Non poteva negare di essere un po' delusa dal fatto che non fossero a letto a fare l'amore, ma stare accoccolati in quel modo era quasi altrettanto bello. In un certo senso, era quasi più intimo.

Era stata una lunga giornata. Alaska aveva la sensazione che Drake l'avrebbe negato, ma aiutare gli altri a superare quelle reazioni traumatiche lo prosciugava. Gli riportava alla mente brutti ricordi. Era una sensazione piacevole esserci per lui, permettergli di abbassare la guardia e di rilassarsi sul divano senza pensare a niente. La faceva sentire necessaria.

Per gran parte della vita era stata da sola. A nessuno era mai importato davvero cosa faceva o dove andava, ma vedere l'apprezzamento di Drake per i dolci che gli aveva preparato, perché non si era arrabbiata per il cambio di programma e per essere stata disposta a stare sul divano a guardare TV spazzatura, significava tutto per lei.

Ma era tardi, la gamba si stava intorpidendo e l'indomani sarebbe stata una lunga giornata per entrambi. Lei stava ancora aggiornando il sito web del Rifugio, e lui, dopo ciò che era successo quel giorno, avrebbe sicuramente voluto tenere d'occhio gli ospiti.

«Drake?» sussurrò.

Non si mosse, ma Mutt alzò la testa per guardarla.

Alaska sapeva che era pericoloso svegliare da un sonno profondo qualcuno con il suo passato, ma voleva portarlo a letto e non sapeva come altro fare.

Ci pensò il cane, saltando giù dal divano per poi iniziare a leccargli il viso.

Dovette sforzarsi per non ridere. Drake borbottò senza aprire gli occhi, ma quando Mutt non smise di leccarlo, gemette e alzò una mano per spingerlo via.

Il cane non desistette, leccandogli le dita, il polso e poi di nuovo il viso quando riuscì a raggiungerlo.

«Maledetto cane» borbottò. «Sono sveglio.»

Alaska stava sorridendo come una scema, ma non poteva farne a meno.

Drake sollevò lo sguardo e lei si bloccò. Non riuscì a interpretare l'emozione che vide nei suoi occhi, ma le fece contrarre la pancia per il desiderio.

«Che ore sono?» le chiese, mentre quel momento intenso svaniva.

«Mezzanotte e mezza.»

«Merda. Non volevo addormentarmi.»

«Non c'è problema. Stavo cercando di svegliarti per poter andare a letto e Mutt ha deciso di aiutarmi.»

«Bravo ragazzo» disse, allungando una mano per accarezzargli la testa. «Non gli ho insegnato io a fare così. Ha capito da solo che per me era meglio svegliarmi lentamente piuttosto che col suono improvviso di una sveglia.»

«Appunto, non sapevo come fare senza spaventarti.»

Drake si alzò a sedere e con sua sorpresa le rivolse uno sguardo malizioso. «Mi vengono in mente un sacco di modi.»

Alaska non riuscì a impedirsi di lanciare un'occhiata al suo inguine. Anche mentre guardava, il suo cazzo sembrò crescere sotto i pantaloni.

«Sì, quello è un modo» sostenne senza il minimo imbarazzo, poi si alzò. «Faccio uscire Mutt se vuoi andare a letto.»

Era tutto così facile tra loro, così familiare. Aveva pensato che vivere con un uomo sarebbe stato molto più imbarazzante, ma non si era mai sentita a disagio con lui, né di giorno né di notte. Le lasciava sempre usare il bagno per prima, le dava un sacco di tempo per cambiarsi senza doversi preoccupare che potesse entrare all'improvviso, puliva le sue cose, si prendeva costantemente cura di lei assicurandosi che mangiasse a sufficienza, che non avesse freddo e che non si annoiasse.

La faceva sentire speciale, ed era una cosa nuova per Alaska.

Quando finì di lavarsi e di prepararsi per la notte, i due erano già rientrati. Andò in camera con il cane e lui si diresse in bagno. Tornò mentre si stava infilando sotto le coperte.

Anche se le lasciava sempre il tempo di cambiarsi da sola prima di andare a letto, Drake non aveva problemi a farlo davanti a lei. Probabilmente perché non aveva niente di cui vergognarsi per quanto riguardava il suo corpo. Quella notte, Alaska non fece nemmeno finta di non guardare mentre si toglieva la maglietta.

I suoi bicipiti erano così grossi che pensava non sarebbe stata in grado di circondarli con entrambe le mani. Il tatuaggio del leone che ruggiva sul braccio sinistro si curvò mentre si muoveva, e anche dal letto riusciva a vedere le vene sugli avambracci. Non sapeva perché fossero così sexy, ma il pensiero di avere quelle mani e quelle braccia intorno a lei la fece rabbrividire.

Drake si tolse i pantaloni della tuta. Il suo culo in quei boxer era duro come una roccia e le cosce erano enormi. Era un uomo massiccio... dappertutto; era impossibile non notarlo. Quella notte si permise di soffermarsi sul davanti dei boxer mentre lui camminava intorno al letto verso il lato in cui dormiva.

«Ti piace ciò che vedi, tesoro?» le chiese, infilandosi sotto il lenzuolo.

I suoi capezzoli si inturgidirono e si bagnò tra le gambe. Invece di sentirsi imbarazzata per averlo esaminato dalla testa ai piedi, si sentì incoraggiata, e capì d'istinto che Drake non le avrebbe permesso di vergognarsi del proprio corpo. Non avrebbe pensato che le sue tette erano troppo piccole o i capezzoli troppo grandi. Non l'avrebbe fatta sentire strana se si bagnava tanto quando era molto eccitata, e aveva la sensazione che non avrebbe avuto alcun problema se lei avesse preso il controllo.

Poteva anche non essere la donna più esperta al mondo in materia di sesso, ma sapeva ciò che le piaceva... e senza dubbio le piaceva Drake.

«Sì» rispose semplicemente.

«Bene. Perché a me piace *molto* che mi guardi.» La prese per la vita e la attirò come sempre contro il suo fianco.

Lei si accoccolò, strofinando il naso sulla sua spalla mentre si sistemava.

Di solito Drake le teneva la mano sulla schiena, ma quella volta le tirò su la maglietta e la infilò sotto, appoggiandole il palmo sulla pelle all'altezza della vita e stringendola a sé.

Per dormire Alaska indossava sempre le mutandine e una maglia comoda, quindi quel giorno le gambe nude e persino la pancia sfioravano la sua pelle altrettanto nuda. Non riusciva a smettere di pensare a quanto le dita di Drake fossero vicine al suo sedere. I capezzoli le facevano davvero male premuti contro il suo busto.

«È bellissimo sentirti così. Non credo di avertelo mai detto» le sussurrò.

«Anche per me è bellissimo.» Rovinò il suo tentativo di seduzione con un enorme sbadiglio.

Lui ridacchiò e le diede una breve stretta. «È tardi. Dormi, Al.»

Avrebbe voluto protestare e dire che era troppo eccitata per dormire, ma si sentiva le palpebre pesanti e all'improvviso le fu difficile tenere gli occhi aperti.

Mentre Drake faceva scorrere le dita su e giù per il suo braccio, quello che gli aveva avvolto intorno alla pancia, sentiva il battito del suo cuore sotto la guancia.

«Grazie per stasera. Era proprio ciò di cui avevo bisogno» le disse dopo un momento.

Alaska si addormentò con la sensazione del corpo di Drake che avvolgeva ogni centimetro del suo, il russare di Mutt dietro di lei e la profonda consapevolezza di essere dov'era destino che fosse.

CAPITOLO QUATTORDICI

Alaska stava facendo un sogno *bellissimo*.

In passato ne aveva fatti spesso di simili, ma quello sembrava molto più reale. Era a letto con Drake e la stava guardando come se fosse la donna più bella del mondo... era per quello che sapeva che stava sognando. Lui scese lungo il suo corpo, le allargò piano le gambe e iniziò a leccarle il clitoride. E non sembrava lo facesse perché doveva, era come se gli piacesse davvero e non lo considerasse solo un preludio per arrivare alla "parte migliore", per così dire.

Fu solo quando Alaska strinse la presa sui suoi capelli che si rese conto che non stava affatto sognando.

Ogni muscolo del suo corpo si irrigidì mentre apriva gli occhi e alzava la testa per guardare.

Era davvero stesa sul letto con Drake. Doveva essere ancora presto, perché il sole non filtrava dalla finestra, ma c'era comunque abbastanza luce da poter vedere chiaramente lo scintillio nei suoi occhi mentre sollevava un po' la testa dalle sue gambe. Non sapeva come, ma le aveva tolto le mutandine senza svegliarla, così era completamente nuda dalla vita in giù.

«Buongiorno» le disse con voce roca, per poi tornare a quello che stava facendo un secondo prima.

Alaska non era ancora abbastanza sveglia da riuscire a formare delle frasi. Il suo corpo era sovraccarico di piacere. Nei suoi sogni, Drake sembrava sempre sapere esattamente dove toccarla per mandarla in estasi, ma la realtà era addirittura migliore.

«Drake» sussurrò, mentre lui la divorava e le accarezzava con i pollici l'interno della coscia.

«Mmmm» mormorò, e Alaska sussultò a quella vibrazione che le attraversò il corpo dal clitoride fino ai capezzoli.

Lo sentì sorridere contro di lei mentre continuava a leccare. Era una sensazione strana, ma per niente sgradevole.

«Cosa stai facendo?» riuscì ad ansimare.

Lui ridacchiò. Quando alzò la testa, sostituì la bocca con la mano e iniziò a giocherellare tra le sue pieghe bagnate. «Se non lo sai significa che non lo sto facendo bene» scherzò.

«No. Cioè, vedo e sento quello che stai facendo, ma... perché?»

«Dopo che ieri sera abbiamo parlato del modo migliore per svegliare qualcuno senza spaventarlo, non ho resistito. Stavi dormendo così profondamente che ho deciso di provare a svegliarti così. Ti piace?»

«Ehm... ovvio» rispose.

«Come pensavo. Sei *molto* bagnata» sussurrò, abbassando lo sguardo per vedere il dito scivolare nel suo corpo.

Alaska si irrigidì alle sue parole. Sapeva che non la stava prendendo in giro, ma troppe volte le era stata detta la stessa cosa in modo denigratorio.

Risollevò subito lo sguardo, avendo chiaramente percepito la sua reazione. «Che c'è? Cosa ho detto?»

«Niente, io... forse dovrei...»

Non riuscì a finire la frase. Drake si spostò in avanti e la bloccò posandole un avambraccio sulla pancia. In realtà avrebbe potuto muoversi se lo avesse voluto davvero, ma a essere sincera il suo corpo stava ancora fremendo per ciò che le stava facendo prima che lei decidesse stupidamente di fare una chiacchierata.

«Dovresti dirmi cosa ho detto di sbagliato, così posso correggere l'idea errata che ti sei fatta oppure prendermi a calci in culo per aver detto qualcosa di offensivo.»

«Io... tu... non è normale... quanto mi bagno» sbottò. «Però non posso farne a meno.»

Il sorriso che si aprì sul suo volto fu così spettacolare che Alaska non riuscì a distogliere lo sguardo. «Pensi che mi passi la voglia perché ti bagni tanto? Oh, tesoro, non è così.»

«Ma sporca, e poi le lenzuola saranno appiccicose.»

«Sì, *sporca*» concordò, ma prima che potesse rispondere, proseguì. «Ma non hai idea di quanto sia maledettamente sexy. Se dovremo cambiare le lenzuola ogni giorno per il resto della nostra vita, pazienza, non me ne frega un cazzo. Inoltre, pensi che quando verrò io non sporcherò? Sentire i tuoi umori sulle dita nel momento in cui metto la lingua tra le tue gambe è *fantastico*.» Fece scivolare di nuovo un dito dentro di lei e Alaska non poté fare a meno di sollevare i fianchi.

«E sapere che non ti farò male quando mi infilerò qui è un sollievo. Sono un uomo piuttosto grande, tesoro, e questo dimostra solo che sei stata creata per essere mia. Non vergognarti di come reagisce il tuo corpo al mio tocco Al. È bellissimo. *Tu* sei bellissima. Ora... togliti la maglietta. Voglio vedere quei capezzoli che mi hanno tormentato ogni notte.»

Alaska esitò un attimo. Stava davvero accadendo? Dopo la notte precedente aveva pensato che avrebbero aspettato almeno fino a quella sera. Forse anche qualche giorno. Ma non era contraria al fatto che Drake facesse l'amore con lei. Proprio per niente.

Si dimenò un po', tentando di sfilarsi la maglietta dalla

testa senza staccarsi da lui. Dopo averla gettata per terra, lo guardò.

«Gesù, tesoro» le disse, quasi ansimando. «Non so cosa voglio di più... continuare ad assaporarti qui o succhiare quelle bellezze.»

Alaska si guardò e vide i capezzoli ancora più sporgenti del solito; erano così inturgiditi che le facevano quasi male.

«Sono sensibili?» le chiese, portando la mano su un seno.

Nell'istante in cui le sue dita vi si chiusero intorno, sussultò contro il dito ancora sepolto dentro di lei.

«Oh, sì, sono sensibili» sussurrò Drake. «Dio, mi sento come se fosse Natale e il mio compleanno insieme.» Poi abbassò la testa ancora una volta mentre continuava a giocare con il capezzolo.

La doppia stimolazione fu quasi troppo da sopportare. Alaska si contorse sotto di lui, mentre la portava sempre più vicina a un orgasmo spaventoso con le dita e le labbra. Era passato così tanto tempo dall'ultima volta che si era sentita sensuale, che l'attenzione di Drake le faceva male... in senso positivo.

Non passò molto prima di arrivare al culmine. Gli afferrò il polso che continuava a stuzzicarle il seno e lo strinse forte, mentre con l'altra si aggrappò ai suoi capelli.

I suoi muscoli iniziarono a contrarsi e inarcò il corpo verso di lui.

Drake doveva aver capito che ci era vicina perché iniziò a scoparla più forte con due dita e a succhiarle con foga il clitoride.

«Drake!» gridò, mentre cedeva all'orgasmo.

Il mondo si oscurò per un momento mentre veniva travolta dal piacere. Quando tornò in sé e capì dove si trovava, stava ancora tremando. Di solito, dopo essere venuta era soddisfatta. A posto. Ma in quel momento, si sentiva come un cavo sotto tensione.

Costringendosi ad allentare la presa ferrea che aveva sui capelli di Drake, fece il possibile per ricordarsi di respirare.

Lo osservò girarsi su un fianco, e per un secondo non riuscì a capire cosa stesse facendo. Quando i suoi boxer volarono in aria atterrando di lato al letto, inspirò profondamente.

Non riusciva a distogliere gli occhi dal suo cazzo mentre lui scivolava in avanti, allargandole le gambe. *Era* grande. Spesso e lungo.

Un intenso desiderio si impadronì di lei. Le piaceva il sesso, ma non era stata con molti uomini, e di certo con nessuno della sua stazza.

«Se continui a guardarmi in quel modo finirà presto» la avvertì.

Alaska fece scorrere lo sguardo sul suo ventre piatto, sui capezzoli duri, fino ad arrivare al viso. Aveva i capelli scompigliati, probabilmente per colpa sua. Mentre continuava a studiarlo, lui si leccò le labbra e le disse: «Meravigliosamente deliziosa.»

Si allungò per aprire un cassetto sul comodino e quando si raddrizzò, mettendosi in ginocchio, teneva in mano un preservativo. Aprì l'involucro con i denti e lo rotolò lungo la sua erezione. Poi riportò lo sguardo tra le sue gambe.

Alaska apprezzò la sua disponibilità a proteggerli entrambi senza fare storie. Per quanto volesse sentirlo dentro di sé senza barriere, quello non era il momento per parlarne.

Sollevò il sedere dal materasso quasi in modo automatico, ma non prima di sentire quanto fosse bagnato il lenzuolo sotto di lei. Per un momento provò un senso d'imbarazzo, ma poi il cazzo di Drake le sfiorò le pieghe e non riuscì a pensare ad altro che ad averlo dentro di sé.

«Sì...» mormorò.

«Sei sicura? Una volta che sarai mia, non ti lascerò più andare» la avvertì.

Alaska avrebbe voluto sbuffare. Certo, come se per lei quello potesse essere un deterrente.

«Ne sono sicura» sussurrò.

———

Brick era a un attimo dall'orgasmo. Si afferrò il cazzo alla base e lo strinse forte. Vedere Alaska distesa sotto di lui, sentire l'odore della sua eccitazione sulla barba, vedere quanto fosse bagnata... niente lo aveva mai eccitato così tanto. Desiderava quella donna più di quanto ricordasse di aver desiderato qualsiasi altra cosa.

Era sensuale e bellissima da fargli quasi male fisicamente. Quando era venuta, i suoi umori gli avevano ricoperto la mano. Aveva sentito che alcune donne riuscivano a farlo, ma non l'aveva mai sperimentato. Fino a quel momento. Era incredibile che fosse imbarazzata per qualcosa di così tremendamente erotico.

Anche adesso, aveva ancora le cosce lucide e, se possibile, diventò ancora più duro.

La osservò, e sembrava davvero piccola in confronto a lui. Per un momento gli venne il dubbio che non sarebbe stato in grado di entrarci. Quando l'aveva scopata con le dita, gliele aveva strette così forte che Brick era quasi venuto solo immaginando come sarebbe stato sentirla attorno all'uccello, ma ora era preoccupato. Non voleva farle del male.

«Drake?» gli chiese turbata. «C'è qualcosa non va?»

«No» rispose subito. «Sei magnifica... sto memorizzando questo momento.»

Gli sorrise, poi gli scostò la mano dal cazzo. Con suo grande stupore, sollevò i fianchi e infilò la punta tra le pieghe della fica. «Ti prego» sussurrò. «Mi sento vuota.»

Brick sentì fuoriuscire una goccia di liquido preseminale e

si mosse senza rendersene conto; si seppellì fino in fondo con una forte spinta.

Il piacere che provò alla sensazione di essere dentro di lei gli fece formicolare le dita e sollevare le palle in preparazione a un orgasmo strabiliante. Trattenne il respiro e pregò di riuscire a controllarsi. L'ultima cosa che voleva era che finisse tutto prima ancora di iniziare.

«Drake!» esclamò Alaska. «Sei... oh Dio...»

Poi serrò i muscoli e Brick perse il controllo. Appoggiò le mani sul materasso e tirò indietro i fianchi, prima di spingersi in avanti. In tutta la vita, non era mai stato così felice che una donna potesse bagnarsi così tanto. Lo stava prendendo come se fosse stata creata per il suo cazzo e, per quanto lo riguardava, era così.

«Non. Posso. Fermarmi» grugnì, mentre continuava a muoversi con forza dentro e fuori il suo corpo.

Alaska non rimase docilmente ferma sotto di lui, ma sollevava i fianchi per incontrare tutte le sue spinte. Il rumore della loro pelle che sbatteva risuonava nella tranquilla mattinata, eccitandolo ancora di più.

Aveva incontrato di rado una donna che riuscisse a prendere tutto ciò che aveva da darle, e lei non solo ci riusciva, ma lo esigeva. Alaska era tutto ciò che un uomo desiderava nella sua donna. Posata ed educata esteriormente, e scatenata a letto.

Quando fece scivolare una mano sul suo petto e iniziò a giocherellare con il capezzolo, tirandolo e pizzicandolo, Brick perse completamente il controllo.

«Dio, così. Più forte, Al. Cazzo sì! Sei maledettamente sexy. Stai per venire sul mio uccello? Mi inonderai con i tuoi umori? Voglio sentirti sulle palle. Sì... proprio così. Vuoi di più?»

Brick non aveva idea da dove arrivassero quelle frasi sconce, sapeva solo che a ogni parola che gli usciva dalla bocca, Alaska si stringeva di più intorno a lui. Il suo cazzo sembrava chiuso in una morsa. Una morsa stretta, calda e bagnata che sembrava stesse facendo tutto il possibile per stritolarlo a morte. Le palle gli facevano male... in modo piacevole. Sarebbe venuto più intensamente di quanto gli fosse mai successo. Tutto grazie alla donna sensazionale che si contorceva sotto di lui.

L'aveva amata quando pensava che fosse dolce e innocente, ma assistere alla passione che nascondeva dentro, gliela fece amare ancora di più.

Sostenendosi su una mano, Brick si spinse un'ultima volta dentro il suo corpo, poi si tirò fuori, si strappò via il preservativo senza nemmeno percepire il fastidio sulla pelle sensibile per averlo tolto così bruscamente, e si strofinò con forza il cazzo finché non esplose.

Non sapeva spiegare perché avesse bisogno di vederla ricoperta del suo seme. Fu una reazione viscerale, e quando accadde, fu travolto dal piacere alla vista del suo sperma sulla pancia di Alaska, sulle sue tette e persino sul collo.

Ma non era soddisfatto. Non lo sarebbe stato fino a quando non fosse venuta di nuovo. Portò la mano sul suo clitoride e lo accarezzò con forza. Lei gemette e cercò di allontanarsi, ma Brick non glielo permise. Si sentiva un cavernicolo e voleva vederla venire di nuovo.

«Lasciati andare» le ordinò. «Fammi sentire che vieni su di me.» Non rallentò, e quando la sentì ricominciare a tremare sotto di lui, un sorriso di soddisfazione gli curvò le labbra.

«Ecco così, Al. Fallo. Vieni su di me.»

Lei sussultò, e fu ricompensato da un fiotto di umori che gli colarono sulle dita e scivolarono fino al suo palmo Non era stato copioso quanto quello di prima, ma pensava altrettanto soddisfacente. Solo il pensiero di provocarle presto un altro orgasmo stimolando il punto G per vedere quanto lo avrebbe bagnato, era erotico da morire.

Brick si calò sopra di lei, non dandole la possibilità di essere imbarazzata o di fuggire. Percepì lo sperma imbrattargli il petto, ma non gli diede fastidio. Nemmeno un po'. Niente di ciò che avevano fatto lo imbarazzava. Al contrario, quell'amplesso lo aveva solo rassicurato sul fatto che stava prendendo la decisione giusta. Che Alaska era perfetta per lui.

Studiò il suo viso mentre lei si riprendeva dall'orgasmo e il suo cuore rallentava, e finalmente allentò la presa delle unghie che aveva conficcato nei suoi bicipiti. Era pronto a rassicurarla, a lenire il disagio che avrebbe potuto provare, a convincerla che ciò che avevano condiviso non era solo perfettamente normale, ma anche il miglior sesso che avesse mai fatto in vita sua.

Invece, quando aprì gli occhi, Brick non vide altro che una profonda soddisfazione.

«Stai bene?»

«Se intendi se sono sfiancata dal piacere e voglio farlo di nuovo il prima possibile, allora sì.»

Le sorrise. «Sì, anch'io.»

«Ehm... lo sai che quando hai il preservativo significa che puoi venire mentre sei dentro, giusto?» disse, per prenderlo in giro.

Cazzo, amava quella donna.

A quel pensiero ne seguì un altro. Sapeva senza dubbio che se fosse stata consegnata al tizio da cui la stava mandando il russo, sarebbe irrevocabilmente cambiata. La sua naturale sessualità sarebbe stata repressa e ridotta in mille pezzi. Pensare che quella donna, così sensuale e bella e a cui piaceva così tanto fare sesso, potesse subire qualcosa di così orribile, era ripugnante.

Respinse con brutalità quei pensieri. L'aveva ritrovata, era al sicuro e lontana da quello stronzo, e lui avrebbe fatto tutto ciò che era in suo potere per tenerla esattamente com'era in quel momento. Contenta, soddisfatta e a proprio agio con la sua sessualità.

«Lo so» rispose dopo un po'. «Ma non ho saputo resistere all'idea di vederti ricoperta dal mio seme.»

Lei arrossì e arricciò il naso. «Ehm... avevi ragione, il sesso sporca.»

Brick rise, poi tornò serio. «Non ho mai... è stato... dannazione, donna. Sei incredibile.»

Gli fece un piccolo sorriso. «Nemmeno tu sei così male. Non ti dà fastidio che io, sai... mi bagni così tanto?»

«Ho fatto qualcosa che ti facesse pensare che mi dava fastidio?» chiese.

Scosse la testa.

«Devo dire che in realtà sono sollevato perché non ti ho dato il tempo di abituarti a me. Se non fossi stata così bagnata, avrei potuto farti male. Sei stata creata per me, Al. Mi ci sono voluti venti cazzo di anni di troppo per capirlo, ma ora che lo so, sono tuo.»

Il suo sorriso gli fece contrarre di nuovo l'uccello. «Credevo che di solito agli uomini piacesse dire il contrario. Che è la donna a essere loro.»

«Non sono come la maggior parte degli uomini» sostenne con un'alzata di spalle. «Inoltre, mi piace di più il pensiero di appartenerti. Le donne si prendono più cura delle loro cose, e sono decisamente disposto a farmi sfoggiare da te. Sono orgoglioso di essere tuo, Al.»

Per un secondo, Brick pensò di aver fatto una cazzata, di aver detto qualcosa di sbagliato, ma poi Alaska fece un respiro profondo e annuì.

«Là fuori» disse, indicando con la testa la finestra, «puoi essere chi vuoi. Timida, riservata, sottomessa, una segretaria professionale, un'intransigente addetta al servizio clienti... non mi interessa. Ma qui, nel nostro letto, voglio che tu sia esattamente quello che sei appena stata: una donna che sa cosa le piace e lo ricerca. Sii disinibita. Dimmi cosa ti piace e cosa vuoi. Prendi il controllo, se necessario. Entrambe le parti mi eccitano, Al. Rispetto e amo ogni singolo aspetto di ciò che sei.»

«Io, ah... mi piace il sesso» ammise sommessamente.

«Credo di averlo capito, tesoro.»

«Ma con te... lo adoro.»

«Bene. Perché ho la sensazione che ne faremo molto. Dai, dobbiamo fare una doccia prima che uno dei ragazzi venga a vedere che fine abbiamo fatto.» Brick si alzò in ginocchio e non poté fare a meno di fissarla. Era così bella che gli era difficile credere di essere davvero lì con lei in quel modo, con il suo splendido seno ancora sporco del suo orgasmo e i capezzoli ancora inturgiditi. Lo sperma che le aveva imbrattato il corpo, conferiva alla sua pelle un aspetto lucido decisamente peccaminoso.

«Sei sicuro di voler fare la doccia?» gli chiese, guardando il suo cazzo che si stava indurendo.

«Dannazione. Non lo fa da anni. Di diventare duro così in fretta dopo un orgasmo, intendo.»

Quando lei allungò una mano, Brick si allontanò subito. «Non si può» la rimproverò. «Dobbiamo davvero andare. Sono sicuro che Tiny o Spike o qualcun altro busserà presto alla porta se non ci sbrighiamo.»

Alaska fece il broncio, e lui non riuscì a fare a meno di gettarsi di nuovo sopra di lei.

«Donna, abbi pietà» borbottò, prima di scendere dal letto e tenderle una mano. Alaska la prese e si lasciò aiutare ad alzarsi in piedi.

Alla fine, la doccia non fu veloce come Brick aveva programmato, perché non appena entrati e chiusa la tenda lei si inginocchiò prendendo in mano il suo cazzo. L'entusiasmo con cui gli fece un pompino superò di gran lunga la sua tecnica; non ne aveva mai ricevuto uno migliore.

Lui ricambiò afferrandola per la vita e attirandola con la schiena contro il suo petto, per poi usare la mano per farla venire ancora una volta, amando il modo in cui si contorse e dimenò tra le sue braccia, aggrappandosi a lui quando alla fine esplose di piacere.

Una volta raggiunto finalmente il lodge, doveva essere stato ovvio che la loro relazione era progredita. Tutti i suoi amici, tranne Tonka che era ancora giù nella stalla con gli animali, gli diedero una pacca sulla schiena facendogli sorrisi enormi e compiaciuti.

Ma la cosa migliore fu che Alaska non sembrò affatto imbarazzata. Alzò semplicemente gli occhi al cielo e disse: «Uomini.» Poi si posizionò dietro il bancone nella grande hall per iniziare la giornata.

CAPITOLO QUINDICI

ALASKA NON ERA MAI STATA felice come in quel momento. Era strano che ci fosse voluto un evento così orribile per far avverare il sogno di tutta una vita. Se non fosse stato per il rapimento avvenuto a migliaia di chilometri da lì, starebbe ancora facendo un lavoro amministrativo in Europa, pensando con nostalgia al ragazzo che non sarebbe mai stato suo.

Ma eccola lì, proprio con quel ragazzo, ora uomo, e amava ogni minuto della sua nuova realtà.

Fin dalla prima volta che avevano fatto sesso una settimana prima, durante il giorno si occupava degli ospiti e di notte faceva l'amore con Drake in ogni posizione possibile. Dopo che gli aveva detto di avere la spirale non avevano più usato il preservativo, e la prima volta che le era venuto dentro, non erano riusciti a trattenere un gemito per l'intensa emozione del momento, poi avevano sorriso come dei perfetti idioti.

Amava poter essere se stessa con lui, non pensava che i suoi desideri fossero strani. In realtà la incoraggiava a dirgli tutte le cose che voleva fare; le avevano fatte tutte, e anche altre. Se Alaska pensava di bagnarsi molto con un orgasmo normale, non era niente in confronto a quando Drake la faceva venire stimolando il punto G. La prima volta era rimasta inorridita pensando di aver fatto pipì, ma lui l'aveva rassicurata, cancellando la sua preoccupazione scopandola.

Il povero Mutt aveva cominciato a dormire sul divano nell'altra stanza. Le dispiaceva, ma quando lo accennava, Drake le faceva dimenticare in fretta il cane procurandole un orgasmo solo succhiandole i capezzoli.

Sì, poteva dire con certezza che erano assolutamente compatibili a letto. Ma era più di quello. Anche nelle altre cose sembrava si capissero molto bene. Un pomeriggio, quando Drake era stato lunatico e rispondeva male a tutti, Alaska lo aveva incoraggiato a prendere Mutt e fare una lunga camminata, da solo.

Quando era tornato, era più calmo e aveva ammesso che quel malumore era dipeso dal fatto di aver ricevuto una mail dall'ex moglie di Mad Dog in cui lo informava di essere di nuovo incinta. L'aveva ringraziata per essere stata comprensiva e lei lo aveva tenuto un po' più stretto mentre si addormentavano.

I ragazzi avevano trascorso gli ultimi tre giorni a prepararsi per la visita dell'investitore dalla Cina e si comportavano tutti in modo strano. Almeno *presumeva* fosse quello il motivo per cui non sembravano loro stessi. Drake prendeva costantemente da parte qualcuno di loro per parlare in privato. Non che si sentisse esclusa, non aveva bisogno di sapere ogni piccola cosa che diceva ai suoi amici e co-proprietari del Rifugio, ma era comunque strano.

Erano le tre del pomeriggio e aveva appena finito di fare il check-in dei nuovi ospiti e risposto a tutti i messaggi ricevuti quel giorno, quando Drake apparve al suo fianco.

«Ehi, tesoro. Va tutto bene?» le chiese.

«Certo. I nuovi ospiti sono stati informati su tutto e sono

a conoscenza della cena di stasera, ho inserito venti nuove prenotazioni e abbiamo ricevuto tremila dollari in donazioni da ieri. Va tutto alla grande.»

«Bene.» Si chinò e la baciò, ma sembrava distratto. «Puoi venire nella stanza della terapia con me per un secondo?»

Alaska si accigliò. Non aveva idea di che problema ci fosse, ma se voleva parlarle lì dentro doveva essere qualcosa di grosso. Annuì e si alzò con le gambe un po' tremanti.

Era finita? Stava pensando di lasciarla? Lui e i suoi amici avevano assunto un nuovo addetto alla reception? Era passata solo una settimana da quando si erano messi insieme veramente. Era già stanco di lei? Aveva fatto qualcosa di sbagliato?

Le passarono per la testa tutte le ipotesi peggiori. Odiava essere così insicura, ma non era mai stata così felice come nell'ultima settimana, e non voleva che qualcosa lo rovinasse.

Era ancora persa nella sua testa, cercando di capire dove sarebbe potuta andare e cosa avrebbe fatto se le avesse chiesto di andarsene, quando Drake raggiunse la porta della stanza che usavano per le riunioni e le sedute di terapia e la tenne aperta per farla passare.

Alaska si fermò di colpo.

Erano tutti lì. I ragazzi – incluso Tonka – Robert, Henley, alcune delle donne che pulivano gli chalet. C'erano anche diversi ospiti. Il tavolo era stato spinto contro una parete e c'erano palloncini marroni e bianchi dappertutto. Qualcuno aveva persino attaccato festoni di stelle filanti da un lato all'altro della stanza.

«Cosa diavolo succede?» mormorò, proprio un secondo prima che Tiny facesse il conto alla rovescia partendo dal tre, e quando arrivò a uno tutti urlarono: «Congratulazioni per la laurea, Alaska!»

Rimase senza parole: marrone e bianco erano i colori del Community College che aveva frequentato dopo il liceo.

«All'epoca non hai avuto una festa, quindi ho pensato di organizzarne una ora» le disse Drake all'orecchio.

Sentì le sue mani sulla vita, ma tutto ciò che riuscì a fare fu fissare il tavolo contro il muro. C'era una ciotola di punch e un'enorme torta a forma di diploma. Si avvicinò stordita, fino a quando poté vedere il suo nome sulla parte superiore, scritto con la glassa in perfette lettere in corsivo. Robert aveva superato se stesso, perché la torta era uguale al diploma che aveva ricevuto... e che aveva perso durante uno dei suoi trasferimenti.

Drake le passò accanto e prese qualcosa dal tavolo. Glielo portò e aprì la cartellina imbottita, mostrandole cosa c'era dentro.

«È... oh mio Dio, Drake. Questo è il mio diploma!» esclamò.

«Sì. Quando mi hai detto che lo avevi perso, ho chiamato mia madre e lei è andata all'ufficio competente a richiederne una copia.»

Alaska non aveva la lacrima facile, ma scoppiò a piangere.

La prese subito tra le braccia. Poteva sentire i mormorii delle persone che si chiedevano se stesse bene, ma sembrava non riuscire a riprendersi abbastanza da rassicurarli.

«Io... nessuno è... questo è...»

Drake ridacchiò contro di lei. «Va tutto bene. Capisco.»

Fece un respiro profondo e lo guardò. «Non credo. È da molto tempo che non ho *qualcuno* a cui importi di me in questo modo... forse non l'ho avuto mai.»

«Adesso sì. Ora che ne dici di asciugarti le lacrime e sorridere prima che i miei amici mi picchino a sangue perché pensano che ti abbia davvero sconvolta.»

Sapeva che la stava prendendo in giro, ma si asciugò subito il viso e fece un respiro profondo. Si sporse e lo baciò. «Grazie. Non hai idea di cosa significhi per me.»

Le sorrise. «Adoro renderti felice» ribatté, poi la girò verso i loro amici. «Sta bene» li informò.

«Grande. Possiamo mangiare adesso?» chiese Pipe. «Quella torta mi chiama da ore!»

Alaska rise. «Buttati.»

«Abbiamo anche dei regali per te» la informò Spike, indicando la pila di pacchetti sotto il tavolo che lei non aveva notato.

«Ragazzi, non era necessario» protestò.

«Come non era necessario che intervenissi per aiutarci quando abbiamo avuto bisogno di te» le disse Tonka, con una leggera scrollata di spalle.

«Esatto!» concordò Stone.

Un'ora dopo le facevano male le guance per quanto aveva sorriso. Le avevano fatto un sacco di regali. Alcuni erano stupidaggini, altri utili, ma quello che significava di più per lei era stato quello di Henley. Aveva scattato una foto di lei e Drake, presa da dietro. Erano all'esterno e Alaska era accoccolata contro il suo fianco con un braccio intorno alla sua vita e lo fissava con amore, mentre lui era chinato e le stava baciando la fronte. Con gli alberi sullo sfondo e nessun edificio nell'inquadratura, sembrava che fossero le uniche persone sulla terra.

Era la perfezione. Non riusciva a ricordare di cosa stessero parlando quando era stata scattata, ma non importava. Ne avrebbe fatto tesoro per sempre.

Quando alla fine tutti se ne andarono a occuparsi delle loro cose, dopo essersi concessi una fetta di torta e un bicchiere di punch, Alaska era sopraffatta dall'emozione.

«Penso che sia andata bene» disse Drake soddisfatto.

«Bene? È stato incredibile!»

La attirò contrò di sé, facendole fare uno sbuffo quando gli colpì il petto. «*Tu* sei incredibile.» E la baciò.

Alaska incontrò con entusiasmo le sue labbra e fece del

suo meglio per dimostrargli, senza usare le parole, quanto apprezzasse tutto ciò che aveva fatto per lei.

«Dannazione, donna» mormorò dopo un momento. «Per quanto mi piacerebbe continuare, devo occuparmi delle ultime cose per l'arrivo di domani del signor Choo.»

Gli sorrise. «E io devo ripulire qui.»

«Ti do una mano.»

«No, hai già fatto anche troppo.»

«Ma ti ci vorranno diversi viaggi per riportare tutto nel nostro chalet.»

Alla parola "nostro" si sentì percorrere dai brividi. «È una bella giornata» replicò con un'alzata di spalle. «Penso di non aver problemi a farlo.»

«Sei sicura?»

«Certo. Non sono un'incapace, Drake. Non avevo nemmeno una macchina in Europa. Ogni volta che andavo a fare la spesa, dovevo portare tutto a casa da sola.»

La fissò a lungo.

«Che c'è?» gli chiese.

«Questo posto non è molto eccitante rispetto a ciò a cui sei abituata. Siamo nel mezzo del nulla. La nostra idea di eccitazione è fissare la luna piena. Il Rifugio non ha una licenza per gli alcolici e comunque non li permettiamo, così non possiamo nemmeno festeggiare con un bicchiere di champagne momenti come questo» disse, accigliandosi.

Alaska gli mise una mano sulla guancia. «Non ho bisogno di musei, festival, alcolici o della vita di città per essere felice. Ho viaggiato molto, ho visto posti meravigliosi, ma in nessuno di loro mi sono sentita a casa. Sono stata più contenta qui, nel cosiddetto "mezzo del nulla", che in qualsiasi posto in cui ho vissuto negli ultimi vent'anni. Perché... qui ci sei *tu*.»

Non appena le ultime parole lasciarono le sue labbra, fu pervasa dall'agitazione. Era troppo presto per dire cose del genere. Sì, lei e Drake erano molto compatibili sessualmente, ma non avevano parlato di niente di duraturo. Era impossibile che sarebbe stato soddisfatto di stare con lei per sempre. Non era particolare. Non era eccitante. Non era sofisticata. Preferiva sedersi sul terrazzo e fissare le stelle piuttosto che andare in città. Se avesse dovuto scegliere, avrebbe optato per preparare la cena a casa piuttosto che stare al lodge con gli ospiti. Non che non se la cavasse con i convenevoli, solo che le piaceva non doversi preoccupare di ciò che gli altri pensavano di lei o di dire la cosa sbagliata.

«No» le disse Drake.

Alaska lo guardò confusa. «No, cosa?»

«Non puoi rimangiartelo. Vedo che vorresti non avermelo detto, ma tesoro, devi sapere che provo la stessa cosa. Ho sempre amato il Rifugio. La prima volta che mi sono accampato in questa proprietà, sapevo che qui era dove volevo vivere. È abbastanza lontano dal mondo da non dovermi preoccupare di dire o fare la cosa sbagliata, di vedere o sentire qualcosa che potrebbe scatenare una reazione. Gli altri ragazzi la pensano allo stesso modo. Mi sono sempre sentito in pace qui, ma da quando sei arrivata tu lo sento più giusto che mai.»

Alaska strinse le labbra e chiuse gli occhi. Per tutta la vita aveva avuto la sensazione di vivere ai margini, di guardare tutti gli altri ottenere ciò che volevano... tipo qualcuno da amare e che li amava in cambio, e per la prima volta sentì che forse aveva finalmente trovato ciò che cercava da sempre.

«Dopo che il signor Choo se ne sarà andato, ci metteremo seduti e parleremo a lungo.»

Si irrigidì, il suo cervello andò automaticamente in tilt per paura che magari avrebbe voluto dirle che le cose si stavano muovendo troppo velocemente.

Scosse la testa. No. Niente di ciò che aveva detto indicava che potesse succedere; in realtà era il contrario. Doveva smettere di pensare al peggio quando si trattava di capire le intenzioni di Drake.

«Per tranquillizzarti» continuò, come se potesse leggerle nel pensiero, «non voglio che te ne vada. Voglio che tu rimanga *qui*. Con me. Al Rifugio. Sei la miglior assistente amministrativa che abbiamo mai avuto, ma non è per questo che voglio che resti.»

Alaska deglutì a fatica. Il suo sguardo era colmo di amore. La stava guardando nel modo in cui aveva sempre sognato.

«Mi ci sono voluti vent'anni di troppo per *vederti*, Al, e non posso lasciarti andare adesso. Ho imparato a mie spese cosa significa avere dei rimpianti. Cosa significa perdere coloro che ami... non posso e non voglio che succeda di nuovo.»

«Non mi perderai.»

«Farò tutto ciò che è in mio potere per assicurarmene. Pensi che un giorno potresti riuscire a ricambiare il mio amore? Non sono perfetto e spesso mi perdo nella mia testa pensando al passato, ma sto migliorando. Lo giuro. Non ho molto da offrire, ma tutto quello che possiedo lo condividerò volentieri con te. "Rifugio" significa essere al sicuro e al riparo da insidie, pericoli o problemi, ed è esattamente ciò che questo posto è stato per me all'inizio... un luogo dove nascondermi dal mondo, rintanarmi, leccarmi le ferite e capire come andare avanti con la mia vita. Ma ora lo vedo come qualcosa di più. Non è solo il mio posto sicuro, con te al mio fianco è anche un nuovo inizio.»

«Drake» sussurrò.

«So che non è giusto che te lo stia dicendo» continuò. «Sto approfittando di ciò che ti è successo, del tuo stato vulnerabile, ma a essere sincero non mi interessa. Sono tuo, Alaska. Non ho mai provato queste cose per *nessuna* prima.»

Il viso di Alaska era rigato di lacrime. Le era difficile credere che stesse davvero accadendo. Aveva sognato milioni di volte di sentire un uomo dirle quelle cose, ma che lo stesse facendo *Drake*... forse doveva darsi un pizzicotto per vedere se era sveglia.

«Drake» ripeté, ma lui continuò a parlare, come se avesse paura di quello che avrebbe potuto dirgli.

«Posso andarci più piano o farmi da parte. Non voglio spaventarti. So che è successo tutto in fretta, ma mi sono sempre buttato con entusiasmo su qualcosa che desidero. E desidero *te*. Da morire. Mi sento un idiota perché mi ci è voluto così tanto tempo per capirlo, ma sospetto anche che se ci fossimo messi insieme prima non avrebbe funzionato. Ero troppo assorbito dalla mia carriera, tu eri in Europa e io negli Stati Uniti, ma...»

Alaska gli afferrò la nuca e lo tirò verso di lei. Lo fece tacere baciandolo, poi si ritrasse. Aveva la sensazione di avere il viso e gli occhi arrossati per quanto aveva pianto quel pomeriggio, ma lui la guardò come se fosse una cosa preziosa.

Non si era mai sentita bella in vita sua, ma in quel momento, ascoltandolo dire quelle cose incredibili e mentre la guardava con gli occhi colmi d'amore, come avrebbe potuto non credergli?

«Non credo che riuscirò ad amarti *un giorno*» iniziò Alaska. Drake serrò le labbra e ogni muscolo del suo corpo si irrigidì, ma lei proseguì prima che potesse allontanarsi. «Perché ti amo da quando avevo quattordici anni.»

Era spaventoso ammetterlo, svelare il suo più grande segreto, ma quando lui fece un respiro profondo, chiuse gli occhi e le avvolse più forte le braccia intorno, Alaska strinse a sua volta la presa sulla sua nuca.

Brick riaprì gli occhi e sussurrò: «Mi ami?»

«Sì» ammise senza esitazione.

«Non sono sicuro di meritarlo, ma farò tutto il possibile per non fartene pentire mai.»

«Non me ne sono pentita negli ultimi venticinque anni, non ho intenzione di iniziare ora.»

«Ehi, la facciamo questa riunione o cosa?» gridò Pipe, infilando la testa nella stanza.

«Rilassati! Sto avendo un momento importante con la mia donna.»

«Vuoi che metta il cartello "Non disturbare" sulla porta, in modo che possiate stare in pace?» scherzò, il tono divertito rese più marcato il suo accento.

Alaska ridacchiò, anche se Drake emise un sospiro drammatico.

«No, arrivo subito» rispose.

Quando furono di nuovo soli, la fissò a lungo.

«Che c'è?» gli chiese un po' nervosa.

«Sto solo memorizzando questo momento. Ho quarant'anni, pensavo fosse troppo tardi per trovare la mia metà, ma sei sempre stata lì.»

«Già» replicò Alaska con un piccolo cenno del capo, perché cos'altro poteva dire? *Era* sempre stata lì. Non vicino quanto avrebbe voluto, ma comunque lì.

«Dopo la riunione, che speriamo non richieda troppo tempo, ti va di fare una passeggiata fino a uno dei miei posti preferiti del Rifugio?»

«Sì.» Era una domanda semplice a cui rispondere. Lo avrebbe seguito ovunque.

«Sempre dolcissima» mormorò, prima di abbassare la testa. Passarono diversi minuti ma alla fine riuscirono a staccarsi.

«Posso chiedere a Robert di aiutarti con i regali, se vuoi» le disse.

«No, non disturbarlo. Ci penso io.»

«Sei sicura?»

«Sì.»

«Bene. Andrò a questo incontro, poi tornerò a casa. Se ti

va potresti preparare dei panini per cena. Il percorso per arrivare a ciò che voglio mostrarti è di circa cinque chilometri. È un problema?»

«No, purché ne valga la pena» scherzò. Quello era un altro particolare, non si era mai sentita abbastanza a suo agio o sexy da stuzzicare un uomo come faceva con lui.

Le fece un sorrisetto compiaciuto. «Oh, farò in modo che ne valga la pena, Al. Ci puoi contare.»

I suoi capezzoli si inturgidirono sotto la maglietta.

«E ora devo proprio andare o i ragazzi mi daranno il tormento.»

Alaska si morse il labbro. «Mi dispiace.»

«A me no.» Annullò la breve distanza tra loro e le diede un altro bacio rapido e deciso. «Non ne ho mai abbastanza» disse, indietreggiando. Le rivolse un ultimo sorriso, poi si diresse verso la porta.

Alaska lo guardò uscire con un sorriso uguale al suo.

Era difficile credere a tutto ciò che era appena successo. Drake Vandine l'amava, e finalmente anche lei aveva ammesso di ricambiare quel sentimento.

Si abbracciò da sola per un momento, poi si voltò a guardare ciò che era restato della sua festa di laurea. Era una cosa sciocca, aveva dimenticato da tempo il giorno in cui aveva dovuto saltare la cerimonia, ma Drake l'amava abbastanza da averla voluta celebrare vent'anni dopo. Inoltre, i suoi nuovi amici non erano obbligati a farle dei regali, ma l'avevano fatto lo stesso, e tutto ciò le fece provare un senso di calore.

Era anormale che fosse contenta per quello che le era successo? Che fosse grata di essere stata rapita? Cavoli, era una cosa orribile da pensare. Ma se non fosse stata rapita, non avrebbe mai chiamato Drake e ora non sarebbe lì con lui.

Ripensò a quando le aveva parlato delle procedure di lockdown e della possibilità che qualcuno di pericoloso seguisse un ospite al Rifugio. Un evento violento avrebbe potuto sicuramente essere un fattore scatenante per alcuni ospiti. Così gli aveva chiesto perché, se ognuno di loro stava lottando per controllare la propria forma di disturbo post-traumatico da stress, nessuno sembrava eccessivamente preoccupato di un possibile pericolo e, anzi, apparivano tutti desiderosi di aiutare se fosse successo qualcosa.

Drake le aveva spiegato che anche se gli ex militari, uomini e donne, e quelli che davano i primi soccorsi, avevano visto e sperimentato cose terribili, la possibilità di occuparsi di altre persone li faceva sentire utili. Aveva anche ammesso che se in passato fosse stato consapevole di ciò che sapeva adesso, avrebbe comunque scelto di diventare un SEAL e che non c'era niente di simile al cameratismo che si creava lavorando con qualcuno che ti copriva le spalle a prescindere.

Inoltre, aiutare gli altri era come una droga. Rendeva *tutto* degno di essere vissuto.

Quindi, nonostante sarebbe stato orribile se fosse successo un evento violento al Rifugio, Drake e tutti i suoi comproprietari, e persino gli ospiti, non avrebbero avuto problemi a farsi avanti e a fare ciò che dovevano per proteggersi a vicenda... anche a discapito della loro salute mentale.

Ora aveva senso per lei. Avrebbe voluto essere rapita di nuovo? No. Accidenti, no. *Ma*, se fosse stato l'unico modo per poter stare con Drake, la sua risposta sarebbe sicuramente cambiata. Se ciò avesse significato che lui non sarebbe stato in pericolo, che avrebbe salvato un'altra donna dalla stessa sorte, allora sì, avrebbe rifatto tutto.

Fece un profondo respiro e costrinse la sua mente ad allontanare quel pensiero cupo. Non l'avrebbero rapita di nuovo. Quel bastardo russo non avrebbe più potuto prendere altre donne perché era morto.

Era al sicuro lì al Rifugio. E Drake l'amava.

Con quell'incredibile pensiero in testa, si mise al lavoro per impilare i regali e portarli a casa.

CAPITOLO SEDICI

Mentre camminavano, Brick non poté fare a meno di osservare Alaska. L'incontro con i ragazzi era andato come previsto. Non avevano ricevuto aggiornamenti da Elizabeth riguardo al signor Choo. Aveva cercato delle tracce nel dark web senza fortuna, fino a quel momento. In realtà era una cosa positiva, ma lei era molto simile a Tex, era testarda e contraria a smettere solo perché la prima volta che aveva guardato non era riuscita a trovare niente di losco sul potenziale investitore.

Da quello che aveva capito Brick, anche quel genio informatico aveva attraversato un inferno. Ora era sposata e sembrava vivere felice a San Antonio con il marito, un vigile del fuoco, ma essere felici non cancellava i brutti ricordi. Aiutava a smorzarli, non li eliminava del tutto, come ben sapeva.

Elizabeth non aveva chiesto alcun compenso in cambio del suo aiuto. Aveva affermato che le piaceva scovare gente di dubbia reputazione, in particolare fermare i bastardi che facevano del male agli altri. Così Brick le aveva detto che avrebbe potuto andare al Rifugio ogni volta che ci fosse stato un posto disponibile, gratis ovviamente. Lei aveva accettato subito l'offerta, dicendo di aver sentito cose incredibili su quel posto e che non si sarebbe lasciata sfuggire l'opportunità di sperimentarlo di persona.

Il signor Choo sarebbe arrivato l'indomani dopo colazione. Avrebbe trascorso la mattinata visitando la proprietà, gli chalet ed esplorando alcuni dei sentieri. Poi avrebbero pranzato, discusso ulteriormente sul suo ipotetico coinvolgimento e sui possibili miglioramenti, e se ne sarebbe andato nel tardo pomeriggio. Si erano tenuti liberi anche il giorno successivo nel caso avesse voluto tornare o se ci fosse stato bisogno di discutere di qualcos'altro.

Anche se erano praticamente tutti d'accordo sul fatto di non essere davvero interessati all'investimento, volevano comunque incontrarlo per assicurarsi che la loro decisione fosse quella giusta. Non c'era dubbio che quei soldi in più sarebbero stati graditi, ma la domanda era se servivano davvero. Brick e i suoi amici pensavano di no, ma erano disposti a essere abbastanza aperti per proseguire con l'incontro.

In quel momento non aveva voglia di pensare agli affari, era pronto a passare un po' di tempo con la donna che amava e che lo ricambiava. Faticava ancora a crederci, non gli sembrava vero, ma d'altronde, il calore della mano di Alaska nella sua era molto reale mentre camminavano insieme lungo il sentiero.

«A cosa stai pensando così intensamente?» gli chiese dopo un po'.

«A te» le rispose.

«Wow, devi essere annoiato a morte» scherzò.

«Al contrario, mi affascini.»

«Non so come sia possibile, sono noiosa da morire.»

«No, non lo sei. Stavo pensando a quanto sei stata coraggiosa a trasferirti in Europa per quel primo lavoro. Non molti ventenni l'avrebbero fatto.»

«In realtà, penso che quella sia l'età in cui la maggior parte delle persone *fanno* quel genere di cose. Sono single, curiose di visitare il mondo e non hanno problemi a soggiornare in ostelli e altri hotel scadenti mentre sono in viaggio.»

«Ok, ottima osservazione. Ma non è per questo che sei andata.»

Scosse la testa. «No. Stavo scappando. Sai già di mia madre, avevo solo bisogno di allontanarmi, e viaggiare oltreoceano era l'unica cosa che me lo avrebbe permesso. Quando ho visto quell'offerta di lavoro online, ho colto al volo l'occasione. In realtà, anche tu hai influito molto in quella decisione, sai.»

«Io? Ma non ci parlavamo da quando ero partito per l'addestramento.»

«Lo so, ma in quel periodo stavi per diventare un SEAL. Sapevo che avresti viaggiato in un sacco di posti esotici, che avresti incontrato nuove persone, sperimentato cose nuove. Non avevi paura di mettere in gioco la tua vita, di uscire dalla tua zona di comfort, e io volevo essere come te.» Scrollò le spalle un po' imbarazzata.

«Sono onorato che tu abbia pensato a me in quel modo, ma ho un'altra domanda.»

Si voltò verso di lui e inarcò le sopracciglia con aria interrogativa.

«Perché hai cambiato così tanti lavori nel corso degli anni? Voglio dire, avrei pensato che una volta trovata un'azienda che ti piaceva, in una città che ti piaceva, saresti rimasta.»

Alaska distolse lo sguardo, e l'espressione del suo viso lo fece preoccupare.

«Be', segretarie ce ne sono a centinaia, e io non corrispondevo esattamente al modello che molti dei miei capi avevano in mente per ricoprire quel posto.»

«Cosa significa?» chiese con voce cupa. Aveva la sensazione che non gli sarebbe piaciuta la sua risposta.

«Non ero alta, bionda e bella.» Brick percepì il dolore nel suo tono. «Inoltre, non flirtavo con gli uomini che chiamavano o entravano. Svolgevo il mio lavoro, in modo molto efficiente potrei aggiungere, ma non aveva importanza. Ciò che importava davvero era che non ero abbastanza carina, estroversa o speciale per essere una valida risorsa.»

«È una stronzata!»

Alaska non sembrò turbata dal suo sfogo. «È la verità. Il mondo è gestito da persone belle... almeno esteriormente. Quelli di noi che non hanno la fortuna di avere un bell'aspetto, che hanno una disabilità o che sembrano diversi da ciò che è ritenuto accettabile – che sia il colore della pelle, la taglia, il modo di parlare o i ruoli di genere – devono lavorare due volte di più rispetto a tutti gli altri per essere accettati. Non saprei nemmeno dirti quante volte sono stata licenziata a causa della "riduzione del personale" o semplicemente perché non ero "idonea per quel compito". Sapevo che erano tutte stronzate, proprio come lo sapevano i miei capi, ma non avrei potuto fare niente al riguardo perché ero impiegata a tempo determinato. Bastava che si inventassero una ragione per sbarazzarsi di me.»

«Mi dispiace. È uno schifo.»

«Penso che l'unica volta in cui sono stata licenziata giustamente sia stato quando sono venuta a trovarti in Germania» disse con un sorriso.

Brick si accigliò. «Che cosa? Sei stata licenziata?»

«Sì» rispose quasi allegramente. «Non ho chiamato il mio capo per fargli sapere dov'ero o cosa stava succedendo, praticamente un giorno non mi sono presentata al lavoro.»

«Sono sicuro che succeda un sacco di volte. Le persone si

ammalano o fanno degli incidenti e non hanno la possibilità di usare un telefono o non pensano di chiamare l'ufficio.»

«Sì, ma è successo in un giorno in cui il mio capo aveva una riunione importante. Avrei dovuto portare i suoi appunti e organizzare la sua presentazione. In sostanza dovevo fare tutto il lavoro per lui. L'avevo fatto, ovviamente, ma presa dall'ansia di trovarti mi sono dimenticata di mandargli tutto via mail. Credo abbia fatto la figura dell'idiota di fronte ai suoi potenziali clienti, i quali hanno rifiutato l'opportunità di lavorare con l'azienda.» Scrollò le spalle. «Però ne è valsa la pena. Rifarei tutto da capo se ciò significasse poterti aiutare.»

Che donna. *Non* la meritava, ma avrebbe passato il resto della vita facendo tutto il possibile per cercare di essere degno di lei. Portò le loro mani giunte alle labbra e baciò il dorso della sua.

«Comunque, non mi è dispiaciuto lasciare quel lavoro, e non solo perché il mio capo era un idiota. Ero in Germania da un paio d'anni e volevo fare nuove esperienze altrove. Non riuscivo proprio a capire la lingua tedesca. È difficile.»

«Quindi, quante lingue parli adesso? Voglio dire, hai vissuto in così tanti posti, devi aver imparato qualche lingua qua e là.»

«Una. Inglese.»

Le sorrise. «Sul serio?»

«Sì. Alcune persone sono portate e riescono a esprimersi in modo abbastanza fluido solo dopo una settimana che vivono in un nuovo paese. Io? So dire per favore e grazie in diverse lingue, ma è tutto. Sono senza speranza.»

Brick non riuscì a impedirsi di scoppiare a ridere.

Alaska fece una smorfia. «E ora stai ridendo di me.»

«No. Va bene, forse un po'. È solo che... hai vissuto in Europa per decenni e non hai imparato nessuna lingua?»

«No» rispose con un sorriso. «Sono totalmente negata, ma per fortuna le persone erano generalmente molto gentili.

Tiravo fuori la mia guida e salutavo, poi mettevo insieme una semplice richiesta, per esempio per comprare del pane o altro, e loro mi rispondevano in inglese. È incredibile quante persone conoscano la nostra lingua a sufficienza per comunicare, con l'aggiunta di gesti, ecco.»

Brick scosse la testa. Gli piaceva che sapesse prendersi in giro. «A proposito» le disse. «Devi sapere che nemmeno i ragazzi permetteranno che te ne vada. Tiny è impressionato dalla tua organizzazione, dalle tue grandi idee e dalla semplicità con cui riesce a fare il check-in agli ospiti fuori orario perché hai lasciato tutto pronto per lui. Sei davvero brava in ciò che fai, Al. A noi non importerebbe se tu avessi tre teste e una coda, vorremmo comunque che restassi.»

Gli sorrise. «Grazie. So che probabilmente non è il massimo ammettere che mi piace essere una segretaria. Assistente amministrativa. Quello che è. Ma è così. Mi rilassa prendere dei documenti totalmente incasinati e sistemarli, organizzarli in modo che abbiano una parvenza di ordine, e anche se non sarò mai un tecnico informatico, sembra che abbia la particolare capacità di risolvere piccoli problemi su computer e siti web.»

«Da quando sci qui il nostro sito è molto migliorato» la elogiò. «È più professionale. Quelle nuove foto che hai scattato degli chalet hanno fatto un'enorme differenza.»

«Adoro la pagina che ho aggiunto per le testimonianze degli ospiti. È importante che ci siano i pensieri di persone reali e non stronzate fasulle che spesso si capisce sono inventate.»

Brick era d'accordo. Parlarono di lavoro per il resto del percorso per arrivare al punto che voleva mostrarle. Alaska era intelligente e aveva grandi intuizioni su ogni aspetto della gestione del Rifugio. Si ripromise di parlare con i ragazzi della possibilità di farla diventare un socio fisso. Qualsiasi decisione avrebbero preso in merito non sarebbe dipesa dal fatto che stavano insieme, anche se sperava che quello non sarebbe mai stato un problema.

Mentre si avvicinavano alla loro destinazione, Brick si fermò in mezzo al sentiero. Era ricoperto di vegetazione, dato che era un percorso poco utilizzato nella proprietà, e per lui andava più che bene. «Ci siamo quasi. Ti fidi di me?»

«Sì.»

La sua risposta fu immediata e gli fece rimescolare la pancia. C'erano pochissime persone di cui si fidava ciecamente, e lei era di certo in quella breve lista. Aveva visto in prima persona quanto fosse leale quando aveva mentito per andarlo a trovare in Germania... e a quei tempi non conosceva nemmeno la punta dell'iceberg della sua eccezionalità.

«Chiudi gli occhi» le disse.

Lo fece subito e amò il piccolo sorriso che si formò sulle sue labbra. La attirò più vicino e lei gli avvolse la mano intorno al braccio. Gli si rannicchiò contro mentre ricominciavano a camminare. Brick si assicurò di evitare le radici lungo il percorso.

La condusse fuori dal sentiero attraverso l'erba alta. Ci vollero circa altri due minuti per arrivare al suo obiettivo: una grande roccia che sembrava posizionata strategicamente nel punto migliore e che era curvata su un lato, creando un basso schienale. Nella sua mente l'aveva soprannominata la Sitting Rock.

«Siediti qui» le disse, aiutandola a sistemarsi. Poi si tolse lo zaino con dentro la cena e si accomodò accanto a lei.

«Allora, posso aprire gli occhi?» chiese con impazienza.

Lui sorrise. «Sì.»

Invece di guardare il panorama davanti a loro, Brick mantenne lo sguardo sul suo viso. Alaska sbatté le palpebre un paio di volte per far abituare gli occhi alla luce, ma poi spalancò la bocca.

«Porca vacca, Drake. È stupendo!»

Era vero. Il panorama da quel punto era impareggiabile. Il bosco sembrava aprirsi davanti a loro. Si trovavano su un crinale e potevano letteralmente vedere per chilometri. La vista dalla Table Rock era bella, ma questa la superava di un milione di volte. Non si vedevano altro che alberi, migliaia di ettari di natura incontaminata. La prima volta che aveva trovato quel posto, era rimasto sbalordito dal fatto che ci fosse ancora una parte del Paese disabitata, come se gli umani non l'avessero minimamente toccata.

Sapeva che era probabile che ci fossero delle case là in mezzo, delle sacche di civiltà, ma gli piaceva pensarlo come a un territorio vergine, dove gli animali potevano vagare liberamente, dove i nativi americani avevano regnato non molto tempo prima. Laggiù, gli uomini non stavano combattendo guerre, non si facevano cose orribili a vicenda, non c'erano problemi di droga, di stupri o di persone uccise da armi da fuoco illegali.

Era una fantasia, lo sapeva, ma stare seduto lì a osservare il territorio e a respirare quell'aria pulita, gli rendeva facile immaginarlo. La reazione di Alaska era stata proprio quella che sperava avrebbe avuto una volta visto il posto in cui preferiva nascondersi quando lottava con i suoi demoni.

Le prese la mano e rimasero così a lungo, immersi nel panorama, ad ascoltare i suoni della foresta intorno a loro e vivendo il momento.

«Grazie per avermelo mostrato» disse Alaska dopo un po'. «Tutto ciò mi dà la sensazione che i miei problemi siano più piccoli. Che il mondo sia tanto più... grande di me. E che ci creda o no, mi fa sentire meglio.»

«È così anche per me» ammise Brick.

Gli posò la testa sulla spalla e rimasero seduti lì in silenzio ancora per qualche minuto, poi le chiese: «Hai fame?»

Proprio in quel momento il suo stomaco brontolò, ed entrambi ridacchiarono.

«Immagino che quella sia una risposta.» Brick prese lo zaino che aveva posato a terra e mangiarono i panini godendosi quel paesaggio incontaminato.

Quando il sole iniziò a calare, disse: «È meglio se torniamo indietro così che non ci ritroviamo a passeggiare al buio.»

«Hai una torcia?» gli chiese.

«Sì.»

«Allora mi piacerebbe restare a guardare il tramonto, se pensi che sia sicuro.»

«Sì» ribatté senza esitazione. Avrebbe voluto dire di più, spiegarle esattamente *perché* lei era al sicuro nella proprietà... ma lui e i suoi amici avevano deciso di non rivelare a nessuno tutti i segreti del resort.

«Lo so. Sono con te, quindi so che è sicuro.»

L'ondata d'amore che lo travolse fu così intensa da essere quasi dolorosa. Aveva bisogno di quella donna. In quel momento. Più di quanto avrebbe potuto esprimere a parole.

Per fortuna la roccia su cui erano seduti era molto ampia. Non abbastanza lunga da farci stare tutto il suo corpo, ma non gli importava. Mise da parte lo zaino e si voltò, stendendosi sulla schiena accanto a lei. Si slacciò la cintura e aprì la cerniera dei pantaloni, sollevò il sedere e li spinse giù liberando il cazzo.

Alaska si leccò le labbra mentre lo fissava.

«Scopami, Al. Ho bisogno di te.»

Lei non protestò, si limitò a togliersi i pantaloni e le mutandine.

Si mise a cavalcioni su di lui, tenendo i piedi appiattiti sulla roccia dura per proteggersi le ginocchia, e si tenne in equilibrio mettendogli una mano sulla pancia.

Brick si sentì quasi un selvaggio ad averla lì così, sopra di lui, con gli ultimi raggi del sole che li avvolgevano nel loro calore, mentre calava dietro gli alberi all'orizzonte. Quanti uomini avevano fatto l'amore con le loro donne nella foresta al di sotto della loro roccia?

Stava per aprire bocca, per dirle di toccarsi per assicurarsi di prenderlo senza provare dolore, ma la sua donna era un passo avanti a lui; si stava già strofinando il clitoride, aveva chiuso l'altra mano intorno al suo cazzo e iniziato ad accarezzarlo su e giù.

Non ci volle molto prima che fossero entrambi pronti. Quando alla fine affondò su di lui, gli ci volle tutta la sua forza di volontà per non esplodere subito. Alaska alternava lo sguardo tra i suoi occhi, il punto in cui erano uniti, e il bellissimo tramonto, ma Brick non riusciva a smettere di guardare la sua donna.

Poteva capire che a una prima occhiata qualcuno potesse pensare che non fosse niente di speciale, anche perché evitava assolutamente di trovarsi al centro dell'attenzione, sotto i riflettori, ma chi la guardava bene, vedeva la sua bellezza luminosa e intensa risplendere da lei. La si vedeva nei piccoli versi che emetteva mentre si muoveva sopra di lui, da come ci teneva al suo lavoro, dal fatto che aveva sempre una parola gentile da dire a Robert, alle donne che pulivano gli chalet o ai suoi amici. La luce dentro di lei era così brillante che a volte lo stupiva di riuscire a guardarla senza essere accecato dal suo splendore.

Non aveva bisogno di acconciarsi i capelli o dipingersi le unghie, di un fisico perfetto e abiti appariscenti. Doveva solo essere *lei*. Esattamente così com'era. Una donna che aveva accettato completamente Brick, con tutti i suoi difetti.

«Drake» sussurrò. «Sto... ci sono vicina!» La sua voce tremò e i muscoli delle sue cosce si contrassero, mentre si muoveva su e giù sulla sua erezione.

Non le aveva messo fretta, lasciandole stabilire il ritmo per trovare l'estasi a suo piacimento. Era bellissimo guardare il modo in cui l'arancione del sole al tramonto giocava con i suoi capelli, che rimbalzavano intorno alle sue spalle mentre ondeggiava sopra di lui. Amava sentire i sussulti e i gemiti che le sfuggivano dalle labbra. Ora avrebbe guardato il tramonto con occhi diversi, ricordando quel momento per il resto della vita.

Andare in quel posto aveva anche assunto un nuovo significato. Non era più il luogo in cui scappava quando veniva sopraffatto dai suoi demoni, ma quello in cui lui e Alaska si erano uniti per la prima volta dopo essersi dichiarati a vicenda il loro amore.

Non appena sentì i suoi muscoli contrarsi intorno al cazzo e lei si chinò in avanti, Brick le strinse forte i fianchi e iniziò a penetrarla con forza da sotto; rimbalzò un po' instabile nella sua presa, ma per nulla al mondo l'avrebbe lasciata cadere, non si sarebbe mai fatta male quando era con lui.

La scopò con foga, spingendosi attraverso i suoi muscoli contratti per l'orgasmo. A ogni spinta sembrava quasi che gli stesse stritolando il cazzo. Era sesso intenso. Allo stato puro.

Quando gli ultimi raggi di sole scomparvero, Brick la penetrò ancora una volta e riempì del tutto la donna che amava. Aveva l'impressione che non avrebbe mai smesso di venire, sentiva persino il suo sperma fuoriuscire e ricoprirgli le palle mentre restava sprofondato dentro al suo corpo. Alaska si accasciò sul suo petto come se fosse sfinita, e la tenne stretta a sé mentre cercavano di riprendere fiato.

«Porca vacca» sussurrò lei dopo qualche minuto. «È stato...»

«Perfetto» concluse Brick.

«Esatto. Devo dire che fare sesso all'aperto non è mai stato nella mia lista dei desideri, ma avrebbe dovuto.»

Le sorrise. Non poté fare a meno di sentirsi un po' arrogante. «Come vanno le gambe? Quella posizione doveva essere un po' scomoda.»

«Gambe? Ho le gambe?» scherzò contro la sua gola.

Quando ridacchiò, il suo cazzo scivolò fuori dal dolce calore di Alaska, che si lamentò.

Era d'accordo. Non c'era posto al mondo che preferiva di più che stare sprofondato nel suo corpo.

Per quanto avrebbe voluto stare sdraiato lì a godersi i postumi del sesso più incredibile che avesse mai fatto, ora che il sole era tramontato sarebbe arrivato il freddo... e il buio. Diventava *davvero* buio pesto al Rifugio, e preferiva di gran lunga stringere Alaska nel loro comodo letto piuttosto che su quel pezzo di roccia.

«Dammi un secondo e ti prendo qualcosa con cui ripulirti» le disse, sedendosi con lei in braccio.

La tenne contro di sé mentre cercava alla cieca lo zaino e dei tovaglioli.

Alaska si rilassò e non cercò di aiutarlo. Brick non poté fare a meno di sorridere. «Dov'è finita la donna che è sempre così desiderosa di fare la sua parte? Che vuole aiutare anche quando voglio viziarla?» chiese.

«L'hai scopata fino a renderla sottomessa.»

Brick percepì il suo sorriso contro la spalla e rise. «Quindi basta solo quello per farti fare ciò che ti dico?»

«Forse.»

Senza dire altro, la scostò un poco e fece scorrere dei tovagliolini tra le sue gambe.

Quello la riscosse. Si sedette e indietreggiò. «Posso farlo da sola.»

«Ci penso io» ribatté, allontanandole la mano. «È giusto così.»

Con suo immenso piacere, glielo lasciò fare. Era più intimo di qualsiasi cosa avesse mai fatto con una donna, e con Alaska gli sembrava naturale. La ripulì meglio che poté prima di mettere i tovaglioli sporchi in un sacchetto di plastica e infilarlo nello zaino.

«Ci sono le mie mutandine da qualche parte?» chiese lei,

guardandosi intorno. «Credo di averle lanciate nella fretta di averti dentro di me.»

Brick vide lì vicino qualcosa di azzurro, così si chinò per prenderlo. Poi la aiutò ad alzarsi e restò accanto a lei, tenendole una mano sul braccio in modo che non scivolasse e cadesse accidentalmente. Si rivestirono senza problemi e quando lui si infilò lo zaino, Alaska gli si appoggiò contro.

«Grazie per avermi mostrato il tuo posto speciale.»

«Ora è il nostro posto speciale» replicò.

Il sorriso che gli regalò fu bellissimo, proprio come lei. «Ti amo» gli sussurrò un po' timidamente.

«Anch'io ti amo, Al. Così tanto che mi fa quasi paura.»

«Io ho avuto più tempo per abituarmi a quella sensazione.»

Non avrebbe mai smesso di stupirlo. «Sei pronta per tornare indietro?»

«No. Però sì.»

Comprese perfettamente. «Va bene, stammi vicina. Ho la torcia, ma il sentiero necessita di manutenzione. Le radici degli alberi possono fondersi con le ombre.»

Alaska annuì e si avviarono verso casa.

Casa.

Il Rifugio era sempre stato un posto che Brick amava. Un luogo di pace. Di guarigione. Ma ora era più di un semplice chalet, di un'attività. Era davvero una casa. Perché c'era Alaska lì con lui.

Avrebbe fatto tutto il possibile perché restasse così. Per renderla felice. Per tenerla al sicuro. Il pensiero che le potesse succedere qualcosa ora che era sua lo faceva impazzire. In quel momento, tenendole la mano, con il suo profumo nelle narici e la visione di lei persa nel piacere ancora fresca nella mente, fece una promessa solenne: avrebbe ucciso prima che quel tipo di malvagità la toccasse di nuovo.

Non aveva trascorso parte della sua vita da Navy SEAL per deludere l'unica persona che aveva sempre creduto in lui.

Brick si sentiva un po' assetato di sangue in quel momento, ma lo attribuì alla carnalità di fare l'amore con la sua donna all'aria aperta. Come se fosse stato un antico conquistatore. Doveva essere quello, non per via della fastidiosa sensazione che gli faceva rizzare i peli sulla nuca e che indicava guai incombenti.

No, era solo paranoico perché temeva che la sua felicità, la loro felicità, gli venisse portata via prima che potesse sbocciare. Pensò che fosse una paura naturale, considerando che non era mai stato innamorato.

Meritava di essere felice. Si meritava Alaska, e niente e nessuno gliel'avrebbe portata via.

———

Yong Chen stava scoppiando per l'impazienza. Finalmente era arrivato negli Stati Uniti. Nel New Mexico. Entro poche ore avrebbe rivendicato ciò che era suo e per cui aveva pagato una grossa cifra. Meritava come tutti di essere felice... e ciò che lo avrebbe reso felice era spezzare Alaska Stein.

Di solito non gli importava di sapere i nomi dei suoi acquisti. Non gli interessava proprio come si chiamavano. L'unica cosa che contava era la velocità con cui aprivano le gambe e facevano ciò che ordinava loro.

Ma Alaska era diversa. Era quella che era riuscita a scappare... l'unica. Ma non per molto.

Gli era stato difficile non uscire dal ruolo che stava interpretando e chiedere di lei, ma sarebbe stato strano che un investitore avesse mostrato la benché minima curiosità verso una segretaria. L'indomani l'avrebbe finalmente vista in carne e ossa. Sperava di avere la possibilità di parlarle, di interpretare il visitatore amichevole per farle abbassare la guardia. Così, quando fosse arrivato il momento di portarla via da sotto il naso dei cosiddetti soldati con cui lavorava, si sarebbe fidata e sarebbe andata con lui senza fare scenate.

Yong aveva letto tutto sui sette stronzi che possedevano lo schifoso campeggio sulle montagne. Fondamentalmente quello era, non importava come lo chiamassero o che cercassero di farlo sembrare qualcosa di più. Se fosse stato *davvero* un investitore, sarebbe stato l'ultimo posto in cui avrebbe scelto di spendere i suoi soldi.

Prima di tutto, era circondato da chilometri su chilometri di nulla. Deserto arido da un lato e montagne boscose dall'altro. Vicino a Los Alamos, che era una città minuscola. Non c'erano abbastanza persone per i suoi gusti. Preferiva di gran lunga Pechino, una metropoli enorme e fiorente in cui un uomo poteva mimetizzarsi... nascondere le sue azioni.

Inoltre, il Rifugio era un posto per ritardati, uomini e donne deboli che non riuscivano ad affrontare ciò che la vita lanciava loro addosso. Erano come bambini che volevano essere coccolati, e Yong non tollerava la debolezza in nessuna forma.

Sarebbe stato un gioco da ragazzi riprendersi ciò che era suo. Non era così eccitato da anni. Avrebbe quasi potuto ringraziare il russo per aver rovinato la loro transazione. Quasi.

L'indomani avrebbe potuto studiare la disposizione del territorio, interpretando la sua parte. Poi avrebbe capito quale avrebbe dovuto essere la mossa successiva. Tornare di nascosto di notte e rapire Alaska? Aspettare il giorno seguente e causare una distrazione in modo da poter entrare inosservato e prenderla? Vedere se riusciva a convincerla ad andare con lui di sua spontanea volontà? C'erano così tante possibilità, ognuna con il proprio livello di rischio, ma Yong non aveva dubbi che ne sarebbe uscito vittorioso. Tre milioni dipendevano da quel successo: ora c'erano tre dozzine di uomini disposti a pagare profumatamente per avere la possibilità di realizzare ogni loro fantasia malata con quella donna.

I suoi piani per l'americana potevano essere cambiati nelle ultime settimane, ma il risultato sarebbe stato lo stesso: sarebbe stata il suo giocattolo finché non si fosse stancato di lei, poi avrebbe triplicato il suo investimento prima di tornare alla sua vita in Cina. Otteneva sempre ciò che voleva.

Sempre.

CAPITOLO DICIASSETTE

Alaska non dormiva così bene da quelli che sembravano anni, e ciò la diceva lunga, perché nelle ultime settimane aveva dormito piuttosto bene tra le braccia di Drake.

Era successo qualcosa lì su quella roccia, si erano connessi in un modo quasi spirituale. Lui era stato tutto sexy e alfa, ma non le era sfuggito il modo in cui l'aveva comunque protetta; si era messo tra lei e la roccia dura, l'aveva pulita con tenerezza e tenuta stretta mentre tornavano allo chalet al buio.

Nessuno, non una sola persona, l'aveva trattata come se fosse la cosa più preziosa della sua vita. Alaska ricordava che non l'aveva fatto nemmeno sua madre quando era piccola. L'aveva lasciata andare in giro per i vari quartieri, anche fino a tardi, fin dalla giovane età, senza mai chiederle dove fosse stata quando tornava a casa. Ogni volta che si era fatta male, aveva dovuto arrangiarsi a pulirsi e fasciarsi da sola.

Quando era con Drake si sentiva amata. La cercava nell'istante in cui entrava al lodge e quando i loro sguardi si incontravano, le rivolgeva un piccolo sorriso seducente. Si assicurava sempre che non fosse troppo stanca o avesse troppo freddo o caldo. Verificava se si prendeva una pausa o se aveva pranzato. La lista continuava all'infinito. Aveva l'impressione che la tenesse sempre d'occhio, che volesse rassicurarsi costantemente che stava bene.

Per un po' era stata piuttosto pessimista sul fatto che potessero funzionare come coppia, ma stava cominciando a pensare che avrebbero potuto durare per sempre. Le sembrava incredibile.

Pensava che parte del suo pessimismo dipendesse dal vissuto di Drake, dal fatto che aveva perso i suoi migliori amici. Ora capiva di più il disturbo post-traumatico da stress, sapeva che tutto poteva andare alla grande, ma che improvvisamente anche la più piccola cosa poteva mandarti in tilt. Lui sapeva gestire meglio i suoi demoni rispetto a molti altri, ma la vita era piena di alti e bassi... e i bassi, a lungo andare, sembravano sempre avere un'influenza maggiore sull'atteggiamento e sulle azioni di una persona.

Lo stava sperimentando lei stessa. Non era più la donna piena di fiducia di una volta. Valutava con più attenzione l'ambiente circostante. Era più vigile. Non le piaceva particolarmente, ma quando ne aveva parlato con Drake, lui aveva sottolineato che non era una cosa negativa. Era d'accordo, ma le mancava comunque essere la persona spensierata di prima. Era stata indipendente per tanto tempo, mentre ora, il solo pensiero di viaggiare da sola le faceva venire l'orticaria.

Non che avesse intenzione di andare da qualche parte. La vita al Rifugio era idilliaca. Amava il suo lavoro, andava d'accordo con gli altri proprietari del resort, trovava gli ospiti affascinanti e, naturalmente, c'era Drake. Confidava che quando anche lui cedeva ai suoi demoni, continuasse ad avere la forza e la determinazione di combatterli e sottometterli. Magari anche grazie al suo aiuto.

La sera precedente, quando erano tornati a casa dalla passeggiata, era stata pronta a fare di nuovo l'amore, ma Mutt aveva avuto bisogno di attenzioni e lei aveva dovuto svuotare lo zaino dalla spazzatura e dagli avanzi. Poi Drake aveva voluto controllare le mail, dato che la mattina successiva si sarebbe alzato presto per andare a Los Alamos a prendere il signor Choo. Quando alla fine erano andati a letto, erano entrambi stanchi, così l'aveva semplicemente attirata a sé e si erano sistemati nella posizione in cui di solito dormivano, appisolandosi dopo pochi minuti.

Drake si era alzato presto e l'aveva baciata dicendole di continuare a dormire e che si sarebbero visti più tardi. Lui e i suoi amici sarebbero stati impegnati per la maggior parte della giornata. Dovevano mostrare al signor Choo la proprietà e fare una riunione per discutere sul futuro del Rifugio.

Dato che si sentiva pigra, Alaska aveva fatto come ordinato, rannicchiandosi nel letto che sembrava troppo vuoto quando lui non c'era.

Qualche ora più tardi, si recò al lodge e salutò gli ospiti che si erano trattenuti lì dopo la colazione. Anche se alcune persone che soggiornavano nel resort sceglievano di trascorrere la maggior parte del tempo nei loro chalet o a fare escursioni nella proprietà, altri gradivano passarlo al lodge. C'era sempre qualcuno che leggeva, mangiava o si rilassava sui divani in pelle nella grande sala.

Salutò due uomini che stavano parlando a bassa voce nel salottino e si diresse verso il bancone all'angolo. Accese il computer e si mise al lavoro, rispondendo a mail e messaggi telefonici mentre si preparava per il check-out dei tre ospiti che sarebbero partiti in mattinata.

Verso l'ora di pranzo, Drake entrò nel lodge insieme a Spike, Pipe e un uomo che poteva solo essere il signor Choo. Era alto come lei, aveva il viso tondo, i capelli corti e neri, gli occhi socchiusi e la sua pelle aveva un aspetto giallastro, come se non trascorresse molto tempo all'aperto. Indossava un paio di pantaloni neri ben stirati, una polo gialla a maniche corte e aveva un'aria di superiorità che non si preoccupava di nascondere.

Alaska si sentì subito in colpa per aver pensato una cosa del genere senza nemmeno conoscerlo.

Quando Drake andò verso di lei, si alzò. Solo a una rapida occhiata riuscì a capire che era stressato. I suoi movimenti erano leggermente rigidi e il piccolo sorriso che le rivolse non raggiunse gli occhi. Si chinò per darle un breve bacio e lei sussurrò: «Stai bene?»

A quelle parole si rilassò un po'. «Sì, ora che ti ho vista» le rispose sottovoce. Poi aggiunse: «È stata solo una mattinata stressante. Passerà.»

Annuì, odiando che fosse così teso.

Gli altri si erano ormai avvicinati al bancone e Drake si voltò verso di loro. «Bolin, vorrei presentarle Alaska Stein. È la nostra assistente amministrativa e non sapremmo proprio cosa fare senza di lei. Alaska, lui è Bolin Choo.»

«È un piacere conoscerla» disse con educazione, tendendogli la mano.

Il signor Choo la prese tra le sue e si inchinò leggermente, esaminandola con occhi inquietanti.

Per qualche ragione si sentì rizzare i peli sulla nuca e si irrigidì. Le mani dell'uomo erano fredde e umide. Quel contatto le fece venire voglia di asciugarsi la mano nei pantaloni per cercare di rimuovere quella brutta sensazione. Fu una reazione strana. Aveva incontrato un numero indefinito di estranei nella vita, ma nessuno di loro le aveva fatto quell'effetto.

Per fortuna gliela lasciò andare subito e Alaska dovette proprio trattenersi dall'asciugarsela sui vestiti. Cercò di convincersi che la sua reazione era dovuta semplicemente al fatto che quello era il primo asiatico che vedeva dopo la sua brutta esperienza. Quante volte Drake l'aveva avvertita che alcune cose avrebbero potuto scatenarne una? Quell'uomo non meritava la sua diffidenza.

Deglutì a fatica e si costrinse a sorridere. Era una cosa positiva per lei, faceva tutto parte del processo di guarigione per andare avanti con la sua vita.

«Andiamo a pranzare nella stanza della terapia» le disse.

Alaska annuì. «Vuoi che avvisi Robert che siete qui?» chiese, cercando di avere il tono più normale possibile e pregando che lui acconsentisse così da avere una scusa per andarsene.

«Sarebbe fantastico, grazie. Ma digli di darci una ventina di minuti così arriveranno anche gli altri.»

«Va bene.»

«Grazie, tesoro.» Si chinò e le baciò la tempia prima di rivolgersi agli altri. «Andiamo?»

I tre uomini si voltarono per dirigersi verso la stanza della terapia, ma Drake rimase lì.

«Cosa c'è che non va?» le chiese, con la fronte aggrottata.

Per un momento fu tentata di dirgli che il signor Choo *non* le piaceva, ma ci ripensò. Era già abbastanza stressato, l'ultima cosa di cui aveva bisogno era preoccuparsi per lei quando era nel mezzo di una trattativa importante. Anche se le aveva già detto che erano inclini a rifiutare l'offerta, non avevano ancora concluso niente. Lui e i suoi amici avrebbero potuto cambiare idea dopo quella visita. Non voleva rovinare la potenziale possibilità di espandere il Rifugio. Drake amava quel posto e lei non avrebbe ostacolato la prospettiva di aiutare altre persone, se poteva evitarlo.

«Niente» rispose, con un sorriso forzato e una piccola alzata di spalle. «Sono solo preoccupata per te. Sembri stanco e stressato.»

«Lo sono. Ma non perché le cose non stiano andando bene. Al contrario, stanno procedendo meglio di quanto pensassi. Il signor Choo ha delle buone idee e adora ciò che ha visto finora.»

Capì il sottinteso. «Il che rende ancora più difficile decidere se rifiutare o meno la sua offerta.»

«Esatto.»

«Sono sicura che prenderete la decisione giusta.»

Le sorrise, e sembrò un po' più rilassato rispetto a pochi istanti prima. «La somma che ha proposto di investire sarebbe sicuramente gradita» ammise. «Ma non siamo ancora pronti per impegnarci. Questo pomeriggio avremo molto di cui discutere e stiamo aspettando una telefonata da parte di un'amica con maggiori informazioni sul signor Choo. Quindi non prenderemo alcuna decisione finché non avremo tutto ciò che ci serve.»

«Maggiori informazioni?»

Drake scrollò le spalle. «Sì. Siamo solo cauti, vogliamo sapere più cose possibili su quell'uomo prima di fare affari con lui.»

«Oh, tipo un controllo dei precedenti» rifletté.

«Qualcosa del genere. Ci sta mettendo più del dovuto perché finora è perfettamente pulito... il che è un sollievo. Ma ora basta parlare di questo. Hai già pranzato?»

Alaska sorrise alla sua preoccupazione. «Sì, mi sono presa una pausa prima che tu arrivassi.»

«È andato tutto bene con gli ospiti in partenza?»

«Sì. C'è una nuova coppia in arrivo verso l'una e l'ultimo ospite della giornata dovrebbe essere qui prima che finisca il turno, verso le tre o giù di lì.»

«Bene. Se hai bisogno di qualcosa, fammelo sapere.»

«Drake, non ho intenzione di interromperti nel bel mezzo della riunione. Se succederà qualcosa, me ne occuperò io.»

Le sorrise. «Sì, è proprio quello che farai, vero?»

«Mi paghi per quello» scherzò.

«Sei straordinaria» le disse.

Alaska alzò gli occhi al cielo. Non era straordinaria, faceva solo il suo lavoro, qualcosa che le altre segretarie che avevano assunto non erano state in grado di fare molto bene, ma non poteva immaginare di interrompere un incontro così importante. Se fosse successo qualcosa, se ne sarebbe occupata; era ciò che faceva.

«Vai» gli disse. «Fai vedere chi sei.»

Drake sorrise. «Sì, signora. Tanto perché tu lo sappia, prima che l'incontro finisca sarò fuori di testa per essere stato circondato da persone tutto il giorno. Ti va di fare un'altra escursione con me? O sei troppo indolenzita?»

«Non sono indolenzita.» Almeno non nel modo che intendeva. Poteva ancora sentirlo tra le cosce – non era esattamente piccolo – ma i muscoli delle gambe non le facevano male per la passeggiata della sera prima. Da quando era lì era molto più in forma.

«Va bene. Magari questa volta faremo solo una breve camminata. Possiamo cenare quando torniamo, se per te va bene.»

«Certo. Farò uno spuntino prima di andare allo chalet ad aspettarti.»

«Perfetto.» Drake si alzò e le mise una mano sulla nuca. «Non ti merito.»

«Invece sì. Ci meritiamo a vicenda.»

Le fece un piccolo sorriso, poi si chinò e la baciò. Fu un bacio appassionato ma breve. «Ci vediamo.»

Annuì e lo guardò allontanarsi, leccandosi le labbra. Sentiva ancora il suo sapore.

Era pazzesco essere lì e che quella ora fosse la sua vita. Aveva pensato così tanto a Drake nel corso degli anni, chiedendosi dove fosse e cosa stesse facendo. Quando aveva lasciato la Marina e iniziato a creare il Rifugio, si era sentita sollevata dal fatto che non avrebbe più messo a rischio la sua vita, ma aveva comunque continuato a preoccuparsi.

E ora era lì. Con lui. *Con* lui. Era un sogno diventato realtà.

Il tempo era stato clemente con Drake. Era più bello adesso di quando aveva diciotto anni. La sua maturità lo rendeva più attraente per lei. Tra altri vent'anni sarebbe stato sicuramente un affascinante uomo brizzolato, mentre lei sarebbe sempre stata la solita insignificante, quella che svaniva sullo sfondo, ma si rese conto che non le importava se lui era al suo fianco. L'opinione di Drake era la sola a cui teneva.

Le aveva detto molto chiaramente che non pensava fosse insignificante, che l'amava esattamente così com'era. Era una sensazione inebriante.

«Mi scusi?» chiese una donna accanto a lei.

Alaska sussultò, ma ridacchiò girandosi verso l'ospite. «Scusi, non stavo prestando attenzione. Cosa posso fare per lei?»

«Non volevo spaventarla, ma non la biasimo per essersi distratta. Se avessi un uomo come lui, anch'io avrei puntato l'attenzione sul suo sedere mentre si allontanava.»

Quel commento non la infastidì, anzi, la fece ridere. Come avrebbe potuto? La signora non aveva torto. «Di certo è bello dietro quanto lo è davanti» concordò. «Ora, come posso aiutarla?»

«Mi chiedevo se potrebbe consigliarmi un sentiero adatto a me e alla mia amica. Non sono un'escursionista pratica e non voglio niente di troppo faticoso, ma questo posto è così bello che non voglio star seduta a non fare nulla tutto il giorno.»

Alaska sorrise e si costrinse a distogliere l'attenzione da Drake. Era ancora preoccupata per lui e i suoi amici. Erano stressati e odiava che lo fossero, ma la visita del signor Choo avrebbe dovuto finire presto, così si sarebbero di nuovo rilassati.

———

Brick sospirò mentre Owl accompagnava il signor Choo fuori dalla stanza, dato che si era offerto di riportarlo al suo hotel a Los Alamos. Era stato con quell'uomo tutto il giorno ed era un enorme sollievo trasferire la responsabilità a qualcun altro.

«Allora?» chiese Stone. «Cosa ne pensate?»

Ci fu un momento di silenzio nella stanza prima che Tiny parlasse. «Ha delle idee davvero buone, e anche se penso che potremmo farcela comunque senza i suoi soldi, ci vorrebbero diversi anni prima di riuscire a implementarle.»

Gli altri annuirono.

«Ero pronto a non farmi piacere nessuno dei suoi suggerimenti, ma sembra essere un uomo d'affari molto astuto» concordò Spike.

Passarono i successivi venti minuti a esaminare i pro e i contro dei miglioramenti e delle espansioni di cui avevano discusso con il signor Choo.

Tonka restò zitto per tutta la conversazione, proprio come aveva fatto tutto il giorno. Rimaneva spesso in silenzio, preferendo lasciare che parlassero gli altri. Non era così reticente con gli animali. Quando credeva di essere solo, parlava un sacco a Melba, alle capre e alle altre creature nella stalla. Nessuno si offendeva, sapevano che lui era così... che il loro passato li influenzava in modi diversi.

Ma quella volta, sorprendentemente, decise di intervenire.

«Non mi piace» disse con decisione.

«Perché no?»

«È solo una sensazione.»

Brick sentì un peso sollevarsi dalle spalle. C'era qualcosa nel signor Choo che non lo convinceva, ma non sapeva cosa fosse. Non aveva detto o fatto nulla di inappropriato nelle ore che aveva trascorso con lui. Era stato educato, curioso ed entusiasta del Rifugio in generale.

Ma c'era una fastidiosa vocina in un angolo della sua mente che gli diceva che c'era qualcosa di strano in quell'uomo, oltre al fatto che aveva notato la reazione di Alaska quando gliel'aveva presentato. Aveva cercato di convincerlo di essere preoccupata per lui, ma ora non ne era così sicuro.

Se fossero stati in una qualsiasi sala riunioni in un luogo diverso dal Rifugio, avrebbero potuto liquidare le parole di Tonka come paranoia, ma si erano trovati tutti in situazioni in cui un presentimento aveva salvato loro la vita.

«Sono d'accordo» disse Brick dopo un momento.

«Abbiamo avuto notizie da Elizabeth?» chiese Spike a nessuno in particolare.

«No» rispose Tiny. «Da quello che so, non aveva ancora trovato nulla.»

«È una cosa positiva, no?» replicò Stone.

«Be', sì. Se non ha trovato niente, allora c'è una buona possibilità che sia onesto, ma Elizabeth non era ancora pronta a smettere di cercare. Ha detto che più una persona è malvagia, meglio riesce a nascondere le sue tracce. È determinata a essere sicura al cento per cento che Choo sia esattamente chi afferma di essere, e cioè un uomo interessato a far crescere i suoi investimenti negli Stati Uniti.»

Nella stanza calò il silenzio.

«Non posso parlare per voi ragazzi, ma io sono finito» disse infine Pipe. «Non so perché questa cosa mi prosciughi, ma è così.»

«È così anche per me» concordò Tiny.

«Choo tornerà domani dopo pranzo. Che ne dite se ci prendiamo il resto del pomeriggio e della sera per riflettere bene su tutto. Domani mattina, quando saremo freschi e riposati, ci riuniremo per parlare di cosa vogliamo fare, così quando arriva possiamo fargli sapere qual è la nostra decisione» suggerì Tiny.

Tutti furono d'accordo e si alzarono per riordinare la stanza e andarsene.

Rimasero solo Tonka e Brick, che fermò il suo amico chiedendogli: «Pensi di sapere cosa c'è in Choo che ti mette a disagio?»

Lui scrollò le spalle. «Sinceramente non ne sono sicuro. In apparenza tutto sembra grandioso, ma lui è quasi *troppo* perfetto. È stato d'accordo su ogni singola cosa che abbiamo suggerito. Se una delle sue idee non ci piaceva, si tirava subito indietro. Non ci ha fatto alcun tipo di pressione. Mi è sembrato strano, soprattutto per un uomo presumibilmente interessato a trarre profitto da un investimento.»

Brick si rese conto che aveva ragione. «Non ci avevo fatto caso, ma ora che me l'hai fatto notare, è piuttosto ovvio.»

«Ma c'è di più. L'ho guardato mentre gli facevi fare il giro della proprietà, ha detto tutte le cose giuste, ma i suoi occhi non hanno mai smesso di muoversi, di osservare tutto.»

«Non è proprio ciò che avrebbe dovuto fare?»

«Sì, ma in quel modo... non era normale. Era come se stesse studiando attentamente il posto.»

Brick si accigliò.

«Ricordi quando Bubba è arrivato qui? Era stato maltrattato in modo orribile ed era molto sottopeso. Non voleva avere niente a che fare con me o con qualsiasi altro essere umano.»

«Ricordo. Sei stato fantastico con lui. Gli hai insegnato prima a fidarsi degli altri cavalli, e pian piano non solo di te, ma anche di tutti gli altri.»

«Esatto, ma nel frattempo, quando era nel recinto, lo osservavo. Era costantemente in allerta, come per cercare una via di fuga. I suoi occhi scrutavano l'area alla ricerca di un punto debole nella recinzione. Sembrava volesse disperatamente fuggire da una situazione che di certo pensava fosse esattamente come quella da cui proveniva. Oggi ho visto quello stesso intenso interesse negli occhi di Choo.»

«Cosa pensi che stesse cercando?»

«Non ne ho idea, ma mi ha messo a disagio.»

Brick sospirò. La testa gli pulsava. In passato, avrebbe voluto stare da solo per alcune ore, prendersi del tempo per ritrovare l'equilibrio, ma quel giorno voleva solo vedere Alaska. Lei era la sua roccia. Il suo posto sicuro.

«Mi fa piacere che tu ne abbia parlato. Mi sono sentito allo stesso modo, anche se non me ne sono reso conto fino a quando non l'hai detto.»

«Ho imparato a mie spese che è più importante parlare quando ho dei dubbi piuttosto che rimanere in silenzio e seguire la corrente» disse Tonka in tono piatto.

Non per la prima volta, Brick si chiese cosa diavolo avesse passato il suo amico, ma sapeva che lo avrebbe raccontato quando – o se – sarebbe stato pronto a condividerlo. Non gli avrebbe fatto pressione.

«Ripeto, mi ha fatto piacere.»

«Per tua informazione...» continuò Tonka.

Brick aspettò che proseguisse. Era passato un po' di tempo dall'ultima volta che lo aveva sentito parlare così tanto.

«Alaska mi piace. È perfetta per te. Per il Rifugio. Completa questo posto. Completa *te*.»

Il cuore di Brick si gonfiò. Non aveva bisogno dell'approvazione del suo amico, ma la voleva. «Sì, mi completa perfettamente» concordò.

Tonka gli fece un cenno con la testa, poi si voltò bruscamente e andò verso la porta. «È probabile che Melba stia divorando il suo box in questo momento» borbottò, «devo darle da mangiare.»

Si voltò di nuovo e Brick si preparò per qualunque cosa stesse per aggiungere.

«Fai attenzione» lo avvertì. «Choo sta tramando qualcosa, ma è impossibile dire cosa.»

Brick annuì anche se il suo amico se n'era già andato. Fissò il vuoto per un momento. Un brutto presentimento lo fece rabbrividire anche se la stanza non era affatto fredda. Non sapere perché all'improvviso si sentisse così claustrofobico e ansioso, gli fece venire una voglia disperata di fuggire. Dalla stanza, dall'edificio, verso la natura che lo aveva sempre calmato.

Pensò di chiamare Alaska per dirle che avrebbe preso Mutt e se ne sarebbe andato nei boschi da solo, ma respinse l'idea. Non sarebbe stato in grado di camminare velocemente come avrebbe voluto, ma non voleva abbandonarla. Non sapeva il motivo, tranne che gli piaceva stare con lei e non gli andava di lasciarla sola.

Così fece un respiro profondo e uscì dalla stanza. Fece il possibile per riuscire a sorridere e a salutare amichevolmente gli ospiti che si rilassavano nel lodge, mentre si dirigeva verso la porta d'ingresso. Imponendosi per il momento di non pensare a Choo, alla decisione per l'investimento e a tutto il resto, si incamminò verso il suo chalet. Verso Alaska.

———

Yong camminava avanti e indietro con impazienza nella sua stanza d'albergo. Si era cambiato e aveva indossato dei pantaloni neri cargo, una maglietta nera, gli scarponcini da trekking e aveva caricato la pistola che era andato a ritirare da un contatto appena arrivato negli Stati Uniti. Era ridicolo quanto fosse facile procurarsi armi da fuoco in quel Paese, ma dato che era perfetto per le sue esigenze, non si lamentava.

In realtà non aveva intenzione di sparare a nessuno, se poteva evitarlo. La pistola era solo per assicurarsi che Alaska lo assecondasse docilmente. E dopo quel pomeriggio, era doppiamente contento di averla. A Yong non erano sfuggiti gli sguardi protettivi che Vandine le aveva lanciato. Sapeva che quell'uomo non era suo marito, come invece aveva detto al russo. Uno degli altri proprietari si era lasciato sfuggire che nessuno di loro era sposato. Era comunque una complicazione il fatto che si scopasse il suo soccorritore, ma non era inaspettato.

Anche lui se fosse stato nei suoi panni avrebbe approfittato della situazione per scoparla. Le donne erano prevedibili e facili. Alaska doveva essere stata così sopraffatta dalla gratitudine che probabilmente aveva allargato le gambe per lui prima ancora che tornassero negli Stati Uniti.

Ma i sentimenti di Vandine non avevano importanza. Nemmeno quelli di Alaska. Lei era sua. Sua, dannazione! Aveva pagato per averla, senza barare. Quindi, quella sera, in un modo o nell'altro se ne sarebbe andata con lui.

Quando quel giorno aveva finalmente avuto la possibilità di toccarla, aveva rischiato di far saltare la sua copertura. Avrebbe voluto rivendicarla subito. La sua mano era così morbida, e il modo in cui aveva tremato lo aveva talmente eccitato che aveva dovuto fare il possibile per nascondere l'erezione.

Nel profondo, anche lei sapeva di essere sua. Che lui era il suo padrone. Godeva della sua paura, e sarebbe aumentata vertiginosamente una volta che l'avrebbe costretta a fare ciò che voleva. All'inizio avrebbe combattuto, non c'erano dubbi, ma si sarebbe arresa presto. Lo facevano tutte.

Vandine poteva essere un problema, ma niente che non avrebbe potuto gestire. La visita di quel giorno era stata perfetta. Era riuscito a studiare l'area senza destare sospetti. Sapeva in quale chalet viveva Alaska, dove si trovavano anche gli altri e aveva scoperto che gli animali nella proprietà non erano un problema; erano molto docili e se lo avessero visto aggirarsi, non si sarebbero agitati allarmando di conseguenza qualcuno.

Doveva aspettare che fosse buio, poi avrebbe fatto la sua mossa. Aveva preso in prestito un'auto da un uomo che gli aveva pagato una cifra sbalorditiva per essere il primo ad avere Alaska... dopo di lui, ovviamente. Il tizio aveva persino perlustrato la proprietà. C'era un percorso sterrato, probabilmente un vecchio sentiero che usavano per trasportare legna, in prossimità dalla strada principale che portava a Los Alamos. Yong avrebbe parcheggiato lì, attraversato il bosco, creato dei diversivi per tenere tutti occupati, quindi sarebbe andato a recuperare la sua proprietà.

Se fosse stato necessario, avrebbe usato la pistola per uccidere chiunque avrebbe osato mettersi sulla sua strada.

Più ci pensava, più gli piaceva la possibilità di eliminare Brick. Era chiaramente ossessionato dalla puttana e farlo fuori sarebbe stata la cosa più intelligente da fare. Gli altri sarebbero rimasti così scioccati e spaventati dalla morte del loro amico che probabilmente ci sarebbero volute ore prima che scoprissero che Alaska era scomparsa. Sempre se tenevano a lei.

Era meno attraente di quanto aveva pensato. Il russo aveva mentito un po' nel descriverla, ma non aveva importanza. Yong aveva pagato per averla e c'erano troppi clienti in attesa e troppi soldi in ballo per interrompere quel piano. Se necessario, le avrebbe messo un sacchetto in testa in modo che i suoi clienti non potessero vedere quanto fosse insignificante.

Yong sorrise. Aveva lavorato duramente e a lungo, ed era quasi arrivato il momento. Si era infuriato quando aveva scoperto che la sua proprietà era stata intercettata, ma ora si stava divertendo come non succedeva da anni.

«Presto» mormorò. «Presto sarai mia.»

CAPITOLO DICIOTTO

BRICK E ALASKA riuscirono ad andare a passeggiare nel bosco più tardi di quanto avrebbe voluto. Non appena tornato a casa, Spike lo aveva chiamato dicendogli che c'era una perdita d'acqua in uno degli chalet, così se n'era occupato. Poi un ospite aveva riferito di aver visto un orso vicino al resort. Era possibile, dato che le montagne più alte che circondavano il Rifugio erano abitate dagli orsi neri, ma da quando avevano aperto, non c'era mai stato un avvistamento.

In ogni caso, era andato a controllare con Tonka, quindi aveva trascorso un bel po' di tempo a rassicurare gli ospiti che nessuno sarebbe stato mangiato, che l'orso non sarebbe entrato nei loro chalet e che anche se non era permesso portare armi nella proprietà, Brick e gli altri proprietari ne possedevano e avrebbero potuto affrontare la minaccia qualora si fosse presentata.

Quando tornò allo chalet, era praticamente ora di cena. Non voleva che Alaska facesse una camminata, anche se breve, senza prima mangiare, così si era offerta di preparare un pasto veloce mentre lui faceva la doccia.

Era stupido lavarsi prima di fare un'escursione, ma ovviamente lei aveva capito che aveva bisogno di un momento per rilassarsi, quindi accettò volentieri la sua offerta e scomparve in bagno.

Si prese il suo tempo, lasciando che l'acqua calda gli battesse sulla schiena, sul collo e sulle spalle. Si sentì molto meglio dopo, riuscì anche a sorridere perché sapeva che Alaska amava come profumava dopo la doccia.

Mangiarono le patate dolci che aveva cotto nel microonde e i broccoli al forno, poi uscirono all'aria fresca della sera. Quando si avviarono il sole stava iniziando a tramontare.

Una delle cose che gli piacevano della sua donna era che era sempre pronta a fare qualsiasi cosa. Escursioni al buio? Nessun problema. Provare una posizione sessuale di cui non aveva mai sentito parlare? Ci dava dentro. Affrontare un problema sul sito web? Accettava la sfida. Brick non era mai stato con una donna così disposta a sperimentare cose nuove.

«Sai, la maggior parte delle donne si sarebbe rifiutata di uscire a camminare sapendo che sarebbe diventato buio praticamente appena partiti» le disse.

Alaska rise. «Ti dimentichi che l'abbiamo fatto anche ieri sera.»

«È vero, e non hai battuto ciglio.»

«Perché ero ancora euforica da tutto quel sesso» ribatté con ironia.

Brick ridacchiò.

«Ma per la cronaca, con te al mio fianco andrei ovunque e farei qualsiasi cosa.»

L'emozione gli impedì di replicare per un attimo. Alla fine, disse: «Ho il terrore che ti succeda qualcosa quando sei con me.»

Lei non si irrigidì nemmeno. Le stava tenendo la mano ma non vide, né percepì, alcun cambiamento nel suo comportamento.

«Non dovresti. Pensi che non abbia notato come mi tieni

costantemente d'occhio? Che mi passi un'arancia dopo pranzo quando pensi che potrei aver bisogno di uno spuntino? Che intervieni per mediare se c'è un ospite difficoltoso? O che ti assicuri che io non abbia freddo quando ci sediamo sul terrazzo? Drake, sei più in sintonia con i miei bisogni di me. È ovvio che mi fido di te.»

La sua voce si abbassò mentre continuava. «Sei venuto quando ne ho avuto più bisogno. Non eri obbligato, non mi conoscevi nemmeno bene. Eppure non hai esitato. Ti amo per quello che sei, ma finché vivrò non dimenticherò mai ciò che hai fatto. Hai dimostrato di tenere a me nel modo più straordinario possibile.»

La mano di Brick si strinse attorno alla sua. «Non ci sono stato per la mia squadra» disse dopo un momento.

«Stronzate» replicò lei con forza. «Ciò che è successo non è dipeso da te. So che dirti che non dovresti sentirti in colpa non serve a nulla, ma sul serio, Drake, sopravvivere a quell'esplosione è stato un dono, e lo avrebbero detto anche i tuoi amici. Sappiamo entrambi che avresti fatto qualsiasi cosa pur di salvarne anche solo uno.»

Non aveva torto. Brick ne aveva parlato in continuazione con gli psicologi. Il senso di colpa del sopravvissuto era insidioso. Proprio quando pensava di averlo domato, ricompariva.

Alaska si fermò in mezzo al sentiero e si mise davanti a lui. Gli posò le mani sulle guance e gli inclinò la testa così che non avesse altra scelta che incontrare il suo sguardo. «Mi meriti» disse con dolcezza. «Proprio come io merito te. Questo posto, il Rifugio, è il tuo tributo a Vader, Monster, Bones, Rain e Mad Dog. Sarebbero così dannatamente orgogliosi di te. Proprio come lo sono io.»

Il fatto che ricordasse i nomi dei suoi amici e non avesse paura di parlare di loro, gli alleggerì il cuore. Non meritavano di essere dimenticati.

Annuì, troppo emozionato per riuscire a dire qualcosa.

A quanto sembrava, Alaska non si aspettava lo facesse, infatti si alzò in punta di piedi e lo baciò con tenerezza, poi gli prese di nuovo la mano e proseguirono lungo il sentiero. Camminarono a passo svelto senza parlare.

Brick era sollevato che lei non sentisse la necessità di riempire il silenzio. Aveva bisogno della quiete del bosco. Di tenerle la mano. Del suo tacito supporto. Un po' del senso di colpa sarebbe sempre rimasto lì, nel profondo, ma avrebbe fatto del suo meglio per tenerlo a bada il più possibile. Alaska aveva ragione, si meritavano a vicenda.

Camminarono senza una destinazione in mente. A un certo punto, Brick uscì dal sentiero principale per prenderne uno meno utilizzato. Non c'erano punti panoramici, dato che stavano percorrendo un tratto più fitto di bosco, ma sembrava non le importasse.

Erano probabilmente a circa tre chilometri dal Rifugio, la luce del giorno stava calando rapidamente, quando a Brick vibrò il telefono in tasca.

Sospirò frustrato. Avrebbe potuto lasciarlo nello chalet o spegnerlo, ma sentiva un senso di responsabilità troppo forte nei confronti dei suoi amici per farlo. Guardò lo schermo e vide che era Tiny.

«Che c'è?» rispose.

«Dove sei?» gli chiese l'altro invece di salutarlo.

Il tono della sua voce lo mise subito in allerta. Smise di camminare e percepì Alaska fissarlo preoccupata, ma tutta la sua attenzione era concentrata sulla conversazione con Tiny. «Sul sentiero numero quattro, a circa tre chilometri. Perché?»

«Elizabeth ci ha richiamati con informazioni su Choo. Prima di tutto, il suo nome non è Bolin Choo, ma Yong Chen. È lui, Brick.»

«Lui chi?» chiese confuso.

«*Lui*. La persona che ha comprato Alaska dal russo.»

Per un paio di secondi tutto intorno a lui diventò nero,

poi sentì divampare dentro di sé una furia così intensa che pensò che la sua pelle stesse andando a fuoco. «*Che cosa?*»

«È stato bravo, ha coperto molto bene le sue tracce, ma Elizabeth è più in gamba. La sua tenacia ha dato i suoi frutti e lo ha trovato. A quanto pare, usava il nome Bolin Choo quando ha iniziato a dedicarsi al traffico sessuale. Da allora lo ha cambiato più volte, ma alla fine quello è stato sufficiente per trovarlo. Ha comprato Alaska dal russo e non era nemmeno il suo primo acquisto. Finora Elizabeth ha collegato a lui una ventina di donne scomparse. Da tutto il mondo. Sono letteralmente sparite senza lasciare traccia. Credo che Choo – scusa, *Chen* – si sia incazzato quando Alaska non è arrivata come previsto e ha subito iniziato a fare dei piani per riaverla.»

«È qui per lei» disse Brick. «Quindi è stata tutta una messinscena.»

«A quanto pare. Ma non è la cosa peggiore» dichiarò Tiny.

«Che altro c'è?» sbraitò.

«Ha in ballo un profitto di tre milioni di dollari con clienti che vogliono un turno con lei. Dai messaggi e dalle chat room che Elizabeth ha trovato, ha intenzione di affittarla a oltre tre dozzine di uomini. Sembra che il suo piano sia portarla a Los Angeles, rimanerci per un mese o giù di lì, poi tornare in Cina tutto contento con il conto in banca lievitato... e senza Alaska.»

Sapeva cosa ciò significasse senza doverlo chiedere. Lo stronzo l'avrebbe venduta ad altri uomini e quando per lui sarebbe arrivato il momento di tornare a casa, si sarebbe sbarazzato di lei senza pensarci due volte.

«Drake?» lo chiamò Alaska con voce tremante, mettendogli una mano sul braccio.

«Dammi un secondo» le rispose, lottando per controllare la rabbia.

Odiò che si fosse allontanata di un passo al suo tono, ma

stava cercando di aggrapparsi con tutte le forze al suo auto-controllo per non perderlo del tutto. Quello era letteralmente il suo peggior incubo diventato realtà.

«Dov'è adesso?» chiese a Tiny.

«Non lo sappiamo. Per questo ti ho chiamato. Non è in hotel, ma non ha fatto il check-out.»

«Sta venendo a prenderla» disse Brick in tono quasi piatto. Aveva cercato di reprimere le sue emozioni fino a quel momento e stava andando avanti per puro istinto.

«Pensiamo di sì» concordò.

«Per quello era così interessato a visitare la proprietà. Stava studiando il posto.»

«Esatto. Quindi dovete tornare qui e nascondervi. Noi...»

Tiny si interruppe quando risuonò un forte boato attraverso il telefono.

«Che cazzo è stato? Tiny?» urlò Brick.

«Porca puttana! *Cazzo*! C'è stata un'esplosione vicino allo chalet dei prigionieri di guerra. Sta andando a fuoco. Per fortuna non c'è nessuno in questo momento» rispose.

Gli si strinse lo stomaco. Quel Chen non stava scherzando. Poi sentì un altro rumore in sottofondo. «Cos'è?»

«Fuochi d'artificio. Un sacco. Stanno scoppiando tutto intorno.»

«È un diversivo» replicò. All'improvviso si sentì completamente calmo.

«Sì. Gli ospiti stanno andando fuori di testa.»

«Chiudili dentro» gli ordinò.

«Lo stiamo già facendo. Stone sta attuando le procedure di emergenza, ma gli ospiti per cui i fuochi d'artificio sono un fattore scatenante saranno difficili da calmare.»

Brick non aveva dubbi che Chen ne fosse a conoscenza.

«Non torniamo lì» disse al suo amico.

Poteva sentire Tiny respirare con affanno, come se stesse correndo. «Va bene.»

Era sollevato che non avesse fatto domande.

«La porto al bunker uno-undici.»

«Ricevuto.»

Quello che nessuno sapeva, tranne gli uomini che possedevano il Rifugio, era che c'erano sette bunker sotterranei nascosti nella proprietà. Nella foresta. Avevano dato loro dei numeri come riferimento in caso di emergenza. Se guardando il quadrante di un orologio standard il lodge si posizionava alle sei, gli chalet si trovavano dalle ore nove alle tre. Quindi li avevano nominati in base alla loro posizione. Il bunker uno-zero-uno era all'una, appena a nord-est del lodge. Il bunker uno-zero-nove era alle nove.

Erano situati nei boschi intorno agli chalet principali e ogni bunker era rifornito con cibo e acqua sufficienti per un mese. Erano semplici, progettati per consentire agli uomini di nascondersi lì se necessario, ed erano mimetizzati così bene che era impossibile che qualcuno ci si potesse imbattere per sbaglio. In effetti, ci si poteva camminare sopra e non accorgersi di nulla. Quando avevano costruito il Rifugio, erano stati una necessità per la tranquillità dei proprietari. Tre anni più tardi, ci pensavano raramente.

Fino a quel momento.

Brick non era mai stato così felice di avere quel nascondiglio perfetto.

«Fate attenzione. Quel tizio è armato» lo avvertì Tiny. «Ho appena sentito uno sparo. Ha in ballo tre milioni di dollari, è chiaro che vuole Alaska e farà di tutto per prenderla. Compreso farti fuori.»

«Non succederà» dichiarò Brick con fermezza. «Tienimi aggiornato. Avete la situazione sotto controllo?»

«Sì.»

Brick non sapeva se il suo amico stesse mentendo o meno, ma al momento non poteva fare nulla e aveva cose più importanti in mente, ovvero portare Alaska al sicuro.

«C'è Mutt con te?» gli chiese Tiny.

Brick abbassò lo sguardo. Il suo cane fedele e leale sembrava essere sempre in grado di leggere il suo stato d'animo, perché era accucciato al fianco di Alaska, praticamente sopra il suo piede, senza distogliere lo sguardo dal viso del padrone.

«Sì.»

«Ok, mi assicurerò che Tonka sappia che è al sicuro.»

In caso di emergenza, quando dovevano attuare procedure di lockdown, Tonka si occupava degli animali, e prendeva molto sul serio il suo lavoro.

«Quando avrò parlato con tutti, vengo verso di voi» continuò il suo amico. «Porto anche uno degli altri. Troveremo quel bastardo. Questo è il nostro territorio. Chen ha appena commesso l'errore più grande della sua vita.»

«Porto Alaska al bunker uno-undici, ci incontriamo lì» disse Brick.

«La lascerai lì da sola? È da un po' che non controlliamo le batterie delle luci di emergenza. Ce ne siamo dimenticati.»

«*Cazzo*.»

«Ce la faremo» lo rassicurò.

Brick non si sentì affatto rassicurato. Aveva già dovuto guardare i suoi compagni di battaglia morire davanti a lui, non pensava di riuscire a stare in disparte e lasciare che i suoi nuovi amici si occupassero di un problema che sentiva essere suo, ma allo stesso tempo non era sicuro di poter lasciare Alaska da sola, soprattutto se le luci di emergenza nel bunker non funzionavano. Aveva una torcia ad alta potenza, ma dubitava che sarebbe stata sufficiente.

«Tienimi aggiornato» si limitò a dire.

«Ricevuto. Guardati le spalle.»

Chiuse la chiamata, si infilò il telefono in tasca e si voltò verso di lei.

La luce del giorno ormai era svanita quasi del tutto e

presto sarebbe stato buio pesto nei boschi. La sera prima non lo aveva preoccupato, non aveva avuto dubbi che sarebbero tornati a casa sani e salvi, ma adesso, quando c'era un uomo che li stava cercando, il buio non era molto confortante.

«Che problema c'è?»

Non aveva il tempo di spiegarle tutto, ma la rispettava troppo per non metterla a conoscenza di ciò che stava succedendo. «Per farla breve, Choo in realtà è Yong Chen. È l'uomo che ti ha comprata dal russo.»

Alaska barcollò per lo shock e Brick odiò profondamente vedere quella reazione, ma era più sicuro per lei sapere che esisteva una minaccia.

«Oh mio Dio» sussurrò. Cominciò a strofinarsi ripetutamente il palmo della mano destra contro la coscia. «Mi ha toccata!»

Brick si sentì morire. Le prese la mano e la tenne stretta, anche quando lei cercò di strapparla via. «Non ti toccherà *mai più*, cazzo» ringhiò.

Ci mise un po', ma pian piano la vide riprendere il controllo delle emozioni. «Allora qual è il piano? Immagino che sia qui.»

«Ha dato fuoco allo chalet dei prigionieri di guerra e ha fatto esplodere dei fuochi d'artificio vicino al lodge» le spiegò.

«Oh no! I nostri poveri ospiti! Devono essere sconvolti!»

Doveva immaginare che si sarebbe preoccupata più per gli altri che del fatto che l'uomo che l'aveva comprata come se fosse un pezzo di carne era nella proprietà. «È armato e credo che sia qui per te» continuò senza mezzi termini. «Ma non ti avrà.»

Alaska iniziò a tremare, ma chiese: «E adesso che facciamo? Sa dove siamo? Verrà qui a cercarmi?»

«Penso che andrà nel nostro chalet e quando vedrà che non ci siamo, capirà che siamo qui da qualche parte. Oggi abbiamo parlato a lungo della mia passione per l'escursionismo e quali sono i miei sentieri preferiti. Ha anche visto una mappa dell'intera proprietà. Penserà che sei qui fuori con me.»

«Dove possiamo andare? Dove possiamo nasconderci?» chiese, con voce più decisa.

Nonostante Brick fosse consapevole che l'uomo che voleva rapirla per i suoi scopi perversi probabilmente stava perlustrando il bosco proprio in quel momento, si avvicinò a lei e la attirò a sé finché i loro corpi non furono appiccicati.

«Ci penso io. Ti *proteggerò*. Ti ho appena trovata, non ho intenzione di perderti. Quello stronzo non ti metterà le mani addosso. Per niente al mondo.»

Le sue parole sembrarono calmarla. La sentì fare un respiro profondo e poi buttarlo fuori lentamente. «Ok.»

«Ok» concordò. Le strinse la mano in una presa indissolubile poi si allontanarono dal sentiero dirigendosi verso est. Sapeva esattamente dove si trovavano e dove fosse il bunker più vicino, quello che chiamavano uno-undici. Mutt rimase dietro di loro, mai a più di qualche passo.

Brick non avrebbe voluto usare la torcia ma non aveva altra scelta. Sarebbe stato come un faro che brillava su di loro se Chen fosse stato nelle vicinanze, ma ne aveva bisogno se voleva portarla in salvo.

Camminò velocemente, sorreggendo Alaska quando inciampava senza mai lamentarsi una volta.

Quando arrivarono nel punto in cui si trovava il bunker, la condusse accanto a un albero e disse: «Rimani qui. Torno subito.»

«Ok.»

Brick esitò. «Ce la faremo, Al. Te lo prometto.»

Lei annuì con coraggio.

«Mutt, resta.» Il cane si accucciò, ancora una volta quasi sopra i piedi di Alaska.

Spense la torcia e chiuse gli occhi per un attimo, per

abituarli all'oscurità. La sentì inspirare bruscamente e capì che stava cercando di tenere sotto controllo la sua paura.

Quando li riaprì, riuscì a distinguere la vegetazione intorno a lui. Andò verso un piccolo gruppo di alberi poco più avanti, a nord dei quali c'era un'area pianeggiante che nascondeva il bunker. Si chinò, e dopo aver cercato per alcuni secondi, trovò l'anello sul coperchio circolare e lo sollevò.

Quel particolare bunker era uno dei più piccoli della proprietà, e non era l'ideale considerando le circostanze. Avrebbe preferito andare nell'uno-zero-sette, che era più spazioso e non le avrebbe riportato alla mente tanti brutti ricordi, ma non voleva nemmeno rischiare di rimanere all'esterno più a lungo del dovuto. Una volta lì dentro, Chen non l'avrebbe trovata, e Brick avrebbe potuto mettersi a caccia.

Mentre fissava l'oscurità di quello che sapeva essere uno spazio di due metri e mezzo per uno e mezzo, gli venne il dubbio che Alaska non sarebbe stata in grado di gestire la situazione. I bunker non erano stati costruiti per viverci a lungo. Erano più simili a dei nascondigli, nel caso i loro demoni interiori avessero avuto la meglio. Erano intesi come luogo temporaneo per ritrovare l'equilibrio e per tenere al sicuro gli altri, se necessario.

«Drake?» sussurrò Alaska dietro di lui.

Si voltò subito per tornare da lei. «Sono qui» disse piano, mentre si avvicinava.

«Che succede? Non capisco perché siamo qui.»

Le mise un braccio intorno alla vita e la condusse verso il buco nel terreno. «Ora ti dico una cosa che sanno solo sette persone al mondo. Qui intorno ci sono degli spazi sicuri. Dei bunker che abbiamo costruito per nasconderci se fosse servito.»

«Oh! Che cosa intelligente» disse, sorprendendolo. Aveva pensato che potesse arrabbiarsi, offendersi o restarci male per il fatto che non gliene avesse mai parlato, ma avrebbe dovuto immaginare che la sua Alaska avrebbe capito perché lui e i suoi amici avevano bisogno di mantenere il segreto.

«Dov'è... oh!» esclamò, mentre fissava il piccolo buco nel terreno delle dimensioni di un tombino. Poi lo guardò e sussurrò: «È sotterraneo.»

«Sì, tesoro.» Non le disse che essendo un bunker implicava che sarebbe stato sotto il suolo.

Si staccò da lui indietreggiando di un passo. «No. Drake... non posso.»

«Sì, *puoi*» ribatté, cercando di mostrarsi completamente rilassato. Ma non poteva essere indifferente, sapeva che per lei era una cosa terribile da affrontare, che sarebbe stato difficile.

Scosse freneticamente la testa. «No, non posso! Possiamo nasconderci dietro delle rocce o qualcosa del genere. Magari possiamo andare alla Sitting Rock?»

Brick sentì rizzarsi i peli sulla nuca. Doveva nasconderla, non gli piaceva stare così allo scoperto, soprattutto quando c'era un uomo malato e disperato che li stava cercando. Ma doveva calmarla. Non poteva semplicemente infilarla nel bunker e lasciarla lì. Non glielo avrebbe mai perdonato, e la sua salute mentale non poteva sopportarlo.

Si avvicinò a lei e le sussurrò: «Respira, Al.»

«Ci sto provando» ribatté ansimando.

«Rallenta i respiri» le ordinò. E poi gli fu chiaro che non l'avrebbe lasciata, non avrebbe mai fatto una cosa del genere.

Se fosse riuscito a farla entrare nel bunker, sarebbe rimasto anche lui. Andava contro tutto ciò che era, ma avrebbe lasciato che andassero i suoi amici a caccia di Chen. Si sarebbero assicurati che lui e Alaska rimanessero al sicuro. Potevano anche essere un po' emotivamente instabili e non avere mai fatto una missione insieme, ma erano una squadra tanto quanto lo erano stati i suoi compagni SEAL.

Brick la attirò a sé, sorpreso di rendersi conto di aver

bisogno di quel contatto quanto lei, che si aggrappò al suo corpo affondandogli le dita nella schiena.

«Così. È tutto a posto. Ci sono io» la tranquillizzò. «Non ti lascerò. Entreremo nel bunker e aspetteremo che Tiny si metta in contatto con me per dirmi che hanno preso Chen. Andrà tutto bene, te lo prometto.»

Il corpo di Alaska continuava a tremare e si costrinse a darle tempo.

Lei alzò la testa prima di quanto pensasse e fece un respiro profondo. «Non mi lascerai?»

«No. Mai.»

«Ok. Posso farcela» disse più a se stessa che a lui.

Non era mai stato più orgoglioso di nessuno in tutta la sua vita. Non le mancò di rispetto chiedendole se fosse sicura, si limitò a girarla di nuovo e poi si avvicinarono all'entrata. «Prima manderò giù Mutt, poi entreremo noi, insieme.»

Alaska fissò il buco. «È possibile?»

Brick ridacchiò. «Be', tu scenderai alcuni gradini, e io sarò proprio dietro di te. Non ti manderei mai giù da sola, ma non ti lascerei nemmeno quassù. Quindi vediamo che succede un passo alla volta. Ok?»

Annuì.

«Mutt, giù, controlla.»

Come se il cane l'avesse fatto centinaia di volte, si abbassò e scese i pioli che portavano nello spazio sottostante; ce n'erano solo sei. Brick accese la torcia e puntò il raggio verso l'interno. «Va bene, Al, tocca a te.»

Le sue mani tremavano mentre si sedeva per terra e metteva i piedi sul primo gradino. Poi si abbassò un po' e si girò in modo da trovarsi di fronte al bordo, e cominciò a scendere all'indietro.

Lui la seguì subito, ma non si girò, anche se la posizione era imbarazzante perché la testa di Alaska era all'altezza della sua pancia mentre proseguivano. Brick richiuse il portello rotondo e il rumore metallico risuonò nel piccolo spazio.

Preoccupato, la guardò negli occhi. Sembrava sul punto di andare fuori di testa. Quel rumore doveva essere stato terribile da sopportare. Fece rapidamente gli ultimi due gradini e la prese di nuovo tra le braccia.

«Tutto ok. Sei stata bravissima. Sono qui» mormorò, mentre lei tremava come una foglia. Si inginocchiò, dato che il bunker non era abbastanza alto da permettergli di stare dritto, portandola con sé, poi si spostò fino ad appoggiare la schiena alla parete di ferro.

«Non lasciarmi andare!» lo implorò. «Oh mio Dio, non credo di poterlo fare» sussurrò.

«Sì, puoi» ribatté lui. «Sei così coraggiosa. Alaska, puoi fare qualsiasi cosa tu voglia. Lo so.»

«Non questo. E se dovesse trovarmi? Mi farà del male. Non posso... non posso farlo!»

«Non succederà. Questo bunker è introvabile.» Se lo stava inventando, ma non gli importava. «I ragazzi sanno dove siamo. L'ho detto a Tiny, e lui lo dirà agli altri. Non è come in quel container, Al. Qui c'è cibo, acqua, aria... c'è un foro nella parte posteriore che possiamo aprire e chiudere quando ne abbiamo bisogno. Pensi che lascerei che ti succeda qualcosa? Per niente al mondo.»

Brick aveva posizionato la torcia in modo che il raggio fosse rivolto verso l'alto. Illuminava abbastanza bene lo spazio e sperava che quando fosse riuscita a pensare in modo più lucido, avrebbe visto che quel posto non era per niente simile al container in cui l'avevano rinchiusa.

Ci vollero diversi minuti, ma alla fine smise di tremare. Girò persino la testa e appoggiò la guancia contro la sua spalla invece di tenere il viso sprofondato nel suo collo. Si guardò intorno senza lasciarlo andare.

Brick cercò di vedere il bunker attraverso i suoi occhi. Era piuttosto austero. Contro una parete c'erano taniche d'acqua e contenitori con razioni MRE, i pasti pronti da mangiare. Un sacco a pelo era stato arrotolato in un contenitore sottovuoto. Vicino alle altre forniture c'era anche una toilette compostante. Brick fece una smorfia. Cazzo, Alaska avrebbe potuto non sopportarne la vista.

Con sua sorpresa, la sentì rilassarsi ancora di più contro di lui.

«Come va?» le chiese.

«Io... non mi piace questo posto, ma la luce, il cibo, tu... aiutano.»

Mutt scelse quel momento per farsi spazio in mezzo a loro, e praticamente strisciò in braccio ad Alaska.

Si sorprese quando la sentì ridacchiare.

«Immagino che anche lui voglia farsi coccolare» disse.

Brick lo aveva addestrato a riconoscere i segnali di stress. Pensava che il cane in quel momento fosse piuttosto sopraffatto da tutte le emozioni che provenivano da loro, e stava facendo il possibile per aiutarli.

A ogni minuto che passava, Alaska si rilassava sempre di più, mentre lui diventava sempre più teso. Non poteva fare a meno di chiedersi cosa stesse succedendo là fuori. Avevano trovato Chen? Li stava ancora cercando? Aveva sparato a qualcuno degli ospiti o ai suoi amici?

Non si sentiva a suo agio a non fare nulla e a lasciare che gli altri si mettessero in pericolo, ma non si sarebbe mosso di un centimetro finché Alaska avesse avuto bisogno di lui.

CAPITOLO DICIANNOVE

IL CUORE di Alaska batteva così forte che pensò avrebbe avuto un infarto. L'unica cosa che le impediva di crollare era la presenza di Drake.

Quando aveva capito che voleva che scendesse in quel buco nel terreno, era andata nel panico. Era una situazione troppo simile a quando l'avevano rinchiusa in quel container in Russia e si era resa conto di cosa le sarebbe successo.

Ma lì non era in Russia, e non era sola. Non sarebbe stata spedita a un uomo malvagio per scopi nefasti. Era nel New Mexico. Con Drake. L'uomo che amava da tutta la vita. E con Mutt. E aveva cibo, acqua e, se necessario, un posto morbido dove dormire. Ignorò il wc che aveva notato nell'angolo. Non voleva pensarci, le ricordava troppo l'altro.

Più a lungo restava seduta per terra tra le sue braccia, con il peso caldo del corpo di Mutt contro la pancia, più le diventava facile affrontare quella situazione. Non le piaceva stare lì, ma con la luce della torcia e Drake, era sopportabile.

Tuttavia, con il passare dei minuti, si rese conto che lui non si stava minimamente rilassando. Era rigido come una tavola contro di lei, contraeva di continuo la mascella e ogni tanto faceva un sospiro frustrato.

Pian piano capì che anche lui odiava stare lì dentro, ma non perché era uno spazio chiuso.

Drake era un SEAL. Magari non più in servizio attivo, ma nel profondo lo era ancora. Era un guerriero. Un giustiziere. Sapeva, senza bisogno di chiederglielo, che stare laggiù, nascondersi mentre i suoi amici si mettevano in pericolo, andava contro tutto ciò in cui credeva. Tutto ciò che era.

Dopo aver assistito impotente alla morte dei suoi compagni di squadra mentre era bloccato e ferito, stare lì doveva essere ancora più straziante di quanto lo fosse per lei.

Drake aveva detto che l'amava, ma si rese conto che non gli aveva creduto del tutto.

In quel momento capì, fin nel profondo della sua anima, esattamente *quanto* l'amasse. Lui avrebbe voluto essere là fuori, dare la caccia all'uomo malvagio che pensava fosse giusto comprare e vendere esseri umani. Per violentarli. Per fare qualsiasi cosa perversa sognasse.

Il suo Drake era un eroe e stava sopprimendo i propri bisogni e istinti per assicurarsi che *lei* si sentisse al sicuro.

Comprese ciò che doveva fare, anche se non era sicura di essere abbastanza forte.

Le ci vollero circa altri dieci minuti prima di riuscire a trovare il coraggio di parlare.

«Devi andare» disse con il tono più deciso possibile, sebbene avesse la sensazione di non essere all'altezza della donna forte e sicura di sé che voleva interpretare.

«Come, scusa?»

«Sto bene. Nessuno conosce questo posto tranne te e i tuoi amici. Quell'uomo non scoprirà dove sono. Devi andare là fuori, trovarlo, assicurarti che non stia facendo del male a nessuno al Rifugio.»

«Non ti lascio» ribatté con fermezza.

Le sue parole la fecero sentire bene, ma sapeva anche che per la sua pace mentale non era la cosa giusta da fare. Fece un respiro profondo, si voltò tra le sue braccia e scosse la testa. «Va tutto bene, Drake. *Sto* bene.»

La fissò così a lungo che si sentì quasi in trappola. Era come se stesse guardando dentro la sua anima e potesse in qualche modo leggerle la mente, vedendo quanto in realtà desiderava che restasse con lei e che, anche se aveva pronunciato quelle parole, in fondo era terrorizzata all'idea di rimanere da sola in quella scatola di ferro.

Nonostante fosse davvero terrorizzata, sapeva senza il minimo di dubbio di dovergli permettere di essere l'uomo che era. Il SEAL che era diventato dopo anni di addestramento. Drake non era il tipo di persona che si nascondeva quando tutto andava a rotoli. Voleva essere nel mezzo del caos. Non era stato in grado di salvare i suoi compagni di squadra SEAL e ciò lo divorava ancora dopo tutto quel tempo. Stare rinchiuso lì, mentre un uomo che aveva ingannato lui e i suoi amici si aggirava furtivamente nel bosco cercando di trovarla, non era nel suo DNA.

Avrebbe danneggiato il suo percorso di guarigione se fosse rimasto.

«Chiamerò uno degli altri perché venga qui con te» le disse dopo un attimo.

Alaska scosse la testa. «Non c'è tempo. Non sappiamo dove sia quel tizio. L'ultima cosa che vuoi è che uno dei tuoi amici venga ferito o che lo porti dritto da me. Inoltre, sembrava che avessero il loro bel da fare al lodge con tutti gli ospiti in lockdown. C'è Mutt qui, e so che tornerai da me il prima possibile.»

«Non mi piace» ammise con forza.

Non riuscì a trattenere uno sbuffo. «Credi che a me piaccia? Per colpa mia quel bastardo ha terrorizzato tutti i nostri ospiti. Sono seduta dentro una scatola di ferro spaventata a morte e c'è un trafficante di donne da qualche parte là fuori che vuole rapirmi. È uno *schifo*. Ma tu non sei un semplice albergatore, Drake. Sei un SEAL. Se non posso affidarmi a te per la mia sicurezza, di chi diavolo potrei fidarmi?»

Poteva praticamente vedere le rotelline girare nella sua testa. «Sei sicura?» sussurrò.

«Sì» rispose, anche se era tutt'altro che sicura. L'unica cosa che sapeva era che lo amava esattamente com'era, e dover stare con lei lo stava facendo impazzire. Non aveva dubbi che sarebbe rimasto volentieri nascosto, solo per tenerla al sicuro, ma il suo innato bisogno di sistemare ciò che non andava, di catturare quell'uomo *ora*, in modo che non potesse scomparire e ripresentarsi in un secondo momento, era più importante del suo desiderio di essere coccolata.

«Va bene. Ma ti lascio la torcia. E Mutt. Non devi uscire allo scoperto, qualunque cosa accada. So che sarà difficile, ma è importante. Finché so che sei qui al sicuro, posso fare ciò che devo. Non sarei in grado di fare bene il mio lavoro se dovessi preoccuparmi di dove sei o del rischio che tu rimanga intrappolata qui se le cose dovessero mettersi male là fuori.»

Annuì subito. Non voleva pensare alle cose che si mettevano male, era per quello che stava mandando via Drake, no?

«Ti amo così tanto» le disse, la sua voce era torturata. «Tu non ne hai idea, ma sei la persona più forte che conosca. Puoi farcela.»

Era quasi ridicolo che le stesse facendo un discorso di incoraggiamento quando tutto ciò che doveva fare era stare seduta lì, mentre lui sarebbe andato a cercare un uomo armato in mezzo a centinaia di ettari di bosco. «Posso farcela» ripeté.

Drake la baciò. Fu un bacio lungo e appassionato che le disse senza parole quanto la amasse.

Se fosse rimasto anche solo un secondo in più, Alaska sarebbe crollata e lo avrebbe pregato di restare, dicendo di non poter gestire la situazione, che quel bunker le ricordava troppo il container. «Vai» sussurrò. «Ma per favore, non dimenticarti di me.»

«Mai» giurò Drake. «Quando sarà finito tutto, una volta catturato questo stronzo, tornerò subito qui. È una promessa. Mutt, resta. Stai di guardia.»

Alaska annuì e trattenne il grido che quasi le sfuggì dalle labbra quando lui si alzò e si diresse verso la breve scala. Osservò con occhi sbarrati mentre sollevava il portello circolare e usciva dal bunker.

Mutt appoggiò la testa sulle sue gambe e fece un debole guaito.

«Ti amo» disse Drake, prima di richiuderlo.

E poi si ritrovò sola. Almeno aveva la luce della torcia. Odiava essere di nuovo in un container di ferro, ma se non altro non stava andando verso un destino peggiore della morte.

«Drake sa ciò che fa» sussurrò. «Tornerà prima che me ne accorga.»

Quelle parole non la fecero sentire meglio. A ogni secondo che passava seduta lì da sola, si sentiva opprimere sempre di più dai ricordi, dandole l'impressione che le pareti si stessero chiudendo intorno a lei.

Poi Mutt la colpì col muso sulla mano e Alaska sussultò. Giusto. Non era su un treno, era nel New Mexico. Drake l'amava e sarebbe tornato il prima possibile.

Ripeté quelle parole nella testa come una litania.

Drake mi ama e tornerà a prendermi il prima possibile.

Il silenzio intorno a lei era inquietante. Si sforzò per sentire qualcosa, qualsiasi cosa, ma l'unico rumore nel bunker era il suo respiro affannoso e quello più lieve del cane.

Drake mi ama e tornerà a prendermi il prima possibile.

Drake mi ama e tornerà a prendermi il prima possibile.

Quelle parole diventarono il suo mantra. Alaska si

aggrappò alla pelliccia di Mutt come fosse un'ancora di salvezza. Poteva farlo. Era stata lei a dire a Drake di andarsene... non poteva crollare ora. L'ultima cosa che voleva era che lui tornasse e scoprisse che era andata completamente fuori di testa.

———

Ogni passo che lo allontanava dal bunker era straziante. Sapeva che Alaska stava soffrendo. Era stata davvero coraggiosa, ma era un grosso sacrificio per lei.

Nonostante lo sapesse, se n'era comunque andato.

Non si era sbagliata. Restare lì nascosto mentre i suoi amici cercavano Chen, sapendo che avrebbero potuto essere in pericolo mentre lui non stava facendo nulla per aiutarli, era stato fisicamente e mentalmente doloroso. Quella situazione aveva minacciato di ricacciarlo nel luogo oscuro in cui si era trovato subito dopo che i suoi compagni di squadra SEAL erano stati uccisi.

Ma ora era diverso. Aveva bisogno di dare una mano a trovare Chen, non solo perché la sua psiche lo richiedeva, ma anche perché non aveva dubbi che il bastardo non avrebbe mai smesso di cercare Alaska.

Per qualche ragione ne era ossessionato, e gli uomini ossessionati erano i più pericolosi. Se non l'avesse trovata quel giorno sarebbe fuggito e avrebbe escogitato un nuovo piano. Avrebbe mandato qualcun altro, magari in qualità di ospite. Lei avrebbe dovuto guardarsi costantemente le spalle e Brick non voleva che succedesse.

Di certo non voleva pensare all'eventualità che venisse usata come un oggetto sessuale per Chen e i suoi amici pervertiti del dark web.

No, quell'uomo doveva essere eliminato e Brick doveva avere un ruolo nel farlo.

Il problema era che non appena aveva lasciato il bunker, tutto dentro di lui gli aveva urlato di tornare indietro, che Alaska aveva bisogno di lui e che probabilmente stava andando fuori di testa a stare da sola in quel contenitore di ferro.

Era lacerato e ciò lo fece incazzare ulteriormente. Era colpa di Chen se lei aveva paura, se aveva dovuto lasciarla, se avesse avuto una ricaduta e si fosse chiusa nella sua mente per proteggersi.

Quell'uomo stava per pagare. Per aver terrorizzato Alaska, per aver spaventato gli ospiti del Rifugio. Per essere un individuo malvagio.

Ma prima doveva trovarlo.

Facendo il possibile per attenuare la sua preoccupazione per lei, Brick ripensò a ciò di cui aveva parlato con Chen durante la giornata. Avevano passato molto tempo insieme, chiacchierato del più e del meno... o almeno così aveva pensato. Ora si rendeva conto che aveva cercato di farlo parlare per carpire informazioni, per cercare di scoprire la sua routine, i suoi programmi.

Gli venne in mente una conversazione che aveva accennato ad Alaska. Chen gli aveva chiesto quali fossero i suoi posti preferiti nella proprietà. In quel momento aveva pensato che stesse solo cercando di saperne di più sul Rifugio per suggerire miglioramenti, ma ora si stava chiedendo se...

Gli aveva detto che la Table Rock era uno dei posti migliori per fare un picnic.

Aveva descritto il percorso non troppo difficile da raggiungere, dicendo che gli ospiti lì si godevano la pace e la tranquillità della zona, oltre al panorama. Quanto fosse un ottimo posto per rilassarsi.

Il bastardo gli aveva fatto un sacco di domande; quanto era lontano dal rifugio, se le persone che non erano abituate a fare attività fisica avrebbero potuto arrivarci facilmente, se era accessibile al buio.

Cosa più importante, Brick aveva subito confessato che lui e Alaska ci andavano sempre, anche di notte, perché era uno dei posti migliori per guardare le stelle.

Era possibile che Chen pensasse che quella sera sarebbero stati lì? Che non si sarebbero accorti o non sapessero cosa stava succedendo al lodge e agli chalet? Era così stupido?

Dopo tutte le cose che l'uomo aveva fatto in modo così cauto – il dark web, andare negli Stati Uniti, trovare tutti i clienti – poteva davvero aver pensato, non trovando Alaska nello chalet, che sarebbero stati alla Table Rock?

Valeva la pena tentare di scoprirlo. Altrimenti, senza nessun'altra idea, Brick avrebbe cercato in quei boschi per ore senza riuscire a trovarlo.

Si fermò un attimo ad ascoltare, sforzandosi di percepire qualsiasi segno di vita umana tra gli alberi intorno a lui. Non sentì altro che i normali suoni della foresta di notte.

A quel punto, pur sapendo che era rischioso, ma avendo bisogno di scoprire cosa stesse succedendo al resort, compose il numero di Tiny.

«Tiny.»

«Brick. Qual è la situazione?»

«L'incendio allo chalet dei prigionieri di guerra è stato spento. Tre degli ospiti hanno aiutato Stone e Owl e sono riusciti a domarlo prima che perdessimo tutto.»

«Bene. Come stanno tutti?»

«Nervosi, ma resistono. Molti degli ospiti hanno preso posizione alle loro finestre e stanno tenendo d'occhio quello stronzo. Dopo i fuochi d'artificio e gli spari, è stato tutto tranquillo. Tonka è giù alla stalla con gli animali... e Henley.»

«Come mai è qui?» chiese. Era insolito che la psicologa si trovasse al Rifugio a quell'ora tarda.

«Quando tutto è iniziato stava facendo una seduta non

pianificata con uno degli ospiti. Non appena si è resa conto di cosa stava succedendo è uscita per andare ad aiutare Tonka.»

«Ehm... Tonka non ha bisogno di aiuto» non poté fare a meno di dire.

«Noi lo sappiamo, ma a quanto pare Henley no. O non le importava. Presumo comunque che stia andando tutto bene laggiù, perché non ho sentito niente da lui.»

«Ottimo. Sappiamo dove si trova Chen? Aspetta, dove sei adesso?»

«Sono con Spike e Pipe. Stiamo iniziando una ricerca a tappeto. Lo stronzo deve avere una macchina qui da qualche parte. Di certo non è arrivato da Los Alamos a piedi.»

«Sono d'accordo.»

«Come sta Alaska?»

Brick si irrigidì. «È spaventata» ammise. «Non a causa di Chen, ma perché l'ho lasciata nel bunker uno-undici da sola.»

«*Cazzo*» sussurrò Tiny.

«Già. Mi ha praticamente cacciato. Sa che devo essere qui fuori a cercare quell'uomo.»

«Hai qualche idea su dove potrebbe essere? Hai passato più tempo di tutti con lui.»

«Inizierò la caccia dalla Table Rock.»

«La Table Rock? Sul serio?»

«Oggi, mentre stavamo parlando, era stranamente interessato a quel posto, e ho accennato che io e Alaska passavamo molto tempo lì.»

«Ok, noi siamo dall'altro lato della proprietà, ma possiamo venire da quella parte.»

Non gli sarebbe dispiaciuto il loro supporto, ma non poteva aspettare i suoi amici. «Non serve, ci sono abbastanza vicino.»

«È armato» gli ricordò.

«Lo so. Quel bastardo non mi farà fuori» giurò. «Ma... nel caso mi dovesse succedere qualcosa, ho bisogno che tu vada da Alaska il prima possibile. Non aspettare, Tiny. Vai e portala fuori di lì.»

«Lo farò» promise senza esitazione.

La morsa che gli stringeva il cuore si allentò leggermente. Non del tutto, non sarebbe successo fino a quando non avessero eliminato la minaccia, Alaska non fosse stata tra le sue braccia e si fosse assicurato che rimanere nascosta nel bunker non l'avesse danneggiata in modo permanente.

«Grazie. Spengo il telefono in modo che un eventuale squillo o vibrazione non avverta lo stronzo della mia presenza.»

«Certo. Saremo lì il prima possibile. Chiudo.»

Brick spense il cellulare e se lo infilò in tasca, poi si avviò verso la Table Rock. Chen probabilmente pensava che il suo piano fosse infallibile. Quel giorno aveva fatto più di un commento eloquente sugli ospiti che soggiornavano al Rifugio. Era chiaro che li ritenesse dei ritardati, senza affermarlo apertamente. In effetti, aveva suggerito di cambiarne il nome per non dare l'impressione che fosse un posto adatto solo a quelli che soffrivano di disturbo post-traumatico da stress.

Ovviamente, avevano respinto il suggerimento, ma ora era chiaro che Chen pensasse che gli ospiti non sarebbero stati una minaccia per lui o per i suoi piani. Si sbagliava. Magari si erano spaventati per l'incendio, i fuochi d'artificio e gli spari, ma erano comunque forti, e di certo molto incazzati che qualcuno avesse cercato di farli andare fuori di testa di proposito.

Più si avvicinava alla Table Rock, più la sua determinazione si rafforzava. Chen non poteva scappargli. Doveva pagare per ciò che aveva fatto alle donne in passato e aveva pianificato per Alaska. Era una minaccia per la società, e nessuno sarebbe stato al sicuro finché lui era a piede libero.

Brick in realtà non aveva nemmeno un piano. Per prima cosa, doveva trovare il bastardo, e c'era solo una probabilità del venti per cento circa che Chen si trovasse davvero lì.

L'unica cosa positiva di quella situazione era che non c'era possibilità, assolutamente nessuna possibilità, che sarebbe riuscito a mettere le mani su Alaska. Era al sicuro dove si trovava.

Sempre che fosse rimasta lì.

Non c'era alcuna garanzia che non avrebbe lasciato il bunker in preda al panico. Pregò che non ci provasse. Aveva bisogno che rimanesse nascosta, così che Chen non potesse trovarla. L'unica cosa che avrebbe potuto tenere Brick lontano dall'uomo, era se avesse usato Alaska come scudo. Come merce di scambio.

Fece del suo meglio per rallentare il respiro mentre si avvicinava all'area della Table Rock. Non aveva usato nessuno dei sentieri prestabiliti, scegliendo invece gli alberi e il sottobosco come copertura. Ogni passo era ponderato e silenzioso mentre avanzava furtivamente. A un certo punto si accucciò mettendosi in ascolto, attento a qualsiasi cosa indicasse che non era solo.

Eccolo.

Era stato lieve, ma il rumore di un ramo che si spezzava era come un'enorme insegna luminosa che indicava il suo obiettivo.

Si spostò piano e metodicamente di posto in posto, avvicinandosi al punto da cui aveva sentito provenire il rumore. La luna gli dava luce sufficiente per vedere dove stava camminando.

Quando vide Chen si irrigidì.

Si era aspettato di trovarsi davanti l'uomo con cui aveva passato la giornata. Un impostore che in mezzo alla foresta era fuori dal suo elemento, ma da ciò che intravide era ben preparato. Era vestito di nero dalla testa ai piedi e indossava un visore notturno. Aveva anche una pistola e il dito pronto sul grilletto. Le tasche dei pantaloni erano gonfie di chissà cosa, e dovette presumere che fosse ben attrezzato per un rapimento. Era probabile che avesse oggetti per sottomettere Alaska; fascette, manette, forse qualche tipo di droga per metterla fuori combattimento una volta riportata alla sua macchina, dovunque si trovasse.

Brick poteva anche non avere la pistola con sé, ma era tutt'altro che indifeso, e l'unica cosa di cui Chen *non* aveva tenuto conto era quanto potesse essere rumoroso il bosco. Ogni passo che faceva indicava la sua traiettoria.

Tenendo d'occhio l'uomo, lo seguì furtivamente mentre si dirigeva verso l'enorme roccia piatta.

Sapeva che la cosa migliore era prenderlo alla sprovvista. Sorprenderlo. Il che sarebbe stato difficile, dato che l'altro aveva un visore notturno. Pensò per un attimo a quanto gli sarebbe stata utile la torcia in quel momento, ma non avrebbe mai lasciato Alaska in quel bunker senza luce.

Poteva aspettare che Tiny e gli altri lo raggiungessero, poi avrebbero potuto circondare lo stronzo, costringerlo a posare l'arma e arrendersi.

Scartò subito quel piano. Chen non sarebbe rimasto ad aspettare che qualcuno lo trovasse. Avrebbe continuato la sua ricerca, probabilmente tornando al resort, e chissà a quel punto cos'avrebbe combinato. Gli uomini disperati agivano in modo avventato e l'ultima cosa che voleva era coinvolgere gli ospiti più di quanto già non fossero.

All'improvviso gli venne un'idea. Non sarebbe stata altrettanto efficace della sua potente torcia, ma avrebbe dovuto dargli il tempo sufficiente per far fuori Chen senza permettergli di sparare. Sperava.

Muovendosi piano per non fare rumore, tirò fuori il telefono dalla tasca. Premette il pulsante di accensione e aspettò con impazienza che si avviasse. Avrebbe avuto al massimo una frazione di secondo, un solo attimo di vantaggio.

Chen era salito sulla Table Rock e sembrava fissare l'oscurità, ma con un visore notturno poteva senza dubbio vedere lo stesso splendido panorama che gli ospiti si godevano durante il giorno.

Dato che l'uomo era di spalle, fece la sua mossa; si lanciò da dietro gli alberi e corse verso di lui.

L'altro si voltò non appena sentì il trambusto, ma Brick era pronto. Proprio mentre Chen sollevava la mano che impugnava la pistola, lui alzò il telefono e lo colpì in pieno viso con la luce della torcia.

Con il visore, sarebbe stata quattrocento volte più luminosa del normale.

L'altro voltò la testa per allontanarsi da quella luce abbagliante, ma premette comunque il grilletto. Una volta. Due. Tre volte. Sparò alla cieca in rapida successione.

Brick sentì un forte dolore al braccio ma non rallentò, non fermò la sua avanzata. Stava per lasciare cadere il telefono e placcare Chen quando l'uomo commise un errore fatale.

Fece due grandi passi indietro.

Forse per evitare la luce accecante o per cercare di nascondersi... o perché probabilmente sapeva di essere nella merda.

Qualunque fosse la ragione, quella sarebbe stata l'ultima cosa che avrebbe mai fatto.

Brick lo osservò girare freneticamente le braccia in aria mentre la roccia scompariva da sotto i suoi piedi.

La Table Rock era un posto meraviglioso in cui sedersi e godersi la tranquillità delle montagne, proprio grazie alla sua posizione sul bordo di un burrone. Non era molto scosceso come il punto in cui si trovava la Sitting Rock, ma era comunque a una buona altezza.

Mentre Chen precipitava, Brick sentì i suoi forti grugniti ogni volta che rimbalzava contro le rocce frastagliate. Il rumore che fece il suo corpo quando colpì la prima piccola sporgenza, poi la seconda, atterrando infine sul mucchio di massi appuntiti alla base, circa sei metri più sotto, fu inconfondibile.

L'adrenalina gli pompava nelle vene mentre correva verso il bordo della roccia e guardava in basso, ma non riuscì a vedere nient'altro che oscurità.

«Cazzo» mormorò. Era abbastanza sicuro che nessuno sarebbe riuscito a sopravvivere a una caduta simile per poi alzarsi e andarsene, ma aveva assistito più di una volta a eventi in cui qualcuno avrebbe dovuto essere morto all'istante e non era successo... incluso il suo.

Il buio gli impediva di vedere qualsiasi cosa. Rendendosi conto di avere ancora il telefono in mano, lo puntò oltre il bordo, ma la luce non era abbastanza potente da illuminare oltre la prima sporgenza.

Si sentì travolgere da una macabra soddisfazione quando intravide una massa scura sul fondo, ma un uomo ferito avrebbe potuto comunque rappresentare un pericolo. Brick lo sapeva meglio di chiunque altro.

Mentre si chiedeva se scendere per assicurarsi che Chen non fosse più una minaccia per Alaska o per chiunque altro, o se tornare al bunker, sentì un rumore dietro di lui.

Senza nemmeno rendersene conto, si lanciò verso i cespugli sulla sinistra, allontanandosi dalla sporgenza. Il suo primo pensiero fu che Chen fosse riuscito in qualche modo a riprendersi e stesse per tendergli un'imboscata.

Poi sentì sussurrare un *fermi*.

Erano arrivati i rinforzi.

«Tiny?» chiamò sottovoce, non ancora convinto che Chen fosse veramente morto.

«Siamo noi» disse il suo amico. «Dove sei?»

Brick emerse dai cespugli.

«Stai bene?» domandò Pipe. «Abbiamo sentito degli spari.»

«Sto bene» rispose.

«È scappato? Da che parte?» chiese Spike con urgenza.

In risposta, si voltò e indicò oltre il bordo della Table Rock.

«Maledizione» mormorò Tiny.

Spiegò brevemente ciò che era successo. «Hai una torcia? Quella del telefono non è abbastanza potente per vedere fino in fondo.»

Tiny si avvicinò al bordo della roccia, si inginocchiò per sicurezza e accese la torcia ad alta potenza. I quattro uomini scrutarono contemporaneamente oltre il burrone.

Brick sospirò di sollievo quando lo vide.

Yong Chen giaceva in fondo al precipizio. Il suo corpo contorto in una posizione innaturale, la schiena chiaramente spezzata in modo irreparabile. Aveva ancora il visore notturno e la pistola era finita tra i massi a circa tre metri da lui.

Aspettarono un attimo per vedere se l'uomo si sarebbe mosso o avrebbe emesso qualche verso. Dopo più o meno un minuto, Pipe dichiarò: «È morto.»

«Dobbiamo andare laggiù per assicurarcene» aggiunse Spike.

«Io contatto lo sceriffo» si offrì Tiny, mentre si alzava per poi girarsi verso Brick. «Cazzo, amico, stai sanguinando» disse, con la fronte aggrottata.

Si guardò il braccio, e grazie alla luce della torcia vide di avere la manica della maglia inzuppata; ora che l'aveva notato, iniziò a sentire dolore.

Lo ignorò. «Devo tornare da Alaska.»

«Devi farti controllare quel braccio» ribatté Pipe.

«La mia donna è dentro a un container di ferro, esattamente come quello in cui è stata richiusa per giorni quando l'hanno rapita. Devo andare a prenderla.»

«Va bene, almeno lascia che te lo fasci velocemente» disse Spike con calma.

Stava già tirando l'orlo della maglietta che indossava, tagliò una striscia di tessuto con il coltello KBAR che portava sempre con sé e in pochi secondi la avvolse ben stretta intorno al bicipite di Brick.

«Ecco. Almeno ora non morirai dissanguato mentre torni da lei» mormorò cupo.

«Vengo con te» si offrì Pipe.

«No» replicò, scuotendo la testa. «Non so in che condizioni la troverò.»

«Un motivo in più perché venga anch'io» sostenne.

«Se dovesse essere spaventata non credo che voglia farsi vedere in quel modo da te. È molto orgogliosa, e anche se penso che sia la persona più coraggiosa che conosco, non voglio comunque fare nulla che possa farla vergognare della sua reazione.»

Pipe sospirò. «Va bene. Ma tienici aggiornati. Chiamaci non appena arrivi e quando torni al lodge.»

Non gli sfuggì che non gli avesse consigliato di tornare alla Table Rock. Sarebbe stato impossibile non fare il nome di Alaska o nascondere il suo ruolo in ciò che era successo quella sera. Avrebbero dovuto spiegare alle autorità perché Chen era lì, quali erano i suoi piani, ma grazie a Elizabeth e alla sua ricerca molto approfondita nel dark web – e il file di tutto ciò che aveva trovato che non aveva dubbi fosse già nelle loro mail – avevano prove più che sufficienti per dimostrare che Chen non era il potenziale investitore innocente che aveva detto di essere.

Inoltre, tutti gli uomini che lo avevano pagato per trascorrere del tempo con Alaska dovevano essere rintracciati e puniti. Era probabile che le ripercussioni di quella sera sarebbero proseguite per un bel po', e purtroppo era possibile che Alaska avrebbe dovuto raccontare la sua storia parecchie volte nei giorni e nelle settimane seguenti.

Tiny e gli altri si sarebbero assicurati che lo sceriffo vedesse la situazione per ciò che era. Il visore notturno, la pistola, il modo in cui il corpo di Chen era atterrato, la ferita di Brick... tutto indicava che, per quanto lo riguardava, era stata legittima difesa.

Fece un cenno ai suoi amici, grato che fossero lì a coprirgli le spalle, e si voltò per andare da Alaska. Accese la torcia del telefono e rimase sui sentieri, così avrebbe potuto camminare molto più velocemente di prima. Quando arrivò vicino al bunker, spense la luce e si prese il tempo di studiare l'area usando i sensi.

Tutto era come lo aveva lasciato. Il terreno intorno non era stato smosso. Non si sentiva alcun suono. Ma non riusciva a far passare l'agitazione nello stomaco. Non sarebbe stato soddisfatto finché non l'avesse avuta tra le braccia e fosse stato sicuro che stava bene, mentalmente e fisicamente.

Si affrettò verso il portello e lo aprì. Fissò il buco e la prima cosa che vide fu il viso di Alaska che lo guardava.

Il sollievo che gli scorse nelle vene lo rese momentaneamente incapace di muoversi o parlare.

Per fortuna lei non ebbe lo stesso problema. Si alzò in piedi e si precipitò su per la scala così in fretta che Brick non poté far altro che afferrarla quando si gettò contro di lui. Barcollò, poi le gambe gli cedettero.

Percepì le unghie di Mutt sui gradini, e un momento dopo lo sentì correre intorno a loro eccitato, ma la sua attenzione era solo per Alaska.

«Stai bene?» chiese, cercando di sollevarle il viso. Lo aveva sepolto nell'incavo del suo collo e lo stava stringendo con tutte le sue forze.

«Al? Parlami. È stato terribile? Merda, certo che sì. Mi dispiace. Non volevo lasciarti, ma avevi ragione, dovevo farlo. Dimmi che non sei rimasta traumatizzata a vita. Penso che Henley sia ancora al Rifugio, andiamo lì così puoi parlarle. Questa storia non ti spezzerà, sei troppo forte.»

La sentì inspirare profondamente, poi sollevò la testa e lo

guardò negli occhi. «Mi ami e sei tornato a prendermi il prima possibile.»

«Puoi scommetterci, e sì, l'ho fatto» sussurrò. Il sollievo che provò fu quasi travolgente. Poteva ancora vedere il panico nei suoi occhi, ma anche mentre la guardava lo vide pian piano svanire.

«Continuavo a ripetermelo in testa. Non dico che presto vorrò trascorrere di nuovo del tempo in uno dei tuoi bunker segreti, ma più a lungo stavo lì a ripetermi che saresti tornato, meglio mi sentivo. Non ero su un vagone diretto chissà dove. Ero in un posto sicuro. Il *tuo* posto sicuro. La situazione era completamente diversa.»

Lo era, ma in certo senso no, però Brick non la contraddisse. «Sei straordinaria. Ti ammiro.»

Gli fece un piccolo sorriso e scosse la testa. «Non farlo. Ho pensato più di una volta di uscire e venire a cercarti. Una volta sono persino salita su per la scala e ho aperto il portello.»

«Ma non te ne sei andata.»

Lei scosse la testa. «No. Primo perché Mutt non ne era affatto contento, continuava a tirarmi i pantaloni e a ringhiare cercando di farmi sedere di nuovo.»

«Prende sul serio il suo compito di guardiano» disse Brick, accarezzando il cane per la prima volta da quando era tornato. Mutt si sporse e gli leccò il viso, facendo ridere Alaska. Si voltò di nuovo verso di lei. «Qual è il secondo motivo per cui non te ne sei andata?»

«Perché potevo aprire il portello del bunker» disse semplicemente. «Quando ero su quel treno, dietro a quella falsa parete, non c'era via d'uscita. Ero intrappolata a prescindere da quanti calci e pugni tirassi. Non appena il portello si è sollevato, ho capito che non ero bloccata. Il solo fatto di avere la possibilità di andarmene se avessi voluto, mi ha tranquillizzato abbastanza da farmi tornare a sedere. Ripeto, non sto dicendo che voglio venire qui e accamparmi in questo affare su base regolare, ma sapere che sarei stata in grado di uscire è stato un elemento decisivo.»

Brick chiuse gli occhi e appoggiò la fronte contro la sua. Era tra le sue braccia, sana e salva, e sembrava che averla lasciata sola non avesse avuto un grosso impatto sulla sua salute mentale. Non riusciva nemmeno a esprimere quanto ciò significasse per lui.

«Cos'è successo?» gli chiese. «L'hai trovato?»

Brick inspirò a fondo e sollevò la testa. «Sì. Non sarà mai più una minaccia per te o per chiunque altro.»

Lei chiuse gli occhi e trattenne un attimo il fiato, ma riprese subito il controllo delle proprie emozioni. Un secondo dopo li riaprì con un'espressione preoccupata. «Finirai nei guai?»

«Nei guai?» chiese confuso.

«Sì, per averlo ucciso.»

«No. Prima di tutto lo stronzo era armato e io no. Secondo, ha violato una proprietà privata con l'intenzione di rapirti. Terzo... non l'ho ucciso.»

Alaska aggrottò la fronte. «Ah, no?»

«No. È caduto all'indietro dal bordo della Table Rock. Non l'ho nemmeno toccato.»

«Wow. Ehm... sei *sicuro* che sia morto?»

Non fu sorpreso che glielo chiedesse. Si era fatto anche lui la stessa domanda. «Ne sono sicuro» rispose. «Ma per esserne certi al *cento per cento*, Tiny e gli altri andranno laggiù a controllare.»

«Bene.»

Il sollievo in quell'unica parola fu evidente.

Stava per abbracciarlo di nuovo, ma si bloccò quando gli sfiorò il braccio con la mano. «Cos'è?» chiese, sentendo l'umidità della fasciatura improvvisata.

«Solo un graffio. Sto bene» la rassicurò.

«Cosa? Ti ha *sparato?*»

«Sì. Ho usato la torcia del telefono per accecarlo, dato che indossava un visore notturno, e ha sparato alcuni colpi mentre cercava di allontanarsi da me. È così che è caduto dal burrone. Ma solo uno mi ha preso di striscio.»

Con sua sorpresa, Alaska si alzò di scatto. «Su! Dobbiamo andare! Dobbiamo tornare allo chalet, chiamare un'ambulanza. Devi farti dare un'occhiata!»

Si sentì sciogliere il cuore. «Non è niente» cercò di rassicurarla.

«No. Ti hanno sparato. *Sparato*! Non è vero che non è niente. Stai sanguinando, Drake. L'ho sentito. Torniamo subito a casa. Dai, alzati!»

Brick si alzò lentamente, ma invece di muoversi le mise le mani sul viso e lo inclinò verso il proprio. «Ti giuro che sto bene, amore. Lo sento a malapena. Ero troppo preoccupato di tornare qui da te.»

«Che è un altro motivo per cui dovremmo andare. Potresti avere una reazione ritardata o qualcosa del genere. Svenire sul sentiero. Non è che posso farti una trasfusione di sangue in mezzo al bosco, Drake. Io sono a posto. Possiamo andare, per favore?»

«Sì, Al, possiamo andare.»

A quanto pareva, preoccuparsi per lui sembrò farle dimenticare la paura per essere stata lasciata da sola dentro a un container come quello dei suoi incubi. La baciò con dolcezza. Sapeva che una volta tornati al lodge sarebbe stata una lunga notte. Lo sceriffo avrebbe voluto parlare con entrambi, Brick doveva assicurarsi che gli ospiti non avessero problemi e non aveva dubbi che anche Alaska avrebbe voluto occuparsi di loro.

Doveva controllare i danni allo chalet dei prigionieri di guerra e confrontarsi con i suoi amici. Avrebbe persino lasciato che i paramedici gli controllassero il braccio, solo per farla sentire meglio... dopo che si fossero assicurati che *lei* stava bene.

Si prese un minuto solo per tenerla abbracciata. Se la strinse al petto, sentendosi più grato di quanto potesse esprimere che tutto si fosse risolto per il meglio.

Fu Alaska a muoversi per prima. «Dai, Drake, dico sul serio, dobbiamo andare.»

Lui annuì, chiuse il portello del bunker, si assicurò che non fosse visibile a chiunque passasse, poi intrecciò le dita con le sue e si avviarono verso il Rifugio.

CAPITOLO VENTI

Erano già le quattro e mezza del mattino quando riuscirono ad andare a letto.

Drake non si era sbagliato. Nell'istante in cui erano tornati al resort, avevano avuto un sacco da fare. Alaska aveva appreso tutti i piani malvagi di Chen ascoltando Tiny parlare con lo sceriffo. Drake non le aveva detto niente nel bunker o nel bosco mentre tornavano, perché come sempre aveva cercato di proteggerla.

L'aveva scossa sapere che ci era mancato davvero poco. Le era difficile capacitarsi del fatto che c'erano uomini e donne nel mondo che non si facevano problemi a vendere altri esseri umani. Non solo venderli, ma lo facevano sapendo tutte le cose orribili che avrebbero subito. Quella consapevolezza la sconvolse tantissimo.

Tutto ciò avrebbe potuto farla cadere in una profonda depressione se non fosse stato per i sette uomini al Rifugio. Avevano trascorso gran parte della loro vita a lottare per il bene, a fare tutto ciò che era in loro potere per impedire alle forze del male di vincere, e ora, anche dopo aver subito traumi terribili, stavano cercando di aiutare gli altri ad andare avanti con la loro vita. E li *aiutavano* davvero moltissimo.

Dopo che un paramedico aveva esaminato il braccio di Drake, Alaska si era ritrovata sola con Henley. Non aveva alcun dubbio che fosse stato lui a organizzare tutto dato che non riusciva a toglierle gli occhi di dosso, e il fatto che fosse così preoccupato le scaldava il cuore.

Non poteva biasimarlo. Per un po' aveva pensato che l'avrebbe perso. Era arrivata al punto di aprire lo sportello di quel bunker, ma poi, come gli aveva detto, aveva realizzato di non essere bloccata dentro, di non essere prigioniera e di poter andarsene quando voleva. Ciò le era bastato per riprendere il controllo delle sue emozioni, per superare il turbamento che stava tentando di sopraffarla e aspettare che Drake tornasse.

Henley avrebbe voluto parlare di ciò che era successo, per assicurarsi che stesse bene, ma Alaska si era resa conto di non averne bisogno. Almeno non con uno psicologo. Forse a un certo punto lo avrebbe fatto, ma per ora aveva solo bisogno di Drake.

Gli ospiti erano tutti nervosi, ma stavano gestendo la situazione molto bene. Erano stati felici di riferire allo sceriffo ciò che avevano visto... incluso Chen in agguato intorno agli chalet subito prima che risuonassero gli spari ed esplodessero i fuochi d'artificio.

Quando finalmente erano tornati a casa, Mutt era subito crollato esausto sulla sua cuccia nella zona giorno. Le era rimasto al fianco per tutta la notte, rifiutandosi assolutamente di muoversi.

Alaska aveva aiutato Drake a fare la doccia in modo che il braccio non si bagnasse e ora erano finalmente a letto. Nessuno dei due si era vestito dopo essersi asciugato e sentire il suo corpo caldo e duro contro il proprio era come un balsamo per la sua anima.

«Mi dispiace di averti dovuto lasciare» mormorò lui.

«A me no. Voglio dire, è impossibile che tu possa essere al mio fianco ogni secondo di ogni giorno. Ne avevo bisogno anch'io, dovevo sapere che sarei riuscita ad affrontare la situazione da sola. Certo, avrei preferito che tu fossi lì con me, ma sapere di *avercela fatta* da sola è stato un sollievo. Non voglio essere un peso per te, Drake. Mai. Se dovesse arrivare quel momento, mi aspetto che tu mi lasci.»

«Non ti lascerò mai» le disse con foga. «Non potrai *mai* essere un peso. Non ho alcun dubbio che tu possa fare qualsiasi cosa e che non hai bisogno di me. È un dono essere al tuo fianco. Il tuo amore è un dono, e fatico ancora a crederci di averlo.»

«Drake» sussurrò Alaska con le lacrime agli occhi.

«Non piangere. Stiamo vivendo un momento felice» le ordinò, con un tenero sorriso.

«Scusa» disse, asciugandosi la guancia sulla spalla.

Drake le infilò una mano tra i capelli, tenendola contro di sé mentre con l'altra le accarezzava dolcemente il braccio che aveva posato sulla sua pancia. «Avevi ragione... ti merito, Alaska. Dopo tutto ciò che ho detto, fatto e passato, tu sei la ragione che mi ha permesso di sopravvivere a quell'esplosione. Trascorrerò il resto dei miei giorni a dimostrare che la vita che mi è stata risparmiata non sarà sprecata. Per Vader, Monster, Bones, Rain e Mad Dog e per me stesso.»

«E io merito te» gli disse Alaska. «Ci meritiamo a vicenda.»

«Sì, è così. Ora, parliamo di qualcosa di un po' diverso. Domani devo chiamare mia madre per farle sapere cos'è successo. Non voglio che lo venga a scoprire tramite le sue tante conoscenze. Voglio essere io a dirglielo così che non si preoccupi, ma credo che vorrà venire e vedere di persona che stiamo entrambi bene.»

«Oh, wow. Non la vedo da quando me ne sono andata.»

«Lo so. Ecco perché volevo avvisarti. Non hai provato a metterti in contatto con la tua. Vuoi farlo?»

«No» rispose subito. «Non saprei nemmeno da dove cominciare, e se non le è importato di sapere dove sono stata o cosa ho fatto negli ultimi vent'anni, non inizierà adesso. Inoltre, se riuscissi a trovarla, so che farà di tutto per cercare di spillarmi dei soldi. È stato così l'ultima volta che l'ho trovata.»

Drake sospirò. «Come pensavo, ma dovevo chiedertelo.»

«Non preoccuparti, sono venuta a patti con il nostro rapporto molto tempo fa. Sto meglio senza di lei nella mia vita. Te lo assicuro.»

«Va bene, ma se dovessi cambiare idea, devi solo dirlo e farò in modo che Elizabeth la trovi.»

«È piuttosto sorprendente. Sono impressionata che sia riuscita a scoprire tutte quelle informazioni su Chen. Cosa sai di lei?»

«Lavora con Tex, che sono sicuro incontrerai uno di questi giorni. A ogni modo, lei stessa è stata vittima di un rapimento. Un serial killer ha rapito lei e un'altra donna, ha torturato fisicamente Elizabeth e allo stesso tempo l'altra mentalmente. È successo in California. Si è trasferita in Texas per cercare di superare ciò che aveva subito, è diventata agorafobica, poi una piromane, e alla fine ha sposato un vigile del fuoco. È il miglior hacker, tecnico informatico, genio del computer o come vuoi chiamarla, con cui abbia mai lavorato... tranne forse Tex.»

«Wow. Ok. Mi aspettavo che mi dicessi che era solo una ragazza che lavorava con la polizia o qualcosa del genere.»

«O qualcosa del genere» concordò Drake.

«Le dobbiamo molto.»

«Sì. Ha già ricevuto un invito permanente per venire al Rifugio ogni volta che vuole.»

«Bene. Drake?»

«Sì, Al?»

«Sono felice.»

Ridacchiò. «Solo tu puoi dire una cosa del genere dopo la giornata – o la notte, mattina, quello che è – che hai passato.»

«Sono viva. Sono nuda con l'uomo che amo. Non sono andata completamente fuori di testa di fronte al mio peggior incubo e presto rivedrò tua madre che ho sempre ammirato e adorato. Come si può non essere felici?»

«Uno di questi giorni ti chiederò di sposarmi» disse Drake.

Alaska alzò la testa per fissarlo. «Che cosa?»

Strinse la mano tra i suoi capelli e le premette piano la testa contro la spalla. «Non adesso. Non domani. Ma accadrà. Ti ho solo avvertita così puoi abituarti all'idea.»

«Sì!» sbottò lei.

Fu il suo turno di alzare la testa. «Sì, cosa?»

«Sì» ripeté con un piccolo sorriso. «Quando me lo chiederai, quella sarà la mia risposta. Solo perché *tu* lo sappia, così puoi abituarti all'idea.»

Drake ridacchiò. «Giusto. Buono a sapersi.»

Alaska aprì la bocca per dire qualcos'altro, invece fece un enorme sbadiglio.

«Dormi, Al.»

«Abbiamo un sacco di cose da fare domattina. Non permetterci di dormire fino a tardi» borbottò.

«Va bene.»

Sospirò. «Ci farai stare a letto fino a mezzogiorno, vero?»

«Sì» rispose senza scusarsi. «È stata una lunga notte, Al. È già quasi l'alba e siamo esausti. Tutto ciò che voglio fare è dormire con te tra le braccia e per un po' non pensare a tutta la roba che ci aspetta. Quando ci sveglieremo, voglio fare l'amore con la donna che amo e ammiro più di chiunque altro al mondo. Poi faremo la doccia, mangeremo e andremo al lodge per vedere come vanno le cose.»

Sospirò soddisfatta. «Ok.»

«Ok» concordò. «E per la cronaca, anch'io sono felice.»

Le sue parole significarono tutto per lei, perché sapeva che per molto tempo *non* lo era stato. Era stato devastato dalla perdita dei suoi amici e poi troppo impegnato a combattere i suoi demoni e a far funzionare il Rifugio per pensare ai suoi desideri. Sapere che era felice, con lei, l'insignificante Alaska, le dava una sensazione che le era impossibile esprimere a parole.

«Buonanotte. Grazie per essere te» gli sussurrò.

Le sfiorò la fronte con le labbra. «Grazie per essere te» ripeté lui.

Con sua sorpresa, Drake si addormentò quasi subito. Lei ci mise un po' di più, dato che gli eventi della serata continuavano a ripetersi nella sua testa, ma alla fine si rilassò contro il suo corpo e scivolò nel sonno.

Se quattro anni prima qualcuno le avesse detto – be', venticinque anni – che quel giorno si sarebbe trovata lì, non ci avrebbe mai creduto. Aveva tenuto Drake su un piedistallo per così tanto tempo da considerarlo totalmente irraggiungibile. Ma il passare del tempo aiutava a cambiare prospettiva e non aveva dubbi che l'uomo tra le sue braccia avesse bisogno di lei tanto quanto Alaska ne aveva di lui.

Henley McClure fece un respiro profondo mentre andava verso la stalla.

Era stata una lunga notte per tutti e aveva fatto del suo meglio per essere presente per gli ospiti che avevano subito dei flashback dopo gli incidenti della serata.

Ma nel culmine di tutta quella confusione, aveva deciso di uscire. Non avrebbe dovuto, conosceva le procedure. Avrebbe dovuto rimanere al lodge, ma la tormentava sapere che Tonka

– no, *Finn* – era da solo a cercare di calmare gli animali. Quindi stava andando lì per aiutarlo.

Naturalmente, lui non voleva *mai* il suo aiuto, né professionale né personale, era lei la stupida che non si arrendeva.

Finn era diverso dagli altri proprietari del Rifugio. Era più... distrutto.

Pur lavorando lì da tanto tempo, non aveva fatto alcun progresso con la sua terapia, nonostante lui frequentasse le sedute di gruppo quasi regolarmente. Le spezzava il cuore perché era un brav'uomo. Quando quella sera era scoppiato il pandemonio, era andato subito dagli animali, per assicurarsi che fossero al sicuro e tranquilli. Sì, quello era il suo lavoro, ma Henley sapeva che c'era di più. Aveva un legame con ogni creatura a quattro zampe del Rifugio che andava oltre a quello che la maggior parte delle persone aveva con gli animali domestici e da fattoria.

Non era riuscita a impedirsi di andare da lui. Era attratta da Finn. Come psicologa, sapeva che era una situazione insidiosa; non era professionale provare dei sentimenti per un paziente... ma d'altronde, lui non aveva mai partecipato, nemmeno una volta, a nessuna delle sue sedute. Sì, vi assisteva, ma non parlava, si limitava a guardarla con quei suoi occhi che *vedevano* tutto. Essere al centro della sua attenzione la metteva a disagio e allo stesso tempo la eccitava.

Nel momento in cui entrò nella stalla, fu evidente che Finn avesse il suo bel da fare. L'incendio dello chalet dei prigionieri di guerra aveva innervosito tutti gli animali, e i fuochi d'artificio non stavano aiutando la situazione. I cavalli sbuffavano e scalpitavano nei loro box, sbattendo persino contro i cancelletti per cercare di uscire.

Melba muggiva senza sosta, un verso terrorizzato che le fece venire le lacrime agli occhi. Le galline erano agitate e correvano in giro, le capre belavano e vide persino un gatto sfrecciare da un'estremità all'altra, mentre cercava di trovare un posto sicuro dove nascondersi.

Si gettò subito nel caos, desiderosa di aiutare in ogni modo possibile. Andò nel box di Melba, che era molto spaventata, e iniziò ad accarezzarla. Conosceva la sua storia, sapeva che era rimasta intrappolata nell'incendio di una stalla. Le accarezzò la testa e le mise un braccio attorno al grande collo. Le mormorò parole dolci e tranquille, facendo del suo meglio per mantenere la voce bassa e calma. Con sua sorpresa, uno dei cani che Finn e il resto dei ragazzi del Rifugio avevano adottato si avvicinò a lei, come fecero anche due delle capre. Si strinsero tutti insieme, prendendo conforto l'uno dall'altro.

Per tutto il tempo, Finn andò in giro facendo altrettanto con i cavalli e il resto degli animali. Henley sentiva la sua voce profonda rassicurarli che andava tutto bene, che erano al sicuro e che non avrebbe permesso a nessuno e a niente di ferirli.

Finalmente, a un certo punto, i fuochi d'artificio smisero di scoppiare e il crepitio del fuoco lì vicino si attenuò.

Si era appena alzata in piedi quando Finn apparve davanti al box di Melba, ma invece di essere calmo e controllato, come aveva supposto dalla sua voce, aveva gli occhi spalancati e respirava affannosamente. Sembrava sull'orlo di un crollo nervoso.

Henley si mosse prima di rendersene conto, lo prese per il braccio e lo condusse fuori dal box, assicurandosi di chiudere il cancello dietro di sé in modo da non rischiare che Melba andasse a fare una passeggiata di mezzanotte intorno alla proprietà.

Lo accompagnò in un piccolo ufficio, sorpresa che glielo permettesse. Lo fece sedere sul divano e, sconvolgendola, si appoggiò subito a lei, affondando il viso nel suo collo e stringendola come se non volesse mai lasciarla andare.

Lo abbracciò tenendolo a sé, mentre il suo grosso corpo tremava.

Qualcosa lo aveva sconvolto quella notte, ma non sapeva cosa. Potevano essere stati i fuochi d'artificio, l'incendio o gli spari... ma non pensava fosse stato quello. Non l'aveva mai visto sussultare a quei rumori, era stato completamente concentrato sugli animali.

Nei due anni da quando lavorava al Rifugio, aveva bloccato la sua attrazione per Finn. Proprio come sospettava avesse fatto lui. Nonostante ciò, quando erano nella stessa stanza, i loro occhi sembravano sempre incontrarsi. Quando andava alle sue sedute, aveva la strana sensazione che fosse lì per proteggerla da chiunque dicesse o facesse qualcosa di offensivo. In passato aveva persino accompagnato fuori uno o due ospiti che si erano arrabbiati o agitati troppo.

Le poche volte in cui aveva raccontato ciò che le era successo da ragazzina, lui aveva stretto i braccioli della sedia così forte che era sicura li avrebbe rotti.

Nessuno dei due aveva mai dato seguito alla loro attrazione. Non erano andati oltre. Erano colleghi di lavoro e sebbene ciò rendesse Henley molto triste, capiva che Finn non era pronto per una relazione. Se mai lo fosse stato, molto probabilmente non avrebbe cercato la sua compagnia, non solo perché lavoravano insieme, ma perché lei era una psicologa. Non sarebbe stato il primo uomo ad avere paura che potesse esplorare la sua mente per conoscere tutti i suoi segreti.

Voleva conoscere i suoi segreti... ma solo perché ci teneva a lui.

E adesso eccoli lì, abbracciati come se fossero una l'ancora di salvezza dell'altro.

Henley non si rese conto di quanto tempo Finn rimase aggrappato a lei tremante, ma non lo incoraggiò a parlare, a dirle quale fosse il problema. Si limitò a tenerlo stretto.

Quando alla fine allentò un po' la presa, si preparò alla sua reazione, ma con sua grande sorpresa non si allontanò bruscamente per andarsene via senza dire una parola, come si aspettava facesse. La fissò a lungo e poi le disse: «Grazie. Ne avevo bisogno.»

Henley annuì. «Anch'io.»

«Stai bene?» le chiese sommessamente.

«Sì. E tu?»

Pensò alla sua domanda per alcuni secondi prima di rispondere: «Ora penso di sì. Devo andare a controllare gli altri. Assicurarmi che Brick e Alaska stiano bene.»

Annuì di nuovo.

Finn si alzò e le tese la mano.

La prese, rabbrividendo per la scossa che le attraversò il braccio. Non appena si alzò in piedi gliela lasciò subito andare, ma Henley poteva ancora sentire il suo tocco.

Il resto della notte fu estenuante, Finn volle tornare al lodge per controllare i suoi amici e lei fece il possibile per aiutare gli ospiti che erano nervosi.

Era felice che tutto fosse andato bene, che nessuno fosse rimasto gravemente ferito, sia tra gli animali sia tra le persone, e che l'uomo che era andato lì per rapire Alaska non fosse più una minaccia, ma ora era stanca. Svuotata, in realtà.

«Sembri sfinita» le disse Pipe. «Perché non rimani qui stanotte? Possiamo mettere una branda in una delle sale riunioni.»

Lei gli sorrise. «Grazie, ma devo proprio tornare a casa.»

«Sei sicura? È molto tardi.»

«Sono sicura. Mia figlia è dalla mia vicina che fa l'infermiera e deve andare a lavorare alle cinque del mattino.»

Pipe la fissò per un momento. «Hai una figlia?»

Annuì. «Già.»

«Non lo sapevo. Lo sapevi, Stone?» chiese, rivolgendosi al suo amico che era lì vicino.

«No.»

Henley si limitò a scrollare le spalle. «Non è mai venuto fuori.»

«Va bene allora, be'... guida con prudenza. Ti pagheremo gli straordinari per le ore in cui sei stata qui stasera. Non so dirti quanto apprezziamo ciò che hai fatto» continuò Pipe.

«Non avrei voluto essere in nessun altro posto» li rassicurò. Percorse ancora una volta la stanza con gli occhi, per assicurarsi che tutti gli ospiti se ne fossero andati e che nessuno avesse bisogno di essere ascoltato, e si fermò su Finn. Era vicino alla reception e la fissava. Non riuscì a interpretare il suo sguardo, ma sperava che il tempo passato nella stalla quella sera li avesse avvicinati, tanto da renderlo disponibile a parlarle.

Sapeva che non sarebbe stato così, e con un enorme sospiro si voltò per avviarsi verso la porta.

«Guida con prudenza» ripeté Stone.

«Per favore, manda un messaggio quando arrivi a casa» aggiunse Pipe.

Henley non poté fare a meno di desiderare che fosse stato un altro uomo a fare quella richiesta, a essere preoccupato per lei, ma annuì comunque. «Lo farò. Grazie.»

Raccolse la giacca e la borsa e si diresse verso la porta. Era stata una giornata lunga e difficile, ma non poté fare a meno di essere soddisfatta dell'assistenza che era riuscita a dare agli ospiti. Essere una madre single e lavorare a orari strani era dura, ma non avrebbe cambiato nulla. Sua figlia era tutto il suo mondo e avrebbe fatto il necessario per offrirle una vita sicura, felice e stabile.

———

Tonka era così stanco che quasi non ci vedeva più, eppure non riusciva a smettere di pensare a Henley. Aveva fatto tutto bene quella sera. Era intervenuta per aiutarlo con gli animali, non gli aveva fatto un milione di domande, ma si era limitata a lasciarsi guidare dall'istinto, facendo ciò di cui c'era bisogno.

Poi, una volta che la situazione si era calmata, quando gli era venuto in mente un altro animale, uno del suo passato che non era stato in grado di aiutare e che aveva dovuto guardare soffrire... aveva permesso ai suoi demoni di sopraffarlo, e lei gli aveva lasciato elaborare in silenzio quei bruttissimi ricordi, tenendolo stretto per far sì che non andasse in un milione di pezzi.

Dal momento in cui aveva incontrato la psicologa che Brick aveva assunto per lavorare con gli ospiti, Tonka aveva capito subito che era speciale. Non obbligava mai nessuno a raccontare la propria storia. Non trattava i suoi pazienti come se fossero fragili o danneggiati, ma come dei cari amici, creando una sensazione di calma e tranquilla intimità nelle sue sedute, e di conseguenza li faceva sentire al sicuro, liberi di parlare e ammettere le paure e i traumi del loro passato.

Quando aveva sentito ciò che aveva subito da piccola, aveva dovuto aggrapparsi alla sua forza di volontà per non chiedere informazioni su chi fossero i bastardi che avevano ucciso sua madre. Voleva assicurarsi che non avrebbero mai più fatto del male a nessuno. Erano trascorsi decenni da quando era stata quella bambina di dieci anni, spaventata a morte e nascosta sotto il letto, e per quanto ne sapeva quegli uomini erano in prigione o morti, ma Tonka era certo che quell'evento la turbasse ancora.

Si sentiva attratto da lei. Forse perché avevano vissuto un trauma sorprendentemente simile. Entrambi avevano dovuto guardare e ascoltare mentre una persona cara veniva torturata e uccisa, ma mentre Tonka aveva permesso alla sua esperienza di distruggerlo, Henley l'aveva trasformata in una crociata eterna.

Ora faceva fatica a relazionarsi con le persone, preferendo

la compagnia degli animali, ma quando l'aveva sentita menzionare una figlia, era scattato qualcosa dentro di lui.

Era ingiusto nei suoi confronti, ma non gli piaceva che avesse nascosto loro qualcosa di così importante. Sapeva che non era sposata, non era stato mai nominato nemmeno un ex, e sua figlia era con una vicina, il che significava che lei era l'unico genitore.

Se la cavavano bene? Guadagnava abbastanza soldi? Avevano problemi? Aveva una baby sitter regolare? Gli orari che faceva al Rifugio non erano esattamente normali.

Quanti anni aveva sua figlia? Qual era il suo nome?

Fu quasi sopraffatto dalla curiosità. All'improvviso, Tonka voleva sapere *tutto* su Henley McClure. Tutto ciò che aveva tenuto per sé.

Era una strana sensazione, perché a lui non importava quasi più di nulla da molto tempo ormai, da quando aveva lasciato la Guardia Costiera. Aveva vissuto la sua vita un giorno alla volta, concentrandosi sulla gestione del Rifugio insieme ai suoi amici.

Quella sera Henley si era insinuata sotto le sue barriere alte e spesse. Non sapeva se fosse un bene o un male, ma doveva riconoscere che qualcosa era cambiato.

Voleva provare di nuovo interesse per le cose. Voleva approfondire quell'attrazione che vedeva nei suoi occhi e che per due anni aveva cercato di ignorare, e ammettere che era reciproca.

Avrebbe dovuto andarci piano, per il bene di entrambi. Non era affatto sicuro di essere pronto per una relazione romantica e lei voleva che si aprisse, che parlasse del suo passato.

Aveva la sensazione che avrebbe capito meglio di chiunque altro perché non riusciva a parlare di ciò che era successo quel fatidico giorno di tanti anni prima. Non era giusto voler conoscere tutti i segreti di Henley quando lui non condivideva i suoi... però non era sicuro di poterlo fare.

Quando alla fine si infilò a letto, la mente di Tonka era ancora un turbinio di pensieri. Non sarebbe stato facile per lui aprirsi, ma non riusciva a frenare quel desiderio di conoscerla meglio. Di vedere se la connessione che sembravano condividere potesse essere abbastanza forte da sopportare il trauma del suo passato.

Per la prima volta da quella che sembrava un'eternità, Tonka era cautamente elettrizzato per il futuro. Si addormentò... aspettando con ansia il nuovo giorno.

* * *

Il prossimo libro della serie, Meritare Henley, è disponibile ORA!

Soccorrere Piper (1 Giugno)
Soccorrere Zoey (15 Luglio)
Soccorrere Avery
Soccorrere Kalee
Soccorrere Jane

Mercenari di Montagna

Difendere Allye
Difendere Chloe
Difendere Morgan
Difendere Harlow
Difendere Everly
Difendere Zara
Difendere Raven

Delta Force Heroes

Salvare Rayne
Salvare Emily
Salvare Harley
Il Matrimonio di Emily
Salvare Kassie
Salvare Bryn
Salvare Casey
Salvare Sadie
Salvare Wendy
Salvare Mary
Salvare Macie
Salvare Annie

Armi e Amori

Proteggere Caroline
Proteggere Alabama
Proteggere Fiona
Il Matrimonio di Caroline

Proteggere Summer
Proteggere Cheyenne
Proteggere Jessyka
Proteggere Julie
Proteggere Melody
Proteggere il Futuro
Proteggere Kiera
Proteggere i figli di Alabama
Proteggere Dakota

Ace Security

Il riscatto di Grace
Il riscatto di Alexis
Il riscatto di Bailey
Il riscatto di Felicity
Il riscatto di Sarah

Una raccolta di storie brevi

Un momento nel tempo

www.ingramcontent.com/pod-product-compliance
Lightning Source LLC
Chambersburg PA
CBHW060229100726
47907CB00003B/565